ALTO RISCO

AUTOR BEST-SELLER DO *THE NEW YORK TIMES*

ANDREW GROSS

ALTO RISCO

Tradução
Henrique Guerra

figurati

COORDENAÇÃO EDITORIAL: **Equipe Editora Figurati**

DIAGRAMAÇÃO: **Claudio Tito Braghini Junior**

CAPA: **NewUsina**

TRADUÇÃO: **Henrique Guerra**

PREPARAÇÃO DE TEXTO: **Jonathan Busato**

REVISÃO: **Mariana Cardoso e Thiago Dias**

Texto de acordo com as normas do Novo Acordo Ortográfico
da Língua Portuguesa (Decreto Legislativo nº 54, de 1995)

DADOS INTERNACIONAIS DE CATALOGAÇÃO NA PUBLICAÇÃO (CIP)
(CÂMARA BRASILEIRA DO LIVRO, SP, BRASIL)

Gross, Andrew
Alto risco / Andrew Gross ; [tradução Henrique
Guerra]. -- São Paulo : Figurati, 2014.
Título original: Reckless.

ISBN 978-85-67871-09-7

1. Ficção norte-americana I. Título.

14-04090 CDD-813

Índices para catálogo sistemático:
1. Ficção : Literatura norte-americana 813

figurati

Direitos cedidos para esta edição à
Editora Figurati Ltda.

Rua James Watt, 84 - Conj. 121 - Jd. Edith
CEP 04576 050 - São Paulo - SP
Tel. (11) 5505-3290
E-mail: atendimento@editorafigurati.com.br
Visite nosso site: www.editorafigurati.com.br

2014
Impresso no Brasil
Printed in Brazil

À memória de Eleanor Zorman –
fã dedicada,
sogra ainda melhor.

PRÓLOGO

Londres.

– Bi, biii! Bi, biii!

Amir, o filho de seis anos de "Marty" al-Bashir, acelerou o Fórmula 1 motorizado ao redor da mesa de jantar, quase batendo em Anna, a empregada libanesa, que servia o almoço dominical: pão sírio e cordeiro marinado com especiarias.

– Amir, cuidado! – gritou Sheera, sua mãe. – Vai acabar atropelando a Anna. Marty, quer fazer o favor de mandar seu filho parar com isso?

– Amir, obedeça à sua mãe – ordenou Marty, distraído.

Acomodados na sala de estar, ele e o filho mais velho, Ghassan (a quem todos chamavam de Gary), não tiravam os olhos da tevê *widescreen*, em meio a uma decisiva partida: Manchester United e Chelsea. Prestes a acabar o primeiro tempo, o placar continuava zerado. O Manchester – time favorito de Gary – acabara de comprar o passe de Antonio Valencia, seu ala predileto e a principal atração do jogo.

– Ai, não! Olha, pai! – gritou Gary, e Marty voltou o olhar à tela. Um dos atacantes do Chelsea acertara um belo chute de fora da área; o goleiro do Manchester saltara e se esticara todo, mas a bola pegou efeito, passou a dois centímetros de seu alcance, beijou o lado interno da trave e morreu no fundo da rede.

– Droga, olha só o que você fez, Sheera – resmungou Marty, com desânimo. – Perdi um gol!

– Grande coisa, um gol. O seu filho está pilotando esse negócio pela casa como se fosse o Jenson Button. Amir, *obedeça...* – a voz de Sheera de repente ficou mais séria. – Se não parar agora mesmo, pode esquecer a visita aos estúdios da Universal quando formos a Los Angeles. *Ouviu?*

Como se estivesse no piloto automático, o carro em miniatura estacou. Amir ergueu os olhos, percebeu de relance o olhar divertido do pai e abriu um sorrisinho tímido.

– Ouvi, sim, mamãe.

– Está na mesa, meninos. Mamãe teve um trabalhão por nossa causa. Vamos comer. – Marty levantou-se, e a família sentou-se ao redor da elegante mesa van der Rohe, na residência decorada com bom gosto no bairro Mayfair, em pleno coração da capital londrina.

A ampla janela do terceiro andar do sobrado georgiano dava para o Hyde Park, uma das vistas mais charmosas da cidade. O custo do imóvel beirava os seis milhões de libras, mas para Marty, o diretor de investimentos da Royal Saudi Partnership, fundo soberano de sua terra natal, a Arábia Saudita, isso não passava de um erro de arredondamento nas contas diárias de um dos maiores tesouros do mundo em capitais de investimento.

"Marty", como há anos as pessoas chamavam al-Bashir, nada mais era que a forma americanizada de Mashhur, seu nome de batismo. Recebera a alcunha durante a graduação, período em que fora pupilo de Whiting e McComb na Universidade de Chicago, seguido de treinamentos em estratégia de portfólios (nas firmas Goldman e Reynolds Reid) e em investimentos de capitais privados (na Blackstone de Nova York).

Só em seu país natal as pessoas lhe chamavam de outra forma.

Agora ele supervisionava um gigantesco fundo cujos interesses se estendiam a todos os cantos do mundo e a toda e qualquer espécie imaginável de ativos. Ações. Capital mezanino. Câmbios. CDOs. Derivativos complexos. Também atuava no mercado imobiliário, com propriedades no Rockefeller Center, em Nova York, e na Trafalgar Square, em Londres.

Quando o preço do petróleo disparou, o fundo investiu no Brasil: fazendas de cana-de-açúcar, produtoras de etanol. Quando o preço da commodity caiu, adquiriu plataformas de petróleo nos EUA e imensos petroleiros. O valor dos bens da Royal Saudi ultrapassava um trilhão de dólares. Marcava presença em todos os ramos de negócios. Em épocas de crise, já havia sido solicitada a amparar muitos tesouros nacionais mundo afora.

Marty e Sheera conheceram-se nos EUA, quando ele estagiava na Reynolds e ela, a filha de um conceituado professor de Direito de Beirute, estudava Economia na Universidade de Columbia. Já estavam casados há doze anos. O cargo lhe dera tranquilidade – aos olhos da maioria, luxo até – e, com o passar do tempo, os dois adquiriram muitos costumes ocidentais. Tinham um flat na Côte d'Azur e uma cobertura na Trump Tower, na Fifth Avenue, em Nova York; levavam a família para esquiar em Gstaad e Aspen; Gary e Amir frequentavam as melhores escolas. Marty só tinha uma coisa a lamentar: o fato de que a esposa, para atender aos desejos da família real, abrira mão da própria carreira para cuidar dos filhos. Às vezes, ficava imaginando. Sim, ele ascendera ao topo da pirâmide financeira; responsabilidades importantes pesavam em seus ombros. Mas, se a esposa administrasse os investimentos e ele cuidasse das crianças, *tanto* o lar *quanto* o portfólio real saudita estariam em melhores mãos.

A família reservava os domingos para sua refeição típica. Depois iam bater bola no Hyde Park, a poucas quadras de distância. Na volta, passeavam pelo Shepherd Market, conferindo nas vitrines desde antiguidades requintadas até modas inovadoras. Nos dias atuais, com as teleconferências e a rede financeira ali instalada, ele voava ao país natal apenas duas vezes por ano, principalmente para rever os familiares. Marty ficou longe de Riad por muitos anos e distanciou-se dos costumes locais; agora considerava a realeza mais clientela do que confraria. Mas sabia: devido aos resultados que obtinha, os supervisores faziam vista grossa.

– OK, quem quer primeiro? – Marty apanhou um prato e correu o olhar ao redor. – A chefe de cozinha! – exclamou, orgulhoso.

Serviu uma colherada do ensopado de cordeiro sobre o pão com iogurte e estendeu o prato à esposa. Se os pais dele o flagrassem servindo a primeira porção ao estilo ocidental, ficariam chocados.

O celular dele tocou em algum ponto da casa. Do gabinete.

Sheera balançou a cabeça e soltou um suspiro.

– Agora até aos domingos?

– Vou ser breve. Prometo – disse Marty ao levantar-se. – Mas deixem um pouco do cordeiro para mim. – Lançou uma piscadinha de alerta a Amir, cujo apetite parecia insaciável.

Com o grande volume de atividades controladas pela Royal Saudi, noites e fins de semana não eram obstáculos. Mundo afora, os juros capitalizavam 24 horas do dia, sete dias por semana. Mas com o aroma do borrego e do pão recém-assado, ele teve a tentação de ignorar a chamada.

Marty seguiu o toque até o gabinete e fechou a porta, driblando os cabos do videogame Wii conectados à tevê. Presente de Natal de Gary – outra concessão ocidental! O BlackBerry vibrava na mesinha de centro, e Marty afundou-se no sofá, erguendo o pé sobre o multicolorido Lego Transformer esquecido no chão; este era de Amir.

– *Não tem fim* – suspirou ele.

Apostava que era Len Whiteman, seu imediato na empresa, mas o humor de Marty se alterou ao ver no mostrador digital "Id bloqueada". Sentiu um aperto no estômago. Cauteloso, aproximou o aparelho ao ouvido.

– Alô?

– Espero que você esteja bem, Mashhur al-Bashir.

Marty levou um susto ao ouvir seu nome saudita. Na hora, soube quem era. A primeira ligação viera seis meses atrás, preparando-o. Mesmo contra todas as probabilidades, manteve a esperança de que – com o andar do tempo, a evolução, a prosperidade e a adaptação de suas vidas – a ligação verdadeira nunca chegasse.

– Estou bem – respondeu Marty, a garganta seca, retribuindo a saudação em árabe.

– Nossos filhos e filhas de todo o mundo exigem seus serviços, Mashhur al-Bashir. Está pronto para fazer o que lhe for solicitado?

Marty pensou consigo que muito tempo se passara. Naquela época, todas as suas ideias e paixões eram tão diferentes. Jamais religiosas, nem mesmo políticas. Simples orgulho da cultura nativa. Reação ao modo arrogante com que sua nação era tratada pelo Ocidente. Eles lhe deram seu começo, sua educação. Agora vivia entre eles há anos e mudara.

Seis meses atrás, a primeira ligação. Lembrando-o de seus deveres. Do que se esperava dele. Num átimo, toda a prosperidade de sua vida, toda a boa sorte que tivera, pareceu se esvair. Não havia como escapar disso. Percebeu que lhes devia algo. Toda a sua boa sorte. Enfim, chegava a hora de sofrer as consequências de seus atos.

– Sim – respondeu Marty al-Bashir, submisso.

– Ótimo. A maré dos fatos está evoluindo, não concorda? As oportunidades globais deslocaram-se. Aqui não estamos felizes com certos sinais. Achamos que é hora de uma guinada de rumo. De estratégia. Entende?

– Já tracei um novo plano – respondeu Marty. Sabia as ramificações resultantes desse plano, e fechou os olhos.

– Então – disse o interlocutor – comece a executá-lo amanhã. Cumpra sua missão, Mashhur al-Bashir. O resto já está definido. – Segundos de pausa. – Digamos que os aviões já decolaram.

Desligaram, e os sons da família, rindo, alcançaram os ouvidos de Marty. Permaneceu no sofá por alguns instantes.

Tudo que ele conhecia, tudo a que ele se acostumara, estava prestes a mudar.

Levantou-se e rumou à janela, chutando sem querer o Transformer do filho, espalhando as peças do Lego.

– *Droga.*

Amanhã, o mundo iria acordar, estudar, trabalhar, rir, amar, comer com a família, tudo com as mesmas aparências. Mas ao final do dia, terá ocorrido uma mudança que o mundo nunca vira igual.

Abaixou-se e juntou o Transformer despedaçado do filho, as peças multicoloridas espalhadas ao redor.

– Que Deus ajude a todos nós – sussurrou Marty al-Bashir, com um inglês perfeito.

PARTE UM

I

Entraram na casa pelas portas de vidro do porão, que Becca, de quinze anos, às vezes deixava entreabertas para permitir a visita sorrateira de amigos à noite.

No segundo piso, April Glassman remexeu-se na cama. Sempre tivera ouvidos aguçados para ruídos durante a madrugada. Quem manda ter filho adolescente. O sono de Marc era pesado, não acordava nem com alarme de incêndio, ela brincava, mas April tinha uma antena embutida que detectava os sons de Becca andando na ponta dos pés no meio da noite, ou de Amos, o *goldendoodle* da família, em vigília na janela da sala, arranhando o vidro ao ver uma corça ou um esquilo em seus passeios noturnos.

A residência grande, feita de tijolos vermelhos, em estilo georgiano, situava-se no fim de uma aleia às margens da Cat Rock Road, no interior de Greenwich, Connecticut. Toda flexão na madeira parecia aumentar à noite. Ela entreabriu os olhos e conferiu as horas no receptor de TV a cabo: duas e treze da madrugada. Permaneceu encolhida um tempinho, escutando. Com certeza ouvira algo – rangidos no assoalho, vozes abafadas – no hall ou na escadaria.

De repente, Amos começou a latir.

– Marc... – ela cutucou o marido.

– O que foi, querida? – gemeu o marido, afofando o travesseiro numa bola e virando para o outro lado da cama.

Ela se debruçou sobre o marido e o sacudiu pelo braço.

– Ouvi algo.

– Deve ser só o Amos. Vai ver ele avistou um cervo. Sabe como essas pragas só resolvem aparecer depois das duas da manhã.

– Não – murmurou ela, assustada. – Escutei vozes.

– OK, OK... – cedeu Marc, exalando um suspiro. Abriu os olhos e espiou o relógio. – Grrr... Aposto que é a Becca, nada mais...

A filha estava namorando um colega da escola. O jovem era membro da equipe de luta greco-romana e tinha carro, o que acrescentou um novo conjunto de complicações à vida deles. Ultimamente ela saía às escondidas, após os pais se recolherem, ou, nos fins de semana, recebia os amigos na casa em altas horas da noite.

– Não. Hoje é domingo, Marc – respondeu April, lembrando a cena de algumas horas antes, quando dera um beijo de boa noite na filha, deixando-a acomodada na cama, entretida no Facebook, com um livro de Química no colo.

– Era domingo... – Cambaleante de sono, ele sentou-se na cama, esfregou o rosto e acendeu a luz de cabeceira. – Eu já ia mesmo me levantar para conferir o mercado de *overnight*.

Trabalhava como operador-chefe do mercado de ações na Wertheimer Grant, uma das empresas mais tradicionais de Wall Street, e há meses não conseguia dormir durante a noite toda. Cingapura abria à meia-noite; Austrália, uma hora depois. Europa e Rússia começavam às quatro. Bons tempos de seis meses atrás, quando dormia a noite toda sem ser perturbado. Mas aquilo parecia há um século. Toda aquela confusão causada pela crise dos créditos hipotecários de alto risco, a bancarrota das mega-agências Fannie Mae e Freddie Mac, a situação da AIG. Os bancos na corda bamba. Isso sem falar no valor da ação da empresa: há um ano, superava os oitenta. Ele e April poderiam ter vendido e passado o resto da vida plantando tomates em algum lugar remoto. Na sexta passada, no fechamento da bolsa, valia apenas doze! Só daqui a uma década para ele reaver o investimento. Lembrou-se de suas posições no mercado futuro e sentiu o costumeiro nó no estômago das duas da madrugada.

E agora April imaginando vozes...

– Vou dar uma olhada.

Nos últimos meses, April assistira ao marido perder 5 kg pelo estresse. Ela percebia que algo não ia bem. Sabia que a empresa acumulava prejuízos e o quanto confiavam nele. E o volume de produção que esperavam dele. Marc parou até de comentar sobre as posições nas aplicações financeiras. A pressão sobre ele era absurda.

Ela se debruçou e repousou a mão no ombro do marido.

– Meu bem, quando as coisas vão voltar à normalidade?

Ele se livrou das cobertas e pegou o roupão.

– Esta é a nova normalidade.

Nisso, os dois ouviram outro ruído.

Um rangido na escada. Marc levou o indicador à boca, pedindo silêncio à esposa.

Em seguida, outro. Mais perto. Parecia que uma faca os cortava.

Alguém subia a escada.

– Marc... – sussurrou April, mirando o marido com os olhos carregados de preocupação. – Amos parou de latir...

Alguém estava na casa.

– Não saia daqui – cochichou ele, acenando com a cabeça na direção da cama e erguendo a mão para ela permanecer em silêncio.

Eles sabiam muito bem da recente onda de arrombamentos residenciais que acontecia no interior. No sábado à noite, inclusive, haviam comentado o assunto com os Rudenbach, durante o jantar no Mediterraneo. Marc aproximou-se da porta e aguçou o ouvido. A família nunca ativava o alarme. Muitas vezes ele se perguntava por que cargas d'água eles tinham instalado aquela droga. Puro desperdício de dinheiro. Mas a verdade é que ele nunca se lembrava do diacho do código – nem mesmo onde ficava o botão de pânico.

– *Marc...*

Ele se virou. Fitou o rosto sardento de April, seus olhos ternos e redondos, o cabelo erguido num coque para dormir. A única coisa que viu foi medo. E desamparo.

– Becca, Evan... – sussurrou ela.

Os quartos dos filhos ficavam logo adiante no corredor.

Ele assentiu com firmeza.

– Vou ver.

Deu um passo em direção à porta, que, de, repente, se escancarou. Dois homens, trajando toucas ninja e macacões azuis, invadiram o quarto do casal.

April deixou escapar um grito.

– *O que diabos está acontecendo?* O que fazem aqui? – desafiou Marc.

Súbito, o da frente golpeou seu rosto, e Marc caiu na cama.

– *Marc!* – April acudiu o marido.

Ele afastou a mão do rosto. Havia sangue nos dedos.

– *O que diabos vocês querem?* – indagou.

– Cale a boca – falou o primeiro homem. Corpulento, a voz rouca. Um tufo de cabelo ruivo aparecia sob a touca ninja. Segurava uma pistola, o que explicava o sangue na boca de Marc. – Veja se cala essa boca e quem sabe você escape com vida.

– Ai, meu Deus, Marc, por favor... – murmurou April, o coração aos pulos. Seus pensamentos voltaram-se aos filhos que dormiam a poucos metros. *Apenas mantenha-os longe.*

O segundo homem fechou a porta do quarto atrás de si. O da pistola aproximou-se e arrancou April da cama com um puxão.

– Levante-se. Mãos nas costas.

O cúmplice tirou um rolo de fita adesiva do bolso do uniforme e torceu os pulsos de April atrás das costas, imobilizando-os com firmeza. Ela olhou para o marido com medo nos olhos enquanto o homem a amordaçava com outro pedaço de fita.

– O que vocês querem de nós? – perguntou Marc, impotente, assistindo à esposa ser imobilizada. – Olhe, lá embaixo tem um cofre. Com dinheiro... – Lançou a April um olhar reconfortante, como quem diz: *Aguenta firme, amor. Tudo vai acabar bem. É disso que eles estão atrás. Dinheiro. Esta não é a primeira ocorrência. Até agora ninguém saiu machucado.*

– Onde? – interpelou o que segurava a arma.

– Lá embaixo. No escritório. Mostro a vocês. Não vimos seus rostos. Não sabemos quem vocês são. Peguem o que quiserem, mas não nos façam mal, certo?

– Mostre para mim.

O homem da pistola agarrou Marc pelo braço e o fez se levantar.

Foi quando, para o terror do casal, a porta do quarto se abriu de novo. A filha deles, Becca, caindo de sono, vestindo um suéter *baby-blue* da Greenwich High School e esfregando os olhos, entrou a passos errantes.

– O que está havendo, pessoal?...

Antes de ela sequer soltar um grito, o segundo invasor agarrou-a e tapou sua boca.

– *Não a machuque!* – implorou Marc, vendo a filha empalidecer de susto. – Ela é apenas uma criança...

Com os olhos arregalados, April tentava se desvencilhar das fitas, na ânsia de se aproximar da filha. *Ah, querida, não, não...*

Becca afastou o braço do homem que tapava a sua boca.

– *Mãe!*

O casal presenciou, impotente, o segundo invasor passar com brutalidade a fita na boca e nos pulsos da filha. Os olhos da moça estavam arregalados de medo e confusão.

– Tranque-as ali – orientou o homem da arma, apontando o closet para o cúmplice.

Becca, que sempre teve pavor de espaços exíguos, sacudiu a cabeça e tentou resistir. Sem titubear, o cúmplice empurrou as duas para dentro. April caiu no chão, contorcendo-se para soltar as fitas. *Não faça nenhuma besteira*, tentava dizer a Marc, com desespero no olhar. *Apenas dê a eles o que desejam. Por favor...*

Desligaram a luz do closet e fecharam a porta.

A filha soltou gritos abafados, debatendo-se no escuro ao encontro de April. Tudo que April podia fazer era aconchegá-la o mais perto possível, tentando mostrar, com todas as suas forças, que tudo ficaria bem. *Procure se acalmar, querida. Eles só querem dinheiro. Vão embora e tudo acabará bem. O seu pai vai nos tirar daqui. Eu prometo, querida, por favor...*

Lágrimas brilharam nos olhos da filha adolescente. April encostou a cabeça na testa da filha, numa tentativa de transferir a ela toda a sua convicção e força. Começou a pensar. *O cabelo é tão sedoso, o cheiro é tão puro... Minha filhinha... Agora vai se lembrar disto pelo resto da vida. Malditos. Roubaram sua inocência. Sua confiança.* Súbito, o pensamento dela voltou-se a Marc lá embaixo: *Marc, por favor, dê a eles tudo o que pedirem! Não tente nada heroico. Apenas faça-os ir embora.* E então a Evan, seu adorável neném de apenas sete anos, que dormia no quarto ali perto. *Durma, querido, até isso acabar. Tudo vai acabar bem... Por favor, Evan, por favor. Tudo vai...*

Foi quando ouviu o barulho: dois estampidos abafados, vindos do primeiro piso.

April e Becca entreolharam-se. Becca escutara também. O medo fez o coração de April vir à boca.

Marc.

Em pânico, sentiu as lágrimas escorrendo pela face. *O que você fez, Marc? O que diabos você fez?*

Repentinamente, ecoaram passos. Pesados, soando escada acima. Becca soltou um guincho, os olhos grandes duplicando de tamanho. A casa toda parecia tremer.

O que você fez?

Desesperada, April lutava para se desvencilhar das fitas que a prendiam. Olhou a filha. Não podia fazer nada além de se aninhar junto a ela, enquanto o pavor aumentava em seus olhos.

Meus filhinhos... April começou a chorar e lembrou-se de Evan, enquanto os passos surdos se aproximavam, primeiro pelo corredor, e, depois, quarto adentro. *Ai, meu Deus, o que vai acontecer com meu pobre filhinho adormecido? Faça o que quiser comigo, mas eu suplico, não com ele. Nem com Becca.*

Abriram a porta do closet com violência. A luz ofuscou os olhos de mãe e filha.

Minhas crianças, não!, tentou gritar April. Jogou-se na frente de Becca. *Elas não, elas não...* Fitou os homens encapuzados, com um olhar ao mesmo tempo implorante e desafiador.

Por favor...

2

– Refresque a minha memória – pediu Annie Fletcher, tirando a camiseta azul-marinho da Universidade de Michigan. – Por que as pessoas dizem que as segundas-feiras são *tristes*?

– Não tenho a mínima ideia – ofegou Hauck, a respiração acelerada.

Ela se balançou em cima dele, as mãos apoiadas na ruidosa cabeceira, num vaivém em perfeito ritmo com o ímpeto das coxas do parceiro. No corpo delicado e etéreo de Annie, sobressaíam-se os seios fartos. O cabelo preto e curto caía-lhe no rosto, ainda amassado pela noite de sono.

Ao fundo, no noticiário matinal a moça do tempo anunciou sorrindo que o dia seria ensolarado e sem nuvens.

– Nunca mais vou pensar assim – murmurou ela, começando a se excitar para valer. Com as exigências de seu restaurante e o novo emprego de Hauck – sem falar no filho, Jared, que veio morar com ela no leste e ficava cinco dias por semana, em regime de internato, numa escola para crianças com necessidades especiais, ali nas proximidades –, o casal encontrava-se apenas dois dias por semana. Por isso, a sensualidade entre eles andava à flor da pele.

– Eu também não – vociferou Hauck, apertando as coxas dela, prestes a atingir o clímax.

Estavam juntos há seis meses – com mais altos do que baixos. As responsabilidades de Annie no restaurante conflitavam um pouco com os compromissos de Hauck em seu novo emprego. Ela não forçava a barra por mais. Ele não oferecia mais. Annie era confiante e aberta. Mais do que um caso, o relacionamento deles era uma amizade despreocupada e tranquila – *com benefícios* – se o tempo permitisse.

O ritmo dos dois intensificou-se cada vez mais. O suor aflorou na pele de ambos.

– Mas você tem que ir ao mercado... – disse ele, notando que a respiração dela se tornava mais profunda e que faltavam apenas alguns rápidos estremecimentos para ela atingir o êxtase.

– Aquelas malditas trutas alpinas vão ter que esperar...

A voz da tevê mencionou que o mercado futuro de ações fechou em baixa pelo quarto dia consecutivo.

Mas Hauck e Annie não estavam escutando. Suas contas de pensão individuais podiam estar em queda livre: naquele instante nenhum dos dois daria a mínima importância.

Enfim, num derradeiro suspiro, Annie arqueou-se, tesa. Então se deixou cair sobre ele, prazerosamente sem fôlego, esticando o corpo saciado, o peito queimando a mil graus.

– Uau – ela soltou um suspiro relaxante da cabeça aos pés. – Boa maneira de começar a semana. Uma bem dada.

– *Três* bem dadas, quer dizer – Hauck jogou os braços para trás num esgotamento simulado. – Não sou mais tão jovem. Assim você vai acabar me matando.

– *Três?* – indagou ela, apoiando o queixo no tórax dele. – Duas, se não me engano.

– *Duas* desde que noticiaram o aumento do preço das passagens – recordou ele. – E mais uma na parte do trânsito e da previsão do tempo.

– Ah, sim, *três* – ronronou ela contente, soltando um suspiro lento e demorado. – Matemática nunca foi meu forte.

Hauck virou-se e concentrou o olhar no relógio digital.

– Droga. Olhe que horas são! Tenho que me apressar.

Annie reteve-o quando ele tentou se desvencilhar dela, apertando o queixo com mais força.

– Sabe, estou feliz, Ty... – Abriu um sorriso, uma espécie de sorrisinho tímido e matreiro, propositalmente irritante. – Você está feliz? Nem sempre aparenta estar. Sei que você é uma espécie de osso duro de roer.

– Aparentemente, *não* – respondeu, com uma risadinha pela piada fraca. – E sim, estou feliz, com certeza... – Tentou fazê-la sair. – Vou ficar feliz se conseguir tirar você de cima de mim e entrar no chuveiro.

– Ah, tá legal – riu-se Annie. – Vai querer me convencer de que não tinha isso em mente quando se aconchegou em mim antes de o alarme tocar...

– Tudo bem, talvez tivesse – admitiu Hauck, um tanto culpado. – Mas só *uma*...

– Você é o tipo de cara que vê o copo meio vazio, não é? Nunca revela muito de si mesmo. Nunca confia no momento.

– Meio vazio uma ova. – Enfim Hauck a fez girar e a olhou de soslaio. – Na verdade, absolutamente, vejo o copo meio cheio. Só que o deixo enterrado. Lá *bem, bem* no fundo.

– Certo. Não enterre tão fundo, ou vai acabar achando petróleo – disse Annie e, achando graça, torceu o nariz dele.

– Pode dar risada – retrucou Hauck, fechando a cara. Mas logo riu junto.

Afinal, no fundo, ele *estava* feliz. As linhas gravadas em seu rosto talvez não revelassem, mas Annie fizera aflorar nele certas coisas que ele nunca antes deixara virem à tona. A vontade descomplicada de apenas curtir a vida. De relaxar, viver o momento. Pela primeira vez, certas coisas que lhe pesavam de modo contínuo – as mortes da filha, oito anos antes, do irmão, há menos de um ano, e de Freddy Munoz, seu protegido na polícia – pareciam trancafiadas num cofre temporal que ele não se sentia mais compelido a abrir e, momentaneamente, nem poderia, pois havia perdido a chave.

Sem falar no fato de que, repentinamente, ele havia abandonado a polícia e entrado no setor privado. Após quinze anos.

Agora usava paletó e gravata diariamente e tinha novas e chiques instalações num conjunto empresarial à beira d'água. Ganhando o triplo do que antes. Tinha colegas na Europa e na Ásia em sua discagem rápida. Até folheava o *Wall Street Journal* todas as manhãs, fingindo estar se informando das últimas notícias empresariais, isso depois de conferir os resultados esportivos no ESPN.com, é claro. Ele se permitira novas sensações; o arco de sua nova vida parecia funcionar. Incitado por Annie, confiava no momento. OK, como ele dissera, talvez aquilo *ficasse* em algum lugar profundo e não viesse à tona com frequência. Mas, há muito tempo, não se sentia assim. Sem fronteiras. Livre de remorsos.

– Verdade, eu tenho que levantar – disse, erguendo-a. – Vou fazer o café.

Annie jogou-se nos travesseiros, gemendo alto:

– Tá bem...

A âncora do noticiário reapareceu na telinha.

– E agora, a última de nosso plantão de notícias...

O engarrafamento em Merritt Parkway deu espaço para algo bem mais grave.

> Em Connecticut, a cidade de Greenwich despertou esta manhã com um horrível triplo homicídio. Um *trader* de ações de uma conceituada empresa de Wall Street, a esposa e a filha deles foram brutalmente mortos durante a noite, na ampla residência nos arredores da cidade. Cindy Marques está no local...

Hauck sentou-se ereto na cama, os anos na chefia do setor de detetives voltando, enquanto a bonita repórter, bem agasalhada na manhã fria, apareceu defronte a dois enormes pilares de pedra que levavam a uma típica residência de Greenwich.

> Kate, a polícia local acredita que o motivo por trás do trágico fim desta família foi simplesmente um roubo que deu errado. Há meses esta rica comunidade vem sofrendo uma onda de arrombamentos. Mas até agora nenhum com tanta violência. Marc Glassman (uma foto apareceu na tela), de 41 anos, trabalhava como operador-chefe do mercado de ações da Werthei-

mer Grant, tradicional empresa de Wall Street, que enfrenta dificuldades financeiras. Foi encontrado morto no térreo de sua luxuosa casa nas imediações da Cat Rock Road...

Hauck empertigou-se, seu corpo estremecendo.

– Espere um pouco – pediu ele, desenroscando-se das pernas de Annie. Com os olhos fixos e o coração acelerado, sentou-se à beira da cama, mais perto da tevê.

Os corpos da mulher dele, April, conhecida nas escolas e instituições de caridade locais, e da filha do casal, a adolescente Rebecca, foram encontrados no closet do segundo andar. Um filho mais novo...

Hauck olhou com atenção uma nova foto. Um instantâneo da família em época feliz. A cabeça dele ficou a mil enquanto a repórter descrevia o horrendo cenário; ele concentrou o olhar no marido – cabelo com discretas entradas, blusão de lã e óculos escuros, um braço ao redor da filha, que vestia um moletom da faculdade, meio folgado para ela, e tinha longos cabelos castanhos, e o outro ao redor do filho mais novo, um loirinho sorridente.

Então se deteve na esposa.

Linda. Aparência feliz. Usava um boné de beisebol verde, e o cabelo castanho claro, num rabo de cavalo, saía pelo orifício do boné. Um sorriso bonito, ao mesmo tempo orgulhoso e trágico.

– *Meu Deus...* – gemeu Hauck, respirando fundo para se recuperar.

– Sei, é horrível – disse Annie. Ela se aproximou por trás dele e repousou o queixo em seu ombro, os dois de olho na tela. – Você está bem?

Ele fez que sim com a cabeça. Não era tanto uma resposta, e sim o máximo que conseguiu fazer. Sentiu um imenso peso no peito.

– Eu a conhecia – disse ele.

3

O reluzente Dassault Falcon branco tocou graciosamente a pista do Aeroporto do Condado de Westchester, bem pertinho da divisa com a cidade de Greenwich.

O arrojado jatinho de seis passageiros taxiou para fora da pista rumo ao hangar particular da NetJets. Quando as turbinas se desligaram, a porta se abriu, e a escada acoplada baixou. Um casal atraente apareceu – uma elegante mulher na faixa dos quarenta anos, o cabelo loiro esvoaçando sob o chapéu de caubói, a jaqueta de pele nos ombros; e o acompanhante um pouco mais novo que ela, de cútis trigueira e óculos escuros, trajando um blazer de casimira azul-marinho e jeans. A mulher parou no topo da escada e agradeceu ao piloto, cumprimentando-o pela aterrissagem.

– Como sempre, uma perfeição, Mike.

– Como sempre, é um prazer, Sra. Simons. Vamos aguardar seu contato sobre a viagem a Anguilha.

– Vou mandar a Pam ligar assim que eu souber. Boa semana.

Descendo ao asfalto, o casal exibiu o bronzeado de uma semana esquiando na primavera de Aspen.

Aos 44 anos, Merrill Simons tinha fama no circuito de caridade em Greenwich. Ao longo dos anos, ela comandara a organização de dezenas de bailes e atuara em incontáveis comitês; conhecia praticamente todo mundo. Isso se relacionava com o fato de ter sido casada, durante 23 anos, com Peter Simons, o diretor da Reynolds Reid, de Wall Street.

Mas agora tudo pertencia ao passado remoto. O divórcio concluíra-se há um ano; seis meses depois de o marido a abandonar para viver com Erskina Menshikova, a modelo da grife de lingerie Victoria's Secret, concedendo a Merrill a mansão em Dublin Hill, a casa em Palm Beach e a cobertura na Fifth Avenue com vista para o Central Park, sem mencionar o uso livre do jatinho particular.

Nos mesmos seis meses antes da conclusão do divórcio, Merrill acompanhou, com um quê de deleite, as ações da Reynolds Reid começando a despencar, por causa da severa exposição da empresa na crise hipotecária e a consequente onda de liquidações globais. Ela sempre suspeitara que Peter não entendia bulhufas de balanços, como também de ser pai ou de manter um casamento.

Sua intuição acertara em cheio!

Agora apreciava a ideia de que ele devia andar preocupado com a liquidez das ações – que valiam um quarto do que na época do acordo – e não conseguia mais dar conta de seu troféu de coxas sedosas e cabeleira dourada. O que seria apenas questão de tempo, ela sabia – independentemente da queda vertiginosa das ações da Reynolds.

Merrill também havia escrito seu próprio "novo capítulo", como Pete habilmente se expressara no dia em que a comunicou sobre a intenção de abandoná-la. Além de lindo, Dani Thibault fazia sucesso por merecimento próprio. Tinha interesses empresariais Europa afora – hotéis, escritórios comerciais –, parcialmente financiados pelos seus laços com a família real belga. Criava cavalos no circuito de polo. Praticava windsurf. Esquiava como se tivesse nascido em cima de esquis. Não mostrava precisar do dinheiro dela e parecia adorar o modo como despertara o corpo de 44 anos de Merrill da longa letargia. Fez coisas com ela que o marido não ousava desde que era um estagiário no setor de bônus. Na realidade, coisas que ele *nunca* tinha feito, se fosse sincera! Dani parecia conhecer o mundo – sabia organizar noitadas magníficas em clubes privados de Londres, ou conseguir uma mesa no El Bulli perto de Barcelona ou no Robuchon, em Paris. Até mesmo os filhos dela – Louisa, trabalhando em L.A. numa produtora, e Jason, no penúltimo ano da Universidade George Washington – tinham se fascinado com ele e adoravam o fato de que a mãe havia se recomposto e feito a transição para uma vida nova e feliz. *E de que ela estava transando*. As amigas de Merrill ali na cidade, atoladas em seus próprios casamentos tediosos e insatisfatórios, morriam de inveja dela.

Só que, de uns tempos para cá, haviam surgido pequenos detalhes que a preocupavam, em relação a Dani.

Ela não se abriu com ele. Guardou as dúvidas consigo durante toda a viagem. O relacionamento dos dois tornava-se mais sério, e ela começou a se dar conta do quão pouco realmente sabia sobre ele. Sobre o homem por quem estava se apaixonando.

E algumas coisas que ele contara simplesmente não se encaixavam.

Ao descerem do avião, dois veículos nos esperavam no asfalto. A Mercedes C 63 AMG preta com chofer pertencia a Dani. O motorista particular abriu a porta. O outro, a van Audi prata, pertencia a Merrill.

– Tenho que ir à cidade – falou Dani em seu quase indecifrável (mas inegavelmente sexy) sotaque europeu. Ela achou que era alemão; ele explicou que era holandês, com uma pitada de francês, talvez de Bruxelas. – Tenho reuniões até as cinco. E à noite temos aquele compromisso na biblioteca, certo? Vou me trocar no apartamento, pode ser?

– Claro. Peço para Louis me levar.

– Capriche no visual – sorriu ele, deslizando a mão sob a jaqueta de pele e dando um leve beliscão em sua nádega. – Vou circular até me deparar com a mulher mais sexy do evento.

– Melhor ser pontual, então – avisou Merrill, com uma piscadinha tímida. – Já imaginou se outro homem tem a mesma ideia?

– Foi adorável descer as escarpas ao seu lado, Sra. Simons. – Dani entrelaçou os dedos de Merrill nos seus. – Vamos repetir a dose.

– E você, Sven – riu-se ela, ao usar o nome do instrutor de esqui fictício criado por ela após duas garrafas de champanhe. – Fique à vontade para sair da trilha enquanto estiver na cidade.

Ele sorriu, aproximando-se para beijá-la. Merrill pôs a palma da mão em sua camisa e o manteve levemente afastado, roçando os lábios no rosto dele.

– A gente se encontra lá.

O BlackBerry de Dani tocou. Soltou um suspiro ao ver quem chamava.

– Tenho que atender – desculpou-se. Fez um sinal ao motorista, subiu no banco traseiro da Mercedes e acenou. – Até logo mais à noite.

As portas pretas se fecharam e o vidro escurecido se ergueu, ocultando devagar o rosto de Dani.

O funcionário de Merrill, Louis, acomodou a bagagem no porta-malas do Audi. Abriu a porta, e ela entrou.

Sim, tudo está perfeito, refletiu ela. O Audi cruzou o portão do terminal particular e serpenteou pela estrada de acesso, afastando-se do aeroporto.

Todos amavam Dani. Charmoso, agradável, bem-sucedido, e na cama a fazia se sentir vinte anos mais nova. Seria tolice deixar algo interpor-se entre eles.

Mas não gostava da sensação de desconfiança remoendo-a por dentro.

Só esse probleminha.

Louis virou o pescoço e indagou:

– Vamos para casa, Sra. Simons?

– Sim. Preciso trocar de roupa. Tenho um compromisso na cidade.

4

Não comentaram muito o assunto, durante o café da manhã. A cena horrenda na tevê.

Apenas que Hauck a conhecera na cidade. Annie lamentou-se da loucura dessas invasões de residências que causavam alvoroço em tanta gente, até mesmo no restaurante. Ela meneou a cabeça, estupefata.

– Que tipo de gente pode ter feito isso com uma família tão bonita? E por que motivo? Dinheiro?

Hauck balançou a cabeça, consternado. Não sabia.

Mastigou a torrada de sete grãos, calado, folheando o jornal. Annie percebeu que ele continuava abalado com a notícia. Alguma coisa ali parecia não ter se dissipado.

– Sei que você sente vontade de fazer algo a respeito – ela deu a volta no balcão e o abraçou por trás, acariciando o rosto dele com as costas da mão. – Mas isso acabou. Agora você é um homem de negócios, certo?

Ele assentiu indiferente.

Ela piscou e beliscou o nariz dele.

– Então, vá tratar de seus negócios.

Hauck completara seis meses de trabalho no Grupo Talon. Ainda se sentia meio desajeitado com a transição de se tornar um executivo pela primeira vez na vida, após tanto tempo na polícia. Usar terno e gravata, participar de eventos em empresas da lista anual Fortune 500, fechar negócios de proteção de dados e investigações criminais internas com gerentes financeiros e chefes de segurança empresarial que às vezes reconheciam seu nome dos casos célebres em que trabalhara.

Parte dele ainda se sentia um peixe fora d'água. Até mesmo quando depositavam seu salário e via uma cifra três vezes maior do que era acostumado a ganhar.

Hauck tomou uma ducha e fez a barba, o cabelo curto e moreno mal precisava ser escovado. Com a toalha presa na cintura, ainda aparentava excelente forma física, apesar de já ter passado dos quarenta anos. Vestiu-se, escolhendo uma camisa Oxford e uma gravata salmão para combinar com o blazer. Saltitante, Annie entrou no banheiro na hora em que ele saía. Era dia de visita na escola do filho. Mais tarde, trocaria o vestido por um jeans e iria ao restaurante.

Enrolada na toalha, de cabelo molhado, ela ajeitou o nó da gravata de Hauck quando ele veio se despedir. Centralizou o blazer nos ombros dele e sorriu, satisfeita.

– Está bem vestido.

– Você também – falou ele, passando o dedo pela beira da toalha de Annie. – Mais tarde retomamos aquele ponto.

– Desculpe. Mais tarde vou ter que enfrentar o restaurante lotado e fazer duas dúzias de rolinhos primavera recheados com lagosta e jicama. Mas pegue a senha.

– Negócio fechado. Seja como for, dê um oi ao Jared por mim. Diga a ele para não faltar no treino de quarta-feira.

Hauck tinha começado a treinar um time mirim de hóquei e ensinava Jared, o filho de Annie, de nove anos e com síndrome de Down, a esquiar. Os outros meninos pareciam gostar da presença dele, e todos espelhavam-se em sua postura positiva. Jared também parecia gostar.

– Pode deixar. E tem certeza de que está tudo bem, amor? Sei que você não pode fazer nada no caso daquela pobre família, e como se sente em relação a isso.

– Estou bem – respondeu, com uma palmadinha no bumbum dela. – Juro.

Annie abriu um sorriso e empurrou-o rumo à porta.

– Como se você fosse me dizer se não estivesse...

Lá embaixo, Hauck jogou o jornal e a pasta no banco da frente de seu novo e branco BMW 550i – a única mudança que se permitiu fazer na vida desde que aceitou o emprego no Talon, depois de negociar seu jipe Bronco, beberrão de gasolina de uma década – e saiu da garagem.

Rumou a Greenwich pela Post Road, que corria paralela à rodovia. Greenwich já não era igual. Até mesmo ali, a recessão atingira em cheio a economia. Pela primeira vez em muito tempo, percebiam-se estabelecimentos vazios ao longo da avenida. Agora, nos prédios comerciais de tijolo à vista em que os fundos de *hedge* outrora invioláveis reinaram supremos, andares inteiros se encontravam vagos. Falava-se à boca pequena que metade das imponentes residências da North Street estava secretamente à venda.

Durante anos, contou-se a piada de que guardas "de luvas brancas" comandavam o trânsito da Greenwich Avenue, nas imediações da Saks e da Polo.

Agora os guardas tinham sumido – não havia mais necessidade.

Ao parar no semáforo, Hauck repassou o cronograma do dia. Estivera tentando rastrear o tal "ladrão" de hipotecas que fechara três refinanciamentos multimilionários da mesma propriedade no mesmo dia – o cartório do registro de imóveis levou vários meses para dar conta do grande volume de registros hipotecários – e cujo paradeiro, de modo não surpreendente, permanecia ignorado. Depois, à uma da tarde, tinha reunião marcada com Tom Foley, seu chefe, que desejava lhe apresentar alguém.

Em todos os semáforos, a imagem da família Glassman assassinada continuava a se insinuar despercebidamente em sua cabeça.

Vamos lá, encorajou-se ele, ligando o rádio. Como Annie disse, *agora você já virou esta página de sua vida*. Tinha de aceitar que não havia nada a fazer. Sintonizou o canal esportivo e atravessou o Bruce Park rumo à Greenwich Avenue, passou na delegacia em que costumava trabalhar, a minutos de distância de seu novo e chique escritório em Steamboat. Escutou desatento os comentaristas esportivos discorrerem sobre as contratações do beisebol e os *playoffs* do basquete, mas, durante todo o tempo, sentiu o sangue esquentando a fogo lento, latejando com um ardor conhecido.

Tudo bem contigo, Ty...?

Não, não estava tudo bem. Esperou o sinal abrir com um sentimento reprimido no peito, os dedos agarrados com firmeza ao volante.

Até que não conseguiu mais aguentar.

Página virada uma ova.

Quando ficou verde, ele deu uma guinada à esquerda e entrou com o BMW na Mason, raspando no caminhão de padaria que fazia a curva e buzinou em protesto. Velozmente subiu a colina e retornou à Post Road, dobrando à esquerda na Stanwich, o coração pulsando no mesmo ritmo acelerado que sentira durante vinte anos.

5

Uns três quilômetros depois, virou à direita na Cat Rock Road, as residências chiques escasseando em ambos os lados. Um quilômetro e meio adiante, cruzou uma barricada policial, a estrada sinuosa estreitando numa só pista. Um carro de polícia azul e branco bloqueava a estrada, sinalizando apenas trânsito local. Reduziu a marcha. Uma fileira de vans dos meios de comunicação estava estacionada no acostamento, como se fosse uma caravana.

Baixando o vidro ao se aproximar, Hauck avistou um patrulheiro que conhecia: Rob Feretti.

– Tenente! – exclamou o policial, espiando na janela do carro, instintivamente chamando Hauck pelo seu antigo posto. – Belo carro... O que o traz aqui?

– O Steve Chrisafoulis está aí? – Inúmeras luzes de sirenes piscavam perto da casa.

– Está, senhor – assentiu Feretti.

– Você se importa se eu for até lá?

– Achei que tinha desistido disso tudo – sorriu o patrulheiro. – A casa é aquela à esquerda. O cenário não é lá muito agradável.

– Aposto que não, Rob. Valeu.

Foi autorizado a passar com um aceno. Contornou a curva fechada onde duas viaturas azuis e brancas com luzes piscando bloqueavam a entrada residencial. Feretti havia se comunicado via rádio e Hauck teve o acesso permitido. Há poucos meses, ele era o chefe dessa equipe. De modo algum, o fato de ter saído da corporação mudaria isso agora.

Conduziu o veículo entre os pilares de pedra e desceu o longo e sinuoso caminho que conduzia ao casarão. Impressionante fachada de tijolos vermelhos ao estilo georgiano. Hauck estacionou em meia-lua na parte mais afastada do retorno. Bem na frente da casa, havia um congestionamento de viaturas e ambulâncias. Nos meses desde a sua saída, ele estivera no escritório só duas vezes – uma, na inauguração da nova ala de resposta imediata, e outra, na festa de aposentadoria de Ray Reiger, um dos veteranos de sua equipe.

Uma equipe com mais de vinte peritos técnicos concentrava-se perto da entrada. Hauck cumprimentou alguns deles que, por instinto, acenaram de volta com surpresa.

– Ei, tenente!

Mas ninguém o parou para conversar. Passou pelo guarda uniformizado de sentinela na porta. No interior, deparou-se com o enorme foyer de dois andares, a mesa redonda de mármore e a escada em espiral que conduzia ao segundo piso.

Um grupo aglomerava-se numa sala adiante do hall de entrada. Hauck entrou no recinto. Parecia o gabinete de alguém, provavelmente de Marc Glassman. Prateleiras embutidas forradas de livros e fotos. Bolas de beisebol autografadas. Os corpos já haviam sido trasladados, mas no piso ao lado da escrivaninha, junto à grande mancha de sangue, havia um desenho no contorno de um cadáver em que se lia o número "1". Marc Glassman tinha sido baleado no térreo, recordou-se Hauck. Correu o olhar ao redor e viu um cofre de parede com a porta aberta e as gavetas da escrivaninha removidas e viradas no chão. *A polícia acredita que o motivo por trás do trágico desfecho desta família foi simplesmente um roubo que deu errado...*

Na outra ponta do cômodo, Hauck avistou Steve Chrisafoulis, que assumira o seu cargo na chefia dos detetives, confabulando com Ed Sinclair, um dos membros da equipe.

Steve mirou-o num misto de confusão e surpresa.

– Qual é o problema, o novo emprego não o mantém ocupado, Ty?

– Primeiro caso importante... – disse Hauck dando de ombros a Steve e cumprimentando Ed. – Não consegui ficar longe.

– Bem mórbido, se quer saber minha opinião. – Steve e ele trocaram um aperto de mãos. Hauck simpatizava com ele, que servira durante quinze anos em Nova York antes de se mudar para Greenwich. De fato, Hauck incentivara-o a assumir seu cargo após a morte de Freddy Munoz. O detetive sempre o auxiliara com dedicação. Uma vez ele dissera em tom de brincadeira: "Sigo você até o inferno se for preciso". Chrisafoulis encolheu os ombros, em tom de desculpa.

– Olha só, Ty, não quero ser grosseiro, mas você vê o tumulto que está isso aqui...

– Já percebi. Eu só queria dar uma olhada na cena do crime.

– Dar uma olhada?

– April Glassman – falou Hauck. Ele relanceou o olhar no contorno azul do marido dela no piso. – Trabalhamos juntos em alguns projetos lá no Centro da Adolescência.

Sentiu o estômago se revirar com a mentira.

O novo chefe dos detetives alisou o bigode.

– Sei não, Ty... O Fitz pode aparecer a qualquer minuto...

Referia-se a Vern Fitzpatrick, comandante da polícia de Greenwich, ex-chefe de Hauck. Ty deixara a corporação após um desentendimento que os dois tiveram em relação ao seu último grande caso, no qual pairaram dúvidas sobre a lealdade do chefe.

Apesar disso, Hauck indagou:

– Tem certeza de que o cenário é de latrocínio?

Chrisafoulis deu de ombros.

– O cofre está aberto. Seja lá o que havia nele sumiu. Gavetas reviradas. É o quarto arrombamento parecido em seis semanas, nos bairros mais afastados... O mesmo lá em cima, perto da esposa e da filha. Pode me chamar de louco...

Hauck assentiu relutante.

– Ouvi falar que havia um menino em casa também?

Steve assentiu com a cabeça.

– Na realidade, foi o menino que avisou a polícia. Às sete da manhã. Acordou quando a coisa toda acontecia. Escondeu-se no armário do corredor.

– Sem ferimentos?

– Sem ferimentos – confirmou Steve. – Garotinho bem engenhoso também. Quando os invasores saíam, tirou umas fotos com o celular da irmã.

– Distinguiu-se alguma coisa?

– Dois deles. Com gorros ninja escondendo o rosto e macacões. O laboratório está trabalhando em cima disso agora – abriu um sorriso afável. – Talvez fosse melhor deixar alguma novidade para a coletiva de imprensa, não é, tenente?

Uma chamada estridente soou no rádio portátil do detetive. Brenda, a secretária do departamento e também ex-secretária de Hauck.

– O chefe mandou avisar. A coletiva está marcada às onze e meia, tenente...

Chrisafoulis respondeu:

– Diga a ele que estarei lá. – Desligou o rádio e resfolegou uma risadinha. – Deve ser estranho ouvir isso, não é?

– Quer dizer, "tenente"? – indagou Hauck, dando de ombros. – Ora, eu sabia o que eu estava fazendo, Steve.

– Sabe, *hoje*, você é bem-vindo a reassumir o cargo se quiser – falou o detetive, com um olhar tristonho ao redor. – Você me garantiu que seria fácil.

Solicitaram sua presença fora do cômodo. Steve acenou e balançou o rádio na mão como se ele fosse um haltere.

– Nos demais arrombamentos – ponderou Hauck –, se não estou enganado, teve uma vez em que os meliantes entraram e a família estava em casa, não é?

– Um casarão lá nas bandas de Riversville – assentiu Steve.

Hauck fitou-o nos olhos.

– E como eles agiram?

– Sei aonde quer chegar... Fecharam a família na despensa sob a mira de armas, pegaram tudo o que podiam e fugiram.

– Foi o que pensei, Steve.

O chefe dos detetives fitou-o e então, com um suspiro, cedeu.

– A esposa e a filha estavam no quarto lá em cima. Avise-me se descobrir algo – piscou. – Toda ajuda é útil. Fique um tempinho antes de ir embora.

6

No quarto, peritos criminais e alguns detetives conhecidos circulavam sem propósito aparente. Hauck cumprimentou-os e respondeu sobre como as coisas andavam e o que ele estava fazendo ali.

Correu o olhar no cômodo – tons amarelos e verdes, coloridos e quentes. Hauck teve a sensação de captar a personalidade de April no ambiente, as cortinas com estampas florais e heras pintadas na parede. A cama continuava desarrumada da noite anterior. Na mesa de cabeceira de April, um romance de Jodi Picoult. Fotos emolduradas da família e do cachorro.

Até mesmo o cheiro peculiar de April – um frescor de margaridas – lhe veio após todos aqueles anos.

Rumou até o closet e esperou até o último técnico da perícia criminal sair.

Dois contornos de corpos, um bem pertinho do outro, quase se sobrepondo. Hauck imaginou April protegendo a filha, as duas amordaçadas com fitas, os pulsos amarrados, o intenso terror fazendo o coração disparar. Ela deve tê-los escutado. Os atiradores subindo a escadaria; a porta abrindo-se, a luz irrompendo. Os gritos abafados da filha em frenesi. O medo profundo inserido numa tristeza ainda maior.

Aquilo devia ter sido horrível para ela.

Ele já vira isso tantas vezes. Sempre ficava com o coração entorpecido. Gente que ele amara.

Por que sempre parecia que era a primeira vez?

Tinham sido presas ali enquanto o dono da casa fora levado até o cofre no térreo. O que diabos dera errado? Será que alguém da família viu o rosto dos bandidos e os desgraçados tiveram que apagar as pistas? Será que Marc tentou reagir? As gavetas da cômoda abertas; roupas, fotografias e papéis espalhados no chão. No tampo do móvel, uma caixa de joias esmaltada com o conteúdo saqueado.

Roubo.

Hauck ajoelhou-se e tocou o centro do primeiro contorno azul com a palma da mão. Por um instante, foi como se sentisse o calor do coração de April batendo ali. Após todos esses anos. Uma onda de náusea revolveu suas entranhas. O passado precipitou-se como um trem desgovernado.

Vira aquilo tantas vezes, pensou que conseguiria simplesmente deixar de lado.

Mas não podia. Tudo sempre voltava.

No conflito entre lembrança e esquecimento, as memórias sempre venciam.

***

– Ty?...

Ele a reconheceu assim que se virou. Depois de tantos anos.

Logo atrás dele na fila da lavanderia, na Putnam Avenue. Os luminosos e suaves olhos verdes, o sotaque arrastado do meio-oeste remetendo-o instantaneamente ao passado. A surpresa agradável tão radiante no sorriso dela.

– April?

– Ai, meu Deus, Ty... – Ele saiu da fila, e ela o abraçou. – Meu Deus, há quanto tempo... Quatro anos?

– Talvez cinco! – disse ele, avaliando-a de cima a baixo. – Como você vai?

Por mais que o tempo passasse, a aparência dela era a mesma. Até melhor. O tempo a fez desabrochar. A confiança brilhava em seu rosto. Com o cabelo mel castanho e as sardas pintando as faces, era fácil confundi-la com uma Julianne Moore ainda mais bela. Vestia jeans com apliques e um suéter comprido e cinzento sob a grande parca de plumas. A típica menina do interior. Uma centelha acendera nela.

– Estou bem, Ty. Nós estamos bem. Ouvi falar que você estava na cidade. Na polícia. Nem imagina quantas vezes me deu vontade de aparecer para dar um oi.

– Então, oi – sorriu Hauck.

Ela deu um risinho.

– Oi!

Era como quando a pessoa revê alguém que não via há anos e se dá conta do quanto aquela pessoa significou para você. E daí tudo se precipita, tudo de uma só vez. Ele pegou as mãos dela e escrutinou cada traço de seu lindo rosto.

Ela falou:

– Sabe, penso muito em você. Topei por acaso com o doutor Paul no mês passado. Não vai acreditar, a gente se encontrou na entrada do cinema em Stamford. Perto de onde moramos... Um filme de arte. Tem visto ele?

– Não. Há um tempão. – Ele balançou a cabeça. – Não, desde... – Eles se afastaram da fila. – E aí, me conta como você vai.

– Estou bem. Verdade – falou ela, como se tentasse convencê-lo. – Estou. Todos nós, na realidade. Marc continua na Wertheimer. Negócios de vento em popa. Becca está com doze anos. Cursa balé. Ótima bailarina, aliás. Vai fazer o teste para participar de *O quebra-nozes*, na academia da Universidade Estadual de Nova York.

Ele sorriu. April praticara balé na infância.

– Por que não estou surpreso?

Ela sorriu para ele.

– Sempre o sujeito legal para se ter por perto... Então, o que me conta de você?

– Bem, estou aqui. Há dois anos já. Morando em Stamford. Sou o chefe da Unidade de Crimes Violentos da corporação.

– E sua esposa? Beth, não é? – Ele assentiu. – As coisas deram certo?

– Não – disse, dando de ombros, resignado. – Não voltamos. Há três anos, nos separamos de fato.

– Sinto muito, Ty.

– Tudo tranquilo. Jessie está bem crescida. Está com dez anos. Prefere futebol a balé.

– Quem iria imaginar isso? – sorriu April ironicamente.

Seguiu-se um silêncio. Hauck percebeu que continuava com as mãos dela entre as suas. Enfim, sem olhar para elas, soltou-as.

– Você está com ótima aparência, Ty. Tudo aquilo parece ter sido há tanto tempo. Em outra vida. Nós dois atravessamos o ponto crítico, não foi? Superamos. É isso que ele sempre diz.

– Superamos – assentiu Hauck. O rosto dela trouxe-lhe tantas lembranças. – Superamos.

April mirou o relógio de relance.

– Ops. Becca deve estar me esperando na escola. Hoje estou dando uma de chofer. A gente tem que combinar algo. Eu gostaria muito, Ty.

– Sim, vamos combinar. – Hauck sabia que isso dificilmente aconteceria.

– Tenho que ir andando – disse ela. De repente, seus olhos brilharam. – Ei, vem comigo... Quero lhe apresentar alguém.

Enroscou-se no braço dele e levou-o para fora. Havia um SUV Mercedes prata estacionado na frente do estabelecimento. Acompanhou-o até perto do veículo e destravou a porta traseira. Tinha um menino no banco de trás. Quatro anos, talvez cinco. Um topete de cabelo loiro palha. Olhos tão vívidos e verde-musgo quanto os da mãe. Talvez tenha sido a luz do sol que brilhou no rosto do menino, ou que bateu no de April, irradiando dela, como se ela estivesse mostrando a Hauck um instantâneo de seu próprio coração.

– Este é o Evan, Ty...

***

Hauck ergueu-se, e seus joelhos duros estralaram. Sentiu uma pressão no estômago, o suor brotando do corpo. Tentou sufocar a sensação mista de náusea e raiva fortemente contida.

As memórias sempre venciam.

Um jovem perito técnico com quem já se encontrara uma ou duas vezes, chamado Avila, apareceu ao seu lado, pegando-o de surpresa.

– Cena desagradável, não é, tenente?

O moço soltou um suspiro como se fosse um veterano de vinte anos que já vira isso uma centena de horrendas vezes.

– Não é mais "tenente". Saí da corporação.

– Mesmo assim, é difícil deixar de lado, não é, senhor? Acho que fica no sangue.

– O que fica no sangue, filho? – indagou Hauck, fitando o perito.

– Não sei. – Avila deu de ombros. – O que a gente faz.

Fitou o moço com seu *kit* de cena do crime, há pouco mais de seis meses na função. Abriu-lhe um sorriso enrugado.

– Sim, é difícil – concordou. Deu um tapinha no ombro do jovem e foi embora.

É difícil deixar de lado.

É difícil deixar para trás o que está em nosso âmago.

Não importam os pontos críticos que atravessamos.

7

Empresa de segurança com atuação mundial, o Grupo Talon, novo empregador de Hauck, tinha negócios em trinta países.

A maior parte da renda vinha da divisão corporativa. Verificação de antecedentes de funcionários e diretores importantes. Contabilidade forense. Recuperação de dados. Proteções contra roubos internacionais. Outra divisão lidava com gestão de crise – relações públicas, treinamento midiático. E havia ainda outro ramo da empresa, o GAG (Gerenciamento de Ameaças Globais), especializado em fornecer proteção a diplomatas e empreiteiros no Oriente Médio e outros perigosos postos avançados no exterior, e em prestar consultoria a vários governos estrangeiros.

Hauck entrou como parceiro no novo escritório da empresa, em Greenwich.

Abandonar a polícia significou uma mudança radical na vida dele. Estivera na corporação durante vinte anos, numa rápida ascensão da faculdade até os postos de detetive do NYPD, culminando na participação na Agência de Informações. Com a morte da caçula e o fim do casamento, voltou às origens, perto de onde passou a infância, na opaca zona operária de Byram, na fronteira entre Greenwich e Port Chester. Devagar, reconstruiu a vida, assumindo a divisão de Crimes Violentos da cidade, na chefia dos detetives. A resolução de dois importantes casos de conspirações e assassinatos valeu-lhe a presença nos programas de tevê criminais e tornou-o uma espécie de celebridade nas ruas. Conquistou a preferência na sucessão, para quando o chefe Vern Fitzpatrick se aposentasse.

Mas em atrito com a mesma base de poder estabelecida, ele sabia que lá jamais seria completamente feliz.

Agora tinha um gabinete de esquina com vista sofisticada para o canal. Uma bonita secretária na antessala. Acesso a importantes executivos. Logo trouxe dois novos negócios: o fundo de *hedge* High Ridge Capital (havia treinado o filho de um dos sócios) e a cidade de New Canaan, que procurava triagem de segurança aos novos candidatos a emprego. Boa parte do trabalho limitava-se a coisas bem triviais. Questões de conformidade. O tópico mais interessante era o caso do ladrão de hipoteca.

Naquela tarde, por volta da uma e meia, o chefe de Hauck, Tom Foley, gerente sênior da empresa, bateu à sua porta.

– Ty, eu queria lhe apresentar uma pessoa.

Alto, educado em Princeton, com suspensórios sobre a camisa listrada, Foley entrou com uma loira elegante. Hauck calculou que devia ter seus 45 anos. Ela vestia um suéter branco, em tricô grosso, e calça bege social com friso, o cabelo preso num caprichado rabo de cavalo. Batom rosa pastel. No pulso, um sofisticado relógio Chanel branco.

Foley disse:

– Ty, esta é Merrill Simons.

Hauck levantou-se e saiu detrás da escrivaninha. Merrill Simons parecia vestida para ser a capa da *Greenwich Magazine*, recebendo a reportagem no jardim de sua propriedade de vinte milhões de dólares ao melhor estilo *Town & Country*. Apertou a mão dela e mostrou o sofá.

– Por que não sentamos ali?

Espaçoso e bem iluminado, o gabinete de Hauck dispunha de uma confortável área para sentar: sofá, duas poltronas e mesinha de centro em nogueira. Na parede, um óleo sobre tela contemporâneo que Hauck não conseguia decifrar – veio com o gabinete. As janelas miravam a enseada e o porto de Greenwich.

– Ty é o nosso mais novo colaborador – explicou Foley a Merrill. – Está no comando de nossas operações em Greenwich. Durante um bom tempo, ele esteve à frente da unidade de detetives da polícia aqui da cidade e elucidou casos de grande repercussão. Ele não gosta de deixar pedra sobre pedra, mas nos consideramos sortudos por tê-lo aqui conosco.

– Tom tem um fascínio por policiais – falou Hauck. Todos se sentaram. A secretária de Hauck, Brooke, enfiou a cabeça na sala e perguntou se Merrill queria refrigerante ou café. Merrill aceitou um chá. No começo, aparentou certo nervosismo, um desconforto por estar ali; e, para Hauck, ela parecia o tipo que *nunca* ficava nervosa ou pouco à vontade, acostumada à companhia de gente importante, seja qual fosse o ambiente.

– Simons – falou Hauck, pensando alto. – Algum parentesco com *Peter* Simons?

Referia-se a Peter Simons, conhecido figurão do ramo financeiro citadino. Credit Suisse, Lehman ou coisa que o valha. Para Hauck, era tudo a mesma coisa. Ele se lembrava que os Simons tinham uma mansão digna da *Architectural Digest* espraiada em Dublin Hill, promoviam festanças extravagantes e exerciam influência no circuito de caridade e no *front* cultural de Greenwich. Espécie de realeza na cidade.

– Não mais. – Merrill deu de ombros, quase com ar culpado. – Nós nos divorciamos há um ano.

– Sinto muito. Na verdade, eu já estive em sua casa. Vocês deram uma festa para o presidente da França e a nova primeira dama há alguns anos. Eu supervisionei parte da segurança municipal.

– Eu me lembro de você. – O rosto de Merrill iluminou-se. – É o tenente da cidade, não é?

– Era – disse, sorrindo. – Mudança de uniforme. E acho que uma vez fui o guia da visita de um de seus filhos na delegacia. Veio com um grupo de Brunswick. Um rapaz alto que fazia várias perguntas. Cabelo loiro desgrenhado. Se eu bem me recordo, ele pediu para ver onde a gente prendia os usuários de drogas infratores de primeira viagem.

– É o Jason, sem tirar nem pôr – confirmou Merrill com uma risada. – Às vezes ele não precisava ser tão curioso. Vai ver, ele queria cumprimentar alguns de seus camaradas do colégio. Espero que o tenha colocado em seu devido lugar.

– Fiz o que pude. Mas pelo jeito a senhora criou um moço bem determinado.

Chegou o chá de Merrill. Ela o pegou e agradeceu a Brooke. Tomou um gole e pareceu sentir-se mais à vontade.

– Pois é, Ty – interrompeu Tom Foley, as mãos pousadas nos joelhos –, você deve estar se perguntando o motivo da presença de Merrill aqui. Vou deixar que ela mesma conte, mas gostaria de frisar que é um assunto altamente particular e que certamente ganharia as manchetes dos jornais locais, caso vazasse. Garanti a ela que vamos abordar a situação com a máxima discrição.

– Claro. Não precisa nem falar, está implícito – tranquilizou-a Hauck. – Estamos aqui para isso.

Merrill assentiu com um aceno de cabeça, empertigando-se. Abriu a bolsa em couro de crocodilo e pegou um envelope pardo.

– Desde o ano passado, eu tenho saído com uma pessoa – começou a explicar. Tirou do envelope uma foto em preto e branco e estendeu-a, meio indecisa, sobre a mesa.

Hauck pegou-a.

Homem na faixa dos trinta e cinco, quarenta anos. Bonito. Feições trigueiras e europeias. Queixo robusto. Cabelo moreno, curto e ouriçado.

– O nome dele é Dieter Thibault. Todo mundo o chama de Dani. É holandês. De mãe belga, se não estou enganada. Pelo menos é isso que ele me levou a acreditar. A situação evoluiu muito rápido. Acho que posso dizer que nos apaixonamos.

Hauck esperou que ela tomasse outro gole de chá e a encarou, baixando a foto.

– Continue.

– Isso é meio difícil para mim... – falou Merrill, mirando Foley.

Ele acenou com a cabeça, incentivando-a a continuar.

– Está providenciando um pouquinho de diligência necessária, talvez? Caso as coisas avancem à próxima etapa – inferiu Hauck.

Merrill fez um leve aceno de concordância.

– Quero deixar claro que Dani é bem-sucedido por conta própria. Construiu hotéis e tem acordos na *web* no leste europeu. Alguns membros da família real belga são sócios nos investimentos dele. No escritório de Dani, em Nova York, há várias fotos dele com a família real, bem à mostra. Ele nunca precisou de meu dinheiro. Na realidade, eu que acabei adotando o estilo de vida dele. Mas o detalhe é que...

Hauck aguardou um instante enquanto Merrill umedecia os lábios. Ela mostrou hesitação.

– Qual é o detalhe, Sra. Simons?

– É que algumas dessas coisas... Pedi para meu pessoal conferir. De modo informal, é claro. Alguns dos negócios feitos por ele, dados pessoais, família, diplomas universitários... Fontes de renda. Não sei bem ao certo como me expressar. Mas, de repente, algumas coisas não se encaixam.

– Não se encaixam?

Profundas marcas de inquietude surgiram no rosto de Merrill Simons. Hauck inclinou-se na direção dela.

– À exceção dos anos mais recentes, é como se a vida dele fosse uma completa lacuna – explicou, erguendo os olhos e fitando Hauck. – Não tenho certeza de que Dani é quem afirma ser, Sr. Hauck. E antes que nosso relacionamento se aprofunde, eu quero saber quem é realmente o homem pelo qual estou me apaixonando.

8

Roger Cantwell fitou sua tela da Bloomberg com ar consternado.

Do topo da Park Avenue, no quadragésimo oitavo andar da sofisticada torre de vidro com o icônico nome da empresa em que trabalhava, o diretor administrativo da Wertheimer Grant leu a manchete que passava no rodapé da CNBC: TRADER ASSASSINADO ERA ESTRELA DE INVESTIMENTOS DA WERTHEIMER.

Sentiu um nó no estômago. Lembrou-se das instruções da *personal trainer* e respirou fundo para amenizar o estresse. Mas uma simples técnica respiratória não resolveria o problema.

Uma tragédia.

Os dias seguintes ao homicídio de Marc Glassman lançaram a outrora fulgorosa empresa num redemoinho de agitação. *Maldita arapuca de boataria e falsidade*, pensou Cantwell, aterrado. Ele próprio experimentou um misto de emoções e preocupações jamais sentidas. Primeiro, o espanto. A incredulidade ao imaginar o horror. Cantwell conhecera bem o *trader*. Na condição de diretor da empresa, em geral, delegava as responsabilidades dos investimentos para a equipe sênior, mas nunca perdera o amor pelas trincheiras e, ao longo dos anos, participara de inúmeras sessões estratégicas com Glassman, sem falar nas conferências de vendas, nos torneios festivos de golfe, nos eventos de caridade. *Meu Deus*, pensou Cantwell, *há poucos dias, todo mundo se reuniu na Metropolitan Opera para prestigiar o espetáculo de inverno da empresa.*

Mas logo o luto começou a virar apreensão. A manchete da CNBC dizia tudo. Marc *era* a estrela mais brilhante da Wertheimer. No meio desse ano infernal – com a crise hipotecária eviscerando o balanço da empresa, com os rendimentos despencando, o valor das ações caindo vertiginosamente em meio à liquidação global, os boatos correndo –, Glassman era uma das raras pessoas que realmente dava lucro à empresa. Alguns até podiam chamá-lo de única força propulsora da firma.

Agora aquilo pertencia ao passado.

Agora sobraram apenas essas manchetes.

Cantwell virou-se e mirou tristonho pela vidraça do gabinete. Ao sul, vislumbrou a silhueta dos prédios da baixa Manhattan, o East River. Ao oeste, o lago de patinação do Central Park. Apreciava essa vista. Queria mantê-la por um tempo. Queria manter o jatinho da empresa também.

Como também queria continuar patrocinando o golfista Phil Mickelson e enturmando-se com a nata da sociedade em locais como Davos e o Instituto Aspen, sem falar nas aparições na Fox e na CNBC, onde atraentes repórteres davam ouvidos a tudo o que dissesse.

Só não sabia por quanto tempo seria capaz de manter cada um desses itens.

O conselho desgastava-se. A empresa tinha toneladas de exposição em hipotecas tóxicas. Minha nossa, eles tinham empacotado aquela merda crescente, desde o começo... Agora ninguém sabia o valor de nada lá fora. “Marcação a mercado” os aniquilaria! Sem falar no preço das ações. E, lá fora, o ataque de algum fundo de *hedge* famoso e metido a besta só jogava mais merda no ventilador... O mercado de capitalização já havia desabado de cento e dez para catorze bilhões. Sem falar nas cada vez minguadas reservas orçamentárias. E nos empréstimos de *overnight* no mercado de recompras esgotando-se, em meio aos boatos... Se o cenário verdadeiro fosse divulgado, se houvesse uma fuga das contas – Cantwell engoliu em seco –, a empresa estaria em maus lençóis.

Mirou a parede forrada de fotografias: ele ao lado de líderes e celebridades que haviam se tornado clientes ao longo dos anos. Sim, ele tinha embolsado milhões naquele período. Sim, tinha comprado, sem esforço, um duplex com vista para o Central Park e o apartamento em Lyford Cay, nas Bahamas, sem falar na casa de praia em East Hampton. Mas o grosso de seu patrimônio permanecia vinculado às ações da empresa. Que ele continuou comprando durante a queda. Tinha de mostrar fé, não é mesmo? Agora, após tomar empréstimos dando como garantia parte substancial das ações, não tinha nada a fazer a não ser esperar. No valor atual, suas posições valiam apenas o dobro do que ele devia, talvez.

E agora Marc. Cantwell desviou o olhar da tela. Mal conseguira pregar o olho nas últimas duas noites. Pressão por todo lado. Do conselho. Da comunidade de investidores. Até do Fed, o Sistema de Reserva Federal. E agora da maldita imprensa... O pessoal começava a comentar que eles precisariam se fundir a outra empresa. Cantwell respondeu de modo enfático. *A Wertheimer Grant não precisa de fusão.* A empresa existia há 95 anos. Um símbolo estadunidense. A Wertheimer Grant *compra* firmas. Talvez desse um passo em falso; talvez perdesse o rumo por um tempo. Mas não afundaria.

A Wertheimer Grant é sinônimo de Wall Street.

Ao presenciar o valor da ação cair a um novo recorde mínimo anual, Cantwell sentiu o estômago contorcer-se. Oito pontos e vinte e cinco. Há dois meses estava em cinquenta! "Homicídio de importante *trader* cria inquietude no mercado... Segundo relatos, existe um alto nível de amortizações de ações. Wall Street especula se a empresa conseguirá permanecer independente..."

Não precisavam desse tipo de publicidade justo agora.

– Sr. Cantwell – chamou a secretária Mary pelo interfone. – O Sr. Biondi e a Sra. Pearlstein vieram falar com o senhor.

– Pois não – respondeu Cantwell. Levantou-se e deu as costas à tela. – Faça-os entrar.

Stan Biondi, o gerente de investimentos sênior, supervisionava todas as negociações na empresa. O chefe de Marc Glassman. Brenda Pearlstein prestava consultoria jurídica em questões de conformidade. Minutos atrás, os dois já tinham ligado para ver se podiam subir. Por que diabos queriam falar com ele?

– Temos de contornar os efeitos colaterais do que houve com Marc – falou Cantwell, dirigindo-se à mesa de reunião, quando os dois entraram.

Biondi fechou a porta atrás deles. Ele e Brenda aproximaram-se da mesa. Pela expressão de Biondi, parecia que o índice Dow Jones acabara de despencar oitocentos pontos.

– Roger, temos que conversar.

Brenda, sempre insondável, parecia igualmente desanimada.

– Sentem-se aqui. – Cantwell puxou uma cadeira. Mas Biondi apontou a escrivaninha do chefe.

– Não. É melhor ali na tela.

O gerente de investimentos chegou perto da ampla mesa de arquiteto de Cantwell. Inclinou-se sobre o monitor e digitou uma solicitação. De imediato, inseriu seu código de segurança.

Cantwell tentou decifrar suas expressões.

– O que está havendo, pessoal?

– É sobre Marc.

– Eu sei. Um pesadelo completo – suspirou Cantwell. – Não sei como vamos ter condições de substituir... – Ia dizer *Marc*, mas, na verdade, Cantwell sabia que se referia aos *lucros auferidos* pelo *trader*.

– Roger – atalhou Biondi –, não é isso que me preocupa. Venha cá.

Cantwell foi dominado por uma sensação perturbadora enquanto Biondi girava o monitor. Várias colunas apareceram na tela. Cantwell logo percebeu que se tratavam das posições de comercialização de Marc Glassman, atualizadas até aquela data. Cantwell notou que muitos números apareciam realçados na cor verde, representando lucratividade.

Soltou um suspiro.

– Na verdade, temos sorte de ter tudo isso agora, Stan, levando em conta que...

– Levando em conta o quê? – indagou Biondi clicando na página de resumo, conhecida como Recap. Listava o custo e o valor atual de todas as posições de Glassman. – *Observe* – apontou, fitando Cantwell, o rosto pálido.

Correu o cursor até "Posição Pendente Total". Mostrava Glassman com posições abertas no valor de 4,9 bilhões de dólares. Atônito,

Cantwell mirou o chefe de negócios. Aquilo não podia estar certo. Nenhum *trader* tinha esse limite. A exposição da empresa poderia ser fatal. Até mesmo um negociador sênior como Marc tinha limite de três, no máximo três e meio.

– O que está acontecendo aqui, Stan?

– OK, Roger, olha só... – a fala sempre rápida de Biondi quase se transformou em gagueira. – Eu admito. Afrouxei um pouco as rédeas... Precisávamos de ganhos. Sabe disso. Marc sempre nos dava lucros. Sei a impressão que dá. Não aconteceu assim de uma hora para outra. Foi gradual. Sei que minha situação está em xeque...

– Deixou o *que* acontecer, Stan? – questionou Cantwell, e rolou a tela adiante. – O sujeito está com mais de um bilhão de dólares a descoberto. Que droga de controle a gente tem aqui, afinal?

Pálido, Biondi agarrou o braço do chefe.

– Tem mais, Roger.

Cantwell ergueu os olhos e fitou não só Stan, mas também Brenda, a consultora de conformidade jurídica, imaginando o que ela fazia ali e sentindo no peito uma profunda e crescente preocupação.

– *Quanto mais?*

Biondi umedeceu os lábios. Digitou outra conta na tela. Surgiu uma segunda ficha de ações e de posições abertas.

De Glassman.

Outra conta de negócios.

Os olhos de Roger Cantwell se arregalaram. O terror em seu peito serpeou direto em seus intestinos.

– Stan, me diga o que está acontecendo aqui, *agora...*

A nova conta somava 3,7 bilhões de dólares. Mais de oito no total.

– É do escritório de Cingapura – explicou o chefe de negócios. – Roger, eu não tenho ideia de como a situação chegou a esse ponto. Sei que uma vez assinei uma carta de autorização para ele negociar com os mercados lá do Pacífico... Mas tem muita coisa obscura nessa história. Por debaixo dos panos. Ainda não entendo... Ele movimentava fundos entre as contas mundo afora, dando cobertura a seus negócios...

Súbito, um tremor de pânico percorreu a espinha de Cantwell. Era só o que faltava. Levou os dedos às têmporas.

– Tem mais?

Com o suor aflorando na testa, Biondi hesitou e mirou Brenda.

– Não me sacaneie, Stan! – exclamou Cantwell, encarando-o de frente. – *Tem mais?*

– *Uma* – Biondi engoliu em seco. Mostrou uma última tela.

A Recap mostrava US$2,8 bilhões. *Quase três bilhões.* Atordoado, Cantwell começou a fazer a soma, mas Brenda Pearlstein o antecipou.

– O valor ultrapassa os onze bilhões de dólares, Roger.

Onze bilhões de dólares. Cantwell sentiu as pernas se dobrarem. Desmoronou na cadeira. Biondi podia ser demitido por isso.

Ele podia ser demitido.

– Há quanto tempo isso vem acontecendo?

– Um bom tempo. – Biondi afundou na cadeira de couro à frente do chefe. – Ora, você conhece os números, Roger. A gente precisava de lucros. Marc sempre correspondia às expectativas. Só deixei a coisa andar. Mas, Roger, escute, tem...

Cantwell debruçou-se e clicou de novo nas três páginas de Recap. A maioria das posições aparecia na cor verde. Lucros. Cada conta mostrava Glassman com ganhos de até 7%. Perto de 800 milhões. *Graças a Deus.* Soltou um suspiro de alívio.

– Pelo menos o safado entendia do risco. – Cantwell soprou o ar das bochechas, recobrando o ânimo e voltando a sentar. O desgraçado conseguira novamente! *Na prática, aquilo podia beneficiá-los.*

– Conte a ele – pediu Brenda, com os olhos fitos em Biondi.

O chefe de negócios assentiu, engolindo em seco.

– *Conte a ele* – repetiu Brenda –, senão eu mesma conto.

– Contar-me o quê? – A expressão glacial de Brenda não combinava com o final feliz imaginado por Cantwell. – Contar-me o quê, Stan? – Virou-se a Biondi. – Fale logo antes que eu jogue você da porra do quadragésimo oitavo andar!

– É desastroso – disse o gerente de negócios, desabafando. – Pior que desastroso, Roger. Todos esses lucros... – apontou as colunas verdes na tela. – *Aqui* e ali... Não passam de negócios virtuais. Simulações. Para acobertar as perdas dele. Eles nunca aconteceram, Roger – revelou com palidez no rosto. – São completamente falsos.

– *Falsos...*

De queixo caído, Cantwell fitou a tela, absorvendo aos poucos, incrédulo, toda a enormidade do que Biondi lhe contara. As reservas da empresa praticamente despedaçadas. O mercado cairia seiscentos pontos com as notícias de amanhã. A ação deles abriria valendo dois.

Aquilo podia ser a ruína da empresa.

– Em quanto ficamos a descoberto?

Uma palavra brotou dos lábios do gerente de negócios:

– *Bilhões.*

9

Nos dias seguintes, Hauck começou a investigar o passado de Dani Thibault.

Merrill passou informações como ponto de partida: o número do passaporte holandês de Thibault e o nome das duas empresas que supostamente lhe pertenciam: a Christiana Capital Partners – da qual, conforme seu cartão de visitas, Thibault fora o fundador e onde atuava como diretor administrativo – e a Trois Croix Investments, Limited, com sede em Luxemburgo (de acordo com Merrill, o nome da empresa homenageava a rua em que Thibault nasceu, em Bruxelas). Ela também informou que ele fez o serviço militar no Exército holandês.

– Dani contou que serviu em Kosovo. Participou das forças pacificadoras por lá.

Foi justo aquilo uma das coisas que inicialmente a deixaram em dúvida. O advogado dela não conseguiu encontrar registro de qualquer serviço militar.

Naquela primeira visita, Tom Foley, depois de acompanhá-la até a porta, retornou ao gabinete de Hauck.

– Mulher impressionante, não é, Ty?

– O que está acontecendo? – indagou Hauck. – Achei que, em geral, não lidávamos com esse tipo de coisa. É o típico trabalho de rotina de detetives particulares.

– Em geral não lidamos – o chefe dele dirigiu-se à porta. – Mas desta vez sim. Talvez já tenha observado nossa lista de clientes aqui, Ty.

Hauck a conhecia de cor e salteado. O Grupo Talon tinha um contrato global com a Reynolds Reid, a empresa do ex-marido de Merrill Simons.

– Mantenha-me atualizado. – Deu um tapinha nas costas de Hauck, elogiou-o pelo excelente trabalho que vinha fazendo e se afastou pelo corredor.

Então Hauck pôs mãos à obra. Começou seguindo os passos dos advogados de Merrill Simons. Embora fosse cidadão holandês, as origens de Thibault supostamente eram belgas. Ele alegava ter vínculos com a família real da Bélgica, que seria a fonte de sua rede de contatos e renda. Também declarava ter se graduado na London School of Economics.

Primeiro verificou os antecedentes criminais. Rastreou nos registros dos Estados Unidos e também em âmbito internacional, com a Interpol. Digitou "Thibault" no Google. Apareceu um rastro de fofocas conectadas com Merrill nas colunas sociais. Festas de gala a que os dois compareceram. Jantares de fundações de caridade. Antes disso, ele desfilara ao lado de duas atrizes de Bollywood e até de uma piloto de automobilismo britânica. A notícia tinha como manchete: CASAIS CHARMOSOS DE 2007.

Thibault só se envolvia com gente famosa.

Também havia uma série de referências e artigos em publicações sobre negócios, como a intenção da empresa de Thibault, a Trois Croix, em comprar uma pequena rede de resorts do Caribe e uma grande varejista espanhola. O artigo descrevia a Trois Croix como sediada em Luxemburgo, e Thibault como um "bem relacionado financista holandês". Um dos artigos mencionava várias empresas das quais Hauck nunca tinha ouvido falar e que faziam parte de suas propriedades: I-Mrkt; Havesham Property Holdings em Londres; um hotel butique em Mustique. De acordo com a notícia, ele havia sido membro do conselho de diversas grandes firmas e gestor de investimentos no Bank AGRO da Holanda. A proeminente empresa Apache Partners, especializada em fundos de investimentos em participações, prestara consultoria financeira na aquisição.

Um texto de quatro meses atrás, publicado no site *Caribbean Business News*, relatava que a compra da rede de hotéis não se concretizara e que agora a empresa procurava uma alternativa.

No fim da visita de Merrill Simons, quando ela se ergueu para sair, Hauck comentara discretamente:

– Não a quero incomodar, Sra. Simons, mas seria útil conseguir uma ou duas informações adicionais.

Ela tirou da bolsa as chaves do carro.

– Fale...

– Seria interessante ter um número de celular atual do Sr. Thibault. E a conta de e-mail dele, se a senhora concordar. Informações bancárias...

– Não sei... – disse Merrill com certa preocupação.

– Facilitaria as coisas – explicou Hauck. – Prometo que ele não vai descobrir.

– Deve saber o quanto isso é difícil para mim – hesitou ela. – Amo Dani do fundo do coração. Na verdade, desejo que, na prática, isso seja apenas perda do seu tempo... – Rumou à porta. – Por que a gente não espera o resultado das primeiras investigações?

Hauck assentiu, acompanhou-a até Foley e entregou-lhe seu cartão. Ele também não gostava do que ia fazer. Investigar de cabo a rabo a vida de alguém. Revirar ao avesso seus casos amorosos. Na polícia, fizera isso um milhão de vezes. Mas isso era diferente.

Dani Thibault não estava sob suspeita de ter cometido um crime.

Após Merrill sair, Hauck passou para o computador as informações recebidas e criou um arquivo de dados.

Desta vez sim, salientara Tom Foley. A firma aceitou um caso próprio de detetives particulares. Na visão de Hauck, havia um óbvio conflito de interesses, pois o caso envolvia a ex-mulher de Peter Simons.

Tirou o fone do gancho e chamou Brooke na antessala.

– Veja se consegue contato com Richard Snell, em nosso escritório londrino.

10

Paralelamente, Hauck também fez o que pôde para ajudar na evolução do caso da família Glassman.

Não conseguia se esquecer da imagem de April. Ela o perseguiu com insistência – os olhos meigos e cintilantes nas fotos. O delicado toque na mão dele, na última vez em que se encontraram por acaso na cidade.

– *Há quanto tempo, hein, Ty...* – sorrira ela, radiante. – *Quatro anos?*

Cinco.

Tinham se conhecido num grupo de apoio que Hauck frequentara por um tempo após a morte de Norah. Não conseguia fugir dos pesadelos que constantemente o faziam reviver a situação. A dor que não ia embora. A culpa que não diminuía. Àquela altura, Beth e ele tinham desistido um do outro. E o dia 11 de setembro trouxe junto um novíssimo caderno de recortes com rostos e vidas que ele não foi capaz de salvar. Recebeu a missão de rastrear o paradeiro de uma lista de desaparecidos. Familiares ligavam em frenesi. Sem saber de nada. Foi como se ele tentasse vislumbrar um pouco de Norah, a caçula morta, em cada rosto, em cada ligação que atendia.

Das duzentas pessoas que teve a responsabilidade de monitorar, apenas duas foram encontradas com vida.

Sofreu com aquilo. Pela primeira vez na vida, os fatores limitantes eram mais fortes que sua capacidade de agir. Até que um dia, pediu demissão. Do nada, entrou no gabinete do chefe assistente do NYPD e falou que não tinha mais condições de continuar. O menino prodígio da corporação. Passara do setor de detetives ao administrativo com rapidez jamais vista. Sua carreira indicava uma ascensão firme e contínua.

Como parte do acordo, ele concordou em desabafar com alguém. Um psiquiatra da polícia. O médico encorajou-o a participar do grupo. Só para mostrar que não precisava, ele foi.

Hauck já não pensava muito naquela época. A Idade das Trevas, ele costumava chamá-la. Depressão. Talvez fosse um processo químico há anos espreitando seu cérebro. Talvez fosse como as torres, o resistente muro erigido ao seu redor – o herói esportivo, a graduação em Colby, a mulher linda, o álbum de família, a carreira –, tudo posto abaixo. Deixando uma nuvem de cinzas.

Seja lá como for, ele deu a volta por cima. Tinha se mudado para Greenwich. Encontrado um novo lar. Devagarinho, ele descobriu novas pessoas para amar. Reconstruiu a carreira. Obviamente, sua vida movia-se em linha ascendente outra vez.

A Idade das Trevas.

As lembranças retornaram.

Lembrou-se de quando a ficou observando no lado oposto do círculo de doze pacientes. Bonita e, ao mesmo tempo, calada e sofrida. Os dois entreolharam-se com um breve sorriso, parecendo dizer algo que os outros também pensavam: "Na verdade, não pertenço a este lugar, sabe".

– April – tomou a palavra o Dr. Paul Rose –, temos pessoas novas hoje. Gostaria de falar um pouco sobre você e contar para nós por que está aqui?

– Claro – respondeu ela, encolhendo os ombros com timidez. – Bem, o seriado *Frasier* foi cancelado nas quintas-feiras à noite, então fiquei com tempo livre... – Esparsas risadas polidas. – Desculpem-me – disse, comprimindo os lábios. Uma luz suave brilhou em seu rosto.

Em seguida, ela revelou tudo sobre sua escuridão.

***

O crime contra a família Glassman recebeu muita atenção. Com a notoriedade e o cargo de Marc, o caso ganhou destaque nos noticiários da tevê a cabo e na primeira página do *Wall Street Journal.* O FBI envolveu-se. Junto à SEC (Comissão de Títulos, Valores Mobiliários e Câmbio). Parecia inacreditável que Marc Glassman tivesse se revelado uma espécie de *trader* trapaceiro. Que desfalcara a Wertheimer Grant em bilhões de dólares. Que tipo de controles a empresa tinha? Agora a firma beirava o abismo. Corriam boatos em toda a mídia. Na manchete do *New York Times,* lia-se: O HOMICÍDIO QUE PODE AFUNDAR UMA DAS MAIS RESPEITADAS FIRMAS DE WALL STREET.

Tudo se originara de uma onda regional de arrombamentos que saíra do controle.

Por fim, Hauck soube que a coisa certa era simplesmente não se envolver. Tomou sua decisão. Deixar que as pessoas certas lá de Havemeyer Place resolvessem. Ele se afastou. Tinha Annie.

April, você quer contar para nós o motivo de sua presença aqui...?

Hauck recordou que, na maioria das manhãs, Steve Chrisafoulis deixava a filha no colégio antes de ir ao trabalho. Poucos dias depois de a história ser veiculada, ele esperou pelo ex-colega, até avistar a minivan Chrysler azul estacionar, Emily sair e fechar a porta, misturando-se a um grupo de jovens na calçada. Ela acenou:

– Tchau, pai...

Steve acenou de volta.

– A gente se vê à noite, querida...

Hauck aproximou-se enquanto ele erguia o vidro.

– Engraçado, eu não sabia que você tinha filhos aqui na escola – comentou o detetive, com um risinho afetado e um revirar cínico dos olhos.

Hauck encolheu os ombros.

– Força do hábito. Às vezes ainda circulo por aqui, só para ter certeza de que está tudo tranquilo.

– É melhor se cuidar. Se alguém achar que você está mal-intencionado, pode acabar preso, Ty.

– Olha, sei que é esquisito falar comigo sobre esse caso, Steve.

– Não é esquisito – disse o detetive. – É inadequado mesmo. Agora você não tem mais seu distintivo.

– Não acha nem um pouco curioso esse crime ter escancarado a situação da Wertheimer?

– *Curioso?* Também acho curioso ter encontrado o cofre da casa vazio e as gavetas reviradas, Ty.

– Alguma pista sobre o que eles procuravam?

Agora foi a vez de Steve dar de ombros.

– Grana, joias. Pode me chamar de louco... Olhe, agora eu tenho mesmo que ir para a delegacia.

– E o menino? Como vai?

– Assustado. Como qualquer pessoa ficaria. Está com os avôs em Darien. Um dia, ele vai ter que se conformar com o que viu lá dentro. A família morta. E como vai a sua filha, Ty?

– Jessie? Ótima, obrigado. Vai entrar no ensino médio este ano. Você falou que o menino tirou umas fotos... Alguma teve utilidade?

– Ty, você está me perguntando coisas que não posso divulgar. Sabe disso. Esta é a segunda vez que me pressiona para saber o que está acontecendo. Que tal me contar o motivo de seu interesse, meu amigo?

Hauck inclinou o corpo até a janela. Ficou cara a cara com o novo chefe dos detetives.

– Lembra-se daquela palestra que fizemos sobre a carreira policial aos alunos no colégio, há uns dois anos?

– Sim.

– April Glassman organizou. Ficamos amigos.

– *Amigos?*

– Não esse tipo de amizade, Steve. Só tomamos uns cafés. Encontramo-nos uma ou duas vezes. Começamos a conversar. Sabe como é; às vezes, encontramos uma pessoa que nos deixa à vontade para desabafar. E daí conseguimos nos abrir.

– Moça linda – o bigode de Chrisafoulis contorceu-se em tom divertido. – Olhe... – Esticou o braço ao banco do carona e abriu a valise. Ergueu um grande envelope branco. – Se o Fitz descobrir, eu vou barrar sua presença na festa de Natal lá do escritório, entendeu? – Sorriu. – Sei o quanto é difícil encontrar uma pessoa com quem desabafar.

– Combinado – Hauck sorriu e fitou-o nos olhos. – Obrigado.

– Ampliamos as fotos – Steve ergueu várias fotos 20 x 25 cm. – Ele tirou as fotos do segundo piso, da janela com vista para a saída da garagem.

A primeira mostrava dois homens de costas, com toucas ninja e macacões escuros, afastando-se da casa. Um deles levava um saco de lixo preto. Na segunda foto, os dois subiam num SUV preto estacionado no fim do que Hauck lembrou ser o comprido acesso à garagem dos Glassman.

– Chevy Suburban – detalhou Steve. – Pena que as placas não ficaram nítidas. Teriam facilitado as coisas. É incrível do que esses garotinhos são capazes, não é?

Hauck manuseou uma a uma as fotos; as últimas eram closes da primeira. Ampliadas cinquenta vezes. Os dois homens em fuga. A primeira só mostrava a lateral da face; o homem havia tirado a touca. Tez branca. Uns trinta anos. Olhava para o outro lado. Nada muito proveitoso.

Mas na última aparecia um detalhe interessante. Um close no pescoço do bandido. Tez branca também. Uma trancinha tipo rabo de cavalo aparecia sob a touca.

E uma coisa na nuca.

– A gente achou que fosse marca de nascença ou coisa parecida – explicou Chrisafoulis, notando a pausa de Hauck. – Mas o laboratório conseguiu aprimorar a definição. Na realidade, é uma tatuagem.

– Como um rabo de dragão? – indagou Hauck, apertando os olhos para ver melhor.

– Ou ponta de flecha. Difícil dizer. Sabe que só lhe mostrei essas fotos por tudo o que você fez por mim. Isso fica entre nós, certo? Agora você tem seu novo emprego. Saiu da polícia. Este caso é meu.

Hauck devolveu as fotos a ele.

– Saco meio pequeno para levar todo o roubo – comentou, cético.

Chrisafoulis fitou-o. Apesar de Steve ser novo no posto, ele tinha sido detetive em Nova York por quinze anos, conhecia seu trabalho como poucos e sabia exatamente o que Hauck insinuava.

– OK, tem uma coisa que eu esqueci de mencionar... No segundo piso, perto da esposa e da filha. Pensando bem, realmente detectamos um detalhe incomum.

– O quê?

– Lembra-se das gavetas abertas e do conteúdo revirado? Mas, em cima da cômoda, havia uma caixa de joias. Anéis, braceletes. Itens valiosos.

Hauck pestanejou.

– Deviam estar com uma pressa danada.

– Sim – assentiu o chefe dos detetives. – Uma pressa danada.

Hauck deu uma batidinha na borda da janela e aprumou o corpo.

– Obrigado. Garotinho bem engenhoso, não é mesmo?

– Sim, e *como*. – O chefe dos detetives mirou-o ao ligar o veículo e engatar a marcha. – Eu me sinto meio estranho dizendo isso, Ty, mas tente não fazer nada que o irritaria se *você* ainda estivesse neste cargo.

II

Em poucos dias, as primeiras respostas sobre Thibault começaram a chegar.

A pesquisa de antecedentes criminais nada descobriu, tanto nos Estados Unidos quanto na Interpol. A fotografia dele não revelou qualquer semelhança alarmante. Uma verificação dos bens não mostrou penhores nem processos contra ele. Suas contas eram quitadas em dia.

Na quinta-feira, Hauck tomava um cafezinho em sua sala, analisando uma pesquisa de imigração sobre o autor daquela fraude hipotecária, quando Richard Snell retornou a ligação de Londres.

– Tenho novidades sobre o sujeito que você pediu para investigar.

– Thibault – confirmou Hauck, pegando a caneta. Ele não conhecia Snell pessoalmente, mas o britânico, ex-Goldman e ex-Kroll, tinha a reputação de ser excelente gestor no Grupo Talon.

– Vá em frente.

– Primeiro, como você sugeriu, conferi a lista de formandos da London School of Economics. Não há registro de aluno chamado Dieter Thibault, e eu sei que isso não é surpresa para ninguém. Em 1979, uma Simone Thibault recebeu diploma. Tem certeza de que é a faculdade certa?

– Foi isso que me passaram – respondeu Hauck. Aquilo só confirmava o que Merrill Simmons já dissera.

– Você também falou que conferiu os antecedentes criminais nos EUA e na Interpol – prosseguiu Snell. – Por isso, não vou chover no molhado. Fiz uma rápida pesquisa sobre as duas empresas de investimento que você citou. Christiana e Trois Croix. Basicamente, são duas empresas de investimentos de fachada. Pertencem a uma rede de fundos individuais difíceis de rastrear. A imprensa corporativa mencionou algumas vezes essas empresas como licitantes na compra de várias propriedades imobiliárias e na internet. Juntas, as duas administram bens na ordem de cem milhões de euros. Ninguém realmente tem ideia da origem do dinheiro. Você comentou sobre uma conexão com a família real belga...

– Supostamente, existem fotos de Thibault com a família real no escritório dele em Nova York.

– Ainda não confirmei isso. Claro, essas famílias tendem a se multiplicar. Tem mais parente da realeza na Europa do que nós, meros plebeus. Mas ninguém ouviu falar no nome de Thibault nesses círculos, Ty. Vou continuar procurando. Por outro lado, descobri umas coisas curiosas...

– Manda bala.

– O currículo de Thibault lista passagens em vários bancos. O KronenBank de Lichtenstein é um deles. Esse banco já foi investigado no passado, coincidindo com a época em que Thibault trabalhou lá. Tem fama de estabelecimento escuso, especial para pessoas que desejam transferir ativos na surdina, sem chamar a atenção. O banco providencia mecanismos chamados de *stiftungs*... Já ouviu falar neles?

– Refresque a minha memória.

– *Stiftungs* são, na prática, fundos protegidos do escrutínio externo, mas perfeitamente legais. E nos quais a identidade do beneficiário permanece, digamos, um tanto obscura. Intencionalmente. Esses ativos, então, podem ser transferidos entre bancos do mundo todo, dificultando o rastreamento.

Hauck já conhecia transferências dessa natureza a contas do exterior, quando investigou Charles Friedman no caso do atentado a bomba no Grand Central. Dificílimo rastrear sem intimação da Interpol – documento quase impossível de se conseguir.

– O KronenBank é um pequeno banco particular, com clientela restrita – continuou Snell. – Thibault aparece listado como *Vermogensverwalter*, o equivalente a gerente de investimentos. O banco também virou manchete durante alguns anos em razão do que se chama de "comissão em duas vias". Ou seja: receber comissões do cliente *e* da corretora financeira na qual se aplica o dinheiro, digamos, um fundo de *hedge* nos Estados Unidos. Claro, tudo seria perfeitamente legítimo, mas, nesse caso em particular, estou meio com o pé atrás.

– Como assim?

– Não sei... A empresa de Thibault cita a Simpston Mews como uma das transações imobiliárias de que participou. É uma grande incorporação às margens do Tâmisa. Ao estilo do Projeto Beira-Rio Kai Shek, em Xangai.

– A-ham.

– Perguntei ao pessoal daqui que está por dentro desse negócio. Ninguém nunca ouviu falar da presença da Christiana nem da Trois Croix neste empreendimento. Isso sem falar noutra coisa...

Hauck sacudiu a caneta.

– O quê?

– Thibault também menciona o AMV Bank, na Bélgica, como um dos locais em que trabalhou. Entrei em contato com o chefe de recursos humanos do banco; um tal de Gruen. Confirmou que um Dieter Thibault realmente exerceu cargo lá entre 1992 e 1994. Como gerente de contas. Cuidava da clientela VIP, imagino. Eficientíssimo, pelo que Gruen lembra. Estimado. Boas referências dos clientes também. Em 1994, ele saiu.

– Para o Bank AGRO. Em Amsterdã – completou Hauck, conferindo suas anotações sobre Thibault.

– Não. Para administrar um fundo de investimentos na Suíça, de acordo com o que Gruen se lembra – corrigiu o britânico. – Isso já faz quase quinze anos. Os registros devem estar guardados em algum depósito.

– *Suíça?* Não tem nada sobre isso em minhas anotações sobre o passado de Thibault – comentou Hauck, folheando os seus papéis.

– E nem podia ter mesmo – confirmou Snell. O britânico hesitou como quem retém informações. – Gruen perguntou o motivo de meu interesse em Thibault, após todos esses anos. Para não chamar atenção, falei que ele recebeu uma herança, que o nome dele foi citado num testamento. O que provocou grande surpresa...

– Por quê?

– Pelo simples fato de que, segundo Herr Gruen, o Dieter Thibault que trabalhou com eles desapareceu numa viagem de negócios à França e nunca mais foi visto. Um ou dois anos após sua saída.

Hauck parou de tomar notas.

– Isso foi em 1994 ou 1995? – indagou surpreso.

– Ele disse que um dos clientes de Thibault leu em algum lugar e passou a informação ao banco. Como eu falei, isso já faz quinze anos. Cheguei até a mandar uma foto do *seu* Thibault, pesquisada na internet.

– E?

– E, ao que parece, o Thibault que trabalhou lá era baixinho e já meio calvo – disse Snell de modo trivial.

– Ah – grunhiu Hauck, pensando em Merrill Simons e afundando na poltrona de couro.

Thibault falsificara seu passado. E mais: assumira a identidade de outrem. Uma pessoa provavelmente falecida. Se aquilo era falso, tudo em relação a ele podia ser falso. Quem faria isso, exceto uma pessoa com muita coisa a esconder? Hauck pensou em Merrill. O sorriso constrangido, a esperança no rosto ao mencionar como gostaria de que as coisas terminassem. *Acho que posso dizer que nos apaixonamos.*

– Seria útil se você conseguisse impressões digitais – solicitou Snell. – Ou ainda melhor: uma amostra do DNA. Assim que você me der o OK, vamos rastrear a verdadeira identidade desse impostor.

12

Nas noites de quartas-feiras e sábados, Hauck treinava o time mirim da liga de hóquei local, especializada em categorias de base. Patrocinado pelo fundo de valores do pai de um dos garotos (o ala da segunda linha), o time chamava-se Trident-Allen Bruins.

Na infância, Hauck praticara hóquei, e depois continuou na liga católica, na época em que também brilhava nos campos de futebol americano. Na volta a Greenwich, jogou na defesa, na liga para maiores de quarenta anos, até que um projétil na perna (combinado com outro no abdômen), no caso do atentado da bomba no Grand Central, pôs um ponto final aos seus dias de jogador.

Agora sentia satisfação em ensinar às crianças as habilidades básicas e a mecânica de jogo em equipe. Sem falar que a atividade lhe permitia, duas vezes por semana, calçar os patins – embora alguns garotos já o superassem numa corrida da defesa ao ataque e, ultimamente, ele mal conseguisse borrifar gelo com os patins.

Nas quartas-feiras, eles treinavam no rinque do ginásio Dorothy Hamill, ali na cidade. Àquela noite, ele buscou Jared na casa de Annie. Ele ensinara o menino a patinar, e Jared gostava de deslizar no gelo com o taco nas mãos, de uniforme almofadado e capacete. Hauck achou que seria bom ele se enturmar com os garotos da equipe. E Annie concordou. Sempre havia uma goleira sobressalente no fundo da quadra, e Jared ficava ali tentando acertar os discos nela, raramente conseguindo levantá-los do gelo. Dali, de vez em quando, ele chamava Hauck com a voz empolgada.

– Olhe, Ty! Ei, treinador, eu fiz um gol!

Naquela noite, o treino esquentou. No fim de semana, eles enfrentariam um time de Long Island com fama de ser bem forte, e nada parecia funcionar. Jeremy Purdo, o goleiro, fechou o gol, e os atacantes não conseguiam pontuar. Depois das nove, quando Annie apareceu para pegar Jared, os ânimos já estavam exaltados. Ele não quis ir embora antes que o time marcasse um gol. Hauck disse que não teria problema se ela o deixasse mais um pouco.

A frustração do ataque aumentava.

– Schuer, você tem que se colocar aqui! – gritou Tony Telco, o central da primeira linha.

Outro garoto berrou, batendo com o taco no gelo:

– Balzon, acorda, cara!

Talvez Hauck tivesse deixado a situação se prolongar demais.

Perto do fim do treino, veio uma tacada da ponta e houve uma confusão na frente do gol. Um dos atacantes caiu, enquanto os outros tentavam empurrar o disco ao fundo das redes. Jared aproximou-se patinando.

– Ei! – gritou Hauck, e apitou bem alto, tentando acalmar os ânimos.

Por um instante, ninguém parou. Um empurra-empurra danado. A massa humana aproximou-se de Jared. Hauck ficou meio preocupado. Patinou na direção de Jared e soprou o apito três vezes.

– Tá legal, chega, agora!

Enfim, os jogadores pararam e o disco espirrou do meio da pilha de jogadores em frente ao gol. Com todo mundo em volta, Jared lentamente se esgueirou no meio e acertou uma tacada, erguendo o disco do gelo e vencendo Purdo, o goleiro escarrapachado, que estendeu o taco para tentar impedir a passagem do disco.

– Gol! – gritou Jared, erguendo o taco no ar.

Por um instante, todos só ficaram ali parados, a exclamação de Jared ecoando no rinque de gelo. Então soou a campainha, e o restante da equipe de ataque ergueu os tacos.

– Entrou!

Contente, Jared correu o olhar em volta.

– Gol, treinador! Gol!

– É gol! – disse Hauck, validando a jogada.

Todos os membros do rachão deslizaram no gelo, brincando com o goleiro e cumprimentando Jared com uma batidinha no capacete. Até Purdo veio e encostou o taco nas proteções de Jared.

– Belo arremesso, amigão!

Jared costeou a lateral e rumou à arquibancada de onde Annie assistia ao treino, bem agasalhada com chapéu de tricô e cachecol.

– Marquei um gol, mãe!

– Eu vi! Eu vi! Sim, você marcou um gol, meu bem.

Hauck patinou em direção aos dois. Deu um tapinha afetuoso nas costas de Jared.

– E aí? Pronto para um tempo na linha?

– Sei não, Ty. Acho que tive um pouco de sorte – falou o menino, abrindo um sorriso largo como o canal de Long Island.

E Annie também sorriu radiante – mesmo com os olhos rasos de lágrimas.

13

Na sofisticada sala de jantar da mansão em Dublin Hill Road, sentada à mesa, Merrill Simons correu o olhar pelos convidados.

Em sentido horário: Ralph Tamerin, cofundador da Tamerin Capital, conhecido fundo de *hedge* da cidade, e a esposa dele, Kitty; Tom Erkin, abastado investidor no ramo da biotecnologia; Ace Klein, o exibido presidente da U-Direct! e apresentador de um programa na tevê a cabo; e George e Sally Ravinowich, ricos investidores, donos de um dos maiores e mais famosos iates do mundo.

Dani entretinha os convidados com desenvoltura.

Merrill reunira o grupo especialmente para ele, que queria atrair interesse em torno da aquisição de uma empresa de autopeças que Dani agenciava nos países bálticos. Ela observou o modo como ele manipulava a mesa. Charmoso e viajado, Dani criou confiança pintando o cenário dos negócios prévios que já fechara na região, gerando lucros fascinantes.

Negócios, Merrill agora se dava conta, que ela nunca presenciara na prática.

Por enquanto, ela decidira não o confrontar com suspeitas. A todas as suas perguntas, Dani tinha uma resposta na ponta da língua. Resolveu esperar informações mais sólidas do relatório do Grupo Talon.

Nesse meio-tempo, todos pareciam adequadamente fascinados. À exceção de George, fascinado até demais, por conta do cabernet Del Dotto.

– Merrill, este vinho é de primeira – elogiou, dando um piparote na terceira garrafa vazia. Dani tinha garantido que não faltasse vinho.

– Aposto que temos mais uma ou duas, lá embaixo – respondeu Merrill. O manejo dos vinhos sempre ficara a cargo de Peter, não dela, e a adega do ex-marido, com a qual o casal Simons costumava entreter a nata da indústria, fora um dos bônus do divórcio. Ela abriu um sorriso travesso para Sally e Kitty. – Tenho certeza de que Peter não se importaria.

Normalmente, teria pedido a Louis, o faz-tudo da casa, que buscasse o vinho, mas, como ele supervisionava as sobremesas na cozinha, ela pediu licença e saiu da sala rumo à porta de acesso ao porão.

No caminho, deu uma espiada no espelho. Sabia que não aparentava 44 anos. Fizera algumas plásticas, como a maioria das amigas. Suavizou as linhas dos olhos, eliminou a flacidez na barriga e aplicou um pouco de Botox, é claro. Mas continuava com aspecto perfeitamente natural. Malhava rotineiramente e tinha um professor particular de ioga. Alisou a blusa branca tomara-que-caia com frufrus e desceu as escadas.

Sem sombra de dúvida, Merrill Simons sabia ser uma boa anfitriã.

No porão, ela cruzou a sala de musculação, o estúdio de ioga e a sala de cinema com *dolby surround* e capacidade para quinze pessoas – os brinquedos acumulados em 22 anos com Peter. Enquanto ele progredia na empresa, os dois compartilharam da ascensão em recursos e importância. Foram convidados a festas luxuosas, viajaram a locais exóticos. Matricularam os filhos em colégios conceituados. Tiveram alas de ciência e centros de *squash* batizados com seus nomes.

Mas tão logo Peter alcançou o topo, tudo pareceu mudar. Começou a se achar o homem mais importante do universo, e as pessoas a seu redor corroboravam essa fantasia. Parecia não recordar mais que ela o conhecera como um inseguro negociador de títulos incapaz de escolher a própria gravata. Tornou-se presença constante na CNBC e recebia ligações de ministros da economia mundo afora. Viajava com formidáveis assessores da Liga de Hera – as melhores faculdades da região. Primeiro as crianças, depois o estresse e, por fim, as exigências do trabalho. Parou de tocá-la. Em seguida, entraram em cena as longas pernas da modelo de lingerie de nome impronunciável.

Agora, Merrill refletia sobre a oscilação dos "poderes constituídos".

Ele ficou com as ações de valor em queda e o apartamento impossível-de-se-livrar-a-qualquer-preço.

Ela, com o acordo de cem milhões de dólares!

Foi à adega e abriu a porta Lalique de cristal esculpido em Art Déco. O gigantesco espaço, a menina dos olhos de Peter, armazenava famosas primeiras safras e vinhos raros da Califórnia que só um diretor executivo de Wall Street teria condições de se permitir. Rumou até a parede dos fundos, lembrando-se de onde ficava o Del Dotto. Pegou as duas últimas garrafas da caixa. Ouviu a porta abrir atrás de si e deu meia-volta.

Dani entrou.

– Que susto – resfolegou ela, o coração em descompasso. – O que veio fazer aqui?

– Estava precisando de um intervalo – respondeu, com o olhar dissimulado. Fechou a porta.

Ele se aproximou, pegou as garrafas das mãos dela e colocou-as na mesa. Com o frio da adega, Merrill percebeu que, sob a blusa, seus mamilos se sobressaíam, intumescidos.

Dani sorriu.

– Anfitriãs consumadas nunca servem o próprio vinho.

– Emily Post, suponho? – indagou, ao passar e roçar o corpo nele.

– Não. Dani Thibault – disse, com um sorriso. Desceu a mão ao longo do corpo esguio da namorada e puxou-a junto a si. – Seu aroma é embriagante, querida...

– Dani, faz favor. Todo mundo está esperando. Aqui, não...

– Todo mundo só está conversando sobre as taxas de juros e como Obama está fodendo com elas – ele a fez girar de modo a encaixar a pélvis no traseiro de Merrill e fazê-la sentir a ereção. – Confie em mim, nem vão perceber nossa ausência.

– Você é doido – disse Merrill, tentando se desvencilhar. – E, além do mais, Louis pode descer a qualquer minuto.

– Louis está com o pau no creme inglês... – Beijou o pescoço dela e correu a língua na curva dos ombros nus. – E o meu está na...

Com a mão esquerda, colheu um dos seios e, com a direita, puxou a blusa para fora dos jeans de Merrill com destreza, imobilizando os quadris dela contra a mesa. Aquilo fez um misto de excitação e dúvida faiscar na espinha dela.

– Dani, não...

Ela sentiu os lábios cálidos de Dani roçando em seu pescoço e, quase involuntariamente, levou o corpo de encontro à rigidez pressionada atrás de si.

– Estamos na maldita adega – sussurrou ela, o sangue pulsando e, ao mesmo tempo, imaginando o que o grupo à mesa, inclusive as duas colegas nos clubes de jardinagem e literário, ia dizer.

– Exato – sorriu Dani, com malícia no olhar.

Com a mão direita, desafivelou o cinto de corrente de ouro de Merrill e desabotoou o jeans dela. Merrill sentiu uma chama de desejo dançar em seu ser. Com a esquerda, ele abriu com ímpeto o próprio cinto e o zíper, deixando as calças caírem. Aquilo era mais bruto do que ele costumava ser, mais vigoroso, e ela imaginou, por um instante, que parecia uma resposta aos seus próprios medos e incertezas. Ele deslizou a calcinha vermelha dela para baixo.

– Droga, Dani, por favor...

Merrill quis se desvencilhar, terminar com aquilo, mas antes de as palavras aflorarem nos lábios, ele já a havia erguido contra sua pélvis e a penetrado. Na primeira estocada, ela ofegou ao sentir o tamanho dele preenchê-la. Ele balançou com ímpeto, e o sangue dela inflamou-se com a secreta intimidade do que faziam, suplantando as forças da fragilidade e da vergonha. Ela implorou para si mesma dizer "Pare, pare", mas tudo que ouviu foram suas próprias respirações trêmulas, tudo se intensificando. Sua pele começou a ferver, e os grunhidos selvagens de Dani tornaram-se mais fortes e mais excitados.

A conversa à mesa de jantar parecia a anos-luz de distância.

Menos de um minuto depois, os dois gozaram, estremecimentos de prazer relaxando a espinha de Merrill. Ela fechou os olhos, sentindo-se, ao mesmo tempo, viva como nunca e com raiva de sua própria fraqueza. Sentia-se usada – usada de várias formas naquela noite.

– Quem é você? – murmurou Merrill, encostando-se nele quando ele deslizou para fora dela.

– Sou o homem que a faz se sentir viva novamente – respondeu Dani, tirando a mão da cintura dela. – O que mais precisa saber?

Ele se ergueu, afastando-se. Afivelou as calças. Pegou as duas garrafas.

– Vou levar o vinho – avisou. – Talvez você queira se recompor.

Merrill levantou-se, arrumando a blusa e o jeans. Nem se virou, até mesmo depois que ele saiu. Em vez disso, cerrou os olhos.

Eu quis dizer: quem é você, literalmente, Dani?

14

Mais tarde, depois de todos irem embora, Merrill tirou os brincos na cama enquanto Dani tomava uma ducha.

Até aquela noite, no fundo, ela sempre confiara nele. Tinha certeza de que o resultado das investigações, seja lá qual fosse, só confirmaria os sentimentos que tinha.

Mas, nesta noite, percebeu nele algo completamente distinto. Uma faceta que nunca vira antes. Observou seu modo de agir e sentiu aflorar uma leve suspeita; a de que ele, na realidade, a estivesse usando para ter acesso às pessoas. Ela assistiu a ele habilmente descrever seus negócios e as oportunidades atuais nos países bálticos e no leste europeu, tudo naquele sotaque polido e sexy. A rede de contatos que ela jamais conhecera de fato. A história de negócios passados dos quais não vira prova alguma.

Nunca os vira realmente, não é mesmo?

Pela primeira vez, ela o enxergou como alguém que tentava entretecer uma espécie de feitiço. Um manipulador. E também o modo como ele a surpreendera na adega. Jeito selvagem que ela nunca sentira antes. Mais bruto do que de costume. Quase como se tivesse percebido nela uma sombra de suspeita. E lhe desse um recado.

Sou o homem que a faz se sentir viva.

Ela sentiu os braços dele envolvendo-a outra vez. Vindo por trás dela. A excitação a acendeu e ao mesmo tempo lhe causou repulsa.

Vamos, Merrill, disse ela, recompondo-se. *Sua imaginação está lhe pregando uma peça. Isso é loucura. Não é seu estilo.*

Colocou um bracelete na caixa de joias da cômoda e tirou a blusa com frufrus. Avistou a carteira de Dani em cima do criado-mudo.

Ela precisava saber. Mas algo suprimiu sua vontade de espiar o interior da carteira.

Se ele quisesse manter parte da vida pregressa em segredo, aquilo era problema dele, não dela. Ele nunca a magoara, nunca pedira nada. Ele a fazia sentir-se jovem, vibrante e desejada novamente. O resto...

Por que está deixando a dúvida a consumir?

Mas aos poucos a ânsia de o conhecer mais profundamente a dominou. De calcinha e sutiã, aproximou-se da mesa de cabeceira, hesitante, a tentação lutando contra os melhores instintos. Abriu a carteira, aguçando o ouvido para confirmar que Dani continuava no banho.

Carteira comprada na Harrods, em Londres. Dani sempre andava com maços de dinheiro vivo. Euros e dólares. Parecia uma máquina de dinheiro ambulante.

De onde vinha tudo aquilo?

Merrill abriu as abas da carteira. Organizados num compartimento, vários cartões de crédito: American Express, um pessoal, outro corporativo; Visa; Eurocard e vários cartões de bancos, dos EUA e de Londres. Todos em nome de Daniel Thibault ou D. Thibault. Ou da firma Christiana. Esses itens ela já vira muitas vezes antes.

No compartimento de plástico, havia uma carteira de motorista internacional. Com o rosto dele. Dieter Franz Thibault. No endereço mantido por Dani em Londres. Atrás, outra carteira de motorista, válida em território holandês.

Um estremecimento de vergonha percorreu o seu corpo. Que tolice aquilo. Não se sentia confortável naquele ambiente de suspeita. O que ela procurava, afinal? Dani demonstrava ser um homem encantador e generoso. Ele já tinha lhe provado isso em incontáveis ocasiões. Certas coisas não se revelam na carteira de uma pessoa. Ela enxergava o interior de seu coração. Não era uma colegial embevecida por seus sentimentos...

Sentindo-se culpada e tola, Merrill rapidamente examinou os cartões remanescentes. Um do clube universitário de Nova York. Ele devia ter se graduado mesmo na LSE, para ser membro desse clube. Alguns de outros clubes privados na cidade. Um do Alfred Place em Londres. Vários outros cartões de sócio em locais como Paris e Madri.

Agilmente, verificou alguns cartões de visita. Um banqueiro particular na ABN AMRO, em Amsterdã. Um contato da Cerberus Capital, empresa líder em fundos de investimentos em participações nos EUA. Tudo normal. Sem segredos.

Viu? Nenhuma criatura no sótão, Merrill. Dani realmente é quem diz ser. Guardou os itens na carteira, sentindo-se meio tola.

O barulho do chuveiro parou. Merrill escutou Dani saindo.

– Já estou saindo – avisou. Ela ouviu o som da toalha no corpo.

– Estou tirando as joias.

– E o resto também, eu espero – provocou ele.

Ela foi pôr a carteira no lugar mas se atrapalhou e, com o coração disparado, viu algumas fotos caírem da aba interna.

"Ai, que droga..."

A primeira era deles dois. Velejando ao largo da costa da Dalmácia, agosto último. Dani manejava um veleiro tão bem quanto o fecho de um sutiã. Desde a adolescência, ela não se sentia tão apaixonada. Os dois ancoraram numa baía de rochedos e fizeram amor no deque. Sentiu-se envergonhada por sequer levantar dúvidas sobre aquelas lembranças.

Prestes a fechar a carteira, deparou-se com a segunda foto. Grudada à primeira.

Um detalhe a fez prestar atenção.

A foto mostrava duas mulheres. Uma jovem, na faixa dos trinta anos, cabelo puxado para trás num coque. A segunda, mais velha, por volta de setenta anos, com rugas no rosto pálido e não cuidado. As duas em frente a um bonde. Cidade europeia indeterminada.

Merrill ficou aturdida com os rostos.

Reconheceu neles traços extraordinariamente familiares.

Os traços de Dani. Nas duas. Merrill fitou-as com olhos arregalados. Semelhança clara como água.

A moça podia ser irmã gêmea dele, sem dúvida. Mas ele nunca mencionara sua existência. A mais velha, pensou Merrill, trazendo a foto mais perto da luz, a mais velha podia ser sua...

Teve um sobressalto. O sentimento da dúvida instintivamente rebrotando. *Impossível...*

Muitas vezes, Dani contara a ela que perdera os pais na época da faculdade. O pai, num acidente de carro; a mãe, de câncer. Falou que não tinha irmãs. Nenhum outro familiar. Tinham ido à Europa várias vezes juntos. Nunca mencionou a existência de qualquer parente.

Mas a semelhança era inequívoca.

Na foto tinha de ser sua mãe. E sua irmã. Talvez até mesmo gêmea.

Merrill examinou a foto para ver se era antiga. Talvez fosse de tempos atrás. Mas as bordas continuavam intactas. E o que vislumbrou em seguida lhe deixou ainda mais intrigada.

Ao fundo, no bonde, atrás das duas mulheres, havia um anúncio. O cartaz de um filme. Parcialmente tapado pelas duas mulheres na frente.

Os pais morreram quando ele frequentava a faculdade, Merrill falou a si mesma, mas a língua daquela imagem era universal.

O cartaz anunciava *Batman: o cavaleiro das trevas*. Heath Ledger no papel do Coringa.

Só quem passou o ano numa caverna não ouviu falar desse filme.

Batman: o cavaleiro das trevas tinha sido lançado há menos de um ano.

15

Naquela mesma noite, após as onze, Kevin Mitman dobrou a esquina da John Street em seu BMW X5, as crianças enfim adormecendo no banco de trás.

Demorou, mas Timmy sossegou da agitação do jogo. No terceiro tempo, os Rangers perdiam por dois gols de diferença, mas empataram e venceram os Devils na prorrogação. Petr Prucha, jogador predileto de Melissa, marcou o gol decisivo. A torcida foi à loucura. Prucha, eleito o melhor da partida, deu uma volta olímpica para receber a aclamação do público. Tim ergueu-se na cadeira e vibrou com os punhos erguidos. Na saída do Madison Square Garden, presentearam Melissa com a camiseta n. 25 de Prucha.

No banco do carona, a esposa de Kevin, Rosemary, mexeu-se.

– Chegamos! – exclamou Kevin.

– Huum... – Ro abriu os olhos. – Tudo bem, querido?

– Sob controle. Todo mundo caiu no sono.

– Todo mundo, não! – protestou Tim subitamente.

Ro mirou o relógio de relance e gemeu.

– Ora, mocinho, é só uma questão de tempo.

A família devia ter viajado na noite anterior. Aproveitando o recesso de primavera para esquiar uns dias no resort Mount Snow. Mas apareceu um imprevisto na empresa, e Kevin convidou a família para ir ao jogo, em vez de abrir mão dos ingressos – apesar da relutância de Ro, que achava hóquei mais sem graça do que assistir ao canal de economia.

– Eu ponho as crianças na cama – avisou. – Você tira o lixo.

– Tá legal – suspirou.

O acesso à garagem tinha cinquenta metros e um aclive de vinte graus. *Dirigir não conta nada?*

Serpenteou o SUV em direção à grande e isolada propriedade de um hectare, comprada quando Kevin assumira o comando da gráfica da família. Situava-se num local retirado – a doze minutos da cidade e do mercado mais próximo. *É melhor não esquecer o leite*, brincava ele. Mas a família gostava. Avistavam corças e até coiotes. E na primavera sempre os mesmos gansos no lago.

Prestes a entrar, Kevin falou:

– Aqui estamos nós, pessoal...

De repente, notou algo errado. Em vez de entrar, reduziu no portão.

Uma van preta no acostamento – fato incomum, pois nunca ninguém estacionava ali. As casas mais próximas ficavam a centenas de metros de distância. E todas tinham pátios grandes o suficiente para acomodar uma dúzia de carros.

Observou outro detalhe também.

– Ro, você deixou as luzes de casa acesas?

– Não – garantiu ela, mirando a entrada da garagem. Seguiam uma norma rígida quanto a isso. Contas de luz de mil dólares, e os negócios de Kev em maré baixa. – Só no hall – disse ela. – Como a gente sempre faz.

Da rua, percebiam-se luzes na casa toda.

– Droga! – Kevin parou na rua escura, fora do ângulo de visão.

No banco de trás, Timmy inclinou-se à frente.

– O que tá acontecendo, pai?

– Não sei.

Melissa acordou.

– Por que a gente não dobrou? O que houve?

Kevin virou-se para Rosemary. Todo mundo sabia da onda de roubos nas residências afastadas. Os jornais locais esgotaram o assunto.

A família supostamente devia estar em Vermont. Ele considerou as possibilidades. *Quem saberia? O entregador de jornais. O carteiro. Os jardineiros...*

Passou a casa e estacionou uns cem metros adiante.

– O que vamos fazer, Ro?

– Não vamos entrar lá de jeito nenhum, Kev – enfatizou a esposa, balançando a cabeça, com receio no olhar.

Ele assentiu. Mordeu o lábio inferior e teclou 911 no *Bluetooth*. Uma policial de plantão atendeu no segundo toque.

– Emergência de Greenwich.

– Aqui é Kevin Mitman. Moro na John Street, n. 2019 – informou, relanceando o olhar à esposa. – Acabamos de chegar de uma partida de hóquei. Estamos na rua, dentro do carro. – Respirou fundo e pegou a mão da esposa. – Acho que alguém arrombou nossa casa.

16

Não eram eles.

Estupefatos, trajando moletons e *jeans*, os dois ladrões foram capturados em flagrante delito pela polícia de Greenwich – sirenes piscando e armas em riste –, carregando uma tevê de plasma na rampa da garagem dos Mitman, a caminho da van.

Os dois ladrões praticamente nem eram adultos. Pirralhos do Iêmen morando em Norwalk. Um de vinte e dois, outro de dezenove anos. Tremendo como vara verde. Uma hora de interrogatório na delegacia foi suficiente para os dois confessarem até quem haviam apalpado na quinta série. Assumiram a autoria de vários arrombamentos. A casa dos McLain. Dos Polash. Dos St. Angelo. Deram o endereço de um apartamento de subsolo, onde a polícia conseguiu encontrar boa parte dos itens roubados.

Não eram eles.

Obtinham os alvos prováveis pela indicação de outro primo que entregava o jornal local todas as manhãs. Assim sabiam quando os donos das casas planejavam viajar. Nenhum tinha muitos antecedentes criminais. O mais velho já havia sido preso por furto em loja. E, na verdade, o moço de dezenove anos estava matriculado na faculdade comunitária de Norwalk; aquela foi sua primeira prisão. O mais velho portava uma velha e ultrapassada Beretta calibre 22, comprada nas ruas. Mais para mostrar do que efetivamente usar.

Bem diferente da Heckler e Kock nove milímetros utilizada no crime da família Glassman.

Ao serem pressionados sobre as mortes, fizeram questão de revelar tudo. Inclusive tinham álibis para aquela noite. O mais novo foi ao noivado do primo, em Passaic, Nova Jersey. Dormiu na casa do primo.

O mais velho passou a noite num bar de White Plains. Até as duas da manhã. Hora de fechar.

Eram tolos e inexperientes, e o episódio serviu de ponto final em sua pequena operação.

Mas simplesmente não eram eles. Hauck sabia. Os dois não eram os assassinos de Marc e April Glassman.

Naquela manhã, ligou para Chrisafoulis e pegou-o às voltas com comunicados à imprensa.

– Você tem só um minuto – avisou o chefe dos detetives. – Está vendo o que acontece ali fora, não está?

Hauck disse:

– Sim, estou vendo.

Referia-se aos dez furgões de vários meios de comunicação enfileirados como vagões de gado bovino na Mason Street, na saída da delegacia. CNN, Fox, as estações locais de Connecticut. Repórteres cercando toda e qualquer pessoa que saía da delegacia evidenciando conexão com o caso. O crime da família Glassman era notícia de primeira página – o tétrico cenário, o assassinato da rica família suburbana em sua isolada residência, o abalo na tranquilidade de Greenwich. E o crime também provocara a queda de um ícone de Wall Street.

– Não foram eles, não é mesmo? – interpelou Hauck. Desde o começo, ele havia posto em dúvida que o motivo era roubo.

– Ty, sabe que não posso mais fazer isso. Já cheguei ao meu limite.

– Steve... – insistiu Hauck. – Eles foram os autores do crime?

– Eles confessaram *vários* arrombamentos – respondeu o detetive de modo evasivo. – Os dois lá em North Ridge, outro em Willow. Contaram onde guardavam parte do roubo. E a maneira como ficavam de tocaia e escolhiam as casas...

– Você falou que um dos bandidos que matou os Glasmann tinha cabelo ruivo comprido. E uma tatuagem no pescoço. – Hauck sabia que estava indo além do que deveria. – Falou que vestiam uniformes. Havia marcas dos pneus na rua. A arma que matou os Glassman era uma H & C nove milímetros. Qual é, Steve, sabe muito bem a qual crime eu me refiro.

Esperou um pouco até Chrisafoulis responder. E a resposta veio direta, numa voz cochichada.

– Não. Eles admitiram a autoria dos outros arrombamentos. Mas não o da casa dos Glassman. Um deles tem dezenove anos; o outro, vinte e dois. As armas não combinam, nem a marca dos pneus. Muito menos as descrições. Você precisava ter visto; os dois literalmente se borraram...

– E você acreditou neles?

– Contaram que arranjavam os serviços por intermédio de um amigo que cuidava da distribuição do jornal local. Assim, a dupla descobria quem estava viajando. Os Glassman nem assinavam o *Greenwich Times*. Esses caras também têm álibis inquestionáveis para a noite de 6 de março. Aguardamos confirmação, mas havia uma nota de gasolina no carro que situa um deles na autoestrada Jersey Turnpike por volta da mesma hora... Sim, eu acreditei – suspirou Chrisafoulis, resignado.

Hauck soltou um resmungo de decepção. Mas não de surpresa. Ele nunca considerou que o perfil do caso se encaixasse com o de roubo. Devia ter sido apenas uma tentativa de disfarçar. O cofre deixado aberto, as gavetas vasculhadas. Tudo para mascarar o real motivo do crime.

Quem ia querer a morte de Marc Glassman?

– Sabe qual o rumo disso tudo, não sabe, Steve?

– Agora você dirige um BMW, Ty. Não tem seus próprios assuntos para resolver e preencher o seu tempo?

– Glassman afundou a empresa. Não sei quem teria algo a ganhar, mas sei qual o resultado disso tudo, e está estampado na primeira página do *Wall Street Journal* de hoje.

O detetive ficou em silêncio. Talvez estivesse pensando melhor.

– Você não costumava ler o *Journal*, Ty. E nunca ia além da seção de esportes.

– Acho que as coisas mudam.

– Não mudam, não – retorquiu o detetive. Hauck não tinha certeza sobre o que ele estava falando. Mas não achou que era sobre o jornal. – Não mudam.

Os dois desligaram. Hauck fitou a manchete do *Wall Street Journal* na escrivaninha: RESERVA FEDERAL AVALIA SOCORRO FINANCEIRO PARA A WERTHEIMER; EMPRESA CENTENÁRIA DECIDE HOJE SEU DESTINO.

April dissera: "Marc continua na Wertheimer. Negócios de vento em popa".

Fechou os punhos e baixou-os de encontro ao tampo da escrivaninha, frustrado. *Quem tinha alguma coisa a ganhar?*

O telefone tocou, e Hauck esperou um pouco antes de atender, absorto naquela pergunta. No quarto toque estridente, atendeu. Ficou surpreso ao descobrir quem ligava.

– Sr. Hauck, é Merrill Simons.

– Sra. Simons... – Hauck ainda não havia entrado em contato com ela para atualizá-la sobre o que descobrira. Não queria causar qualquer mal verdadeiro antes de montar todo o quebra-cabeça. – Até o momento, ainda não temos muitas novidades. Em que posso ajudá-la?

– Na última vez em que nos falamos... – começou ela, hesitante. Então pigarreou. – Tenho aquelas outras coisas que você me pediu sobre Dani.

17

Roger Cantwell mirou o céu escuro de Manhattan. A torre iluminada do prédio da Chrysler reluziu a umas quadras ao sul. Passara-se uma semana desde as revelações iniciais sobre Marc Glassman. Semana infernal. Mangas arregaçadas, gravata frouxa, Cantwell servira-se de um copo alto de Springbank de malte único, seu uísque predileto. A bebida já regara muitas comemorações de negócios bem-sucedidos ou aquisições.

Não acreditava que as coisas tivessem chegado naquele ponto.

A Wertheimer Grant, uma das empresas mais respeitadas em Wall Street, havia superado *vinte* crises financeiras. E sempre liderava a recuperação do mercado. As propagandas da empresa – "O seu futuro é o nosso futuro" – eram veiculadas no Super Bowl. Há apenas um ano, a capitalização de mercado da empresa alcançava 100 bilhões.

Como ninguém os vinha socorrer? Como não surgia uma solução?

Situação enlouquecedora.

Como último recurso, recorrera a Tom Keating, do Ministério da Fazenda. Puxa vida, eles se conheciam há trinta anos e sempre se encontravam para comemorar quando fechavam bons negócios. Os dois tinham começado como corretores de títulos. A Wertheimer era importante demais para cometer deslizes. Sim, Cantwell se deu conta, a vida obviamente mudaria para ele. Os polpudos bônus anuais eram coisa do passado. E o avião. Para sempre, sua gestão seria marcada pelo fato de a empresa aceitar dinheiro público. Ele não esperava com ansiedade pelos reflexos – nem nos jornais, nem no clube de golfe. Sequer tinha certeza de que continuaria no cargo.

Ainda assim, a empresa precisava manter-se viva.

Somos a Wertheimer Grant, diabos.

Entornou mais um gole ardente. O *scotch*, suave como era, esquentou-lhe a garganta e desceu, proporcionando uma sensação agradável. *Maldito Glassman*... Aquele energúmeno arruinara a Wertheimer completamente. Seja qual fosse o destino da firma, o mercado despencaria seiscentos pontos amanhã!

Não, pensou Cantwell, lançando o olhar sobre a cidade onde já exercera grande influência. Analisando com franqueza, o desgraçado apenas dera o último empurrãozinho na empresa à beira do abismo. Por muito tempo, cultivaram a crença de serem invencíveis. Mais arrogância do que ganância. O fim veio tão repentinamente quanto um caminhão desgovernado. Ninguém percebeu sua chegada. Nem os gestores de riscos, nem as agências de classificação, nem a imprensa. Um gigante musculoso, como alguém já os descrevera, comendo uma bela fatia dos lucros.

Era isso que eles eram. Não dependiam de ninguém.

Agora, o gigante estava prestes a sofrer uma imensa queda.

Cantwell fez o *scotch* rolar na língua, lembrando-se da época em que apenas estava começando, inexperiente. A firma tinha uns títulos que ninguém conseguia vender. Emitidos por uma cidade texana praticamente falida. Aos 26 anos, forçado a trabalhar num cargo para o qual não havia sido treinado e com um chefe carrasco, Charlie McAffe. Um chefe que sentia prazer em jogá-lo aos lobos.

– Afunde ou nade até a borda – dizia o desgraçado com um sorriso nos lábios, soltando baforadas do charuto. – Sabe nadar, Roger?

O maldito não sabia com quem estava lidando. Roger deu risada.

Ele nadou. Com os malditos golfinhos, ele nadou! Vendeu tudo. Cumpriu a missão. Até o último título. Acabou comercializando até mais do que o disponível. Vendeu o produto para fundos de pensão e pequenas corretoras país afora. Empacotou a compra num sólido cupom com a mais alta classificação: o triplo A. Trezentos e cinquenta milhões de dólares. Nunca se sentiu tão importante quanto naquela noite. Fumou seu primeiro charuto cubano. Transou com uma garçonete gostosa do Doubles, sentindo-se uma espécie de ator pornô.

Seis meses depois, desbancava o estúpido velhote e ocupava a chefia.

Cantwell entornou o último gole do drinque. *Engraçado*, pensou ele, *dois anos depois o título tornou-se inadimplente.* Todo mundo sabia que isso aconteceria. A culpa toda foi atribuída a Charlie.

Serviu para alavancar a carreira de Cantwell.

Bateram à porta. Cantwell virou-se. Ronald Wu, o diretor financeiro, com Brenda Pearlstein. Tinham acabado a reunião com o Ministério da Fazenda e traziam as últimas notícias.

– Entrem – convidou Cantwell, resignado. Afastou-se da janela e sentou-se à comprida mesa de nogueira. – Então, quais são os termos do acordo? – indagou. – Quanta carne nós vamos ter que dar a esses urubus?

Wu tinha uma mente brilhante para negócios e, ao longo dos anos, negociara muitas aquisições complicadas. Mas desta vez seu semblante estava sombrio.

– Termos?! Não há termos, Roger. Eles abriram mão. – Ele se aproximou da cabeceira da mesa de reunião e deixou-se cair na cadeira. – Fim das tratativas. Já avisei aos advogados. *Estamos acabados.*

18

THE WALL STREET JOURNAL

OUTRORA PODEROSA, WERTHEIMER SOÇOBRA AO MINISTÉRIO DA FAZENDA NEGAR SOCORRO FINANCEIRO, PROVOCANDO ASSOMBRO EM WALL STREET

Outrora uma das mais históricas empresas de Wall Street, a Wertheimer Grant foi forçada a fechar as portas, na medida em que as últimas opções da combalida empresa, inclusive a perspectiva de socorro financeiro do Ministério da Fazenda dos Estados Unidos, fracassaram, no rastro do dano causado por um operador de bolsa trapaceiro, recentemente assassinado em seu lar, em Greenwich. A falimentar empresa também foi vítima de um balanço manipulado por ativos lastreados em letras hipotecárias questionáveis.

A ação da Wertheimer, que no último verão foi comercializada a mais de cem dólares, na última noite, após o fechamento da bolsa, sofreu intensa liquidação a menos de cinquenta centavos.

O diretor executivo, Roger Cantwell, conhecido por sua postura desafiadora, ao que consta, passou a noite em conversas constantes com parceiros potenciais de todo o mundo e não quis se manifestar. Ronald Wu, o diretor financeiro da Wertheimer, publicou um breve comunicado, alegando que a empresa "está comprometida em proteger os interesses de sua fiel base de acionistas e titulares de conta, e no momento avalia todas as alternativas disponíveis, inclusive a liquidação de seus ativos".

Os funcionários da centenária empresa compareceram chocados à sede de 48 andares na Park Avenue de Nova York, e foram autorizados pelo pessoal da segurança a entrar para recolher pertences pessoais. Secretárias e analistas reuniram-se na rua, incrédulos.

"O navio afundou", declarou um veterano gestor de fundos de *hedge*. "As notícias sobre aquele *trader* provocaram uma corrida às contas que durou a semana inteira. Eles não tinham mais reservas para suportar".

A empresa sucumbiu a um balanço erodido por investimentos maciços em hipotecas tóxicas de risco. A situação piorou quando recentemente a empresa reconheceu que um de seus operadores mais bem conceituados havia perdido a incrível quantia de doze bilhões de dólares em atividades não autorizadas. Essas perdas mais recentes só vieram à tona no rastro do assassinato dos Glassman, supostamente por motivo de roubo, perpetrado na ampla residência da família, localizada em Greenwich, Connecticut. Agora surgem dúvidas sobre o caso; se ele realmente fez parte da recente onda de arrombamentos na região.

"Eles eram muito grandes, muito audaciosos", afirmou um informante de Wall Street. "Não viram o trem chegando. E o mais irônico é que foi o melhor *trader* deles quem precipitou a situação".

Pelo quinto dia consecutivo, a expectativa no mercado de ações era de novos recordes de baixa, afundando ainda mais o setor financeiro. Revelações chocantes de perdas e desonestidades têm se tornado parte da rotina de Wall

Street. Em meio à perda de reservas e ao valor cada vez mais questionável de todos os títulos lastreados por hipotecas, agora a dúvida deixou de ser se a Wertheimer Grant sobreviverá, mas qual será o próximo ícone de Wall Street a afundar.

19

Em seu gabinete atravancado e sem janelas, no porão de um prédio cinzento e sem graça a uma quadra do Ministério da Fazenda em Washington, DC, Naomi Blum também tentava montar o quebra-cabeça.

Todo mundo só falava nisso. A derrocada da Wertheimer Grant. Anos acreditando estar sentada à direita de Deus, conduziram a empresa ao abismo. Sem falar nas volumosas apostas no mercado hipotecário de alto risco e na alavancagem extrema de 30:1.

Um único *trader* desonesto foi o bastante para dar o empurrãozinho que faltava.

Mas as notícias na tela do computador pioravam as coisas ainda mais: ASSASSINATO DO *TRADER* NÃO CONECTADO AOS ARROMBAMENTOS LOCAIS.

Não conectado...

Naomi sugou pelo canudinho a batida de kiwi e manga, o almoço dela. Na mesa, uma pasta azul e fina com o rótulo SECRETO E CONFIDENCIAL. Recebera a cópia de um contato do FBI. O arquivo trazia uma série de transcrições de um celular grampeado de um rico negociante bareinita, suspeito, há um bom tempo, de atuar como intermediário financeiro de pessoas daquela região interessadas em atacar os Estados Unidos. Talvez exatamente por isso as transcrições tenham acabado em sua mesa. Colocou os óculos e examinou a última e enigmática conversa, com a data de 8 de fevereiro.

O que significava?

Na condição de investigadora líder da recém-formada Força-Tarefa Antiterrorismo e Crimes Financeiros, grupo de oito pessoas junto ao Ministério da Fazenda, sua missão era identificar e sustar grandes fraudes e conspirações financeiras capazes de causar problemas de segurança nacional ou impacto no mercado.

A força-tarefa constituía a equipe de primeiros socorros, por assim dizer, em casos de ataques econômicos potenciais contra os EUA. Rastreava o dinheiro mundo afora, traçava padrões de depósitos em bancos fora da conformidade, monitorava as verdadeiras atividades de certas "instituições de caridade" suspeitas e, basicamente, delineava várias ameaças potenciais ao cenário financeiro local.

Tudo parecia muito importante – pelo menos era o que a mãe de Naomi sempre lhe dizia.

Mesmo assim, trabalhar na Fazenda já não tinha mais o *glamour* de outrora.

Em seus dois anos à frente da nova missão, a força-tarefa havia escancarado gigantescos esquemas de planos de saúde criados para ludibriar centenas de milhões de afiliados na forma de pagamentos insuficientes às solicitações. Tinha processado dois diretores de proeminentes fundos de *hedge* que desviaram bilhões de ativos de investidores logrados – um havia sido detido tentando forjar a própria morte na tentativa de fugir do país, e o outro atualmente cumpria pena de vinte anos, enquadrado na lei RICO anticorrupção, na penitenciária federal em Jesup, Geórgia.

Claro, na hora de fazer as prisões, a Fazenda saía de cena. O show era comandado pela seção antiterrorismo financeiro do FBI. Ou pela Procuradoria-Geral.

Mas Naomi não se importava. Gostava de ser uma espécie de investigadora que ficava nos bastidores. Como o CSI. O *verdadeiro* CSI, não os caras glamourosos da tevê que prendiam os bandidos e, de arma em riste, eram os primeiros a irromper pela porta.

Mas, se precisasse, ela seria bem capaz de agir assim.

Naomi tinha 1,60 m e o corpo em perfeita forma, como qualquer agente de campo; usava óculos com armação preta moderna e o cabelo escuro curto, ao estilo da apresentadora Mika Brzezinski. Sua aparência podia ser rotulada de "livresca", tipo rato de biblioteca, muito embora, por trás da armação, brilhassem lindos olhos cinzentos.

Não planejara estar nesse cargo. Na realidade, começou a estudar teoria da música em Princeton, sob a orientação de Amos Kershorn. Seu maior passo rumo à fama foi ocupar a cadeira de primeiro violoncelo na Orquestra do Ensino Médio do Condado de Anne Arundel, nas redondezas de Baltimore. Sem esquecer, é claro, a atuação como atacante no time de hóquei feminino nos torneios da Liga de Hera, a liga das melhores universidades privadas do nordeste dos EUA.

Depois do 11 de Setembro, o irmão gêmeo dela, Jeremy, jogador de lacrosse na Universidade de Virgínia, abandonou a faculdade e alistou-se. Explicou apenas que simplesmente teve de fazer aquilo. Cresceram tão diferentes que ninguém diria que eram gêmeos. Carismático, sólido como rocha, Jeremy tinha 1,90 m e ombros largos. Convencido como só ele. Só pegava nos livros na noite anterior à prova.

Ela, 30 cm mais baixa, discreta, até a presente data, mantinha a carteira de motorista escondida embaixo do cartão de acesso à biblioteca. A família brincava: ela ficou com a inteligência, e Jer, com o restante. Após uma incursão no Iraque, ele foi enviado ao Forte Benning, na Geórgia, para fazer parte das tropas paraquedistas, mas, na segunda semana de treinamento, o helicóptero em que ele estava caiu. Ele sobreviveu, mas teve as duas pernas amputadas. Ao visitá-lo no hospital, o varão valente e vigoroso, pivô da seleção de basquete universitário da Conferência da Costa Atlântica, desviou o olhar. Oco. Uma sombra do que havia sido. Até mesmo uma pessoa cega perceberia a decepção estampada em seu rosto.

Dois dias depois, ela se desligou de Princeton e se alistou.

Nunca antes demonstrara interesse em assuntos militares nem era demasiadamente patriótica. O pai trabalhava como editor num jornal de Baltimore. Apenas sentiu em seu âmago que precisava fazer aquilo. Seguir os passos do irmão. Inclusive tentou entrar no antigo regimento de Jim, mas o Exército deu uma olhada no currículo escolar dela (a faculdade renomada, as notas impressionantes) e a destacou para uma unidade de inteligência. Naomi passou dois anos no Iraque como componente júnior da equipe investigativa interna do Exército. Uma de suas missões foi desvendar o massacre ocorrido na Praça Nisoor, em Bagdá, em que um grupo de agentes de segurança privada, alegando ter sido provocado, abriu fogo intenso em plena praça lotada, matando dezessete iraquianos. Naomi mergulhou fundo na investigação, convicta de que um ato criminoso premeditado havia sido cometido. Ela solicitou a seus superiores a detenção dos envolvidos, mas àquela altura a agência empreiteira já tinha secreta e rapidamente "retirado do país" os culpados, e o governo pareceu decidido a abafar tudo e deixá-los escapar impunes.

Anos depois, o fato ainda a incomodava.

Naomi se deu conta de que a responsabilidade cabia a escalões bem mais altos, e o resultado foi apenas um encobrimento, um exercício de Relações Públicas. Porém, no rastro da exposição de suas descobertas pela imprensa, o grupo de segurança acabou banido para sempre do Iraque.

Após a segunda temporada no serviço militar – e após enfrentar situações de combate em escoltas difíceis –, ela pediu para sair e voltou à Universidade. Mudou de curso: Economia. Uma graduação em Música não tinha mais o mesmo peso nesse novo prisma pelo qual ela enxergava o mundo. Ela imaginou cursar Direito e trabalhar em Wall Street, fazer o ritual das dezesseis-horas-por-dia-até-se-tornar-sócio, mas quando um de seus ex-comandantes de campo a recomendou para a Fazenda, e disse ao Ministério que eles nunca encontrariam alguém mais inteligente nem mais obstinado na solução de um caso, algo simplesmente estalou.

Estalou a oportunidade de, enfim, fazer a diferença.

Sempre estivera do lado mais fraco no âmbito físico e privado. Parte dela sempre precisara provar que era durona o suficiente. Remetia a seu estilo de jogar no ataque – esconder-se no flanco, vislumbrar a brecha e insinuar-se no meio das moças maiores. Usar agilidade, manha e experiência de jogo.

E fazer o gol.

Era o que ela continuava a fazer. Na Fazenda. Apenas era a única a fazê-lo com as cinco notas de abertura do duo de flautas "Música no formato de um quadrado", de Philip Glass, tatuadas na nádega.

Naomi olhou novamente para a transcrição da segurança do FBI. Bebeu a batida de kiwi. Não conhecia a pessoa que chamava, mas conhecia muito bem o interlocutor.

E não fazia muito sentido.

A conversa tinha acontecido há cerca de um mês. Justo quando os mercados financeiros mundiais desmoronaram. O índice Dow Jones baixou 20%. Uma das maiores instituições derrubada por um operador trapaceiro.

E ali estava um dos mais influentes diretores financeiros do mundo, que supervisionava um dos maiores aglomerados de capitais de investimento do planeta, em contato com uma pessoa suspeita de movimentar dinheiro para o terrorismo.

E as palavras em código murmuradas em árabe que haviam sido passadas a ela. Que a haviam assustado. Que a deixaram imaginando sobre o que se tratava.

Os aviões já decolaram.

20

Na segunda-feira pela manhã, Hauck estacionou o carro perto da Escola de Ensino Fundamental da Lake Avenue, em Greenwich.

Três semanas haviam transcorrido desde o assassinato da família Glassman. A polícia ainda não encontrara conexões com os assassinos.

Pouco depois das duas e quarenta da tarde, um fluxo de crianças começou a sair do cinzento prédio de concreto. Mães – trajando calças capri e abrigos de ioga, conversando com outras mães ou com alguém pelo celular – estacionavam seus utilitários esportivos. Algumas crianças levavam material escolar, cartolinas em cores vivas com apresentações ou trabalhos artísticos, mochilas nas costas. Outras traziam luvas de beisebol ou tacos de lacrosse, comentando empolgadas sobre o jogo dos Rangers no *playoff* logo mais à noite ou sobre o programa *American Idol*. Os veículos estacionavam; as crianças entravam; as mães despediam-se e os carros afastavam-se.

O movimento na frente da escola aquietou-se.

Minutos depois, Hauck viu o garotinho de cabelo cor de areia trajando jeans e a camiseta de astro do beisebol, Derek Jeter, sair, segurando a mão de um senhor de idade. Seu avô. O menino trazia um rolo de papel na mão e uma mochila vermelha nas costas.

Hauck lembrou-se dele quando o viu há três ou quatro anos. No carro de April.

Evan.

Era o primeiro dia dele na escola após os crimes. Os jornais locais noticiaram. Dois funcionários da escola saíram e acompanharam o menino e o avô até o estacionamento, assegurando-se de que não havia repórteres para importuná-los.

Hauck também queria assegurar-se.

O menino tinha agido bem. Tinha tirado uma sequência de fotos que algum dia poderia servir de prova. Filho de peixe peixinho é. A mãe dele se orgulharia.

Hauck não sabia o motivo que o trouxera ali. Além do fato de ainda se sentir próximo. Ainda envolvido. Consciente de sua promessa. Ele nunca esquecera. Ele não esqueceria.

Viu só, eu não estou só de passagem, ele falou.

O menino subiu na perua Volvo prata, e o avô dele acelerou.

Hauck sentiu vontade de segui-lo. Mas engrenou o carro e permaneceu ali.

21

Demorou certo tempo para que as peças sobre Dani Thibault começassem a se encaixar.

Merrill expressara o desejo de que tudo fosse mera perda do tempo de Hauck. Um pouquinho de cautela exagerada da parte dela, que serviria para aplacar certos receios. Mas que, no fim das contas, não conduziria a lugar algum.

Ledo engano.

Thibault havia mentido sobre a sua trajetória acadêmica. Mentido sobre seu tempo servindo o Exército holandês na missão de paz em Kosovo. E mentido também sobre sua conexão com a família real belga. Na verdade, ele tinha namorado, durante algumas semanas, uma prima festeira da rainha e talvez participado de uma ou duas excursões familiares com ela – ocasiões nas quais as fotos penduradas na parede do gabinete foram tiradas. O relacionamento não deu em nada, à exceção dos instantâneos de praxe nas colunas de fofocas, mostrando o casal em clubes chiques, que Richard Snell localizara na internet.

A maior parte da carreira de Thibault consistia em certos cargos progressivamente melhores numa série de bancos obscuros, administrando o dinheiro de clientes ricos e engenhando créditos financeiros de difícil compreensão. Tinha assumido o nome e parte do currículo de um homem morto há quinze anos na França.

Quem faz uma coisa dessas, perguntou-se Hauck, *a não ser uma pessoa com algo muito importante a esconder?*

Nas duas últimas semanas, Hauck descobrira tudo que lhe foi possível sobre os assuntos pessoais de Thibault. Sabia onde ele adquiria ternos em Londres – na Kilgour da Savile Row. Sabia onde se hospedava em Dubai – no Burj, hotel sete estrelas. Sabia os restaurantes que ele frequentava em Nova York – Verita, Daniel, Spartina. Ele pagava as contas em dia. Não havia processos nem sentenças contra ele. O movimento de sua caixa de e-mails revelava diversos negócios normais e contatos pessoais. Nada fora do comum. Talvez um lado um tanto pervertido no que se referia a Merrill. Ele sequer parecia ter outra pessoa.

E não havia cometido crime algum.

Tudo que Hauck descobrira era um passado nebuloso, certamente encobrindo algo que o homem se esforçava ao máximo para esconder. Até mesmo de Merrill. Por que caberia a Hauck destruí-lo? Ele não pertencia mais à polícia.

A gente não faz esse tipo de serviço, ele dissera a Foley. Intrometer-se na vida alheia.

Desta vez, vamos fazer.

Abriu um espesso dossiê repleto de fotos de Dani que ele havia compilado. Algumas extraídas da *Greenwich Magazine*. Ele e Merrill em eventos de caridade. Outras veiculadas no jornal de Palm Beach. A festa do Garden Club. Coluna social do *New York Post*. Ele não fazia muita questão de evitar a publicidade.

Repassou as folhas de contato enviadas por um amigo seu que trabalhava na *Fairfield Style*. Imagens de uma reunião com o procurador-geral no iate de Ron Tillerson. "Merrill Simons e o financista Dani Thibault." Jogos de polo aos sábados em Conyers Farm. Thibault tinha alguns cavalos. Os dois pareciam felizes e apaixonados. De mãos dadas.

Caberia a Merrill ver o que fazer com as descobertas. Decisão dela.

Não era bem esse tipo de trabalho que o levara a trocar de carreira.

Pegou o telefone e digitou o número de Tom Foley para atualizá-lo sobre as informações obtidas. E deixar o chefe escolher o modo de contar a Merrill. O ex-marido dela continuava a ser um importante cliente.

O trabalho ainda era novidade para Hauck, e a coisa toda tinha um viés político um tanto desconfortável. A recepcionista, no gabinete da Talon em Nova York, deixou-o na espera.

Ele abriu a pasta e recolocou as fotos.

Uma no fim da pilha chamou a sua atenção.

Na partida de polo em Conyers Farm. Um evento dos Amigos da Biblioteca de Greenwich em prol da aptidão de leitura. O típico perfil de gente com quem Hauck lidara ao longo dos anos: homens com calças verdes e blazers, e mulheres com vestidos de verão e grandes chapéus.

Thibault, vestindo blazer de linho branco e camisa branca aberta, conversava com alguém que não pareceu estranho a Hauck. Alguém de óculos escuros, meio de costas para a câmera, mas com perfil perfeitamente nítido. Era um recorte, a ampliação de uma foto mais panorâmica. Os dois nem notaram que estavam sendo fotografados.

Prestes a guardá-la no arquivo, súbito, Hauck lembrou-se de quem era o interlocutor de Thibault.

Baixou o telefone.

O próximo lance no caso Thibault não mais pertencia a Merrill Simons.

Hauck vira aquele rosto nos jornais e na tevê. Repetidas vezes nos noticiários. Virou a foto, o cérebro a mil, em busca da data: *junho do ano passado*.

Na época teria sido insignificante o fato de os dois conversarem.

Mas *hoje*, com o índice Dow Jones despencando dois mil pontos, com a derrocada de uma das maiores empresas de Wall Street, uma amiga íntima brutalmente assassinada, Hauck fitou aturdido a foto esquecida, o sangue pulsando.

O homem fotografado com Dani Thibault, desviando o olhar, era o marido de April Glassman, Marc.

PARTE DOIS

22

Eram duas da madrugada e James Donovan estava assustado.

Há várias semanas, ele cerrava os olhos no meio da noite e escutava a respiração constante da mulher. Observava Zachy, o filho de quatro anos, adormecido no quarto dele. Tinha acabado de conferir suas posições on-line. O colapso das hipotecas Alt-A. Os volumes esgotando-se. Até não suportar mais. Parecia que sua cabeça ia explodir.

Então pôs o cão na guia e desceu para tomar um pouco de ar na calada da noite.

Tinha feito algo terrivelmente errado. Agora não sabia como desfazer.

Naquela noite, a cortante brisa do East River parecia soprar através de sua parca. Remi, a *bichon frisé* branca da família, mirou-o como se quisesse voltar para dentro. James ainda não estava pronto.

Não sabia o que fazer.

O primeiro cheque que recebeu, no valor de 1,6 milhão de dólares, foi depositado na conta das Ilhas Cayman, aberta por ele em nome do filho. Esperou até os fundos chegarem a suas mãos. O seguinte alcançou 2,3 milhões. Grana capaz de mudar a vida de alguém. A julgar pelo que acontecia nos mercados, grana que nunca ganharia novamente. Não com os mercados de títulos hipotecários indo para o brejo. Com a firma comentando em não dar bônus naquele ano. Nem no ano seguinte. Com o valor da ação baixando, baixando, até chegar a seis.

Estavam dispostos a lhe dar cinco milhões! Como ignorar esse tipo de segurança?

Primeiro foi fácil. Como em todo negócio irrecusável, foi fácil se deixar seduzir e justificar. Difícil desvencilhar-se da situação.

Tudo fez sentido. Por sua família. Amigos da faculdade de Administração conseguiram ganhar isso num ano desfavorável. Compra de residências no bairro nobre de Hamptons. Cotas em jatos particulares. Aluguel de casas de veraneio no Caribe. Adegas sofisticadas.

Por que não ele?

Além do mais, a empresa estava nas últimas agora. Afundando. Ele só fazia parte do quadro.

Mas então tudo mudou. Aquele sujeito da Wertheimer, em Greenwich. Aquilo mudou tudo radicalmente. Toda vez que James pensava nele, um suor sufocante acometia-o.

Mataram a família inteira do sujeito.

Conduziu Remi pela guia mais adiante na quadra. Notou o veículo utilitário esportivo preto estacionado na rua de seu prédio. Apesar das janelas escurecidas, ainda assim conseguiu distinguir um rosto, o mesmo rosto que já tinha visto antes, perscrutando.

Estaria ficando louco? Ontem não viu o mesmo SUV? No trajeto do escritório até em casa. O mesmo homem atrás do para-brisa. Não estava ali no dia anterior, quando ele e Leslie saíram para comer algo? Ele indagou ao porteiro. Não tinha notado antes. Manny só riu e disse:

– Vai ver o veículo levou algum figurão ao número 225 logo ali, Sr. Donovan.

Sim, algum figurão, Manny. James se perguntou se o *trader* da Wertheimer teve a sensação de ser seguido.

Ou talvez fosse tudo coisa de sua imaginação pregando-lhe uma peça. Deu um puxão na guia. *Vamos, faça o que tem a fazer.* Sentia-se sob o efeito de anfetaminas. Como se o cérebro estivesse prestes a explodir.

James sabia, no fundo sabia: era tarde demais. Tarde demais para desfazer tudo. *Quem semeia colhe, Jimbo. Você quis abraçar o mundo.* Agora só precisava levar a cabo.

Se contasse a verdade, seria despedido na mesma hora. Talvez levasse um processo nas costas. Um tempo na cadeia. No mínimo seria banido dos negócios para o resto da vida. O que mais ele sabia fazer? Caramba, ele tinha apenas 32 anos.

Não: a melhor alternativa era simplesmente levar a cabo. Pegar o resto da grana. Essa história de Marc Glassman só o deixou alarmado.

Relanceou o olhar ao SUV outra vez.

Puxou Remi até o *lobby*. Carlos, o funcionário noturno, acenou, esfregando o piso. Terceira vez que o avistara naquela semana. *Devia estar curioso...*

Lá em cima, James soltou a cadela da guia, tirou a parca, ligou a tevê no canal Bloomberg. Conferiu os *overnights* da Ásia. Nova tendência de baixa. O *spread* era uma estaca cravada em seu coração. Pegou um sorvete Dove no congelador e enveredou pelo corredor. Mirou Zach dormindo. Já passava das três da madrugada. Em duas horas, tinha de levantar e cobrir suas operações.

Como deixou sua vida se despedaçar?

No quarto, a luz estava ligada. Sua mulher, Leslie, sentou-se na cama e observou-o entrar. De umas semanas para cá, percebia mudanças no comportamento do marido. Calando-se de súbito. Sem se abrir com ela. Sem querer brincar com Zach.

No rosto inexpressivo de James, o suor escorria. Não conseguia mais conter a maré. Sentou-se, e ela se aconchegou junto a ele com ar preocupado e pegou na sua mão. Ele não sabia mais o que fazer além de segurar a mão dela bem forte.

Poderia contar a ela?

Um dia poderia confessar o que fizera?

– O que está acontecendo com você, Jimmy?

23

– Agradeço sua vinda, Hauck.

Hauck sentou-se à frente de Tom Foley no San Pietro, a uma quadra da sede do Grupo Talon, na Fifty-fifth Street, em Nova York. Foley já tomava vodca Belvedere com gelo e azeitona; Hauck, que não costumava beber durante o dia, pediu uma cerveja. Trouxe o dossiê sobre Thibault e precisava de permissão antes de tomar providências. Foley sugeriu almoçarem juntos. A cabine em couro nos fundos deu a eles certa privacidade em relação à multidão que lotava o restaurante.

– Saúde – Foley inclinou o copo. – Um brinde a se manter à tona na tempestade. Engraçado – riu-se o diretor da Talon –, um pessoal da firma e eu trocamos umas ideias, Ty, sobre onde você pode ser mais útil na empresa.

– Eu adoraria ouvir isso – disse Hauck, bebendo um gole de cerveja –, mas quero lhe atualizar sobre o caso de Merrill Simons. Você me pediu para mantê-lo informado.

– Ah, sim, é claro... – Foley assentiu, com ar quase distraído. Tomou um novo gole de vodca. – Pode falar.

– Sei que ela é sua amiga – começou Hauck. Abriu a pasta. Debruçando-se sobre a mesa, contou ao chefe o que ele e Richard Snell tinham descoberto. O passado forjado de Thibault. Os diplomas universitários e os registros militares falsos. As alegações exageradas de parentesco com a família real belga que beiravam a fraude. A identidade roubada do homem morto. Que revelou coisas mais profundas.

– O cara é um impostor, Tom. Talvez, coisa pior. Sinto muito.

Foley pôs os óculos e folheou o dossiê. Retraiu-se ao ler certas coisas e balançou a cabeça.

– Safado duma figa. Eu sabia que era bom demais para ser verdade. Já contou para ela?

– Não. Achei que deveria consultá-lo primeiro.

– Ela vai ficar arrasada – comentou Foley. Voltou a tomar seu drinque. – Talvez fosse melhor se...

– *Tom.* – Hauck pousou a mão no pulso de Foley. – Não é só isso. – Ele puxou a fotografia com Marc Glassman em Greenwich e a escorregou para cima da pasta. – Viu quem é este aqui?

Foley apertou os olhos para ver melhor e, ao identificar a pessoa, as feições serenas do ianque quase se desfiguraram.

– Filho da mãe! – Passou a mão na boca. – Onde foi tirada?

– Em Greenwich. Conyers Farm. Numa partida de polo beneficente, no último verão. Olhe, Tom... – Foley tentava avaliar o significado daquilo. – Só isto não prova nada. Pode ter acontecido de muitas maneiras. Podiam estar falando sobre a ração dos cavalos. Mas fui um pouco além. Glassman não tinha ligação alguma com o clube de polo de Greenwich, e é difícil de imaginar que fazia parte das amizades de Dani.

Foley assentiu, franzindo os lábios em sinal de preocupação.

– Alguma outra conexão entre os dois?

– Não que eu tenha encontrado. Ainda.

– E quanto a algo criminoso no passado de Thibault?

– Criminoso – indagou Hauck – ou suspeito?

– Algo sólido, Ty.

Hauck meneou a cabeça.

– Nada além de levantar um volume substancial de dinheiro por exagerar uma relação com a família real belga e de falsificar a identidade... Mas acho que o FBI e a Interpol também podem se interessar pelo assunto.

Foley repôs a foto na pasta.

– Não prova nada, sabe?

– Por si só, não – concordou Hauck. – Mas ainda há um homicídio não solucionado na França. E acho que todo mundo que tem negócios com ele gostaria de saber quem ele é.

Foley entornou o restante da vodca e, com um gesto, pediu outra ao garçom. Hauck balançou a cabeça.

– Não precisa, obrigado.

– Tome uma – insistiu Foley, erguendo dois dedos. Apoiou os antebraços na mesa, revelando as abotoaduras de ouro nos punhos da camisa. – Olhe, Ty, eu prefiro, se possível, que nada disso venha à tona.

Hauck fitou-o, surpreso.

Foley deu de ombros.

– Quer dizer, tudo bem, Merrill deve saber que o namorado não é flor que se cheire. Mas o restante... – Deu uma batidinha na foto. – Esta outra coisa...

– Esta outra coisa o quê, Tom? Marc Glassman derrubou uma firma de Wall Street. O assassinato da família dele permanece um mistério. Thibault, com passado obscuro e forte atuação em certos círculos financeiros, é visto ao lado da vítima. Para mim, é um pouco mais do que "esta outra coisa".

Foley respirou fundo e assentiu. Esfregou as palmas das mãos no rosto.

– Preste atenção, Hauck. Não o colocamos nesse cargo e lhe pagamos um bom salário para você continuar pensando como policial. Você não representa mais a cidade de Greenwich. Agora nos representa. A Wertheimer é coisa do passado. A Fazenda está escalavrando o que sobrou de carne nos ossos e jogando ao mercado. Além do prédio luxuoso, o único ativo verdadeiro da Wertheimer é a operação na corretagem de varejo. Só perde em volume para a Merrill Lynch. Sabe quem está de olho nisso?

Hauck mirou Foley. Agora ele sabia.

– A Reynolds Reid. Eis quem. Casualmente, nosso maior cliente depois do governo dos Estados Unidos! Percebe como tudo se encaixa, Ty? E agora o nosso trabalho é proteger os interesses de nossos clientes, não indivíduos. Não investigar delitos. Isso é serviço do governo. – O chefe dele o encarou fixamente. – Tudo bem, eu sei que lhe solicitei para investigar esse sujeito (a pedido de uma amiga) e você investigou. Fez um bom trabalho. Mas agora chega. Não precisa ir além. Não tem prova de que ele fez algo errado. E daí se ele é visto conversando num local público com um sujeito que depois foi abandonado pela sorte? Vai investigar todo mundo que falou com Marc Glassman? Faço uma aposta contigo. Vá conferir nos jornais que tiraram essas fotos. Eles devem ter fotos dele tagarelando com outras vinte pessoas além de Thibault naquele mesmo dia.

– Tom, este cara não poupou esforços para camuflar seu passado. Só quem tem algo a esconder faz uma coisa dessas. No mínimo, temos que descobrir quem ele é.

– *Não.* – Foley balançou a cabeça com um olhar frio. – Não. No mínimo, temos que fazer tudo a nosso alcance para garantir que nosso cliente feche um negócio importante. Se correr o boato que esse tal *trader* era sujo ou tinha culpa no cartório, se o pessoal começar a investigar esse caso da Wertheimer e então a coisa se misturar com Merrill, a ex-mulher do diretor executivo, ou *conosco*... – A segunda rodada de drinques chegou; Foley piscou para a bonita garçonete que os trouxe e, em seguida, mirou Hauck com olhar firme. – Agora você é nosso colaborador, não um policial, por isso não espero que aja como um. Ou seja, as suas prioridades têm de ser as nossas. Depois de o negócio se confirmar, talvez então, daqui duas semanas, um mês... Daí você pode ir mais a fundo nisso. Vamos examinar o assunto outra vez. Que tal?

– E quanto a Merrill?

Foley respirou fundo, como quem acomoda pensamentos conflitantes, e logo deu de ombros.

– Ela não precisa saber disso imediatamente. Confie em mim. Um mês. Enrole. Depois a gente vê. Entende o que eu quero dizer?

Hauck umedeceu os lábios, com um gosto amargo na boca. Soava incômodo, desonesto, até mesmo analisar a proposta de Foley. Lembrou-se de fatos de seu próprio passado...

Mas talvez as coisas *tivessem* mudado. Ao aceitar o emprego e o alto salário. Talvez tivesse de se acostumar com aquilo. Novas prioridades.

Afinal de contas, nada havia sido provado. Hauck flagrou-se concordando com um gesto de cabeça, tentando debelar a sensação de contrariar tudo que lhe servia de estofo.

– Ótimo! – Foley sorriu e deu um tapinha no ombro de Hauck. – Duas semanas, um mês. – Ergueu seu novo copo, recuperando a cor no semblante. – Agora, se este assunto está resolvido, talvez possamos conversar sobre você, Ty... E como você se encaixa na empresa em nossa percepção.

24

A caminho de casa, Hauck, mesmo contrariando sua natureza, simpatizou com a ideia de o Grupo Talon utilizá-lo como uma espécie de porta-voz.

Talvez fosse influência da cerveja.

Seu chefe comentou sobre aproveitar a reputação de Hauck em atuar de modo independente, desmascarando operações de lavagem de dinheiro e, até mesmo, um senador corrupto com vários mandatos. Esse perfil se adequava a certos contratos que o grupo tentava fechar com o governo. Se, por um lado, Hauck evitara qualquer publicidade após seu último caso importante – o assassinato de um promotor federal com sede em Hartford –, por outro, a história tinha sido estampada na primeira página dos jornais e posto um fim na carreira de um dos políticos mais poderosos do estado, além de macular o legado de um dos maiores magnatas de Connecticut.

Pegou a via expressa Major Deegan e passou pelo estádio dos Yankees, tentando esquecer as dúvidas sobre Dani Thibault e Marc Glassman.

Ligou para o celular de Annie. Ela estava no trabalho, e ele prometera contar o resultado da reunião. Mas logo que começou a tocar, pensou melhor e, sem saber ao certo o motivo, desligou.

A verdade era que, no âmago de Hauck, não havia um só ponto que aceitasse bem a resposta de Foley sobre como lidar com a situação de

Thibault. Em lugar algum de sua consciência, a alternativa de simplesmente não fazer nada e deixar de lado (*agora, a sua prioridade é o bem de nossos clientes*) fazia sentido.

Em vez disso, ao enveredar com o Beemer na ampla avenida arborizada rumo a Connecticut, a vinte minutos de casa, havia Merrill. As dúvidas que enxergou no fundo de seu olhar. Ela não queria deixar de lado. *Quero saber quem é realmente o homem pelo qual estou me apaixonando.*

Agora você não representa mais a cidade de Greenwich...

Em vez disso, havia Thibault. Uma incógnita. Um homem condenado. Ou coisa muito, muito pior. Acordos que não aconteceram. Relacionamentos que não existiram. Que tipo de homem fazia tudo isso? O que ele tinha a esconder?

Sabe quem está de olho nas operações de varejo da Wertheimer, Ty? Foley dera-lhe um tapinha no ombro.

Sentiu-se manipulado.

Em vez disso, havia as manchetes sobre a ruína da outrora poderosa empresa de Wall Street. Empregos perdidos. O índice Dow em queda livre. Fortunas aniquiladas. Marc Glassman, April e a linda filha – mortos.

Agora, se este assunto está resolvido, talvez possamos conversar sobre você, Ty...

O que será – no ritmo do veículo, deu asas ao pensamento – *que estava sendo protegido ali na verdade?* Só porque dera uma guinada na vida, só porque, em vez do distintivo da polícia de Greenwich, agora levava na carteira a identidade do Grupo Talon, não podia simplesmente deixar para lá. A inquietude em seu sangue era a mesma que sempre sentira.

Como deixar de lado uma verdade tão límpida quanto o bater de seu próprio coração?

Como deixar a verdade de lado?

***

– Bem, a primeira coisa que você precisa saber – sorriu April, tomando um gole de café – é que você não está ficando louco. A insanidade é herdada, sabe. – Mordeu o lábio inferior. – Você a adquire de seus filhos.

Ele riu, também tomando um gole de seu café *latte*.

– Sempre achei que fosse o contrário.

– Ideia errada do povo – disse ela. – Perdoável. No começo, todo mundo comete esse lapso.

– Obrigado por me iniciar no assunto.

Após a terceira vez lá, os dois entreolhando-se com certa frequência, saíram juntos do prédio e conversaram um pouco na calçada. Tinha uma cafeteria Starbucks na esquina, e ela perguntou se ele gostava de cafés *mocha lattes*.

– Sou mais preto sem açúcar. Mas adoraria expandir meus horizontes.

– Então é por minha conta.

Escolheram uma mesa com assentos almofadados. Ela pediu para ele.

– Sinto muito ouvir o que aconteceu – ela comentou, mexendo o café com a colherzinha. Algo nela logo transmitia franqueza e confiança. E desde o acidente, desde que seu casamento soçobrara e ele se afastara da corporação, Hauck não tinha muito contato com ninguém. Então foi legal começar uma amizade. E ela era bonita. E gentil. – Perder uma filha.

– Olha só – disse ele –, lá no grupo, há tendência de as coisas ficarem meio melancólicas, então a gente não precisa falar sobre isso se você não quiser. Mas obrigado.

– Não é culpa sua, sabe. – Ela deu de ombros e fixou nele os suaves olhos verde-musgo. – Sei que você não acredita nisso agora, mas não é.

Tudo que ele disse foi:

– Eu sei.

O sorriso de April alargou-se.

– Ninguém acreditaria que é, sabe. Tenha certeza disso.

Ele andava num estado que nunca sentira antes. Nada lhe viera fácil. Conquistou tudo com trabalho – na escola, nos esportes. No ensino médio, só alcançou os recordes de jardas corridas no futebol americano a custo de muito suor e disciplina. O ingresso em Colby. O irmão dele optou pela carreira de advogado; para Hauck, foi natural escolher um rumo distinto. Ser policial. E ele progrediu. Promovido a detetive antes dos trinta anos. Sua graduação em faculdade de renome lhe valeu o recrutamento para a One Police Plaza, a principal sede do NYPD. Agência de Informações. Reportando-se diretamente ao chefe assistente. O casamento deu frutos. Duas meninas lindas. Na época, o arco de sua vida parecia ilimitado. Em ascensão infinita. Num brevíssimo instante, num momento fugaz, deixou todo o foco e a dedicação relaxarem. Desviou o olhar.

Você nunca pode desviar o olhar. E então...

– Talvez eu não seja louco – falou, retribuindo o sorriso –, mas com certeza cometi atos insanos. Não faz muito tempo...

– Conte-me.

– Não sei, agora tudo parece meio tolo. Depois que aconteceu aquilo com Norah, eu me sentei na frente do bar D'Agostino, em Elmhurst, no meio da noite. Fiquei ali umas três horas até que peguei um tijolo e o arremessei na janela da frente.

– É mesmo? Serviram um galeto fora do prazo de validade?

– Não. – Ele balançou a cabeça e abriu um sorriso tímido. – Eu tinha ido àquele lugar quando estacionei o veículo na entrada da garagem. Quando...

Até o jeito como ela o olhou o fez se sentir melhor. Como se aquilo tivesse fim. Como se, algum dia, alguém o fosse achar interessante outra vez.

– Agora parece idiota. O chefe do distrito teve de interceder. Seja como for, assim acabei aqui.

– Fui levar minha filha ao balé. Mas dirigi dopada com uma mistura de OxyContin e antidepressivos. Acabei no condado de Bucks, na Pensilvânia.

– O que havia na Pensilvânia? – indagou.

April sorriu.

– Não sei. Os Amish. Só quis dizer que você não é o único a ver tudo desmoronar. Sua filha morreu. Você se sentiu responsável. Às vezes, todos nós precisamos fazer coisas insanas. Quem jogou aquele tijolo? Você?

– Não sei. – Hauck deu de ombros. – Talvez alguém dentro de mim.

– Qual a opinião do Dr. Paul? Sigilo médico-paciente à parte, é claro.

– Ele disse que seria bom descobrir quem é essa pessoa.

– Olhe... – Tocou o braço dele e inclinou-se, aproximando-se. – Aquele pessoal lá em cima... Alguns frequentam o grupo há mais de dez anos. A verdade nua e crua é que existem dois tipos. No primeiro enquadram-se aqueles cuja química cerebral é desregulada desde a infância; enfrentam uma luta diária para manter as coisas em equilíbrio. No outro grupo, estão as pessoas cujas paredes que mantêm tudo em ordem, temporariamente, desmoronaram. Como as suas paredes. Quer você goste, quer não. – Envolveu a caneca com as mãos em concha. – Esse pessoal está só de passagem. – E completou, com um brilho divertido no olhar: – Sinto muito, senhor, este é você.

– Obrigado – disse ele, quase acabrunhado. Levantou o olhar e flagrou-a de olhos fitos nele, sem evocar nada em especial. Mas ele tinha certeza de ter percebido uma ponta de tristeza nela também.

– E em que tipo você se enquadra?

***

Na hora em que Hauck chegou à Merritt Parkway, a inquietude transformara-se numa sensação muitas vezes já vivenciada e não muito fácil de se livrar.

Só de passagem. Ela estava certa. Participou de oito sessões do grupo. Ele agora conhecia muito bem aquela pessoa dentro de si.

Era a pessoa prestes a fazer *isto.*

Localizou o celular e digitou um número fora da discagem rápida. Após alguns toques, uma voz conhecida atendeu.

– Collucci – anunciou a pessoa.

Vito Collucci, ex-detetive de Stamford, agora tinha uma bem-sucedida agência de investigação particular. Às vezes, era útil ter uma fonte assim fora da corporação, e ele ajudara Hauck em muitas ocasiões.

– Ty! – falou Vito, revelando satisfação. – Que bom um tubarão como você se lembrar de um peixinho como eu. Recebeu o meu e-mail?

– Sim, Vito, foi muito gentil de sua parte. Obrigado. Você mencionou que se pudesse ajudar de algum modo...

– Puxa vida, era só modo de dizer, meu amigo. Mas, diabos, se está falando sério, sou todo ouvidos.

– Queria que você rastreasse para mim o histórico de um telefone celular – Hauck esticou a mão direita e abriu a valise sem tirar a outra mão do volante. Puxou o dossiê e leu o número para Vito. – O nome do titular é Thibault. – Soletrou ao amigo. – O nome é Dieter. Ou Dani. D-A-N-I. Sei que o assunto não parece especialmente charmoso, meu caro.

– Pois é, e eu não posso nem cobrar pelo serviço – respondeu o detetive. – Mas estou meio confuso. Você não tem gente naquela renomada empresa para tratar desses assuntos de forma rotineira?

Hauck fez uma pausa, saindo da avenida na altura da Long Ridge Road. *Só um pequeno passo*, ele se advertiu. *Só experimentar a água com o pé.*

Mas foi assim que tudo começou.

– Se estiver OK para você, é melhor não misturarmos esse assunto com a minha renomada empresa, Vito. Pode ser?

O investigador de Stamford caiu na risada.

– Estava demorando, Ty.

25

Sua filha, Jessie, veio passar o fim de semana com ele. Agora que já completara catorze anos, ela pegava o trem no terminal Grand Central, em Nova York. De vez em quando, os dois iam de carro até Butternut, na região Oeste de Massachusetts, para esquiar, ou até as proximidades de Hartford para visitar os primos dela. Às vezes só ficavam em casa e assistiam a uns filmes. Agora ela buscava a independência com todas as forças, e Hauck notou que estava cada vez mais difícil atraí-la para visitá--lo. Sempre estava rolando algo – jogo de basquete na escola, festa na Amanda, show da banda Rooney. Cada vez mais, quando estava com o pai, ela passava o tempo com as pernas apoiadas no braço do sofá, navegando no Facebook ou tagarelando no celular.

Desta vez, ele deu o braço a torcer e concordou em levá-la ao cinema. Em cartaz: *Ligeiramente grávidos*. Classificação etária R (menores de dezessete anos só acompanhados dos pais). Logo nos créditos iniciais, Hauck arrependeu-se.

– Puxa vida, pai – comentou Jessie, após Hauck, constrangido, correr os olhos pelo cinema para ver se havia outras crianças da idade dela –, até parece que eu nunca vi essas coisas.

Quando diabos o Nemo se metamorfoseou em Seth Rogen?

No domingo, acordou cedo e ficou um tempo no computador. Depois deu uma corrida leve em Hope Cove, respirando o ar salgado e cálido da manhã de abril. Mais um mês e seria hora de pôr o barco na água. Todo mundo indagava se Jessie ainda estaria a fim de velejar.

Mais tarde, ele fez panquecas quando ela apareceu às nove e meia esfregando os olhos de sono. Ele a observou enquanto tomava café, de moletom e calças de pijama, e se perguntou se havia coisa mais promissora e linda no mundo. Sentia falta de Norah – todos os dias, ele pensava no narizinho arrebitado e no risinho cantarolante. Teve uma hora em que Jessie o flagrou de olhar perdido.

– O que foi, pai?

– Nada – respondeu.

Após o café da manhã, sentou-se no solzinho do *deque* com vista para o canal a fim de ler o *New York Times* dominical.

Jessie já estava ao telefone no sofá, a tevê ligada no canal Comedy Central. Ele começou folheando a seção de esportes. Tiger e Phil, maiores rivais do golfe atual, preparavam-se para uma partida decisiva no Masters. Os Yanks perderam para o Red Sox na abertura da liga de beisebol.

Ao abandonar a seção de esportes e procurar a de economia, uma manchete na seção metropolitana chamou a atenção dele.

TRADER ENFORCA-SE EM ARRANHA-CÉU:
SEGUNDA VÍTIMA DE WALL STREET

Ontem pela manhã, um corpo foi encontrado pendurado no gabinete do zelador de um prédio, nas imediações do centro. O corpo foi identificado como de James Donovan, *trader* de títulos hipotecários da firma Beestow Holloway, de Wall Street. O Sr. Donovan era condômino do edifício.

A polícia considera a morte um suicídio. Donovan é o segundo *trader* com grande visibilidade a ter sua vida interrompida repentinamente no último mês. Mark Glassman, *trader* de valores mobiliários da recentemente falida Wertheimer Grant, foi assassinado a tiros junto à sua família no que se imaginava ter sido um roubo em sua residência, em Greenwich, CT, no dia 6 de março. O posterior escândalo revelando perdas e má gestão de valores ajudou a arruinar a empresa.

Donovan, 32, exercia posição de destaque na empresa e, segundo amigos e colegas de trabalho, ultimamente andava "incomodado" e "preocupado", talvez em decorrência da inesperada reviravolta no mercado de títulos hipotecários. Os funcionários do luxuoso prédio, onde ele morava com a esposa e o filho, declararam que ele era visto frequentemente levando o cachorro para passear em plena madrugada. Ao que consta, ele tinha um trato que lhe permitia acesso ao gabinete do zelador, onde seu corpo foi encontrado no começo da manhã desta sexta-feira, quando o zelador do prédio, Luis Verga, chegou para trabalhar. O Sr. Verga não quis fazer comentários, só disse que conhecia o Sr. Donovan e que "ele era um bom sujeito", mas outro funcionário do prédio contou que o *trader* costumava ir ao escritório fazer ligações fora de hora, porque "ele tinha um trabalho de 24 horas e não queria incomodar a mulher a altas horas. Ele pertencia ao conselho. No Natal, dava uma boa gratificação".

Amigos e colegas de trabalho contaram que o bem-sucedido *trader* andava mudado nas últimas semanas, "meio quieto e nervoso". "Sentia-se muito pressionado", disse uma colega. A porta-voz da firma Beeston Holloway, Susan Fine, declarou: "Jim era um jovem exemplar e um *trader* competente. Tinha muito futuro".

Tão logo a notícia do suicídio foi veiculada, começaram as especulações sobre a possível relação entre o suicídio de Donovan e o modelo de má gestão financeira que ajudou a derrubar a outrora poderosa Wertheimer Grant. "Essas especulações são completamente falsas e infundadas", frisou Fine quando solicitada a comentar. "A Beeston tem rigorosos controles operacionais". Ela acrescentou que a empresa, apesar da drástica queda no valor de suas ações nas últimas semanas e dos boatos de pedido iminente de moratória, "está em sólidas condições financeiras".

Donovan, natural de Sayville, Long Island, tinha um MBA na NYU; deixa a mulher, Leslie, e o filho de quatro anos, Zachary.

Hauck pôs de lado o artigo. Cheio de dúvidas, fitou as águas plácidas do canal.

Não era do tipo que acreditava em coincidências e, como todo e qualquer policial, era adepto do ditado "Onde há fumaça, há fogo".

E um segundo *trader* de Wall Street morto em circunstâncias suspeitas colocava ainda mais lenha na fogueira.

26

Às vinte para as sete da manhã naquela segunda-feira, Naomi chegou de sua corrida matinal às margens do Potomac. Entrou no apartamento dúplex em Alexandria e jogou os tênis na cadeira. A camiseta cinza do Bon Jovi e a calça *legging* preta estavam empapadas de suor. Pegou uma água na geladeira, tocou o plástico gelado na testa e soltou o ar pela boca. Sensação agradável.

Dez quilômetros.

Em pouco menos de 31 minutos. Treinava para a maratona dos fuzileiros navais do próximo ano. O objetivo era completá-la em menos de três horas e vinte.

Na semana seguinte, estenderia o percurso para 13 km.

Tirou a camiseta e ficou só de *top*. Antes de tomar uma ducha, conferiu sua caixa de e-mails do governo.

A morte desse segundo *trader* de Wall Street entrou em seu radar.

Treinada a buscar padrões, neste caso ela nem precisou procurar longe. Às sete horas, um assistente da equipe enviaria *links* a ela com casos de interesse, e após o *Post*, o café e o *Financial Times*, Naomi daria uma olhada nas informações recebidas, a fim de se atualizar e começar o dia com o pé direito. Na véspera, os jornais veicularam notícias sobre James Donovan, morto em circunstâncias incomuns. *Trader* da Beeston Holloway. Enforcou-se. Não suportou a pressão. Esses moços saíam da faculdade e, no primeiro ano, já amealhavam mais do que Naomi tinha em seu nome. Só conheciam uma tendência de mercado – acima! – durante toda a vida.

Pelo menos essa era a descrição feita pela imprensa. Naomi já havia comunicado Rob Whyte, o chefe dela na Fazenda. O caso não cheirava bem. Não importava o modo como era descrito.

– Preste atenção – alertou ela. – Tem algo errado nessa história. Vou ter que conferir de perto.

Abriu a caixa de e-mails para checar as mensagens sobre o suicídio do *trader*.

Um item novo piscava. Junto à luz vermelha de mensagem no BlackBerry.

Um texto de Rob. Naomi viu que ele tinha enviado um *link*.

O assunto: "Segundo *trader* morto". O teor da mensagem: "Preciso falar sobre isso HOJE!".

Algo mais tinha acontecido.

Largando o iogurte na mesa, clicou no *link*: uma atualização do artigo anterior, recém-publicada no Bloomberg há apenas uma hora.

TRADER DA BEESTON MORTO É PIVÔ EM SEGUNDO ESCÂNDALO FINANCEIRO. DESFALQUE DE BILHÕES DE DÓLARES. A EMPRESA CLASSIFICA OS DANOS COMO "SUBSTANCIAIS E INVASIVOS". AUDITORIA EM ANDAMENTO.

OSCILAÇÃO NO MERCADO INTERNACIONAL DE AÇÕES.

Ela sabia! Ligou a tevê. Já sintonizada na CNBC. A visão deles era a de uma Wall Street descontrolada e incapaz de lidar com a retração econômica. Primeiro a Wertheimer, agora a Beeston.

Agora tinha convicção: não era isso que acontecia. *De jeito nenhum.*

Foi ensinada a buscar padrões. Padrões talvez urdidos em quebra-cabeças. Ameaças.

E havia um padrão bem ali na sua frente.

Naomi apanhou o BlackBerry e enviou uma mensagem de texto ao chefe: "Já peguei o fio da meada".

27

Rapidamente, o segundo gerente de investimentos a morrer em circunstâncias suspeitas tornou-se notícia de primeira página.

A mídia retratou o caso como um sinal de que Wall Street estaria "sob o efeito de anabolizantes!". Fora de órbita. Abalada por descuidos de supervisão. Donovan tornou-se um exemplo trágico das pressões que transtornam a vida de "apostadores" altamente remunerados incapazes de lidar com suas posições voláteis. Com o mundo pós-boom.

Primeiro, a derrocada do mercado de títulos hipotecários de alto risco e o naufrágio da Wertheimer. Depois, a ameaça de bancarrota das mega-agências Fannie Mae e Freddie Mac, a AIG tossindo escarro com sangue. Agora, a Beeston. Gerentes de portfólio dobrando apostas para compensar perdas crescentes e afundando suas empresas com eles. Fora de controle. Pessoas programadas para nada além de sucesso.

James Donovan só conhecera a vida de um prisma. A ascensão.

Simplesmente não conseguiu administrar.

Hauck abriu a porta da sede da 17ª DP. Tinha saído mais cedo do trabalho e vindo a NY de carro. Em geral, nas noites de segunda ele recebia Annie e cozinhava para ela, mas, nesta noite, tinha em mente esse novo desdobramento.

No caminho veio escutando o rádio. A Beeston divulgou que entabulava calorosas negociações para salvar a empresa. Agora admitiam os prejuízos bilionários causados por Donovan. Especialistas especulavam que ele entrara em pânico quando estourou o escâncalo na Wertheimer, sabendo que não conseguiria continuar a esconder suas próprias e gigantescas perdas. Agora a única tendência em Wall Street era rumo ao pânico irrestrito. A Wertheimer era coisa do passado. A Beeston Holloway era a bola da vez. O setor financeiro como um todo parecia sem sustentação.

Hauck sentiu um calafrio. Ontem o índice Dow Jones despencara a seu pior nível em oito anos.

A delegacia ficava na East Fifty-first Street. Hauck subiu a escadaria e disse a uma mulher sentada atrás do balcão que gostaria de falar com o detetive Campbell.

A mulher apontou um ruivo corpulento sentado à escrivaninha perto da janela, trajando suéter gola V e falando ao telefone.

– Ali.

Hauck aproximou-se e esperou o detetive terminar a ligação. Campbell tomava notas num bloquinho, o pé apoiado numa gaveta aberta.

– Só um minuto – gesticulou ele para Hauck. Sobre a escrivaninha, pilhas de arquivos abertos e documentos; junto à parede, dois porta-retratos com os filhos. Perto da mesa, uma cadeira de madeira com livros em cima. Um chamou a atenção de Hauck: *Entenda Wall Street – Guia para Idiotas.*

Abriu um sorrisinho.

Enfim o detetive desligou, girou a cadeira, fitou Hauck e cruzou as pernas.

– Shep Campbell. Sinto muito...

– Meu nome é Hauck – falou ele, dobrando a jaqueta esporte no braço. – Já trabalhei no setor de Homicídios na 114ª DP, em Queens, e um tempo na agência de informações, sob o comando do chefe Burns.

Campbell assentiu em sinal de reconhecimento.

– Sim, eu já o conheço, não é? Não apareceu na tevê num daqueles casos importantes por lá? O atentado à bomba no Grand Central, certo? Aquele sujeito que não estava morto... Você é o Hauck.

– O próprio.

Hauck puxou um cartão de visitas e entregou ao detetive, que franziu os lábios e soltou um assobio. Em geral, policiais que se transferiam ao setor privado não eram estimados por aqueles que permaneciam na corporação, pagos pelo governo. Eles pareciam uma espécie de traidores.

Campbell leu o nome da empresa de Hauck e baixou o cartão.

– Trocou de time, não é? Não posso culpá-lo. Teve sua chance. Alguém tem que pagar o colégio das crianças. – Tirou os livros de cima da cadeira e convidou Hauck a se sentar. – Aposto que seus filhos estudam num desses colégios famosos, não é? O que o traz aqui?

– O caso Donovan – Hauck não deu ouvidos ao resto. – Queria fazer algumas perguntas a você.

Campbell soltou um fundo suspiro.

– O assunto do dia.

– Estou vendo se existe conexão com aquele outro crime que aconteceu em Greenwich. O *trader* assassinado com a família.

O detetive concordou com a cabeça, pegando um saco de pistaches crocantes sem oferecer a Hauck.

– Sei. Aquele crime teve ligação com uma onda de arrombamentos na região, não foi?

Hauck deu de ombros.

– No começo, foi considerado assim.

– Então com certeza deve ter lido que este novo caso foi considerado um suicídio. – Quebrou o pistache e jogou a casca no lixo. – Que tipo de semelhança você procura?

– Que tal dois gerentes financeiros mortos em circunstâncias suspeitas? Pergunto-me se vocês já não tiveram a oportunidade de conferir o histórico das ligações telefônicas da vítima.

– Histórico das ligações?

– Ou talvez as câmeras de segurança do prédio. Imagino que ele as tenha.

– A troco de quê?

– Ver se alguém entrou no prédio perto do horário do crime.

– Câmeras de segurança... – O detetive estralou a casca nos dentes e mirou o cartão de Hauck novamente. – Hauck, não é? *Talon*... Já ouvi falar. Empresa importante. Aqui diz que você trabalha para eles. Sei que é difícil declinar esse tipo de oportunidade. Talvez se alguma surgisse no meu caminho... Todos nós temos de fazer escolhas. Importa-se de me dizer qual é exatamente seu interesse no caso?

Um arrojado ex-policial de fora da cidade. Bem pago pelo setor privado. Aparecendo e metendo o nariz num caso aberto. Sem jurisdição alguma. Hauck já esperava a reação.

– Conheci um membro da família Glassman que também morreu no crime. Só estou acompanhando para verificar se existe ligação entre os dois casos. Dois *traders* trapaceiros. Perdas enormes. Duas empresas de Wall Street fora de controle. Ouviu as notícias de hoje?

– Sim, está tudo aqui, na página 106 de minha confiável bíblia. – Campbell pegou o manual sobre Wall Street, sorrindo. – Imagino que não engoliu a tese de arrombamento para roubo?

Hauck encolheu os ombros.

– Não engoli nada. Só quero acompanhar o caso em memória de uma amizade.

Campbell assentiu outra vez, num misto de zombaria e solidariedade, mas seu olhar permaneceu fito em Hauck e logo depois se desviou novamente ao cartão.

– Huumm... Talvez esta seja a *minha* chance de saltar fora – bufou ele. – Não chego exatamente a ser um maldito magnata, tipo o Warren Buffett, sabe... Nunca me deparei com uma oportunidade. Olha só, Sr. *Hauck* – fez o nome soar como "câncer" –, sei que você trabalhou um tempo na polícia. Parece ter um interesse pessoal no caso, e não quero ser intrometido. Também sei o que acontece quando o cara deixa a corporação.

– Como assim?

– Sabe, o cara vai para casa mais cedo, sente falta da ação. É provável que você lide com um monte de burocracia corporativa por lá. Clientes de colarinho branco. Gostaria de colocar as mãos na massa.

Hauck preferiu não responder. A rotina de policial amargurado começava a transparecer.

– Mas o fato, Sr. Hauck, é que o Sr. Donovan deixou o apartamento dele por volta das três e quinze da madrugada. Como costumava fazer ultimamente. A esposa acordou e conferiu o relógio. Voltou a cair no sono. Ele tinha a chave do gabinete do zelador do prédio, coisa que provavelmente vai causar problemas ao coitado nessas circunstâncias. As impressões digitais na maçaneta do gabinete eram *dele* e só dele. Utilizou fios elétricos que o zelador guardava no armário do almoxarifado e os passou sobre os canos do teto. O cara andava preocupado ultimamente. Não conseguia dormir direito. Tomava estabilizadores de humor. Os colegas contaram que ele andava acelerado. Não chega a ser surpreendente em se tratando de alguém que perdeu o equivalente ao PIB da Bielorússia. – Campbell deu uma risadinha. – Já notou que, hoje em dia, valor menor que um bilhão nem vira notícia? Até mesmo a mulher dele insinuou que o homem andava meio estranho ultimamente. Esquecia-se dos aniversários. Levava o cachorro para passear em plena madrugada. Não é preciso ser Sigmund Freud para notar que o cara estava com depressão. Nem a Beeston está levantando suspeitas sobre a morte dele. Então por que a polícia se daria ao trabalho de conferir as ligações telefônicas do morto? Ou algum vídeo? Atrás do quê, mais exatamente?

Hauck podia responder: "Talvez uma conexão com Dani Thibault, ou com o homem que o filho de April Glassman fotografou, com trancinha ruiva e tatuagem no pescoço". Mas não queria incluir Thibault na pauta até ter algo mais concreto. Ou até que Foley lhe desse a luz verde.

Esse sujeito apenas tentava dar casos por encerrados. E este em específico não exigia muito trabalho.

– Como eu disse, só acompanho o caso pela amizade que eu tinha – explicou Hauck, pegando a jaqueta dobrada no braço.

– Falou que o conhecia, não é?

– Conhecia quem? – perguntou Hauck franzindo a testa, sem ter certeza a quem ele se referia.

– Donovan – disse o detetive. – A vítima.

– Não falei isso. Falei que conhecia uma das pessoas assassinadas em Greenwich. Um minuto atrás você nem o considerava vítima.

– Nenhum negócio com ele mesmo? – interpelou o detetive, pegando outro pistache do saco.

– Nenhum – respondeu Hauck, com olhar perplexo. – Por quê?

– Por nada. Só quero deixar as coisas bem claras. – Ergueu o cartão de Hauck. – Talon, hein? Você se importa se eu ficar com isto? Talvez um dia eu precise de um conselho quando surgir a minha oportunidade.

Hauck levantou-se e dobrou de novo a jaqueta no braço.

– Fique à vontade.

– Sabe, no fim das contas, talvez eu vá mesmo – disse Campbell, também se erguendo. Tinha uns quinze centímetros menos que Hauck e ostentava uma barriguinha. – Conferir o tal histórico telefônico. Como você sugeriu. Nunca se sabe. Se eu fizer, você tem um nome para eu procurar?

– Avise-me quando tiver feito a pesquisa – respondeu Hauck. – Vou ver se algum nome me vem à mente.

28

A caminho de casa, Hauck resolveu arriscar e parou na East Fifty-third Street, no prédio em que Donovan tinha morado.

Na entrada, foi abordado pelo porteiro e pediu para falar com a viúva de Donovan. O funcionário, obviamente orientado para manter a imprensa e curiosos afastados, mirou o cartão de Hauck como se fosse um código secreto. Hauck convenceu-o a consultar a moradora.

– Ele alega que foi policial em Greenwich – avisou o porteiro no interfone – e que está acompanhando aquele outro caso de lá. Diz que não vai demorar, Sra. Donovan. Autorizo a subir?

Ao que parece, a resposta foi sim. Logo o porteiro o conduziu aos elevadores, no fundo do *lobby*, que ia de um lado a outro da quadra, e uma entrada traseira abria-se na Fifty-second. Hauck percebeu uma câmera de segurança no canto do teto, acima da porta dos fundos.

Ao passar ali, ocorreu-lhe a ideia de tentar conferir aquele vídeo.

Quando o elevador se abriu no décimo quinto andar, foi recebido por uma morena de semblante abatido, vestido preto e cabelo preso num coque. Ela se apresentou como Deena Wolf, a irmã de Leslie Donovan.

– Ontem foi o enterro de meu cunhado – contou ela, como se quisesse dissuadi-lo. – Minha irmã já falou várias vezes com a polícia...

– Não vou demorar – prometeu Hauck. – É importante.

A mulher assentiu com ar perturbado.

– Por gentileza...

Lá dentro, umas doze pessoas conversavam no estar íntimo conjugado com a cozinha. Sons de risos e de refeições servidas mesclados com expressões sombrias e respostas sussurradas. Sob veementes protestos dos pais, dois meninos atravessaram a sala atrás de um *bichon frisé* branco.

– Minha irmã está aqui.

Ela o levou até uma salinha que parecia uma mistura de gabinete e sala de tevê. Prateleiras de madeira caoticamente forradas com livros e folhetos. Documentos financeiros espalhados ao redor. Sofá de couro, tevê tela plana. Sentada no sofá, Leslie Donovan. Volumosa cabeleira negra bem presa, semblante pálido, suéter e saia cor de vinho.

– Obrigado por me receber – disse Hauck. – Meus pêsames. Não vou tomar muito o seu tempo. – Ele já estivera muitas vezes em situações parecidas, e não queria impor nada.

A mulher assentiu com ar meio desligado. Nariz pequeno, maçãs do rosto salientes. Bonita, apesar do visível estresse.

– Tudo bem. Carlos disse que você foi policial em Greenwich?

– Comandei uma unidade de detetives durante seis anos por lá. Agora trabalho numa empresa de segurança privada – explicou Hauck, sentando-se à frente dela, pousando o cartão na mesa de centro. Ela o apanhou. – A senhora está informada sobre os assassinatos da família Glassman ocorridos no mês passado?

– Claro que estou, Sr. Hauck. Todo mundo do setor acompanhou o caso. Foi a partir daí que Jim começou a se comportar de forma meio esquisita.

– Como assim?

– Ficou mais agitado. Fechado em si mesmo. Não dormia bem. Levantava-se no meio da noite. Qual é sua ligação com esses crimes, Sr. Hauck, que mal lhe pergunte?

– Eu era amigo de uma das vítimas da família assassinada. Estou investigando se os dois casos têm alguma conexão. Dois *traders*, duas firmas de Wall Street falidas. Só quero fazer umas perguntas.

– Pobre família – suspirou Leslie Donovan, meneando a cabeça. – Horrível. Mas meu marido se matou, Sr. Hauck. Com certeza deve saber disso. O que quer dizer com "se os dois casos têm alguma conexão"?

Hauck puxou de um envelope a foto que Merrill lhe dera. Dani.

– Por acaso não conhece essa pessoa, Sra. Donovan? Ou não sabe se alguém chamado Thibault já travou contato com o seu marido? Ele é belga. Dieter Thibault, ou Dani, quem sabe?

A viúva de Donovan pegou a foto.

– Não. Eu não o reconheço. Nunca ouvi falar nesse nome. Deveria?

– Não sei – Hauck encolheu os ombros, sabendo que era um tiro no escuro. – Descobri que essa pessoa tinha conexão com Marc Glassman. Será que o nome dele não está nos contatos telefônicos de seu marido, ou talvez nos arquivos ou na escrivaninha dele? Aqui ou no trabalho?

– Se o senhor acredita em alguma conexão entre aqueles crimes e meu marido, por que simplesmente não conta à polícia? – indagou a viúva de Donovan. – O detetive Campbell da delegacia local é muito atencioso. Estou certa de que ele o escutaria.

– Já tive o prazer – falou Hauck. – Mas não mencionei este homem. Ainda não cheguei nesse ponto. E não quero incomodá-la sem necessidade, não até eu saber mais. A senhora comentou que os assassinatos da família Glassman deixaram seu marido agitado. Ele chegou a tocar no assunto com a senhora de alguma forma? Parecia exageradamente centrado nisso? Deu ao fato alguma importância especial que a senhora se lembre?

– Claro que estava centrado nisso, Sr. Hauck. Os dois exerciam cargos semelhantes. Suportavam o mesmo tipo de pressão. E agora... – Ela umedeceu os lábios e meneou a cabeça. – Com os fatos revelados, essas perdas... A semelhança aumentou ainda mais. – Levou o polegar e o indicador à testa franzida. A irmã sentou-se no sofá e pôs a mão em seu joelho. A viúva respirou fundo e balançou a cabeça, absorta.

– O seu marido parecia meio amedrontado? – indagou Hauck. – De uns tempos para cá, parecia ameaçado ou com alguém em seu encalço?

A viúva de Donovan fitou-o.

– Não acha que entraram na casa para matar aquelas pobres pessoas, acha? Ou que Jimmy...

Hauck mirou-a de relance e deu de ombros.

– Não sei.

– Para mim, já é difícil aceitar que Jim realmente fez essas coisas que o acusam de ter feito – ela comprimiu os lábios –, sem ter de pensar que talvez ele estivesse... – Não terminou a frase. – O que, afinal, o senhor está tentando dizer? Ele não conseguia dormir. Às vezes, atendia ligações no meio da noite. Todo mundo que lida com dinheiro sabe como funciona. Claro, ele andava muito estressado. Claro, ele não andava bem. Olhe o que foi revelado. Uma noite dessas...

Ela tapou o rosto com a mão. Não para chorar. Quase para se esconder. A irmã pôs o braço em volta dela.

– Uma noite dessas, Jim desceu. Levou a Remi com ele. Às três da madrugada. Eu acordei quando ele voltou. Sentou-se na cama. Parecia que tinha visto um fantasma. Começou a me contar o quanto sentia medo, o quanto se preocupava com o reflexo das perdas na carreira dele e em nossa família. Quer dizer, todo mundo teve prejuízos. O que ele escondia eu não tinha nem ideia... Só falava que tinha visto o mesmo veículo lá fora. Eu vi o sofrimento dele. Eu queria ajudá-lo de algum modo. Ficamos acordados por uma hora. Sim, ele parecia com medo. Sim, ele andava preocupado. Mas agora está morto. Acabou. Que diferença faz, afinal?

– Acha mesmo que o seu marido cometeu suicídio, Sra. Donovan? – perguntou Hauck, sabendo que tinha ido um pouco além do que deveria.

A irmã olhou para ele com cara de "Agora chega, vá embora". Hauck guardou a foto. Pôs o envelope no bolso da jaqueta. Levantou-se.

– Se eu acho que ele se matou? – a viúva de Donovan meneou a cabeça. – Eu não achava que Jim fosse capaz de *nenhuma* das coisas de que foi acusado. Mas tirar a própria vida? Não. Não acredito nisso, Sr. Hauck. Não sei se um dia vou acreditar. Ele nos amava muito. Pelo menos o Zachy. O filho significava tudo para ele. Por isso, a resposta é não.

– Por que a senhora acha que o seu marido tinha uma chave do gabinete do zelador, Sra. Donovan? Ele podia ter atendido as ligações daqui mesmo. É particular, não importa a hora da noite.

– Não sei. – Leslie Donovan balançou a cabeça, com o olhar perdido. – Não sei.

Hauck percebeu que ficara tempo suficiente.

– Obrigado por seu tempo. Se por acaso conferir os contatos telefônicos ou pertences de seu marido e deparar-se com o nome Thibault – apontou o cartão –, pode me encontrar neste número aí.

Foi até a porta. Prestes a repetir “Meus pêsames”, virou-se.

– Só mais uma coisa... A senhora lembra que tipo de carro era?

– Como é? – Leslie Donovan levantou os olhos, surpresa.

– Que tipo de carro o seu marido disse que viu. Lá fora. Que ele achou que o estava seguindo.

– Um desses utilitários esportivos – respondeu Leslie Donovan. – Não sei. Não dei muita importância. Preto, se não me engano.

Hauck assentiu. O veículo fotogrado por Evan Glassman na frente da casa deles era um Suburban preto.

– Sabe que o senhor é a segunda pessoa a me fazer esta pergunta hoje? – disse a viúva de Donovan, erguendo o olhar. – Sobre o tipo do veículo.

– Quem foi a primeira? – quis saber Hauck. Talvez fosse isso que o detetive Campbell estava escondendo. Sabia de algo que não quis compartilhar.

– Uma mulher. Veio aqui hoje de manhã. De Washington.

29

Perto das dez, Hauck enfim chegou em casa. Notou que Annie havia entrado e se lembrou da promessa de cozinhar uma refeição naquela noite, a noite de folga dela, e depois, aninhados no sofá, assistirem ao seriado *24 Horas*.

Logo ao passar pelo vão da porta, soube que estava em maus lençóis.

– Bela refeição – disse Annie no sofá da sala, com sarcasmo na voz.

Putz.

Uma espiada na cozinha mostrou que ela fizera o melhor possível para resgatar o cardápio que ele tinha planejado: a maminha deixada marinando na geladeira e, para guarnição, uma das comidas prediletas dela no dia a dia: espaguete ao alho e óleo com pimenta preta moída. Notou que o episódio de *24 Horas* estava no fim na tevê a cabo e que Annie, de calças de pijama e camiseta, tinha um prato no colo.

– Puxa vida, sinto muito – murmurou, jogando a jaqueta em cima da cadeira. Aproximou-se e sentou-se ao lado dela. – Trabalho.

– Liguei para o escritório – contou Annie. – Brooke falou que você saiu mais cedo e foi a Nova York.

– Exato – Hauck pigarreou com ar contrito. – Deixei recado. Eu me tornaria quase um crápula se dissesse que o cheirinho está maravilhoso?

– Quase não, um *completo* – disse Annie sem amenizar. – Nem tente. – Baixou o prato no velho baú que servia de mesa de centro de

Hauck. – Sabe, eu tiro só uma noite de folga por semana, Ty, e nesta noite Jared dorme na escola. Seria bom se eu pudesse passá-la com quem supostamente estou envolvida. Em especial quando ele garganteia que vai dar uma de caçador-coletor e preparar a refeição.

– Eu sei, eu sei – reconheceu. – A verdade é que – ele ameaçou um sorriso – nunca vi ninguém tão ansiosa para se intoxicar.

– Não tente fazer graça, Ty, por favor. Não vem ao caso.

– Sei que não vem ao caso. – Apertou carinhosamente o joelho dela, deixando a mão ali. – Fui até Nova York investigar uma pista. Acho que fiquei absorto demais e me esqueci do resto.

– Ty, você anda absorto desde o assassinato daquela mulher. – Annie encarou-o. – Sinto muito por isso, Ty, de verdade. Mas eu também mereço atenção. Quase me faz sentir ciúmes. Não tem algo a confessar?

Hauck deu de ombros e esboçou um sorriso.

– Nada além de às vezes eu achar que você sempre vai estar à minha espera.

Notou que a tensão na mandíbula dela começou a suavizar. Ela recolheu os joelhos e passou a mão no cabelo. Não era fácil deixar Annie irritada, e ele havia se superado. Nela, o riso era bem mais natural que a raiva. O relógio digital piscou na tela e *24 Horas* entrou nas cenas do próximo episódio.

– Seja como for, você perdeu um baita episódio. – Ela se ergueu e pegou o prato. – O seu prato está no micro-ondas. Um instante de fraqueza... Não me pergunte por quê. E nem me pergunte o que perdeu. Não vou contar, nem que a vaca tussa... Nem mesmo com sexo – ela enrugou o nariz divertidamente e deu um passo sobre as pernas de Hauck.

Hauck estendeu a mão, agarrou-a no pulso e derrubou-a em seu colo. Deu-lhe um abraço apertado, à espera de um resquício de perdão.

– Isso nem passou pela minha cabeça – garantiu. – Por outro lado, tenho uma surpresinha para a sobremesa: barras de Dove no congelador. – Sabia que ela adorava aquele sorvete. – *Aposto* que isso talvez resolva.

– Huuumm... – assentiu Annie, pensando por um instante, depois se desvencilhando dele. – Está pisando em terreno perigoso, meu rapaz... Pode levar um sorvete lá para cima quando você terminar. Mas não se esqueça: o perdão tem a ver com o desempenho. – Levou o prato até a cozinha e largou-o na pia. – E digamos que hoje à noite você lava os pratos. A propósito, chegou um envelope; está ali no balcão. Tinham enfiado embaixo da porta. – Rumou às escadas. – Vou subir.

– Annie...

Ela se virou no lance da escada com as calças de flanela e a camiseta da Universidade de Michigan.

– Sinto muito – desculpou-se novamente. – De verdade.

Ela continuou calada, mas, chegando ao alto dos degraus, tirou a camiseta e a jogou lá embaixo, para o deleite de Hauck.

– Barra de Dove... – pediu ela de modo provocante.

– Entendi.

Hauck riu e foi até a cozinha, avaliando se subia atrás antes mesmo de ela fechar a porta – *resposta certa*, pensou – ou se cedia ao estômago que roncava e ao prato pronto no micro-ondas. Escolheu a comida. Acionou o micro para aquecer a refeição e pegou uma cerveja na geladeira. Ouviu Annie no banheiro e sentou-se ao balcão, esperando a comida esquentar.

Não se vinha demonstrando completamente presente para ela. E ainda relutava em estar. Annie tinha razão: ele andava absorto. Sentia por refletir isso nela, mas sabia que ser sincero só resultaria num sermão para seguir o conselho do chefe e deixar de lado o caso de uma vez por todas.

Enquanto a refeição aquecia, Hauck puxou o envelope pardo lacrado que Annie deixara na ponta do balcão. De imediato notou que o remetente era Vito. *Sujeito competente!* Dentro do envelope, um maço de folhas. O histórico das ligações telefônicas de Thibault que Hauck encomendara. Anexo, um bilhete no papel timbrado da firma de Vito: "Aguarde a conta".

Hauck deu uma risadinha.

Tomou um gole de cerveja. O micro-ondas apitou. Aproximou-se, pegou o prato e sentou-se de novo junto ao balcão, recuando um pouco por causa do calor. Cortou a carne e provou. Tenra e saborosa. Orgulhou-se do perfeito resultado de sua mistura: vinho tinto, óleo de oliva, shoyu e vinagre balsâmico, embora Annie tivesse acendido a grelha.

Entre uma garfada e outra, folheou o material.

Dever de casa a fazer. A espessa pilha devia ter umas duzentas páginas. E ele não tinha muita base para continuar. Os registros retrocediam até outubro, como ele havia solicitado. Seis meses. Tinha pensado e repensado no assunto durante a ida à Nova York. Não seria melhor apenas desistir? Sabia que pisava em terreno perigoso. Steve Chrisafoulis já começava a ficar irritado. O detetive de NY recebeu-o com cara de poucos amigos. Sem falar em Foley, o seu chefe...

– Como estão as coisas aí embaixo? – indagou Annie do topo da escadaria.

– Saborosas – berrou Hauck. – A massa dá para o gasto, mas a maminha ficou nota dez!

– Ora, ora, você está passando dos limites, rapaz...

– Num minuto estou aí em cima – avisou.

Engoliu as últimas garfadas e rapidamente pulou para o final de fevereiro e março, pouco antes do assassinato de April e da família dela.

À primeira vista, não descobriu chamada alguma de Thibault ao *trader* morto. Não reconheceu a maioria dos números e das identidades telefônicas. Folheou um mês adiante, até abril, semanas atrás, as semanas que antecederam a morte de James Donovan.

Um número saltou aos olhos dele. 212-555-5719.

Baixou os talheres e afastou o prato. Pegou um marca-texto amarelo da caneca de café onde ele guardava utensílios, perto do telefone na parede.

Então retrocedeu no histórico das ligações. Procurou pelo mesmo número. Encontrou-o várias vezes, e a cada vez seus batimentos cardíacos pareciam acelerar. Observou o horário do dia dessas ligações.

Uma e cinquenta e sete da madrugada.

Duas e quinze da madrugada.

Três e cinco.

Sempre no meio da noite. Sempre ao mesmo destino. Destino que tornava o terreno em que estava ainda mais perigoso.

Tinha ido lá hoje mesmo.

East Fifty-third Street, 352. O condomínio dos Donovan. Pegou o celular e ligou para o número. Uma gravação atendeu. Sotaque hispânico.

"Aqui é o gabinete do zelador. Ninguém está aqui para atender a sua ligação..."

Hauck desligou. Uma sensação tomou conta dele. Alma lavada.

Aquilo conectava Dani Thibault aos dois *traders* mortos.

30

Os gritos da torcida e o golpe surdo dos tacos na bola ressoavam no campo da Academia de Greenwich.

As Gators enfrentavam as Lady Crusaders de St. Luke. Hóquei sobre grama no frescor matinal de maio. O time de Greenwich liderava o ranking estadual. Umas cem pessoas torciam à beira do campo ou nas arquibancadas, na maioria, pais e amigos gritando: "Vai, Green, vai, Green!", quando uma atacante loira do time da casa avançou com determinação pela ponta, deixando para trás a marcadora do time de St. Luke. A torcida levantou-se ao vê-la executar um giro e cruzar a bola na frente da área. Houve uma acirrada disputa pela bola. Uma companheira conseguiu arrematar com firmeza no gol aberto.

– Isso mesmo, Jen! Golaço, golaço!

O time comemorou com várias palmas estaladas.

Dani Thibault abriu caminho até a fileira superior das arquibancadas. Um homem de jaqueta Lands' End vermelha e boné de beisebol desbotado ergueu-se, batendo palmas e gritando:

– Valeu, Jen. Colocou Amy na cara do gol!

Thibault esperou o jogo recomeçar. Veio e sentou-se atrás dele. St. Luke mandou a bola para o ataque.

Ele se debruçou sobre o homem de boné.

– Sua filha, não é?

Continuando a aplaudir, o homem demonstrou surpresa com a voz de Thibault. Virou-se e reconheceu-o do encontro deles em Nova York e também do circuito de festas da cidade.

– Eu não sabia que você tinha uma filha aqui.

– Não tenho. Foi aquela que fez a jogada do gol, a número catorze, certo?

O homem da jaqueta Lands' End assentiu, levantando-se. Exercia o cargo de gerente de investimentos num dos maiores fundos de *hedge* em Greenwich.

– Vamos, Jen, saia daí! Afaste a bola! Isso mesmo! – voltou a sentar--se. Com o rosto voltado para frente, meio confuso, respondeu: – Pelo que eu me lembro, a gente tinha combinado de eu entrar em contato se houvesse interesse.

– Ah, sim, claro, naquele outro negócio – falou Thibault. – Mas aquela oportunidade já era. Outra empresa aproveitou. Fica para uma próxima. Ela é excelente, a sua filha. – Inclinou-se, apoiando os cotovelos nos joelhos. – Vai para Universidade de Carolina do Norte no ano que vem, não é mesmo?

– Não. Ela vai para a Duke – respondeu o homem de jaqueta vermelha, correndo o olhar pela arquibancada e conferindo se não havia ninguém por perto.

– Isso mesmo, Duke. E ela tem duas irmãs mais novas, não é? Ótimas moças, eu ouvi falar. Tiram as melhores notas na escola...

– Olha só – enfim o sujeito se virou, perturbado. – Dani, não é?

– Sim, Dani – concordou Thibault com a cabeça.

Thibault conhecia a história do homem melhor que ele mesmo. Gerente de investimentos sênior de um fundo em situação crítica, recentemente comprado por um dos bancos maiores. Ele apostara alto no *spread* entre as taxas e as obrigações hipotecárias, o *spread* volátil, e agora as posições dele estavam em queda livre. Nos últimos dois anos, bônus multimilionários haviam sido pagos em ações restritas. E para sustentar seu estilo de vida sofisticado – filhas no melhor colégio, casa de esqui em Vail, palacete de mil metros quadrados em plena construção –, o homem da jaqueta Lands' End tomara emprestado valores substanciais.

Não muito no começo, mas intensificou quando caiu o preço das ações. Sempre acreditando que o problema era passageiro. Reversível.

Agora o problema passageiro estava prestes a destruí-lo.

Thibault pousou as mãos firmemente nos ombros do homem.

– Na verdade, pensei em tratarmos de outro assunto.

Logo ele estaria recebendo chamadas de margem. Chamadas que, com todo o seu dinheiro comprometido, ele não conseguiria cobrir. Daí ele aventaria a possibilidade de desfazer-se de imóveis, imóveis cujos valores também despencavam com a mesma rapidez e não seriam vendidos. Quem sabe, dali um mês, estaria no olho da rua. Noites em claro, com suor na testa. Thibault sabia: a situação do sujeito era cadavérica, tão cadavérica quanto a dos bancos. Só que caminhava. *Zumbi.*

Ressentido, o homem falou:

– Olhe, Dani, ou sei lá qual é o seu nome, ligue-me no escritório se tiver outro negócio em vista. Aqui não. Estou vendo o jogo de minha filha. Entende?

Thibault oferecera a ele um negócio holandês de varejo, um fundo de investimento em participações. Só para sondá-lo. Primeiro, tinham se encontrado no Field Club em Greenwich. Thibault soube farejar o pânico sob a tranquila fachada de sócio de clube campestre.

Zumbi.

– Eu só pensava no futuro, nada mais. Agora, aquelas gratificações polpudas são coisa do passado, não é mesmo, Ted? Qual é a previsão para este ano?

– Quem você pensa que é? – O homem virou-se de repente. – O meu maldito conselheiro de blindagem patrimonial?

– Sim, Ted – Thibault nivelou o olhar com o dele. – É exatamente o que eu sou, meu amigo. Sou sua saída, se você for esperto. Sua única saída.

O apito soou. Fim do primeiro tempo. As moças encaminharam-se aos vestiários. O homem mudou de posição, incomodado. Mas não foi embora.

– Do que você está falando?

– Talvez a gente pudesse tomar um drinque na semana que vem. Conversar sobre como você pode sair dessa confusão. Como terminar a casa. Garantir os cento e cinquenta mil para o estudo das filhas. Sem falar naquela casa em Palm Beach, na Flórida, não é? Sabe a que me refiro?

– Falei que íamos estudar a proposta – disse o gerente de fundos de *hedge*. – Se aquela não vale mais, me envie outra. Vou levar ao comitê.

– Não, Ted, aquilo já mudou tudo. Não estou mais atrás de um centavo de *vocês* – frisou Thibault, com um sorriso calmo e resoluto que pareceu inquietar o interlocutor. – Agora é o contrário. O suficiente para livrá-lo dessa encrenca. De uma vez por todas. O suficiente para resgatar aquela sua vida que está indo por água abaixo. Divirta-se com o jogo – falou Thibault, migrando o olhar para o campo e dando firmes tapinhas no ombro dele. – Agora *eu* sou o seu banqueiro.

31

A conexão encontrada entre Dani Thibault e os dois *traders* mortos deixou Hauck preocupado durante todo o dia seguinte.

Analisada isoladamente, não significava nada. Apenas a mais tênue conexão circunstancial que nada provava. Thibault vivia naquele mundo. Podia muito bem conhecer Glassman e Donovan. Não era suficiente para levantar a questão junto a Chrisafoulis ou a Foley.

Ainda assim, era o bastante para não conseguir deixar de lado.

Na quarta-feira, acordou com as ideias claras. E soube o que fazer.

Ligou para Steve Chrisafoulis na delegacia. A censura de Foley ainda em sua mente. Steve não estava lá. Conversou um tempinho com Brenda, sua ex-secretária.

– Peça a ele para retornar a ligação – solicitou. – É muito importante.

Durante as horas seguintes, ele se esforçou ao máximo para se concentrar em seus afazeres. Mas estava meio distraído. Esperou pela ligação de Steve. Havia uma conexão com Thibault. Havia uma conexão com os dois *traders* mortos. Ele sabia. Apenas não era capaz de provar – pelo menos não sozinho. Todos tinham razão. Ele fizera suas escolhas. Não era mais policial.

Agora, outra pessoa deveria fazer o trabalho prático.

Por volta das três, percebeu que Steve não tinha ligado. Tentou falar com ele de novo. Precisava desabafar. Desta vez, Brenda avisou:

– Ele teve de ir à Nova York. Tem o celular dele, não tem?

Hauck tinha.

– Só peça para ele me dar retorno.

Quando seu celular vibrou pouco depois, ele imaginou que finalmente Steve retornava a ligação, mas era Richard Snell, de Londres. Hauck mirou o relógio, calculando o horário londrino.

– Deve estar fazendo hora extra...

– Na verdade, estou ligando de casa – respondeu o diretor britânico da Talon. – Aquela pesquisa que me pediu para fazer, sobre o Thibault...

– Olhe, Richard – atalhou Hauck –, eu devia ter ligado a você. Tom Foley me pediu para...

– Sei exatamente o que Tom pediu – contou Snell. – Ele também me ligou. Mas se quiser tomar nota, acho que posso ajudar. Tive um retorno.

Hauck pegou uma caneta da escrivaninha.

– Vá em frente.

– Antes de receber a ordem de parar com tudo, começamos a investigar as conexões bancárias dele por aqui. Thibault mantém uma conta em nome dele no RBS. Tudo parece honesto. Custeia um *flat* em Kensington. Governanta. Despesas mensais. Mas o que me despertou interesse foi que, todo mês, religiosamente, é feita uma transferência eletrônica direta para outro banco europeu. Três mil euros.

– Para a Holanda? – indagou Hauck. Supostamente o país de origem de Thibault.

– Não. Para uma agência do AstraBanca – respondeu o britânico. – Numa cidade chamada Novi Pazar, na Sérvia.

– Sérvia! – Hauck recostou-se na cadeira. – Em nome de quem?

– Não temos certeza. Uma mulher. A conta está em nome de Maria Radisovic. Este nome lhe diz algo?

Hauck nunca tinha ouvido o nome antes.

– Não.

– Não estou surpreso. Fizemos uma verificação rápida. Tem 68 anos. O marido, Evo, está morto. Ela tem uma filha, Ola. Recebe uma pequena pensão mensal duma fábrica de autopeças da região.

Sérvia.

Hauck lembrou-se de Merrill Simons ter mencionado uma fotografia encontrada na carteira de Thibault. Duas mulheres, uma de mais idade, numa cidade europeia não identificada. Segundo Merrill, a outra tinha mais ou menos a idade de Dani.

Thibault não alegara ter participado de uma força de paz holandesa com sede na Sérvia no fim da guerra civil?

– Sugiro – prosseguiu Snell – que você me consiga impressões digitais. Melhor ainda: uma escova de dentes ou um copo com saliva. O DNA dele. Vamos descobrir a identidade desse farsante. Mas se quiser um palpite – completou o britânico –, se investigarmos no cartório local, eu não me surpreenderia ao descobrir que o seu Dani Thibault – ou seja lá qual for seu nome – não é Dani Thibault coisa nenhuma, mas, muito provavelmente, o filho de Maria Radisovic.

32

A descoberta de Snell calou fundo em Hauck. Thibault alegava ser holandês. Ou belga. Agora tinha vínculo com uma mulher na Sérvia. Ele mentira sobre o seu passado, seus contatos bancários. E agora tinha conexão com os dois *traders* mortos. Cada vez mais, o caso ganhava importância. E, aos poucos, escapava do alcance de Hauck. Ele não sabia direito o que fazer.

Merrill precisava saber disso. O FBI precisava saber disso. Ele tinha prometido ao chefe não revelar nada à cliente.

Mas também haveria um potencial constrangimento caso viesse à tona que a empresa protegia esse sujeito.

Tentou falar com Foley no escritório de Nova York. A secretária avisou que ele estava em reunião e só seria liberado depois das cinco. Hauck disse que pretendia ir até lá para vê-lo e insistiu em falar dois minutos com ele. Tudo sempre começava assim. Um detalhe insignificante, um acidente, uma busca confidencial com a qual se deparava. Que ganhava corpo. Quatro pessoas mortas agora. Duas instituições financeiras falidas. Isso era maior do que o compromisso da empresa com a Reynolds Reid. Maior do que um simples detalhe a ser postergado.

O caso tomava a forma de uma avalanche – e fazer algo a respeito sequer estava ao seu alcance.

Hauck pegou a valise e forrou-a com todos os materiais compilados: a foto de Thibault e Glassman, o histórico das ligações telefônicas que Vito lhe conseguira, a conexão entre Thibault e Donovan. Avisou Brooke que sairia e não voltaria mais naquele dia. Desceu até a garagem no térreo.

Avistou o Beemer na vaga reservada e apertou a liberação automática das portas. Ouviu o bip conhecido, jogou a valise no banco do carona, entrou e notou um objeto no para-brisa.

Um livro qualquer. Saiu para olhar.

Entenda Wall Street – Guia para Idiotas.

Hauck ficou paralisado.

– Achei que você gostaria da lembrança.

Era a voz de Shep Campbell.

Hauck deu meia-volta e viu o detetive do NYPD escorado num carro ali perto.

– Aprendeu algo neste livro ou só o utiliza como enfeite? – indagou Hauck, pegando o volume de cima do carro.

– Carrão, hein? – falou Campbell, aproximando-se. – Mas, afinal, você fez por merecer, não é mesmo? – Um negro de compleição avantajada permaneceu escorado no carro do detetive de NY. – Diga oi ao detetive Washburn. – O tom amigável de Campbell começava a tornar-se enfadonho. Trazendo o parceiro junto. Dando à visita um caráter oficial. O que estava acontecendo?

– E aí – disse o negro alto e forte com um aceno. – Já vi você na televisão.

Hauck assentiu. Se eles não fossem dois policiais da cidade de Nova York, a situação prenunciava luta corporal.

– OK, estou lisonjeado. – Hauck fechou a porta. – A que devo a honra, detetives? Receio estar meio apressado.

Campbell aproximou-se pelo outro lado do carro.

– Segui o seu conselho. O caso de Donovan. Comecei a observá-lo de um jeito diferente.

– Não vou cobrar pela dica – falou Hauck.

– Talon. – O detetive comprimiu os lábios. – Há quanto tempo trabalha lá? Uns três, quatro meses?

– Tenho a impressão de que já falamos nisso, Campbell. Consulte o setor de RH.

O detetive ruivo imitou o formato de uma arma com a mão, apontou o dedo para Hauck e deu uma risada, como quem diz: "Ponto para você, amigão".

– Eles têm muitos bancos como clientes, pelo que sei. Época difícil para os bancos, não é?

– Vai-me desculpar, detetive, eu realmente não tenho tempo... – Hauck não tinha a mínima ideia do rumo que a conversa tomaria.

O detetive abriu um sorriso convencido.

– Esse negócio não lhe agrada desde o começo, não é mesmo?

– Que negócio?

– Esses *traders* "assassinados". Foi assim que você definiu, não é mesmo? "Assassinato." Você esteve na cena do crime em Greenwich. E depois ligou para a delegacia algumas vezes, para falar com o novo chefe dos detetives. Aquele cara que assumiu o seu lugar. Como é mesmo o nome dele? Chrisafoulis? Pressionando para obter detalhes. Até mesmo o importunou na escola da filha dele. Existia algo entre você e a mulher do primeiro *trader* morto?

Hauck encarou-o, agarrando-se à maçaneta da porta. Para não esmurrá-lo. Só Steve sabia daquelas coisas. Brenda falou que ele estivera em NY. Onde Campbell queria chegar?

– Depois veio até Nova York... Todo agitado com o caso Donovan. Querendo informações a qualquer custo. Querendo ensinar o padre a rezar a missa. Em seguida, menos de uma hora depois, foi incomodar a viúva. Ti-bau, não é? – Pronunciou o sobrenome de Dani como se fosse um apelido *cajun*. – O cara que você está tentando conectar com toda essa história. Eu me informei sobre ele. – Mirou o parceiro com um sorrisinho nos lábios. – Sabe, ultimamente ando me envolvendo em novos círculos sociais.

– O que você quer, Campbell?

Saltos altos ecoaram nos degraus. Uma mulher saiu da escada e passou em direção ao carro dela. Campbell esperou-a entrar e dar a partida.

– Pois é. Fico imaginando – disse Campbell com um sorriso arrogante. – Deixou pegadas em todos os locais nessa confusão, não deixou, Sr. Executivo do Setor Privado? Sr. Famoso da Televisão?

– Já conferiu o histórico das ligações?

Campbell deu de ombros.

– E quanto às gravações do sistema de segurança no prédio de Donovan? Vi uma câmera. Deu uma olhada nelas?

– Talvez sim – respondeu Campbell, sorrindo de modo afetado.

– E o que descobriu?

– O que descobrimos? – Campbell mirou de relance o colega, coçando a nuca de modo petulante. Em seguida, enfiou a mão no bolso da jaqueta como se fosse sacar uma pistola. Para o alívio de Hauck, puxou apenas um saco de guardar provas, com um objeto dentro, e jogou-o no capô do carro de Hauck, sempre com os olhos fitos nele. – Descobrimos isto.

Hauck apanhou o saco plástico e fitou o conteúdo. Ao fazê-lo, percebeu o que exatamente acontecia ali. Resfolegou o ar dos pulmões como se tivesse levado um soco no estômago.

Uma caneta. De uma corporação. Com um logotipo conhecido.

Grupo Talon.

– Nós a encontramos no chão, perto da escrivaninha do zelador – falou o detetive com um sorriso de superioridade. Um sorriso que insinuava prazer ao notar a reação preocupada de Hauck. – Pode ter caído do bolso de alguém, eu acho. Talvez durante uma briga. Só conectamos os fatos depois de você entrar na jogada.

Hauck não tirava o olhar de cima da caneta. Ele tinha várias iguais. Lá na empresa todos tinham.

– Só me pergunto – provocou Campbell com uma piscadinha irritante – como diabos ela foi parar lá.

Hauck meneou a cabeça.

– Está brincando comigo, não é?

– Brincando? – repetiu Campbell, mirando o colega e fazendo um estalido com a língua. – Bem que eu gostaria de estar brincando, Sr.

Hauck. Sr. Herói. Mas sabe, você aparece e nos pressiona para obter informações sobre o caso, sem trabalhar mais na polícia. Então imagine a merda que aparece na cena do crime? Complicou para o seu lado, não é?

– A caneta não é minha.

– Bem, torço para que isso se confirme – disse Campbell, caindo na risada e virando-se para o colega. – Não é mesmo, Lee? Tem certeza?

– Tenho certeza – garantiu Hauck. Mas não gostava do rumo de seus pensamentos, ricocheteando num acelerador de partículas cujos átomos pareciam dizer: *E se a caneta for minha, afinal?* Com suas impressões digitais. *E, pior ainda, por quê?...* Claro, ele nunca tinha ido ao prédio antes, nunca tinha ouvido falar em Donovan antes do incidente. Mas o que estava acontecendo ali? E se alguém tivesse armado uma cilada para ele?

Fitou Campbell direto nos olhos e abriu um sorriso.

– Quem diria. Há poucos dias você falou que nem era crime.

– Pois é, eu falei isso, não falei? Mas sabe que nesse ponto você já está começando a me convencer. Com certeza agora parece um crime.

Hauck pensou em contar sobre o que descobrira no histórico das ligações telefônicas: o número de Thibault. A prova estava bem ali no banco do carro. Mas aquele imbecil era a última pessoa no mundo com quem ele compartilharia a informação, pelo menos até vislumbrar o que ocorria exatamente.

– Só sendo um bom samaritano, hein? – indagou o detetive com um risinho claramente irônico. – Só acompanhando o caso por conta de uma velha amizade...

– Agora a pessoa está morta – frisou Hauck, cravando os olhos nele.

– Eu vi a foto dela. Deve ter sido uma amizade e tanto – disse o detetive com desdém, relanceando os olhos ao colega.

– Tenho que ir agora – avisou Hauck. Semicerrou os punhos e sentiu o corpo esquentar. Pensou que dar um soco num detetive do NYPD naquelas circunstâncias não seria o melhor passo a tomar. Jogou o saco de guardar provas de volta a Campbell. – Se era só isso...

– Apenas mantenha contato – falou o detetive com uma piscadinha. – Até esta princesa voltar do laboratório. Conhece o procedimento.

– Sim, conheço o procedimento. E pegue aí – jogou *Entenda Wall Street – Guia para Idiotas* nas mãos do parceiro de Campbell. – Será que esse livro tem um capítulo sobre conluio para lesar o mercado financeiro?

– Não sei ao certo – o detetive negro apanhou o livro, surpreso.

– Pena. Diga ao seu parceiro que ele vai precisar de um que tenha.

33

Ao sair da garagem, Hauck estacionou o Beemer no primeiro local que encontrou – uma antiga churrascaria em Steamboat. Com o colarinho suado, sabia que não devia elocubrar hipóteses antes de analisar a situação.

Nunca se encontrara com Donovan. Nunca tinha ido ao prédio dele antes. Seja lá quem fosse o assassino, teve de entrar sorrateiramente e conseguir acesso ao gabinete do zelador. O autor do crime deve ter sido flagrado pela câmera de segurança. Alguém que Donovan conhecia. Alguém que também sabia da tentativa de Hauck conectar Thibault com essas mortes. Talon. Merrill. Agora não sabia ao certo em quem confiar. Se não tivesse metido o nariz nessa confusão e ampliado os interesses de Campbell, ninguém teria dado importância àquela caneta.

Começou a ficar preocupado com a possibilidade de que as impressões digitais da caneta realmente fossem as dele.

Hauck percebeu que suas únicas opções eram irritar seu chefe e talvez acabar no olho da rua – ou a cadeia.

Escolheu o olho da rua.

Digitou ao celular do detetive Chrisafoulis. Desta vez, no segundo toque, Steve atendeu, dando a impressão de estar contente com a ligação.

– Ty!

– Olhe, Steve, a gente precisa conversar.

– É verdade, Ty. O que diabos está acontecendo? A polícia de Nova York ficou o dia inteiro numa agitação. Querendo saber sobre você. Estão falando que acharam uma coisa sua na cena do crime de Donovan...

– Não é minha, Steve. Mas alguém está fazendo de tudo para dar essa impressão. Onde você está?

– Na delegacia. Olhe, você devia dar uma passada aqui.

– Encontro você aí – Hauck hesitou, prestes a desligar. – Steve, eu posso confiar em você nisso, certo?

– Claro que pode confiar em mim, Ty.

– Daqui a pouco, chego aí.

Trajeto rápido: poucas quadras colina acima e então descer a avenida até a delegacia de Greenwich. Hauck estacionou no local para visitantes e pegou a valise. Percebeu que agora sua melhor alternativa era afastar as suspeitas e simplesmente apresentar as evidências a Steve. Deixar que o FBI ou a Comissão de Títulos e Câmbio (ou seja lá qual fosse a agência encarregada) assumisse o caso.

E torcer para não ficar numa situação crítica no Grupo Talon.

Entrou pelo acesso principal, na Mason, acenando ao plantonista, que o mirou com cara de "Anda aparecendo muito por aqui ultimamente, tenente". Dirigiu-se à escadaria, onde Chrisafoulis esperava por ele.

– Steve! – Hauck apertou cordialmente o ombro do detetive. – Tenho umas coisas para mostrar a você. Vamos encontrar um lugar onde possamos conversar.

– Ty, não se aborreça – avisou Chrisafoulis, demonstrando certo nervosismo –, mas Fitz quer falar com você sobre isso. *Na sala dele.*

Hauck reagiu como se levasse uma bofetada.

– Fitz?!

Vern Fitzpatrick, o chefe da polícia de Greenwich há longa data, tinha contratado Hauck e o ajudado a voltar à corporação após o ano de afastamento. Na maior parte do tempo em que estivera ali, havia sido o mentor de Hauck. Mas, em seu último caso, Hauck começou a duvidar se o chefe estava do mesmo lado que ele. Como o rufar de um tambor, sentiu uma insistente preocupação martelando dentro de si. Começou a recuar em direção à saída.

– Isso não vai funcionar, Steve.

– Ty – Steve pegou-o pelo braço. – Ninguém o está acusando de nada. Os detetives do NYPD recorreram a Fitz e envolveram-no no caso. Agora você precisa de amigos, Ty, não de gente duvidando de você. Mas se sair daqui – o detetive fitou-o com solidez –, o número de pessoas dessa lista começa a encolher cada vez mais. Entende isso, não é, Ty?

Não sabia ao certo o que fazer. E isso o assustava. Mas Chrisafoulis tinha razão. Envolveu-se numa situação impossível de superar ou contornar. E aonde ele iria, afinal? Tinha de confiar em alguém agora.

– Certo – assentiu cautelosamente enquanto andava para a escadaria. – Mostre o caminho.

34

O gabinete do chefe havia sido remanejado para a ala recém-concluída. Carpete industrial, iluminação perfeita, estações de trabalho modulares, computadores em todas as mesas. Parecia mais o cenário de *CSI: Miami* do que as surradas escrivaninhas de madeira e os antigos equipamentos da época em que Hauck trabalhava lá.

Detrás da mesa, Vern levantou-se, de camisa xadrez e calça social. Fazia seis meses que Hauck o vira pela última vez.

– Ty.

– Bonito gabinete, Vern – elogiou Hauck, admirando o novo apainelamento, e as fotos do chefe da delegacia com o governador, Lee Trevino, Jack Nicklaus e o procurador-geral estadual. E dos netos, um dos quais ainda servia no Iraque. Havia uma sala de reuniões contígua. O branco do cabelo de Vern intensificara-se, mas o sorriso permanecia tão confiável e cordial como antigamente. Depois de sair da corporação, Hauck só o tinha visto uma vez. – Progredindo, hein?

– O mesmo vale para você – ele veio à frente da mesa, e os dois trocaram um aperto de mãos. – Quer dizer, até o momento, pelo menos – falou com um sorriso esperto. Com um gesto, convidou Hauck a encaminhar-se ao ambiente perto da ampla janela.

– Sim – sorriu Hauck. – Digamos que sim, Vern.

– Sentimos a sua falta, Ty – disse o chefe, indicando o sofá para Hauck. – Steve está fazendo um excelente trabalho, mas nem é preciso dizer que você deixou a sua marca por aqui.

– Se eu soubesse que iam fazer esta reforma, eu não teria saído.

O chefe deu uma risada. Cruzou as pernas e recostou-se no sofá.

– E aí, como vai a experiência no setor privado?

– Não veio sem algumas surpresas.

Fitzpatrick assentiu com ar sensato.

– Você sempre foi um bom sujeito, Ty... Mas sempre teve talento especial para se meter em confusão, não é mesmo, filho?

Hauck respondeu com um sorriso.

– Sim, Vern, acho que sempre tive esse dom.

– Bem, odeio ver isso estragar a nova carreira bem quando ela começava a florescer. Por que não me explica o que está acontecendo?

Steve aproximou-se e escorou-se na parede. Hauck narrou ao seu ex-chefe um resumo dos acontecimentos, desde o começo: a manhã em que assistiu ao noticiário sobre Marc Glassman. Em que viu o rosto de April.

– Ficamos amigos um pouco antes de eu me mudar para cá, num período em que realmente precisei de uma amizade. Fiz parte de um grupo de terapia durante um tempo. Depois que Norah morreu. April ajudou-me a superar. Quando eu vi o que aconteceu... – Hauck respirou fundo, soltou o ar e abriu um sorriso malandro. – Bem, você me conhece...

– Sim, eu conheço você, Ty. Sinto muito. Gostaria que tivéssemos avançado mais no caso Glassman. Mas ainda estamos investigando.

– Dias depois – Hauck prosseguiu –, fui apresentado a uma mulher lá no meu trabalho. Prefiro não mencionar o nome dela por enquanto. A missão tinha caráter confidencial. Pesquisar o passado de alguém. Ela levantou certas dúvidas sobre o namorado.

Vern deu uma risadinha.

– Achei que a tal firma o tivesse contratado para você se enturmar com congressistas e diretores empresariais. Não imaginava que seria a mesma e velha rotina, só com fachada mais sofisticada.

– Era um favor – explicou Hauck. – A pedido de meu chefe. O gerente administrativo da empresa. Vamos chamar o namorado de Elemento A.

– Elemento A – assentiu Vern. – Certo.

– À medida que aprofundei as investigações sobre ele, ficou claro que a maioria dos temores dela era válida. Quanto mais eu investigava, mais mentiras eu descobria. Ao mesmo tempo – Hauck abriu a valise e assentiu a Steve –, comecei a enfronhar-me no caso Glassman.

– Elemento B. Devo confessar que essa atitude não pegou bem por aqui, Ty. Você saiu. Transferiu-se ao setor privado.

– Ela foi minha amiga, Vern. Numa época difícil de minha vida – Hauck umedeceu os lábios e pensou num modo de justificar-se. – Todo mundo rotulou o episódio como latrocínio. Isso não importa agora. Importa que, ao investigar o namorado, eu me deparei com uma coisa...

Vern tirou os óculos de lentes redondas, dobrou as hastes cuidadosamente e guardou-os no bolso do peito.

– Algo que o conectava ao outro caso – contou Hauck. – A Marc Glassman.

Súbito, os olhos de Vern ampliaram-se com interesse.

– O quê?

– Uma foto – Hauck apanhou a valise e tirou o dossiê. Colocou-o sobre a mesa de vidro. – São eles ali. Conversando. Um evento beneficente de polo em Conyers Farm. No último verão.

Vern examinou-a.

– Os dois conversando... – estendeu a foto a Steve com um olhar cético. – Você não saiu da polícia há tanto tempo assim. Decerto não desaprendeu que uma foto de duas pessoas conversando em público não serve para nada em termos de provas. E provaria o quê, afinal? O que você está tentando dizer? Steve falou-me que, desde o começo, você insiste que o motivo da morte dos Glassman não foi roubo.

– E no fim das contas eu tinha razão, não é mesmo? É verdade, isso por si só não prova nada. Isoladamente. Por isso, quando o outro *trader* também morreu de repente...

– Elemento C – atalhou Vern, assentindo com ar paciente. – O suicídio que não foi suicídio.

– O segundo sujeito a morrer em circunstâncias suspeitas. Que acobertava perdas maciças. Sem falar que aniquilou uma segunda firma de Wall Street. Tentei vislumbrar alguma conexão.

– Foi por isso que meteu o bedelho numa investigação policial em andamento e incomodou a esposa da vítima?

– Não existia uma investigação real. E não fiz nada além de bater um papo, Vern, com o pleno consentimento dela. Mas, claro, sei muito bem que talvez eu tenha pulado etapas. E seria fácil pensar que eu sou um cara que simplesmente não consegue se acostumar com a vida longe da polícia, ou que uma foto de dois caras conversando numa partida de polo não significa nada, e tudo o mais, se não fosse por um detalhe que descobri.

O chefe estreitou o sorriso e mirou Hauck detidamente.

– Quer dizer uma caneta com o logotipo de sua empresa encontrada na cena do crime?

– Ora, Vern, acredita mesmo que eu matei aquele cara? Com que objetivo? Para antecipar o saque de meu plano de previdência 401(k) na Beeston Holloway? – Ele se virou para Steve. – Que tipo de veículo o menino Glassman alega ter visto na entrada da garagem naquela noite?

– Um Suburban preto. Sem nada de especial.

– A esposa de James Donovan afirmou que o marido dela viu um veículo com as mesmas características rondando o prédio nos dois dias antes de sua morte.

Vern franziu a testa.

– Puxa, Ty, isso é ainda mais fraco que a foto.

Hauck puxou outros itens da pasta. Largou o histórico das ligações telefônicas de Thibault na mesa, diante de Vern. Tocou as folhas com o indicador.

– Que tal se eu provar que aquele mesmo sujeito da foto ligou três vezes justamente para o gabinete em que James Donovan se enforcou? Uma das ligações, Vern, na véspera da morte? Está esquentando?

Vern pegou as folhas, pôs os óculos e examinou as marcações em amarelo, identificando as ligações de Dani Thibault ao prédio de Donovan.

– Isso é suficiente para talvez repensar a teoria de arrombamento e roubo com morte? – Hauck apontou para os números marcados. – Foi por isso que eles faziam as ligações ali. Não apareceria numa busca de rotina nos registros telefônicos de Donovan. Só veio à tona porque casualmente eu estava investigando o outro caso. Ora, Vern, Steve, vocês não precisam saber o que é um *swap* de crédito para se dar conta de que dois *traders* bem-sucedidos estão mortos. E os dois perderam bilhões e pertenciam a empresas que agora estão falidas...

Fitzpatrick assentiu, mirando de relance na direção da sala de reunião contígua.

– Você disse que isso fazia parte de uma pesquisa sigilosa. O que a sua empresa acha de suas descobertas?

Hauck deu de ombros.

– É aí que as coisas começam a ficar meio perigosas para o meu lado, Vern. Eu não contei a eles.

– Não contou a eles?! – Vern baixou os papéis. – Parece que certas coisas não mudam, não é mesmo, meu filho?

– Um dos maiores clientes da firma é a Reynolds Reid. Ao que consta, a Reynolds está de olho em parte dos ativos da Wertheimer Grant. A divisão de operações de varejo. Meu chefe não quer atrapalhar o negócio trazendo à tona possíveis revelações de fraude com potencial escândalo. Por isso me afastaram do caso.

– Para certas pessoas, é perigoso o fato de dois detetives nova-iorquinos tentarem envolvê-lo num caso de homicídio, Ty.

– Tem gente querendo me armar uma cilada. Não sei se aquela caneta é minha ou não é. Não sei de quem são as digitais nela. Mas, afinal, que importância tem isso? Será que eu preciso provar algo para vocês? Acham que meu rosto vai aparecer no vídeo de segurança entrando sorrateiramente no prédio? Por isso não pude revelar nada na empresa. Não posso confiar neles. Quatro pessoas estão mortas, Vern. Não sei por que motivo elas tiveram de ser mortas, mas enquanto tento provar minha inocência, duas instituições financeiras já faliram. Eu sou a única pessoa no mundo que percebe o que está acontecendo?

Fitzpatrick ficou em silêncio. O olhar fito no dossiê. Hauck recolheu o material. Guardou tudo na pasta. Levantou-se. Pôs a valise embaixo do braço e mirou Fitzpatrick novamente.

– Sou o único, Vern?

Súbito, a porta da sala contígua abriu-se. Uma mulher irrompeu por ela. De terninho azul-marinho. Magra. Bonita. Olhos cinzentos redondos, cabelo escuro bem curto.

Hauck sentiu um frio na barriga.

Ela meneou a cabeça e disse:

– Não. Você não é a única pessoa que percebe a situação, Sr. Hauck.

Hauck mirou Steve e Vern com uma desagradável sensação no estômago: a sensação de ter sido traído.

– Quem é você?

A mulher ergueu um distintivo federal diante do rosto dele. Ministério da Fazenda, Secretaria do Tesouro.

– Gostaria de ver o seu dossiê – falou a mulher. – E prometo que ninguém, ao menos ninguém com um pingo de cérebro, pensa que você teve algo a ver com aqueles crimes.

35

– Meu nome é Naomi Blum, Sr. Hauck – falou a pequenina agente. – Sou investigadora do Ministério da Fazenda. – Guardou a identidade. – E sim, também estou interessada nas conexões existentes entre essas mortes.

Hauck correu o olhar até Vern. Seu primeiro instinto foi achar que pessoas consideradas amigas o entregaram. E tinha revelado tudo a elas.

De bandeja.

E uma investigadora do governo escutou tudo.

– Ty, ela nos procurou – Fitz esclareceu. – Ela só quer ouvir o que você descobriu. Ninguém o entregou.

– Você não está sob qualquer investigação, Sr. Hauck – o olhar da agente do Tesouro encontrou o dele. – Ninguém está pensando que você teve algo a ver com essas mortes. Mas se o chefe Fitzpatrick não tiver nada a opor, eu gostaria de falar com você a sós, se possível. – Fez um gesto mostrando a sala de reunião. – Agora, *oficialmente*.

Via de regra, Hauck confiava tanto em agentes do governo quanto em vendedores de carro. Ao longo dos anos, aprendera isso a duras penas, como no caso do atentado que vitimou David Sanger, no ano anterior. E ele ainda tinha lá suas dúvidas sobre a atuação dos agentes do FBI naquele caso e sobre de que lado afinal eles estavam.

Mas algo na agente Naomi o acalmava. Ele precisava repassar as informações descobertas a alguém. E a última coisa de que precisava, depois da rusga com o NYPD, era dar a impressão de que tinha algo a esconder.

– Claro – assentiu ele. Fitou Vern e Steve com um grunhido de decepção. – Obrigado. Mais tarde eu decido se pago uma cerveja ou acerto as contas com vocês.

– Acho que devia pagar a cerveja – disse Naomi Blum, com um sorriso nos lábios. – Os dois apoiaram-no cem por cento. Eles me garantiram que a probabilidade de você estar envolvido era zero.

– Saúde – brincou Hauck, entreabrindo um meio sorriso seco.

Ele e a agente Blum passaram à sala contígua. Mesa grande e requintada, para dez, doze pessoas, defronte à janela panorâmica com vista para o pátio entre o prédio antigo e o novo. Hauck sentou-se numa ponta da mesa. Em vez de sentar-se do outro lado, Naomi puxou a cadeira adjacente e a virou de frente para ele.

Olhos brilhantes e inteligentes.

– Então foi você quem falou com Leslie Donovan? – indagou Hauck.

Ela fez que sim com a cabeça.

– E com o detetive Campbell do NYPD. Esperto que só ele – disse, com um olhar sarcástico. Ele a apreciou ainda mais. – Eu gostaria de gravar essa conversa, se você não se importar. A decisão é sua. Tecnicamente, você não tem nenhuma obrigação oficial de aceitar. Mas nós dois sabemos que, em quinze minutos, eu consigo uma ordem judicial para oficializar o assunto, caso você se recuse.

– Você me convenceu com o "esperto que só ele" – sorriu Hauck. – Fique à vontade. Mas seria interessante se tudo o que eu falar não chegasse aos ouvidos de meus patrões atuais. Assim, continuo com meu emprego quando a conversa terminar, se estiver bem para você.

A agente tirou um pequeno gravador digital de sua valise.

– Parece que você está eliminando essa possibilidade por conta própria, e muito bem – falou ela, correspondendo ao sorriso dele.

– Touché.

Ela acionou o gravador.

– De qualquer modo, negócio fechado – disse ela, ajustando o volume e colocando o aparelho entre os dois. – Eu gostaria de recapitular alguns detalhes daquilo que você disse na outra sala, mas primeiro é melhor colocarmos as cartas na mesa. Você nunca se encontrou com o Sr. Glassman nem com o Sr. Donovan, correto?

– Nunca – confirmou Hauck com um aceno de cabeça.

– Mas você tinha uma ligação com a esposa do Sr. Glassman? Acho que o nome dela era April?

– Sim – respondeu Hauck. – Eu a conheci vários anos atrás, antes de me transferir para Greenwich. Foi por isso que tive vontade de investigar o assassinato dela.

Naomi Blum desligou o gravador.

– Você se importaria de caracterizar o relacionamento na gravação?

– Não sei qual a relação disso com o caso.

– A relação é ajudar a eliminar qualquer suspeita de que a sua motivação de investigar a morte de April teve algo a ver com o marido dela – explicou Naomi.

– Certo – disse Hauck, encolhendo os ombros. – Que diabos... – A agente Blum voltou a acionar o gravador. Hauck observou os dedos de Naomi: finos, delicados, unhas pintadas em esmalte brilhante, num marrom sofisticado que combinava com o tom do cabelo. Ela reiterou a pergunta.

– Éramos amigos – respondeu Hauck. – Conhecemos-nos num grupo de apoio para superar a depressão, aos cuidados do Dr. Paul Rose, em Manhattan. – Deu de ombros, constrangido. – Perdi uma filha num acidente, e meu casamento tinha-se desmantelado. Abandonei a polícia. Participar do grupo era cláusula de meu acordo trabalhista. Frequentei-o durante quatro meses. April... a Sra. Glassman – corrigiu-se Hauck – ajudou-me a me reerguer. – O restante achou que podia omitir. – Depois que saí do grupo, nunca mais a vi, até nos reencontrarmos por acaso anos depois, aqui em Greenwich. Na lavanderia. E só uma vez, já faz três anos. Mas o que aconteceu com ela – umedeceu os lábios –, eu não consegui deixar de lado.

– Obrigada – disse ela. – Agora, retomando do ponto anterior. Você nunca tinha ido até o local da residência do Sr. Donovan, o prédio em que ele morreu, antes da conversa que teve com a mulher dele, Leslie, no apartamento da família, após a morte dele?

– Não, nunca.

– E sobre a caneta encontrada pelo NYPD no local do aparente suicídio do Sr. Donovan, a caneta com o logotipo do Grupo Talon, a empresa onde você trabalha. Não tem ideia de como ela foi parar lá?

Ele balançou a cabeça.

– A mínima ideia.

– Mesmo se a perícia mostrar que a caneta contém as suas impressões digitais?

– Principalmente se ela tiver minhas digitais – disse ele. – Se for esse o caso, a caneta pode ter vindo de diversas fontes. De uma jaqueta. Direto de minha mesa. De uma reunião de negócios...

– Por que alguém teria interesse em plantar uma caneta com as suas digitais na cena do crime em que uma pessoa não relacionada se matou?

– O pensamento óbvio seria o de que alguém está tentando armar uma cilada para mim.

– Armar uma cilada para você? – A agente do Tesouro rabiscou no bloquinho. – Por que motivo, Sr. Hauck?

– Tenho um palpite. Por si só, isso provavelmente não vai ser suficiente para me indiciar. Então o motivo seria me dissuadir de conectar a morte do Sr. Glassman com a do Sr. Donovan.

– Você disse que estava investigando o passado de uma pessoa a pedido de sua empresa? Você o chamou de Elemento A?

– Confidencialmente, agente Blum. Posso me ver em maus lençóis se isso vazar.

– Já está em lençóis não muito limpos, Sr. Hauck. Conseguiu ilegalmente registros telefônicos particulares. Está sendo investigado pelo NYPD. Não sei qual a sua definição de maus lençóis, mas, se eu fosse você, tentaria me enxergar como a pessoa capaz de salvá-lo dessa enrascada.

Ele podia ter solicitado a presença de um advogado. E a garantia de não ser processado. Mas decidiu que não precisava. Não fizera nada de errado. Seja lá quem estivesse tentando tirá-lo da jogada, deu-se conta de que precisava confiar em alguém. A agente Blum parecia competente e sincera. Poderia muito bem ser essa pessoa.

– O nome dele é Thibault – contou Hauck, soletrando. – Primeiro nome: Dieter. Também conhecido como Dani.

– Este tal Sr. Thibault é cidadão americano? – indagou Naomi Blum, tomando nota no bloquinho.

– Holandês. Pelo menos é o que ele afirma. O passaporte dele é holandês. Talvez tenha um belga também. Claro, isso é apenas o começo – ele meneou a cabeça e sorriu.

– Mas então por que estão tentando desviá-lo do rumo, Sr. Hauck? Coloque-me a par dos acontecimentos.

Ele a colocou a par. Começou com a visita de Merrill Simons ao seu gabinete. Depois, Thibault. A fotografia em Conyers Farm – a conexão entre Thibault e Glassman. Consciente de que podia perder o emprego ao divulgar aquilo, ao passar por cima de Foley – e provavelmente perderia. Enfim, a conexão entre Thibault e Donovan, as ligações telefônicas ao gabinete do zelador onde o segundo *trader* tinha morrido.

A agente Blum tomava notas. Ela podia assumir a partir dali. Dispunha dos recursos nos mais elevados patamares. Podia descobrir quem era Thibault. Requisitar judicialmente o vídeo de segurança do prédio de Donovan. Rastrear o caso até a Cat Rock Road. Os utilitários esportivos pretos. Encontrar o sujeito de rabo de cavalo ruivo e tatuagem. Talvez houvesse uma centena de conexões com Thibault. Quais os motivos dele. E aonde aquilo tudo conduzia.

April. Descobrir quem a matara.

Naomi escutava e, de vez em quando, fazia anotações. E perguntas pertinentes. Seu olhar arguto intensificou-se, à medida que os vínculos com Thibault se aclararam. Quando ele terminou, uns quarenta minutos depois, ela o agradeceu. Fez cópias dos achados dele. No fim, ele se sentiu um pouco desanimado, após revelar tudo que sabia. Deu-se conta de que, por quatro semanas, sentira o sangue correr nas veias.

E percebeu o quanto sentia falta disso. Como tinha sido boa a sensação.

Enquanto ela organizava suas anotações, Hauck disse:

– Repassei todas as informações que eu tinha. Agora é a sua vez de me responder duas perguntas.

Naomi Blum virou-se para ele.

– OK.

– A primeira é: como você chegou até aqui? Você visitou a viúva de Donovan. Aquele era um caso de polícia, não do Tesouro. Você não estava investigando nenhuma dessas pessoas. Como ficou sabendo?

A agente encolheu os ombros.

– Quando dois gerentes financeiros de alto escalão morrem e, por conta de seus atos, arruínam as duas empresas onde trabalhavam, é minha missão conferir.

– O que você acha que está acontecendo?

– Sinto muito, no momento receio não ter como responder a essa pergunta completamente – a agente começou a se erguer. – Qual é a segunda pergunta? Você disse que eram duas.

Hauck pousou a mão no braço dela, contendo-a.

– Quero permanecer envolvido.

– Permanecer envolvido?

– Tenho um motivo para continuar a investigar Thibault. Sem chamar a atenção. Também há a possibilidade de minha empresa estar envolvida. Seria uma boa ter alguém infiltrado.

Naomi balançou a cabeça.

– Olhe, Sr. Hauck...

– Srta. Blum... – ela se sentou outra vez. – Essas pessoas acham que eu descobri algo. Até onde eles sabem, só estou investigando a questão a pedido de um cliente. Mas isso pode ser útil. Seja lá o que for que estiverem escondendo. Você pode tirar a limpo todas as transferências bancárias, os passaportes falsos, as fofocas casuais, as rotas de e-mails. Mas eu continuo envolvido.

– Que tal se eu pensar no assunto? – sugeriu a agente da Fazenda. – Não é política do governo dos Estados Unidos expor os cidadãos comuns a esse tipo de risco.

– Eu assumo o risco.

– Falei que vou pensar no assunto – disse a agente, levantando-se. – Olhe, Sr. Hauck, conheço seu currículo, e nossa nação deve a você pleno respeito. Mas dispomos de pessoal para lidar com esse tipo de coisa. Pessoal interagências. A grana envolvida nisso que estão fazendo é o tipo de grana que move governos, Sr. Hauck... Não delegacias de polícia suburbanas. Sei dos casos que já solucionou, mas, se continuar nisso – explicou a bela agente, com os olhos cravados nele –, não tem ideia do turbilhão de problemas em que pode se meter.

Hauck também se levantou, abrindo a porta para ela.

– Problemas não me assustam.

36

Houve um tempo, anos atrás, refletiu Jack "Ruivo" O'Toole, a bordo do trem da linha Metrô-Norte em direção a Greenwich, em que sua alma merecia ser salva.

A adolescente mandando torpedo no BlackBerry lembrou-o de alguém de seu passado. Uma colega no ensino médio. Desiree Flynn. Quando ele jogava de zagueiro na Haysville High, no Kansas. Quando o sonho de vestir o uniforme azul e branco da Universidade Estadual do Kansas e arrebentar em campo parecia ao alcance. Quando seguir a carreira do pai – torneiro mecânico na Great Plains Tool Company – era um sonho que ainda valia a pena acalentar.

Mas isso foi antes de o céu escurecer e um tornado F5 assolar a cidade numa tarde de maio, destruindo metade dos prédios, incluindo a fundição.

E os pais de Ruivo O'Toole.

Antes de servir ao Exército e mostrar destreza com a metralhadora M4. Antes de ter os ouvidos detonados por um dispositivo explosivo artesanal. E antes do dia em que, numa patrulha em Al-Hillah, no Iraque (e acelerado por Dianabol), ele perseguiu um rebelde em fuga, invadiu uma cabana de pedra e descarregou a mag em seis "civis hostis" no local – como ficou provado, era uma família em plena refeição, inclusive o filho de dez anos que brincava com a bola de futebol.

Foi quando o Exército o dispensou sumariamente e o mandou para casa. E ele voltou para uma cidade repleta de entulhos, sem qualquer perspectiva, de situação tão precária como a do Iraque, onde passava a semana inteira e sem Desiree, que se mudara para algum lugar de Utah. Até que assinou por dois anos com a GAG – Gerenciamento de Ameaças Globais – ganhando cinco vezes mais do que no Exército do Tio Sam.

E recebeu carta branca para demonstrar suas habilidades.

Nas patrulhas além da Zona Verde, faziam um jogo chamado "latinha na cerca". Derrubar a tiros de M4. Com um detalhe: a "latinha na cerca" provavelmente era um velho regando o jardim ou meninos jogando cartas no terraço, enquanto o comboio armado passava a toda velocidade.

O'Toole não tirava o olhar de cima da garota à sua frente. Ela continuava a enviar mensagens de texto, como se ignorasse a sua presença.

Bang. Bang. Bang.

Como dar um tiro numa latinha no mourão da cerca no campo poeirento.

O trem desacelerou, aproximando-se do destino de Jack.

– Greenwich – anunciou o condutor pelo alto-falante. – Greenwich. Próxima parada: Estação de Greenwich Antiga.

O'Toole levantou-se. Deu uma última olhada na moça dos torpedos e mudou de ideia: definitivamente, ela não se parecia nem um pouco com Desiree. Entrou na fila dos passageiros à espera do desembarque.

A porta abriu-se.

O'Toole ganhou a plataforma. Os passageiros saíam e afunilavam-se rumo à estação. O'Toole prosseguiu no rastro da multidão.

O homem que ele procurava lia uma revista, com o cabelo penteado para trás, óculos redondos, sentado num banco da ala norte.

O'Toole sentou-se ao seu lado e mirou o relógio.

– Bem na hora.

– Se a gente não confiar na linha Metrô-Norte, em quem vai confiar? – respondeu o homem.

– Boa pergunta. Eu a faço com muita frequência.

– Bem, no seu caso – comentou o homem –, receio que vai ter de confiar em mim.

Fechou a revista (*The Economist*) e puxou um envelope pardo tamanho ofício do meio das páginas. Escorregou o envelope sobre o banco de concreto na direção de O'Toole.

– Temos outro serviço para você – O'Toole abriu o envelope. – Quero que este sujeito perca o interesse por nossos assuntos.

Havia uma série de fotos no interior do envelope. A primeira mostrava um homem que podia ser descrito como vigoroso e bonito entrando num prédio comercial. A seguinte era de uma moça de cabelo curto e escuro, saindo de um Prius. Ela não era de se jogar fora.

A terceira foto mostrava um menino vestindo uma camiseta de hóquei meio grande para ele. O'Toole logo observou que havia algo errado com o garoto.

Retardado, pensou. *Como é que chamam mesmo? Síndrome de Down ou coisa parecida.*

Voltou à primeira foto. Hauck. Um ex-policial.

– Quer ele morto?

– Quero que ele desista de se meter em nossos negócios – disse o homem que atuava como contato de O'Toole, tirando os óculos e começando a limpá-los. – Como vai fazer é problema seu. Sempre confio nas decisões práticas de meu pessoal.

O'Toole deslizou as fotos de volta para dentro do envelope.

– Parece sensato.

O contato de O'Toole ergueu-se.

– Sabe, andei pensando – falou O'Toole. – Tá vendo aquele cara ali? – indagou, apontando um sujeito no outro lado da plataforma, lendo jornal, esperando o trem.

– Aquele de terno?

– Se um tornado não tivesse arrasado minha cidade quando eu era garoto, eu podia estar na pele dele, esperando o trem. Indo para casa depois de um dia de trabalho. Alguém à minha espera para um *happy hour*. Talvez um filho. E quem sabe – O'Toole ergueu os óculos escuros e abriu um sorrisinho – eu até podia ser como você.

– Não. – O homem com óculos redondos fez um rolo com a revista e deu uma batidinha no joelho de O'Toole. – Você nunca seria como eu.

Dê um jeito de afastá-lo de nossos negócios. Seja qual for a sua decisão, faça algo que ele entenda bem claro.

– Sabe, a gente tinha um ditado lá no Iraque... – disse O'Toole, com os olhos parcialmente fechados para enxergar melhor. – "Os indesejados fazendo o impensável... para o bem dos ingratos."

– Verdade – sorriu o homem de óculos. Deixou cair outro envelope no colo de O'Toole. Desta vez, um bem grosso. – Vai achar-nos gratos. Como sempre. O próximo trem sai às cinco e trinta e dois.

Ele se afastou, deixando O'Toole na plataforma. O ruivo bateu o espesso envelope no joelho e analisou o homem do outro lado da linha.

Sim, pensou ele, rindo consigo; o intermediário tinha razão. Seu destino jamais seria aquele. Levou a mão à nuca e acariciou sua pantera. Shiva. A tatuagem manteve-o são e salvo durante cinco temporadas lá na "caixa de areia" iraquiana. A ponta da garra comprida e brilhante alcançando o pescoço.

Se algum dia ele mereceu ser salvo, essa condição já prescrevera há muito tempo. Os pedaços de sua alma tinham se dispersado globo afora. Como um tornado F5 devastando a cidade. Aniquilando quase tudo. Dispersando o restante.

Levou as mãos à nuca e refez o nó do cabelo ruivo e volumoso.

37

Ao sair do prédio comercial da Madison Avenue, o homem de capa de chuva Burberry ergueu a gola para proteger-se da garoa. Conversou brevemente com uma mulher – talvez colega de trabalho – que se despediu e foi na direção norte.

Thibault começou a andar no sentido oposto.

Do outro lado da rua, Hauck seguiu-o, vários passos atrás.

Ele saiu mais cedo do escritório. Disse para Brooke que tinha algumas incumbências a fazer. Sentiu-se meio destreinado naquilo. Não fazia esse tipo de coisa há anos.

Na Fifty-fourth, Thibault estacou defronte uma vitrine, admirando uma gravata. Depois prosseguiu, atendendo uma ligação no celular. Na Fifty-third Street, ele enveredou à direita, rumo ao oeste. Encolhendo-se na jaqueta para enfrentar a chuva, Hauck atravessou a rua, uns vinte metros atrás dele.

Imponente, tez trigueira, com a vasta cabeleira negra que cobria o colarinho, Thibault chamava a atenção por onde andava. Não era difícil perceber por que as mulheres se sentiam atraídas por ele. No meio da quadra, dobrou numa reentrância: um pátio entre dois prédios maiores. Parecia um restaurante. Abriu as portas de vidro e entrou.

O estabelecimento chamava-se Alto. Hauck já tinha ouvido falar nele. Italiano, luxuoso. O tipo de restaurante ao qual seu chefe, Foley, costumava levá-lo. Annie teria gostado de conhecer.

Hauck aproximou-se da porta e, através do vidro, viu Thibault tirar a capa e entregá-la a uma bonita *mâitre*. Parecia que o pessoal do restaurante o conhecia. Thibault deu a impressão de reconhecer alguém no bar e encaminhou-se direto a ele.

Depois de Thibault cumprimentar o homem e sentar-se, Hauck entrou.

– Vai jantar conosco hoje à noite? – indagou a *mâitre*, moça de vinte e poucos anos num sexy vestido preto, sorrindo detrás do balcão.

Hauck retribuiu o sorriso.

– Só vou me encontrar com um amigo no bar.

Sentado no fundo do bar lotado, Thibault conversava com o amigo, que tinha aspecto mediterrâneo, vestia jaqueta esporte de belo talhe e camisa branca aberta.

Hauck escolheu um canto no lado oposto. A garçonete atendeu-o e ele pediu uma cerveja. Marca belga. Palm. Adequada à ocasião. Através do labirinto de corpos e rostos mutáveis, ele os observou.

Aparentavam ser amigos. Até mesmo em meio ao vozerio, de vez em quando Hauck distinguia a sonora gargalhada de Thibault. Serviram-lhe um drinque – parecia vodca –, e ele se virou no banco, dando as costas para Hauck, continuando o bate-papo. Os dois fizeram um brinde, e Thibault deu um tapinha amigável no ombro do amigo.

Hauck sabia que ultrapassava os limites. Decidiu não precipitar a situação, mas descobrir o máximo possível. Ao mesmo tempo, sabia que isso deixaria Foley fulo da vida. Mas Thibault claramente escondia algo, e, seja lá o que fosse, Hauck pressentia que isso o conduziria aos casos Glassman e Donovan. Com o celular, tirou uma foto dos dois em meio ao salão cheio de gente. Quando chegasse a ocasião, talvez tivesse material para fornecer a Naomi ou Chrisafoulis.

E uma cereja no topo.

Com um gesto, Thibault pediu outro drinque. Então se virou e correu o olhar pelo bar, através da multidão de rostos. Por um breve instante, foi como se o olhar dele se fixasse em Hauck. Os dois entreolharam-se.

Hauck tomou um gole e desviou os olhos. Um arrepio desceu em sua espinha. *Não cometa descuidos. Não importa o que fizer.*

Pouco depois, a *mâitre* aproximou-se e avisou que a mesa dos dois estava pronta. Thibault largou cédulas no balcão e gesticulou para enviarem os drinques à mesa. Ela mostrou o caminho até o segundo piso. Thibault deixou o amigo ir à sua frente, dando um tapinha em suas costas.

Hauck observou-os sumirem de vista. Em seguida, saiu de seu canto no bar e foi até o local em que Thibault estava sentado. A garçonete tentava limpar o espaço. Hauck estendeu a mão e pegou um copo vazio.

– Importa-se se eu levar isto? – piscou ele. – *Suvenir.*

A princípio, a garçonete hesitou, relanceando o olhar além de Hauck, talvez à procura de um superior, sem saber o que fazer.

Hauck pôs uma nota de cinquenta no balcão.

– É suficiente para cobrir, certo?

Seus olhos arregalaram, e ela começou a tirar os demais copos e guardanapos, embolsando a nota. Assentiu.

– É mais do que suficiente.

38

Thomas Keaton, o ministro da Fazenda, a quem o Gabinete de Inteligência e Antiterrorismo Financeiros se reportava, concedeu apenas dez minutos a Naomi e seu chefe, Rob Whyte. Não mais do que isso. Ele tinha uma reunião na Procuradoria-Geral. Naomi e Rob literalmente correram até o prédio principal, fazendo cópias de última hora e com os dossiês à mão. Naomi contara tudo ao chefe, e ele decidiu que valia a pena correr o risco.

Ela transparecia certo nervosismo. Aquele era, de longe, o caso mais delicado de sua carreira. Ela investigara as extraordinárias fraudes nos fundos de *hedge* e as maracutaias de um banco iraniano para desovar dólares no Oriente Médio, tentando manipular o câmbio, mas nada parecido com o caso atual. O mercado de ações despencara 30% desde o começo de março. Duas das maiores instituições financeiras do mundo tinham falido. E as ações de duas outras, Citi e Bank of America, desabado para um só dígito. Sem falar na situação periclitante das mega-agências Freddie Mac e Fannie Mae.

E agora ela era bem capaz de provar que as mortes de dois *traders* trapaceiros, cujas perdas tinham afundado seus respectivos bancos, na verdade, não eram fatos sem conexão, mas correlacionados.

A coisa toda era um grande efeito dominó, e no fundo ela sabia exatamente o ponto em que tudo começou.

Mas, àquela altura, todas as "provas" obtidas, ao menos do ponto de vista jurídico, eram, na melhor das hipóteses, frágeis. Nada além de uma débil ligação entre um indivíduo misterioso e os *traders* recentemente mortos. Um olhar mais profundo envolveria outras agências: o FBI, a SEC, a Procuradoria-Geral, talvez a Interpol. Tinham de descobrir quem Thibault era na verdade. Quem eram seus contatos. Se havia um envolvimento mais profundo com os dois *traders*. Se o dinheiro havia trocado de mãos. E, o mais provável, sem prendê-lo. A mensagem codificada para Marty al-Bashir, há tempos mofando sem significado aparente em seu gabinete, agora ecoava em seu cérebro como uma campainha de alerta.

Os aviões já decolaram.

O gabinete do ministro ficava num canto do amplo prédio da Fazenda, erigido em pedra calcária, com vista para o Washington Mall. Naomi nunca visitara essa parte do prédio. Eternos retratos de ministros anteriores e personagens históricos forravam os painéis de mogno do corredor. Hamilton. Chase. Morgenthau. Baker.

– Não fique nervosa – disse Rob, enquanto os dois esperavam na antessala. – Se por acaso você estiver enganada nesse caso, meu emprego como auditor bancário regional no norte de Montana está garantido.

Naomi assentiu, ajeitando o terninho.

– Tomara que você precise de uma secretária por lá.

A porta abriu-se, e a secretária de Keaton surgiu.

– O ministro vai atender vocês agora.

Whyte se ergueu. Soltou um suspiro profundo.

Os dois entraram no gabinete amplo e repleto de janelas. Keaton, com terno risca de giz e vasta cabeleira branca, aproximou-se da que parecia ser a mãe de todas as mesas de reunião. Só para aumentar o impacto, pela janela via-se perfeitamente o Monumento a Washington. Naomi engoliu em seco. *Sem pressões aqui.* O ministro da Fazenda já trabalhara no Ministério da Justiça, sem falar na bem-sucedida carreira como negociador em Wall Street. Naomi já o conhecia do breve encontro quando ele instalou a força-tarefa e os visitou no outro lado da rua.

– Srta. Blum – disse ele, acenando cordialmente com a cabeça, mas sem apertar sua mão. – Rob. Convidei Mitch Hastings para participar, se estiver tudo bem para vocês?

Não foi exatamente uma pergunta. Hastings, o pragmático assessor jurídico do Ministério da Fazenda. Ela já o vira nos bastidores das audiências públicas sobre as operações de socorro financeiro aos fundos de *hedge* e à indústria automotiva.

– Claro – anuiu Whyte, com um aceno da cabeça. – Mitch... – O advogado respondeu com um sorriso discreto e indiferente.

Naomi mordeu o lábio inferior e respirou fundo. *Lá vamos nós...*

– Daqui a dez minutos, tenho que ir à Procuradoria-Geral – avisou Keaton, mirando o relógio e depois Whyte. – Podem ir direto ao ponto.

– Senhor ministro – falou Rob –, Naomi descobriu algumas coisas. Coisas de que, a nosso ver, o senhor deveria tomar conhecimento.

O ministro da Fazenda sentou-se bem à frente dela, com um enfático aceno de cabeça.

– Certo.

Dois dos mais influentes vultos do governo tinham seus olhares fitos nela.

– Há alguns meses – Naomi pigarreou e puxou um dossiê da bolsa –, recebi a transcrição de um telefonema. Da Agência de Segurança Nacional. O texto de uma ligação entre um renomado personagem financeiro bareinita, Hassan ibn Hassani, suspeito de transferir fundos a certas organizações que apareceram na Lista de Vigilância Antiterrorista, e um gerente de investimentos sediado em Londres. Um saudita chamado Mashhur al-Bashir, ou Marty al-Bashir, como ele é conhecido no mercado. Ele é o atual gerente de investimentos da Royal Saudi Partnership.

Thomas Keaton entrelaçou as mãos à frente do rosto.

– Já ouvi falar nesse nome.

– A transcrição – explicou Naomi, balançando as pernas sob a mesa – referia-se a uma espécie de "mudança de rumo" na estratégia deles. E, se envolvia al-Bashir, eu só posso concluir que significava uma mudança na política de investimentos. Por que um financista do Barein ia tratar desse assunto com ele, não sabemos. Mas a conversa terminou com uma declaração um tanto preocupante: "os aviões já decolaram".

O ministro da Fazenda ergueu o olhar. Fitou Whyte, o chefe de Naomi.

– Essa conversa aconteceu há uns dois meses?

Whyte assentiu.

– Sim, senhor. Em março.

– Então obviamente não houve "aviões" – suspirou aliviado o ministro. – Pelo menos, não no sentido mais nefasto, graças a Deus.

Naomi pigarreou.

– Não tenho certeza.

Keaton mirou-a de novo.

– Prossiga.

– Oito de fevereiro foi num domingo – explicou Naomi, chamando a atenção dos ouvintes para a prova seguinte. – Iniciando na segunda-feira, nove de fevereiro, nossos analistas especializados nesse tipo de rastreamento indicam que a Royal Saudi Partnership passou a vender sistematicamente suas posições em ações dos Estados Unidos, começando com suas posições no setor financeiro (as quais, como os senhores podem imaginar, eram bastante substanciais). Isso teve o efeito de baixar o valor dessas ações. Não vou desperdiçar seu tempo em detalhes – Naomi virou uma página do dossiê –, mas este gráfico mostra como a baixa no valor dessas ações se originou nesta época específica e como isso influenciou o mercado como um todo. Desencadeou uma liquidação mundial de ações.

– Com um empurrãozinho, se me permite acrescentar – atalhou Hastings, o assessor jurídico do ministro –, de uma vasta gama de fatores.

– Sim, senhor – concordou Naomi –, sem dúvida. É justamente disso que viemos tratar aqui.

Abriu outra pasta e levantou-se, dispondo cópias feitas às pressas às duas eminentes personagens da Fazenda. Explicou que ainda não tinha certeza e contou sobre sua fonte, Ty Hauck, a pessoa com quem havia conversado. Contou sobre os incidentais vínculos entre Thibault e os dois *traders* mortos em circunstâncias suspeitas. *Traders* cujas perdas secretas se revelaram tão elevadas que serviram de dobre de finados às firmas Wertheimer Grant e Beeston Holloway, arrastando o restante dos mercados financeiros ao abismo.

– E todos nós sabemos o fim disso tudo – arrematou Naomi.

– Está insinuando que existe uma possível conexão criminal entre as mortes desses dois gerentes de investimentos? – indagou Keaton, hesitante, enchendo os pulmões de ar e folheando o dossiê de Naomi.

– É uma possibilidade, senhor – frisou Naomi.

– E que isso, de algum modo, está ligado com esse tal de Mashhur al-Bashir. Por meio desse sujeito Thibault? Por quê?

– Só estou formulando uma tese, senhor. Uma de nossas missões é analisar ameaças ainda não materializadas e prever os desdobramentos.

– Sim, sim. – Keaton girou a mão para agilizar a conversa. – Continue.

– OK. – Naomi respirou fundo. *Lá vamos nós...* – Que tal se houvesse pessoas, pessoas influentes, que, de modo organizado, quisessem causar a nosso país um prejuízo sistêmico, lançando mão de uma nova estratégia, uma "mudança de rumo", como eles mencionaram? – Ela se preparou para o que desse e viesse. – Não jogando aviões contra nossos arranha-céus, como da outra vez, mas jogando um avião, *no sentido figurado*, contra o coração de nosso mais importante ativo nacional. A raiz de tudo que defendemos.

Keaton estreitou os olhos na direção dela. Naomi não tinha ideia se ele estava acreditando.

– A economia, meu senhor – disse ela. – O montante de riquezas que perdemos desde a crise econômica (sem falar na inquietude de nossos cidadãos) é algo impossível de mensurar. Podemos rastrear o início da queda e conectá-lo, creio eu, com o naufrágio dessas duas empresas de investimentos de Wall Street.

O rosto do ministro da Fazenda começou a empalidecer, quase combinando com o cabelo. Assentiu com sobriedade, mirando de relance o assessor jurídico, e falou como quem escolhe as palavras a dedo.

– Mas quem iria ganhar com isso? Vivemos numa economia globalizada. Todo o mercado mundial de ações está sofrendo com o declínio. O petróleo vale a metade do que antes. Seria suicídio econômico.

Naomi deu de ombros, como se já previsse a pergunta.

– Não sei ainda.

– E você considera que o tal Thibault está no cerne dessa trama?

– Estou dizendo que é possível, senhor, sim.

Keaton recostou-se na cadeira.

– O que sabemos sobre ele?

– O passado dele é meio obscuro, senhor. Tem passaporte holandês. É bem possível que tenha vários passaportes. Esse ex-detetive da polícia que eu mencionei, Hauck, fez investigações preliminares por intermédio da empresa dele. E tudo indica que Thibault é, na verdade, sérvio.

– *Sérvio*? – O ministro arregalou os olhos. Folheou o dossiê de Naomi. – Temos as descobertas da empresa dele?

– Não, senhor. Acho que não podemos recorrer a elas, ao menos não neste exato momento. Parece que alguém está tentando afastar Hauck da investigação. E é possível, estou dizendo que é apenas *possível* – acrescentou Naomi, sabendo que fazia um lance arriscado –, que a firma dele tenha algum envolvimento nisso.

Keaton ergueu o olhar.

– Pode explicar-me isso melhor?

– Parece que eles representam outros clientes – esclareceu Naomi – que têm um forte interesse em que esse caso não venha à tona.

– *Outros clientes?* – Neste ponto o olhar do ministro da Fazenda soltou faíscas. – *Quem*, por exemplo, Srta. Blum?

– Como a Reynolds Reid, senhor. Pelo que estou informada, eles querem monopolizar parte das operações da Wertheimer Grant...

– Sim, estamos envolvidos nessas negociações. Pelo amor de Deus, qual é o nome desta empresa de segurança?

– O Grupo Talon – respondeu Naomi.

– Talon? – Keaton engoliu em seco, preocupado. – Deve estar brincando comigo. Eles têm negócios por toda essa maldita cidade.

Keaton fitou-a com um olhar de surpresa e empurrou a cadeira para trás. Mirou o relógio. Rilhou os dentes.

Naomi relanceou o olhar a Whyte, imaginando se ele perguntava-se a mesma coisa – se àquela altura não seria melhor já reservar as passagens para Missoula.

– Isso não sai daqui! – O ministro da Fazenda fitou Hastings de modo ostensivo. – Sem vazamento ao FBI, nem para o Ministério da Justiça. E muito menos, pelo amor de Deus, para a imprensa. Até descobrirmos mais coisas. Agente Blum, você realizou um trabalho confiável. Pode solicitar os meios necessários para investigar a inoportuna morte desses *traders* e tudo o que for possível sobre esse Thibault.

– Obrigada, senhor.

– Vou autorizar uma investigação pela Agência Nacional de Segurança. Talvez tenha ocorrido contato direto entre Thibault e o tal Marty, o gerente do fundo saudita. Ou com aquele bareinita, Hassani...

Naomi fitou o chefe com ar satisfeito.

– Entendido, senhor.

– E talvez este Hauck seja útil a nós. Você diz que ele é ex-detetive. Como diabos ele se meteu nessa situação, para início de conversa?

– A esposa de Marc Glassman, assassinada com o marido na residência da família em Greenwich... – Naomi deu de ombros. – Parece que os dois eram amigos. Hauck resolveu fazer uma investigação paralela. Desconfiou não ser apenas latrocínio. Foi mera coincidência o fato de a empresa dele mandá-lo sondar Thibault por uma questão pessoal.

– Questão pessoal? – O ministro da Fazenda empurrou a cadeira para trás e levantou-se. – Bem, parece que tivemos uma sorte danada, se quer saber a minha opinião. Ele só investigava a morte de uma amiga? Quem é este homem? Uma espécie de cavaleiro branco?

– Não sei, senhor – disse Naomi, contendo um tênue sorriso.

– Bem, ele está prestes a ficar com a armadura meio amassada se isso for verdadeiro. Consiga algo para irmos adiante, agente Blum. Descubra quem é Thibault. Por enquanto, apenas mantenha o radar ligado. Não quero vazamentos. – Deu a volta pela mesa. Naomi recolheu as pastas para ir embora. – Antes de que eu me esqueça, agente Blum...

– Senhor? – virou-se Naomi.

O ministro da Fazenda abriu um sorriso.

– Bom trabalho.

– Obrigada, senhor.

Uma sensação de alívio mesclada com alegria dominou Naomi no trajeto de volta ao gabinete dela. Parecia estar flutuando.

– Bom trabalho – elogiou Rob Whyte, suspirando, ao atravessarem a M Street em direção ao prédio deles.

– Cancelamos as passagens então? – gracejou ela. – Para o norte de Montana?

Deu um tapinha no ombro dela.

– Por que primeiro não vemos no que vai dar?

Ao retornar a seu gabinete, Naomi olhou atrás da escrivaninha. Pilhas e mais pilhas de arquivos de diversas investigações. Espessos relatórios encadernados quase tapavam a fenda na parede do porão que eles chamavam de meia janela.

Talvez, em breve, ela conseguisse uma promoção e uma janela inteira.

A assistente Talia entrou ansiosa.

– E então, como foi?

– Bem – Naomi soprou o ar das bochechas num misto de escárnio e alívio –, ainda estou aqui!

Claro que não tinha contado à Talia o teor da reunião com o ministro.

– Chegou isto enquanto você estava lá – Talia colocou uma caixinha de papelão da Fedex na escrivaninha.

A cidade de origem: Greenwich, Connecticut.

– Obrigada.

Naomi esperou-a sair e logo abriu a tampa da caixa muito bem lacrada. Tirou de dentro um grande saco plástico selado. No interior dele, protegido cuidadosamente com plástico bolha, um copo de uísque vazio.

Um bilhete anexo. Naomi abriu-o.

Lia-se: "Com os cumprimentos de Dani Thibault". E sublinhado: "Deus ajuda quem cedo madruga!".

Naomi sorriu.

Sabia exatamente quem era o remetente. Aquilo ia manter o jogo em andamento.

E, no rodapé, o cavaleiro branco acrescentou e também sublinhou: "Já pensou no assunto?"

39

Sábado à noite, no rinque Hamill, em Greenwich, o time mirim Trident-Allen Bruins dominou a partida contra os Ducks de Commack, Long Island, e venceu por seis a um.

Ao soar o apito final, Hauck pisou no gelo e apertou a mão do técnico adversário, enquanto os Bruins erguiam os tacos no ar e batiam com as mãos espalmadas nas mãos dos Ducks. Jared, que Hauck trouxera junto, também entrou no rinque, elogiando:

– Bom jogo, Kyle! Bom jogo, Tony.

Alguns garotos patinaram tocando cotovelos com ele, falando:

– Obrigado por treinar com a gente, amigão!

Antes de o time sair, Hauck fez uma breve reunião.

– Partida consistente. Defesa sólida. É assim que se faz, pessoal. – Bateu palmas. – OK, lembrem-se: treino na quarta-feira às oito. Não quero ver ninguém faltar! Todo mundo jogou bem! E não se esqueçam de pegar os apetrechos.

Enquanto o time saía, alguns pais se aproximaram para cumprimentar e parabenizar Hauck pela partida. Nesse meio-tempo, Jared pegou um taco e aproveitou para dar umas tacadas no disco contra a lateral do rinque. Ted, o responsável pelo ginásio, entrou no rinque com o Zamboni, o nivelador motorizado, e começou a recuperar a superfície do gelo. Faltavam poucos minutos para as dez – o jogo fora o último da noite. Annie ficaria no restaurante até às onze. Hauck combinou que levaria Jared; queria ficar um tempo no bar e comer a sobremesa. Comemorar a vitória.

Em poucos minutos, o local ficou praticamente deserto. Meninos radiantes subiam no carro dos pais. O Zamboni completou o serviço no gelo. Ted apagou os faróis.

Hauck percebeu um desconhecido, trajando jaqueta de *nylon* preta, só observando da outra ponta do rinque.

– Ei, Ted, tem um minutinho?

Hauck foi conversar com o responsável, que conhecia do tempo em que trabalhava na polícia, sobre um evento para levantar fundos em prol do auxiliar técnico de um dos outros times – ele perdera o emprego e precisava fazer um transplante de rim. Hauck pensou em organizar uma exposição beneficente no ginásio, envolvendo a polícia e o corpo de bombeiros.

– Jared! – chamou ele. – Pode ir ao vestiário e buscar para mim a sacola do time?

Na bolsa de lona, havia discos para treinamento, rolos de fita e equipamentos extras. Após o aquecimento, Hauck guardou as coisas nela.

Jared acenou com a mão.

– Claro, Ty.

– Parece uma boa ideia – falou o responsável. – Deixa só eu conferir os horários e ver qual data está livre.

– Isso seria fantástico, Ted.

– Jogo sólido hoje à noite – elogiou Ted, estacionando o Zamboni.

Hauck fez sinal de positivo.

– Pois é, acho que às vezes o time presta atenção no que eu digo!

Ele retornou, atravessando o rinque de gelo. Pegou a jaqueta no banco e ficou esperando Jared sair com a sacola. Já fazia um bom tempo que ele tinha entrado no vestiário.

Hauck teve um mau pressentimento. Vinte anos na polícia; algo o deixou em alerta. Relanceou o olhar ao fundo do rinque.

O homem de jaqueta de *nylon* sumira.

40

Pouco antes das nove e meia, Ruivo O'Toole parou a van no estacionamento lotado e esperou fora do ginásio.

Sonny Merced curvou-se ao lado dele no banco do carona. Eles já tinham sido parceiros no serviço da família Glassman. Serviram juntos lá na "caixa de areia". Mas a história de Sonny era um pouco diferente. Especialista em armas brancas, ele tirava a pele de um gato a faca. E a de seres humanos também – O'Toole testemunhara. No Acampamento Vitória, foi acusado de estupro três vezes. Mas convencer as infantes a testemunhar eram outros quinhentos: elas sempre desistiam. Na terceira vez, ele foi mandado para casa. Ter Sonny em seus quadros era uma responsabilidade de que o Exército não precisava. Fez uns bicos em duas empresas de segurança privada, voltou para casa, conseguiu um trabalho de escavação de piscinas em Michigan, sem chances reais de emprego. Depois mergulhou nas drogas e teve de sustentar o vício.

O'Toole encarava o que fazia como trabalho, o único ao qual tinha qualificações. Sonny encarava como emoção.

Estacionamento lotado. Obviamente acontecia algum jogo. Meia hora antes, ele tinha entrado no ginásio para dar uma espiada na partida. Pais torcendo. O tempo baixando no placar. Agora, mirou o relógio e cutucou Sonny.

– Mexa-se. É hora do show, cara.

Enfim, o pessoal começou a sair do ginásio. Pais acionando a partida dos veículos, crianças berrando, tacos erguidos ao alto. Minutos depois, o estacionamento ficou vazio, à exceção de alguns carros.

Eles não viram Hauck nem o garoto.

O'Toole disse a Sonny:

– Vá lá dar uma olhada no que está acontecendo.

Sonny fechou o zíper da jaqueta de *nylon* preta e saiu da van.

Minutos passaram-se. O'Toole ligou o rádio. Não confiava inteiramente em Sonny. Meio maluco, ele tinha um comportamento de alto risco. Sempre se metia em confusão. Mas O'Toole sabia acalmá-lo.

De repente, seu celular descartável tocou.

– O que diabos está acontecendo? Mandei você dar uma conferida, não ficar patinando no rinque.

– Relaxe – falou Sonny Merced – e dê a partida no carro. Estou fazendo o serviço agora.

41

– Jared! – gritou Hauck na direção do vestiário e esperou.

Não houve resposta.

Todo o ginásio estava escurecido agora. Ted lidava com algo lá nos fundos. O desconhecido, antes parado no lado oposto, tinha sumido de vista. O alarme detector de problemas que Hauck desenvolvera ao longo dos anos soava com insistência.

– Jared! – chamou novamente. Por que ele não respondia?

Havia algo errado.

Pegou um taco extraviado na beira do gelo e caminhou rumo ao vestiário, a pulsação a trepidar. Era o filho de Annie. Chegou ao corredor e começou a correr. Empurrou as portas vaivém do vestiário, gritando:

– Jared!

– Ty! – respondeu o menino. Sua voz estava assustada.

Ele se virou para o setor dos armários. O homem avistado antes espreitando lá fora tapava a boca de Jared, cujos olhos arregalados não escondiam o medo. Arrastava Jared ao setor dos chuveiros. O sujeito tinha barba de vários dias, costeletas e bigode volumoso. Parecia ter cinquenta anos, mas provavelmente tinha trinta. Vestia uma jaqueta de *nylon* preta.

Segurava uma faca no queixo de Jared.

Hauck ficou paralisado.

– Ei, herói, dê o fora daqui! – O homem cravou o olhar em Hauck. Com um dos braços, sacudiu a cabeça de Jared para o lado. Com o outro, habilmente firmou a lâmina sob sua mandíbula. – Faça o que eu digo, cara, ou corto-o ao meio.

Jared, incapaz de fazer mal a uma mosca, contorcia-se, hiperventilado, e em vão tentava desprender-se das garras do homem.

Lágrimas brilharam em seus olhos petrificados.

– Solte o menino – Com as duas mãos, empunhou o taco firmemente e deu um passo na direção deles, fixando o olhar no homem. – Por que você está aqui?

– Sabe muito bem por que estou aqui. Não é mesmo, garoto? Pergunte pra ele por que estou aqui. Pergunte onde ele andou metendo o nariz. – Apertou a ponta da lâmina no pomo de adão de Jared, fazendo o menino arregalar ainda mais os olhos. – Nós dois, garoto. Vamos sair daqui. Você primeiro. – Gesticulou na direção de Hauck. – Um passo em falso – torceu a lâmina afiada –, só um passo em falso, Sr. Ex-Tira, e pode dar adeus a seu amiguinho aqui.

Jared liberou a boca momentaneamente. Dominado por medo e confusão, balbuciou:

– Por que ele está fazendo isso, Ty?

– Jared, eu não vou deixar que ele o machuque – tranquilizou Hauck. Seu sangue pulsou com fúria e intensidade. – Ele é um menino inocente – dirigiu-se ao homem. – Está vendo que o deixou apavorado. Solte-o. Leve-me no lugar dele. Foi atrás de mim que você veio, não foi?

– Ty... – murmurou Jared, pálido, respirando rápido e com dificuldade. – Não o deixa me machucar, Ty. Tá bem?

– Ele não vai machucar você, Jared. – O homem sabia quem ele era. Coisa que, no ponto de vista de Hauck, piorava a situação. Aquele não era o ataque aleatório de um pervertido. Hauck sabia que o sujeito estava ali atrás dele. Também se deu conta de que não ganharia nada se matasse o garoto. Se Hauck o atacasse, seu reflexo seria afastar a lâmina do menino.

– Ele vai soltá-lo – Hauck fitou os olhos amedrontados de Jared, dando um passo à frente. Em seguida mirou o bandido. – E quando ele o soltar, Jared – Hauck segurou o taco em riste –, quero que fuja daqui, o mais rápido que puder. Mas não saia do ginásio. – Ocorreu a Hauck que talvez o homem não estivesse sozinho. – Fique no rinque. Quero que você encontre o Ted e se esconda em algum lugar. E liguem 911.

Receoso, Jared assentiu. Hauck deu novo passo.

– Entendeu, não é, filho?

Ele assentiu de novo, paralisado.

Hauck piscou para ele.

– Ótimo.

O homem puxou o pescoço do menino para trás e disse, com uma risadinha dissimulada:

– Nem sonhando vou soltar o menino...

Hauck cravou os olhos no homem. A lâmina reluziu. Punhal de combate do exército. Não sentia mais os nervos; somente a convicção de ser a única coisa entre a vida e a morte do garoto. Ficou satisfeito por ser ele. Abriu um sorriso significativo ao homem.

– Sabe muito bem que não vou perder o menino de vista.

O agressor segurou o cabo da faca com mais força.

– Veio atrás de mim – disse Hauck ao homem, com um aceno de cabeça. – Então me pegue, babaca.

Ergueu o taco e investiu contra a cabeça do bandido.

Não importa qual a ameaça que faziam, com vinte anos de experiência na polícia, Hauck sabia como as pessoas agiam em situações como aquela, quando um grupo da SWAT invadia o recinto. Por reflexo, os agressores defendiam-se. Obedeciam ao instinto de sobrevivência.

O homem ergueu as mãos.

Com toda a força, Hauck brandiu o taco erguido na direção do ombro do agressor, o braço que segurava a faca. Instintivamente, o homem deu um passo para trás e encolheu o braço, soltando Jared.

O taco partiu-se em dois ao atingir seu braço.

O bandido gritou de dor. Jared correu, aos berros, livre das garras do agressor. Hauck pegou o que sobrou do taco e fez nova carga, golpeando o sujeito e imobilizando o braço que segurava a faca contra a parede de concreto do vestiário.

Espremeu o braço do homem para soltar a faca.

– Jared, saia! Faça o que eu digo. Saia daqui!

Mas o menino só ficou ali, petrificado, enquanto Hauck lutava para tomar a faca junto à parede. O homem era forte. Como Hauck suspeitava: um profissional. Continuou a espremer o braço do homem contra a parede, tentando fazer uma alavanca e soltar a faca.

– Fuja, Jared!

Ele girou e tentou golpear a barriga do homem com a base do taco, mas o agressor rodopiou e acertou um joelhaço na virilha de Hauck, deixando-o sem fôlego. A dor foi intensa. O bandido empurrou-o para trás, fazendo-o rolar sobre um banco e chocar-se contra a porta aberta de um armário metálico.

Tonto e sem fôlego, Hauck sentiu a barriga ardente, como se tivesse sido apunhalado.

O homem caminhou na direção dele, manuseando a faca de um modo que não deixava dúvidas: sabia exatamente como usá-la. Com rapidez, levantou-se, agarrando a ponta do taco para se defender.

O homem abriu um sorrisinho convencido.

– Sempre tem que bancar o herói, não é mesmo, cara?

O bandido investiu contra Hauck, que tentou se defender com o cabo do taco. Mas a faca rasgou o moletom e o feriu no braço.

Hauck deixou escapar um grito de dor.

Olhou de soslaio. Jared continuava lá imóvel, paralisado pelo medo.

– Jared, fuja!

O agressor atacou de novo. Desta vez, Hauck escancarou a porta de um armário metálico, acertando o homem em cheio. Patins e cotoveleiras caíram. Reunindo todas as forças, Hauck bateu a porta do armário contra a mão do homem – duas, três vezes –, tentando soltar a faca. O sangue subiu ao rosto do homem, no esforço de segurá-la.

Por um milagre, a faca caiu e retiniu no piso.

Os olhares dos dois fixaram-se nela.

Com a mão livre, o agressor pegou Hauck pelo colarinho e empurrou-o com força contra o armário. A dor percorreu a espinha de Hauck. Em seguida, o bandido saltou ao chão para apanhar a faca. Hauck pulou em cima dele, a boca sangrando, o braço queimando como se tivesse sido esfolado por uma máquina de fatiar carne. Os dois estatelaram-se no banco de madeira e depois no chão. O homem fez Hauck deitar-se de costas contra o piso. Súbito, pegou o taco de hóquei estilhaçado com as duas mãos e apertou o cabo contra a garganta de Hauck, com peçonha no olhar. O braço esquerdo de Hauck ficou preso atrás das pernas metálicas do banco. Tenso, o homem sentiu a vantagem e apertou o taco na laringe de Hauck.

– Mastigue isto, imbecil.

Em vão, Hauck tentava contê-lo. Conseguiu soltar o braço, mas já era tarde.

O agressor era muito forte, muito treinado, e debruçou-se sobre Hauck com todo o seu peso. Começou a asfixiá-lo. Hauck não conseguia conter o ataque. Relanceou o olhar à outra ponta do recinto. Ao ver Jared ali, pasmado de horror, forçou passagem para uma réstia de ar e gritou:

– Jared, por favor, fuja. Agora!

O menino deu um passo rumo à porta.

Hauck sentiu o oxigênio e a força lentamente se esgotarem. Extenuado, os pulmões explodindo, defendeu-se com todos os recursos, contorcendo o torso para afastar o sujeito. Mas não conseguia! Fitou as pupilas escuras do homem, dilatadas de exultação maligna, e percebeu, com a respiração curta e frenética, que podia morrer ali mesmo.

– Na próxima vez, tome cuidado onde mete o nariz...

O homem abriu um sorriso de triunfo.

Com os pulmões rebentando e o olhar desamparado, Hauck fitou Jared uma última vez, incapaz até de implorar agora. Com o restante de suas forças, tateou ao redor, desesperadamente, tentando agarrar algo que pudesse encontrar – cotovoleiras, toalhas, nada...

Patins.

De repente, sua mão encontrou um patim de gelo. Os dedos apalparam a bota, os cadarços. Deslizou-o rente ao chão, agarrando-se firmemente aos cadarços.

Aquilo podia salvar a sua vida.

Foi quando ouviu alguém gritar.

– Saia de cima dele! Saia!

Jared veio correndo e bateu no homem. O que tentava fazer?

O menino fechou os dedos no pescoço do homem, puxando-o para trás.

– Solte-o!

Os golpes de Jared não surtiram efeito. O homem lançou o braço para trás, jogando o menino contra os armários.

Foi o instante de que Hauck precisava.

Agarrou a bota e girou-a com a base para cima, acertando o rosto do atônito agressor justamente quando ele se virava pra trás, os olhos arregalados de surpresa.

Soltou um grunhido abafado e raivoso; levou as mãos ao rosto.

Hauck conseguiu afastá-lo. Os dois caíram ao chão, e Hauck rolou em cima dele. Com todo o seu peso, enterrou a lâmina do patim no peito do agressor. Ouviu-se um estalo, e o homem soltou um gemido profundo e gorgolejante.

Um grosso filete de sangue escorreu.

Com os olhos vítreos, o homem começou a respirar sofregamente. O sangue fluiu pela jaqueta.

Hauck saiu de cima dele, desmoronando, exausto, contra a fileira de armários.

O homem apenas o mirou, desamparado, uma poça de sangue escuro formando-se ao seu lado.

– Quem? – A garganta de Hauck estava tão comprimida e machucada que ele mal conseguia falar. – Quem mandou você?

O homem só o fitou, com respirações curtas e ásperas. Recusa no olhar. Lábios trêmulos. Até que parou.

Jared correu até Hauck. Acolheu o traumatizado garoto junto a si, envolvendo os ombros dele, acariciando o seu rosto.

– Vai ficar tudo bem, filho – disse ele, não deixando o menino ver a cena sangrenta do moribundo.

E repetiu, como quem diz para si mesmo:

– Vai ficar tudo bem.

42

A polícia de Greenwich chegou minutos depois. O policial, com dez anos de experiência, encontrou Hauck todo ensanguentado, sentado junto à parede do lado externo do vestiário, com o braço ao redor de Jared. O guarda espiou dentro do vestiário e saiu com o rosto lívido.

– Meu Deus...

Dois minutos mais e a equipe médica chegou. Examinaram Jared – tudo bem com ele, graças a Deus, exceto pequenos cortes de faca no pescoço. Mas em estado de choque. Hauck, por sua vez, tinha ligado para Annie. Ela estava a caminho. Um dos paramédicos deteve-se no braço de Hauck. A faca não tinha penetrado fundo na carne, mas a dilacerara superficialmente. Precisaria levar pontos.

Em seguida, os detetives chegaram. Ed Sinclair e Sally Combes, fazendo o plantão noturno do fim de semana. Logo após, chegou Steve Chrisafoulis, avisado quando saía do cinema com a família, em White Plains. Perplexo, ele mirou Hauck, aliviado por vê-lo bem. O paramédico desinfetava o ferimento no braço de Hauck, que também tinha várias lacerações no rosto e no pescoço. Steve indagou com os olhos arregalados de incredulidade:

– Quem ganhou?

– Nós – respondeu Hauck. – Seis a um.

– Não tem graça, Ty – o chefe dos detetives balançou a cabeça. – Qual é o seu problema, afinal? O cara não pode relaxar e curtir nem no sábado à noite?

Hauck deu de ombros.

– Se eu não posso, por que você deveria?

O paramédico aplicou um curativo temporário no braço.

– E o garoto? – Steve mirou Jared.

– Um pouco abalado. Dê uma olhada aí dentro. Vai entender o motivo.

Steve assentiu, coçando o bigode.

– E você?

Hauck soltou um suspiro, e a relutância em seu olhar dizia que não sabia responder ao certo. Sabia que sua vida estivera por um fio. Se não tivesse encontrado aquele patim quando seu fôlego já se esvaía, se Jared não tivesse distraído o agressor, Hauck tinha absoluta certeza de que o corpo ali dentro seria o dele.

– Estou vivo. Tive sorte.

– Não aparenta, sabe – falou Steve. Pousou o braço no ombro de Hauck. – A gente pode cuidar disso agora. Por que não vai lá fora tomar um ar puro? Daqui a pouco, eu peço para Ed e Sally tomarem seu depoimento.

– Não. Está tudo bem comigo – ele se ergueu.

O paramédico terminou de colocar o esparadrapo no braço de Hauck.

– Isso deve segurar.

Hauck baixou a manga do moletom.

– Vamos resolver logo esse negócio.

Steve entrou e perguntou a Ed e Sally se ele e Hauck podiam ter um minuto a sós no vestiário. Foi um pedido incomum, mas a dupla assentiu. "Claro", considerando que há menos de um ano Hauck era o chefe deles.

Steve deteve-se e fitou sobriamente o cadáver, os olhos arregalando-se pela visão do patim ainda cravado no peito, a poça de sangue coagulando ao redor. Balançou a cabeça.

– Meu Deus, Ty...

– Sei.

– Esses pais não deveriam levar o hóquei tão a sério.

Desta vez, Hauck sorriu, e depois contou tudo o que aconteceu. Chrisafoulis debruçou-se sobre o corpo inerte. Calçou luvas de borracha e virou-o, cuidadosamente, inspecionando os bolsos do sujeito.

– Acha que ele estava atrás de você?

– Ele sabia quem eu era – disse Hauck, encolhendo os ombros. – Sabia que eu era um ex-policial. No fundo, acho que ele tentava me dar um aviso. Tentando me atingir atacando o garoto.

– Atingi-lo por que motivo?

– Acho que já sabe a resposta, tenente...

O detetive pinçou uma carteira da calça do cadáver.

– James Alan Merced. O endereço que consta aqui é Pismo Beach, Califórnia. Também tem uma identidade das forças armadas. O sujeito é um veterano de guerra. Acampamento Vitória. Iraque.

Enfiou o dedo fundo na carteira e tirou uma coisa.

Um pequeno distintivo – uma guirlanda de louros folheada a ouro sobreposta com o que parecia ser um rifle da Primeira Guerra Mundial.

Hauck deu de ombros.

– O que é isto?

– Distintivo da Infantaria de Combate – explicou Steve. – Significa que ele enfrentou combate corpo a corpo. Você tem uma sorte danada.

– Também tem um celular no bolso da jaqueta – avisou Hauck. – Isso deve dar-lhe algumas informações.

Chrisafoulis ergueu um olhar desaprovador. Só os investigadores devem tocar o corpo.

Hauck deu de ombros, acabrunhado.

– Não me contive. Velhos hábitos nunca morrem.

Logo após, Annie chegou apressada, vindo direto do restaurante. Deu um abraço apertado no filho, com lágrimas de alegria nos olhos.

– Ah, meu amor, o que aconteceu? Graças a Deus você está bem.

– O homem tentou me machucar, mamãe – Jared agarrou-se nela. – Mas Ty veio e me salvou. Eles tiveram uma briga feia. Ele me mandou fugir, mas eu tentei ajudá-lo, mamãe.

– Eu sei, meu amor, eu sei. Já me contaram. Você é um menino muito corajoso. – Ela o abraçou de novo e levantou os olhos a Hauck. – Ele está bem?

– O paramédico disse que ele está em leve estado de choque. E uns pequenos cortes no pescoço.

– Ty foi esfaqueado, mãe. Ele está ferido.

Annie afagou o rosto de Jared e aproximou-se de Hauck. Ela abriu os braços e deu um forte abraço de gratidão, tão apertado que ele sentiu a preocupação e o medo pulsando no coração dela. Não ofereceu resistência. Era boa a sensação de estar nos braços de alguém. Alguém que o amava.

– Lá fora me contaram o que aconteceu. Nem sei como agradecer. Sabe o que Jared significa para mim... – Comprimiu os lábios para conter o choro. – Você está ferido?

– Só um corte. O suficiente para me deixar um pouco sexy.

Annie completou:

– Não há nada no mundo que o tornaria mais sexy a meus olhos. Eu lhe devo a vida de meu filho. Quem iria querer machucar o Jared, Ty? Que tipo de canalha faria uma coisa dessas?

– Alguém que talvez quisesse me machucar.

O olhar dela lampejou de raiva.

– Quero vê-lo, Ty.

– Não, você não quer vê-lo, Annie. Sei como você se sente... – Enlaçou a cintura dela e enxugou as lágrimas de seu rosto. – É melhor levar o Jared daqui... Para longe daqui. Não importa para onde. E você também. É melhor não ficarem perto de mim agora.

Confusa, ela o fitou.

– Como assim?

– É que isso expõe vocês ao perigo, Annie. Seja lá quem estiver por trás disso pode tentar outra vez. Alguém quer me deter, alguém capaz de machucar qualquer porção minha a que tiverem acesso. Qualquer porção que me torne vulnerável.

– Não vamos fugir de você numa hora dessas, Ty.

– Não é fugir. É proteger seu filho. Mantenha-o na escola. Mande--o para a Califórnia visitar seus pais. Sabe como me sinto em relação a ele, Annie. Mas simplesmente não pode ficar perto de mim agora.

A mágoa que cintilou no rosto dela transmitia receio e apreensão. Ela o fitou profundamente.

– Afinal, onde você andou se metendo, Ty?

– Não sei.

– Vamos levá-lo para casa – falou Annie. – Sei que precisa prestar um depoimento, mas não vou deixar você sozinho.

Ele meneou a cabeça.

– Não, é melhor ficar com o seu filho.

– Ty, por favor... Você quase foi morto! Está ferido. Aquele sujeito ali dentro não vai ganhar a parada conseguindo nos afastar. Por favor...

– Vá para casa – pediu Hauck, colocando a mão suavemente no rosto dela e caminhando com ela na direção de Jared. – Talvez queiram falar com ele de novo pela manhã. Vou combinar com eles.

Annie concordou com a cabeça, frustrada, sem saber o que fazer.

Ele se ajoelhou e se despediu de Jared.

– Salvou a minha vida, rapaz! É um mocinho muito corajoso!

O menino levantou-se e deu um abraço forte nele. Hauck sentiu que morreria caso tivesse deixado algo acontecer com o garoto. Até mesmo agora, quem garantia que ele conseguiria superar tudo aquilo? Para Jared, não havia perversidade no mundo, só bondade. Hauck aconchegou o rosto do menino junto a si e bagunçou o cabelo dele.

– A gente se vê em breve, certo?

Jared fez que sim com a cabeça, abrindo um sorriso corajoso.

– Foi um bom jogo, não é, Ty?

– Sim, filho, um jogo excelente.

Annie saiu do ginásio com ele. Hauck sentiu um peso de tristeza derrubando-o. Fez um depoimento minucioso aos detetives, inclusive mencionando a suspeita de quem poderia estar por trás disso.

Quando terminou, ainda sentia o sangue latejando, e não sabia ao certo como acalmá-lo. No antigo cargo, teria começado a investigação.

Conferido as informações do celular. Feito uma busca nos antecedentes criminais de Merced.

Agora, nada mais havia a fazer além de ir para casa.

Steve veio falar com ele.

– Posso mandar uma viatura escoltar o seu carro, Ty. Quer que eu vá dirigindo?

– Não, obrigado – respondeu. Apertou a mão de Steve. – Acredite, estou bem.

– Desculpe a sinceridade, tenente – falou o chefe dos detetives, chamando Hauck pelo antigo posto –, mas não parece tão bem.

Sentia uma pressão fervente dentro do peito. Uma caldeira em ebulição. Prestes a explodir. Percebeu o quão perto estivera da morte e o que deixaria para trás. Teve uma súbita sensação de completa solidão. Não sabia para quem ligar, nem o que fazer.

Steve deu um tapinha no ombro dele.

– Vá para casa. Estou contente por você estar bem, Ty. Falo com você amanhã.

Hauck acatou o conselho do detetive e saiu rumo ao carro. O frescor da aragem fez bem a ele. A brisa roçando no rosto. Começou a garoar. Deu a volta no ginásio e escorou-se na parede de concreto, as pernas começando a fraquejar, todas as forças remanescentes extinguindo-se.

Deixou-se escorregar até o chão. Encheu os pulmões de ar precioso, tomando um fôlego demorado e refrescante. A sensação agradável, revitalizante, de simplesmente estar vivo. A brisa do canal no rosto. A chuva. O som da autoestrada ao longe.

Lágrimas agradecidas encheram os olhos de Hauck.

Fungou, conteve o choro, puxou o celular e encontrou um número nos contatos. Com o coração batendo rápido, esperou a ligação completar.

Jessie atendeu no segundo toque.

– E aí, pai, algo errado? É noite de sábado.

– Não tem nada de errado, querida – soprou o ar das bochechas. – Sei que é sábado. Só queria ouvir a sua voz. Onde você está?

– Estou com uma galera na casa da Kellie. Estamos assistindo ao filme *10 coisas que eu odeio em você*. Já viu esse filme, pai?

– Não.

– Você iria gostar. Não é filme bobinho de adolescente. É inspirado na peça *A megera domada* de Shakespeare.

– Tá brincando, filhinha... – Ele se sentou, e as lágrimas começaram a escorrer pelas faces. Afastou o telefone do ouvido e apertou-o com força junto ao moletom, imaginando como seria horrível se algo pior tivesse acontecido com Jared ou com ele. *Afinal, onde você andou se metendo, Ty?* – Legal, querida.

Jessie fez um silêncio.

– Papai, tá tudo bem contigo?

– Claro, querida, estou bem. É só que... Volte para sua galera. Divirta-se. Só queria dizer que eu amo você. Só isso.

– Pai, você está meio estranho. Tem certeza de que está tudo bem?

– Tudo tranquilo, querida – enxugou as lágrimas do rosto. – Palavra de escoteiro.

– Você nunca foi escoteiro, pai.

– Certo – riu-se ele. – Então juro por Deus. Que tal?

Jessie esperou um tempinho. Escutou-se uma algazarra de vozes femininas ao fundo.

– Eu também amo você, papai.

Ele desligou e permaneceu sentado com as costas apoiadas na parede. Punhos contorcidos de raiva – talvez de alívio. Respirou fundo e sentiu o ar refrescante no peito. Sentiu-se pronto para enfrentá-los. O homem com a tatuagem, o assassino de April. Ele continuava solto. Hauck tinha certeza de que o sujeito ali no ginásio não agira sozinho. Jurou pela sua vida que iria pegá-lo. Por si mesmo. Por April.

Só não tinha ideia de quem ele era.

43

– Você tem que aprender a relaxar mais, Ty – sorriu April, tocando a mão dele com a unha. – Parece que está louco para entrar numa briga.

Tornara-se uma rotina entre eles agora. Demorar-se na cafeteria da esquina, após as sessões de terapia em grupo. Antes de Hauck voltar a Queens e April a Connecticut. De vez em quando, ela ficava em Nova York, e Marc a levava para jantar ou a algum evento empresarial. Neste dia, ela e Hauck foram passear no Madison Square Park.

– Estou com a sensação de estar meio louco – disse Hauck. – Mas não louco varrido – salientou com um sorriso.

– Obrigada por avisar! – exclamou April.

– Só sinto que é hora de voltar ao trabalho. Ver o que vem a seguir.

Executivos curtiam o sol na hora do almoço, lotando os restaurantes em volta. Num mercadinho asiático local, ele pediu um refrigerante, e ela, um chai. Os dois sentaram-se num banco.

– Eu não disse, Ty? Você só estava de passagem...

– Sabe, eu senti um pouco a sua falta – falou ele, tomando um gole da coca *diet*.

Ela ficara semanas sem aparecer. Sentiu falta dos bate-papos com ela. Começou a pensar nela como uma nova amiga. As suas outras amizades decidiram apoiar Beth na separação ou simplesmente não tinham ideia do que ele estava enfrentando, e ele evitava sua companhia.

– Sua família estava viajando?

– Não – disse ela, mexendo no colar de pérolas marrons ao redor do pescoço. – Só aconteceram umas coisinhas.

Ele a fitou, vendo se ficaria à vontade em explicar.

– Nada que você queira saber, Ty.

– Na verdade, eu achava que o objetivo de nossas conversas era justamente desabafar. Marc...?

– Não. – Ela meneou a cabeça e sorriu, com certo divertimento. Fez uma concha com as mãos ao redor do chá e tomou fôlego. – Certo. Você pediu. Agorafobia. Já ouviu falar?

– Medo de sair de casa? – indagou Hauck.

– Medo de sair de casa. Medo de formar vínculos. Medo de abandono. Medo do maldito medo. – Ela o mirou, hesitante, quase como se estivesse com receio de decepcioná-lo. – Não é que eu esteja com medo do mundo. Isso não é do meu feitio. Faz parte do processo depressivo. Às vezes, parece que eu sinto um peso me segurando. Não me sinto conectada a nada. Tenho que me esforçar até para sair de casa. Ou para levar minha filha na escola.

– Conte-me.

Ela tirou dos olhos a mecha de cabelo comprido, cor de areia, e perguntou:

– Tem certeza de que está a fim de ouvir isso?

Ele assentiu.

– Sim.

Ela soltou um suspiro.

– Certo. Não é de hoje, sabe. Fui criada numa cidadezinha lá na Virgínia. É daí que vem meu sotaque, se é que você ainda não notou. Na verdade, fui criada no lombo de um cavalo. Participei de competições de hipismo. Meu pai, conhecido advogado na cidade, ensinou-me a atirar com arma de fogo antes de eu aprender a fazer trancinhas no cabelo. Eu amava meu pai – lembrou-se, com brilho nos olhos. – Ele era como Atticus Finch para mim, Ty. O advogado do filme *O sol é para todos*. Entende? Todo mundo na cidade se espelhava nele. A minha mãe, talvez algum dia ela tenha sido uma pessoa capaz, mas, da época que eu me lembro, ela não passava de uma bêbada de clube. Tudo para ela exigia um grande esforço. Festas. Por isso não ia aos eventos de hipismo me ver. Até servir o jantar era um sofrimento. Meu pai era a cola que aglutinava tudo. Tudo mesmo.

– Entendo como é – falou Hauck, embora o pai dele, que trabalhou trinta anos no Departamento de Água e Esgotos de Greenwich, estivesse a anos-luz de ser assim.

– Entende? – indagou April. – Quando eu tinha dezesseis anos, estacionei meu VW na garagem, peguei meus livros no banco do carona e avistei meu pai lá, parado. – Sua mandíbula contraiu-se. – Sentado no chão, com as costas na parede, como se estivesse pensando em qual camisa ia vestir. Com uma diferença: atrás da cabeça dele, borrifado contra o reboco, tinha um mosaico de um vermelho bem vivo. E a pistola no colo. Como se ele quisesse que eu o encontrasse ali.

Hauck pegou a mão dela.

– Sinto muito. Não precisa remoer essas coisas.

– Você queria saber, não é? Queria saber por que eu me comporto assim. Seja como for, não é isso. Faz muito tempo já. Só para você conhecer o *background* da personagem, como a gente diz. Fraude bancária – revelou, em resposta aos olhos indagadores de Hauck. – Ele recebia propinas do banco local, que tinha negócios controlados por ele, em plena crise das instituições de poupança e empréstimo. A coisa toda estava contaminada por fraudes, e meu pai era cúmplice. – Deu um risinho amargo. – O íntegro Atticus Finch... Acho que pode acrescentar à lista o medo de se decepcionar. Seja como for, acabei na Universidade de Virgínia. Graduei-me em Belas Artes, fiz um ano de pós-graduação na Universidade de Nova York. Já ouviu falar no movimento minimalista?

Ele meneou a cabeça.

– Mentiria se dissesse que sim.

– Sol LeWitt. Ele fez aqueles incríveis murais desenhados. Richard Tuttle. Essa era a minha praia. Estudei sob a orientação de Richard Dunn, o bam-bam-bam desse mundinho. "Estudar sob" é modo de dizer. O certo seria dizer que ficava sempre sob ele. Ele tinha 42. Eu, 23. Sempre tive atração por caras mais velhos. Já visualizou a situação? Bem, de qualquer modo, Richard – April sacudiu a cabeça – acabou com o resto da confiança e da fé que eu ainda tinha nas pessoas. Um cafajeste arrogante e odioso, mas tinha um rabo de cavalo comprido e todo mundo no meio da arte o reverenciava. Ficamos três anos juntos. Acho que ele ia para cama com qualquer pessoa que soubesse que Rembrandt era holandês.

– Eu achava que ele fosse flamengo – sorriu Hauck.

– Bem, nesse caso você não teria com o que se preocupar – riu-se April. – E, acredite em mim, acho que o gosto dele era diversificado. No fim das contas, tive que abandonar o curso. E a casa dele. Fiquei uns três meses no apê de uma amiga. Emagreci 10 kg. Acho que nem coloquei o pé na rua nesse período. Li os *Upanixades* de cabo a rabo e envolvi-me numa série de programas de autoatualização. Acabei empregando-me numa revista sobre finanças, como vendedora de espaço publicitário. Foi quando conheci esse cara simpático, meio quadrado, com jeitinho insidioso, entendido em complicados modelos de investimento e ferramentas estatísticas – abriu um sorriso –, que pensava que eu era a mulher mais linda do mundo e, eu sabia, não iria me decepcionar.

– Marc? – indagou Hauck com um sorriso.

Ela assentiu.

– Ele sabia que Rembrandt não era flamengo?

Ela deu uma risadinha.

– Eu só não queria me magoar de novo. – Um brilho tremeluziu em seus olhos grandes e redondos. – Não chegou a ser um grande amor. Apenas era o homem mais estável que eu já tinha conhecido, e eu não queria me decepcionar novamente.

– Mas você construiu uma vida.

– Sim – ela assentiu, radiante e feliz. – Construímos uma vida. Tenho uma filha linda e um marido que sempre levanta no meio de toda santa noite para conferir suas posições no mercado internacional. Moramos numa casa chique. E viajamos a lugares legais nas férias. Eu ajudo no colégio de Becca. – Ela girou a xícara. – Só que estamos em maio... Tem dias em que tudo me vem à cabeça. Foi na primeira semana de maio que eu encontrei meu pai morto. Sempre é uma época difícil do ano. – Deu de ombros e sorriu. – Viu só? Momento "feliz", para mim, é quando não enxergo o rosto de meu pai naquela garagem.

Hauck mirou-a, sentada a seu lado no banco. Apertou o ombro dela com a mão.

– Eu não vou decepcioná-la.

– Eu sei... – April sorriu. – Você não faria isso, não é? – Ela cobriu a mão dele. – Por isso que é legal estar com você. Como já disse, você é só um convidado no velho spa... Não é residente.

– Você também não precisa ser residente, April. Veja só o quanto me ajuda.

April mirou o relógio. Arregalou os olhos.

– Meu Deus, eu tenho que ir. A Becca vai dançar hoje à noite. Que tipo de mãe eu sou, conversando um tempão com um moço tão bonito... – Pareceu ter uma ideia. – Sabe o que a gente deveria fazer?

– O quê? – perguntou ele.

– Tirar uma foto. Eu tenho uma câmera aqui. Você e eu.

– Uma foto?

Ela encolheu os ombros.

– Nunca se sabe, talvez um dia sobre apenas isso.

– Isso não vai acontecer – atalhou Hauck –, mas fique à vontade...

Ela vasculhou a bolsa e, ao fazê-lo, ergueu a manga da blusa, expondo o braço inadvertidamente. April sempre mantinha os braços cobertos.

O olhar de Hauck fixou-se no braço. Um pouco de surpresa – e um pouco de tristeza também.

Várias marcas de agulha na pele. A maioria já cicatrizada, mas uma ou duas ainda recentes. Súbito, ele percebeu o motivo.

Fitou os olhos de April.

Ela sorriu para ele, como se tivesse o seu segredo desvelado.

– Bem, agora você sabe...

44

O celular removido do corpo de Sonny Merced conduziu à irmã dele na Califórnia, com quem ele não falava há meses; a uma namorada ocasional que alegou nunca mais querer vê-lo; a um disque sexo; e a um número ligado pouco antes do ataque, que levou a um tal de Michael Cassidy, de Union, Nova Jersey. Era um menino de doze anos, que, uma semana antes, tinha perdido o celular. O endereço de Merced era uma caixa postal com o pagamento dois meses em atraso.

Merced, ex-soldado de comando do 82º Batalhão de Infantaria Paraquedista, havia sido dispensado do serviço e indiciado como suspeito da autoria de três estupros no Oriente Médio. Tinha uma carteira de motorista vencida, do estado de Michigan, e duas prisões no ano anterior: assalto à mão armada e porte de drogas. Minutos antes de atacar Jared, fez uma ligação à linha roubada de Cassidy. A polícia não encontrou nenhum carro abandonado no estacionamento do rinque após o ocorrido.

Seja qual fosse a motivação de Merced para o ataque, uma coisa era certa: ele não havia agido sozinho.

No domingo, os jornais e canais de notícias locais contaram a história do veterano da Guerra do Iraque que havia atacado um menino portador de deficiência no vestiário do rinque Hamill, na noite anterior, e a luta mortal com o ex-detetive citadino, que interferira.

Segunda-feira, na empresa, parecia que todo mundo já sabia do caso em detalhes. Nos corredores, servindo-se de café, todos não escondiam a incredulidade e o assombro, gratos por Hauck estar bem.

Basicamente, ele tentou manter-se fora da vista, fazendo trabalhos burocráticos em sua escrivaninha, providenciando algumas ligações. Pediu que Brooke o protegesse da imprensa. Mas, à medida que o dia foi passando, sua mente não conseguiu descartar a possível ligação entre os interesses de sua própria empresa, o pessoal dali e a investigação sobre Dani Thibault. Hauck passara dos limites ao continuar a investigá-lo. Será que alguém da firma tentara dissuadi-lo plantando aquela caneta? Armando uma cilada para ele?

Por volta das onze, o celular tocou. Conferiu no mostrador a ID de quem ligava: Governo dos EUA.

Naomi Blum.

– Recebeu meu presente? – indagou Hauck, sem dizer alô.

– Recebi seu presente. Obrigada. E estou prestes a retribuir. Mas, antes disso, me conte sobre o que aconteceu. Está tudo bem com você?

– Parece que um cutelo de açougueiro furou meu braço, mas vou tirar de letra. Algum progresso com o copo?

– Eu queria que você soubesse que estamos começando uma investigação sobre Thibault e os contatos dele. Graças a você. Um dos modos é rastrear a pessoa que o atacou. Partindo do pressuposto, é claro, que não estamos tratando de uma espécie de pervertido.

– Acho que nós dois sabemos que essa aposta é segura. Além disso, ele sabia quem eu era; chamou-me de ex-tira. Ainda tem dúvidas sobre a conexão entre as mortes de James Donovan e Marc Glassman?

– Após conhecer você, não tive mais dúvidas. Simplesmente arrisquei minha carreira.

Havia algo nela de que Hauck não conseguia deixar de gostar. Que o estava conquistando. Ela não embarcou na armadilha com a caneta do Talon. Achava que Campbell era um babaca. Fizera a lição de casa sobre o histórico dele. E agora havia dado andamento às informações que ele havia compartilhado. Colocado em risco a carreira. Havia muita paixão e energia naquele pequeno corpo.

Sem falar no belo e brilhante par de olhos cinzentos.

– Está pronta para me contar sua opinião sobre o que está por trás disso?

– Como vai o garoto? – indagou ela, esquivando-se da pergunta.

– Um pouco aturdido. Mas está bem. Voltou à escola. A polícia local concordou em reforçar a segurança... Você não se revolta por alguém tentar me afastar do caso atacando um menino inocente daquele jeito?

– Eu lhe avisei, não avisei, que você podia esperar problemas? – Ela fez uma pausa breve, e Hauck percebeu certa preocupação autêntica. – Seja como for, estou contente que esteja tudo bem com vocês dois.

– E aí, estou dentro ou fora? – indagou Hauck. Imaginou que era melhor jogar todas as cartas na mesa agora.

Naomi deu uma risadinha.

– Não aprendeu uma ótima lição sobre o risco de estar "dentro"?

– Sim, mas acho que já superei. Eu posso ajudar. Acho que é meio tarde para fingir que não estou envolvido.

Ela fez um silêncio. Hauck considerou que a tinha convencido. Enfim, ela disse:

– Ainda não decidi.

– Obrigado. Avise-me se eu puder fazer algo para ajudá-la na decisão, além de quase ser morto.

Isso a fez cair na risada.

– Você estava preocupado sobre como se sentiria de volta ao trabalho. Sentindo-se mais à vontade?

Alguém bateu à porta. Hauck girou o pescoço quando ela se abriu.

Tom Foley deu um passo à frente.

– Que tal se eu lhe responder essa pergunta mais tarde?

Ele desligou o telefone, surpreso ao ver o chefe.

– Tom – falou Hauck ao levantar-se. – Tenha a bondade.

45

Hauck saiu detrás da escrivaninha.

– Eu não esperava a sua vinda hoje.

– Todo mundo está comentando o que aconteceu – disse Foley, com terno risca de giz e gravata amarela. Aproximou-se de Hauck e meneou a cabeça. – Coisa mais horrível, Ty. Horrível ter de passar por isso. Ouvi falar que você estava em sua sala, e eu tinha umas coisas para resolver aqui hoje. Como você está? – O chefe apertou a mão dele com força e um ar preocupado. Pôs o braço ao redor do ombro de Hauck. – Eu nem preciso dizer o quanto todos nós estamos contentes por você estar bem.

– Obrigado, Tom. Foi por um triz.

–Disseram-me que você foi ferido – Foley soltou a mão e mirou de relance o braço de Hauck.

– Só um corte de leve – disse Hauck com um abano. – Sorte minha.

– Sorte nossa – respondeu Foley. – Todos aqui nesta organização sabemos o tipo de pessoa que você é. – Balançou a cabeça com empatia e rilhou os dentes. – Que tipo de maluco faria uma coisa dessas?

Hauck passara vinte anos avaliando reações. Pessoas com algo a esconder. Foley nem sequer piscou. Sua revolta parecia genuína e consternada. Mas sempre havia algo mantido em certa reserva. Um toque calculista na entonação dele que Hauck nunca conseguia divisar. Só balançou a cabeça, concordando.

– Não sei, Tom.

Será que os dois estavam do mesmo lado?

Hauck desafiara o aviso do chefe e dera andamento às investigações sobre Thibault. Será que Foley sabia? Hauck não tinha informado sobre a caneta do Grupo Talon descoberta pela polícia de Nova York na cena do suposto suicídio de James Donovan. Será que Campbell tinha falado com ele? Será que alguém havia plantado a caneta lá?

E o pior de tudo: Hauck repassou tudo que sabia sobre Thibault ao governo dos Estados Unidos. Coisas desveladas no processo de uma investigação confidencial. Tecnicamente, informações do Grupo Talon. Ele percebeu o olhar determinado do chefe. A franqueza em seu olhar. A contração em seu sorriso. Ele escondia o jogo?

– Sabe, já que estou aqui, vamos conversar – disse Foley.

Conduziu Hauck de volta à escrivaninha e, como quem se sente em casa, deixou-se cair na cadeira da frente e cruzou as pernas.

– Claro – respondeu Hauck, sem ter certeza de onde ele queria chegar e sentando-se vagarosamente atrás da escrivaninha.

– Antes de mais nada, como está o filho de Annie? – Foley entrelaçou as mãos na nuca e inclinou-se para trás.

– Bem. Só meio aturdido. – Foley já tinha sido apresentado a Annie. Hauck trouxe-a num jantar da empresa, na inauguração da filial em Greenwich. Ele pareceu sentir uma simpatia genuína por ela. A risada fácil e o encanto natural de Annie conquistaram os modos educados de Foley, típicos da Nova Inglaterra. – Achamos melhor mantê-lo afastado de tudo...

Algo fez Hauck omitir a localização exata.

– Sábia decisão. Eu faria o mesmo. Talvez possamos ajudar nisso.

– Obrigado – falou Hauck. – Annie não quer atrair mais atenção.

Foley fez uma careta e meneou a cabeça.

– Só de pensar em alguém tentando fazer aquilo com um garotinho... Você me entende, Ty? – indagou, mirando Hauck olho no olho, com a voz um tanto direta e sugestiva.

E então, sem esperar a resposta, mudou de assunto de repente.

– Deixou de lado aquele caso sobre o qual falamos dias atrás como eu pedi? O tal sujeito que você desmascarou?

– Que sujeito, Tom? – indagou Hauck, tentando ler o olhar do chefe.

– O que Merrill pediu para investigarmos – Foley estalou os dedos. – Como é mesmo o nome dele?...

– Thibault.

– Isso, Thibault – disse Foley, estalando os dedos. – Esse mesmo.

Hauck sentiu uma inquietude revolver o estômago. O olhar avaliativo de Foley parecia atravessá-lo. Hauck não sabia ao certo como responder.

– Você me pediu, Tom.

– Ótimo – o chefe piscou, tirou os óculos e assoprou as lentes para limpá-las. – Bom garoto...

Súbito, Hauck teve a desprotegida e paralisante sensação de estar numa missão secreta e ter a identidade recém-descoberta. Como se Foley estivesse prestes a falar algo para ele e, a qualquer momento, tudo fosse desmoronar. Mexeu uns papéis na mesa.

– E como evoluiu aquele lance da Reynolds Reid?

– Como é? – Foley recolocou os óculos. Seu olhar fixo revelava não ter ideia do que Hauck estava falando.

– O negócio com a Wertheimer que eles estavam de olho. O motivo pelo qual escondemos tudo. De Merrill.

– Exato! – sorriu ele, relembrando. – Progredindo bem, Ty, pelo menos foi o que me disseram. Inclusive a empresa e a comissão supervisora do governo se encontrarão hoje para tratar do assunto. Alguns detalhes sobre conflitos de interesse, principalmente na Europa, ao que consta. Talvez tenham que abrir mão dessa parte. Logo a coisa vai se definir.

– Que bom.

– Bom?! – Foley mirou-o com um olhar meio estranho. – Para o Talon, é uma maravilha.

– Eu quis dizer bom que finalmente vamos poder contar o que descobrimos a Merrill – explicou Hauck.

– Entendi – assentiu Foley. Fitou Hauck demoradamente até abrir um sorriso contido. – Estou feliz por você estar bem, Ty. Tem umas coisinhas que eu queria comentar com você... – Ele se aprumou na cadeira.

– Mas isso pode ficar para outro dia. Hoje aconteceram eventos importantes, caso ainda não saiba.

– Não estou sabendo, Tom. O que foi?

– Um dos principais supervisores da Freddie Mac arrebentou os miolos no gabinete da residência dele. Já pensou? Os próprios filhos encontraram-no quando se preparavam para ir à escola. – Abanou a cabeça. – Só põe mais lenha na fogueira do que vem por aí. Citi. AIG. O mundo inteiro desabando, Ty. Diacho, até minha mulher está começando a ficar assustada. Pela primeira vez em vinte anos, ela me perguntou sobre o nosso portfólio de ações. Contou que ela e todas as amigas não compram um par de sapatos há várias semanas. Nem trajes novos de primavera. Cada um sangra a seu modo. *Ainda assim* – completou, rumando para a porta e dando uma risada –, ela não se importa de fazer uma ponte aérea a Nápoles no jatinho da empresa. É por isso que temos de ser um dos vencedores. Entende?

Hauck acompanhou-o até a porta.

Foley virou-se.

– Sabe, aquele seu antigo trabalho, Ty, que você fazia antes... Era o mesmo que brincar na piscina infantil, se é que me entende. Você se molhou, todo mundo se divertiu. Mas experimente dar uma braçada.

Hauck fez que sim com a cabeça, sem saber exatamente com o que concordava.

– Mas *aqui* – o sorriso do chefe se dissipou –, aqui tudo faz parte do mosaico maior. Uma das mãos lava o governo. A outra, as maiores empresas do mundo. E todo mundo respinga água para fora da piscina.

Os dois entreolharam-se.

– Do que afinal estamos falando, Tom?

– Do negócio com a Wertheimer, é claro! – exclamou Foley, abrindo um sorriso inocente. – Isso que você quis dizer, não foi, Ty? – Deu um afável tapinha no ombro de Hauck. – Estou feliz por você estar bem. Feliz mesmo. Faz parte de nosso trabalho acompanhar de perto o que acontece. Com os nossos principais colaboradores. Em todas as empresas de nossos clientes. Até mesmo no Ministério da Fazenda. *¿Usted comprende?*

Hauck fitou-o.

– Malditos *traders* idiotas... Quem diria o inferno que eles causariam, hein? – Apontou as mãos para Hauck como se fossem duas pistolas carregadas. – Se ainda não percebeu, meu filho, agora você está nadando na piscina dos adultos.

46

As notícias sobre o iminente colapso do sistema bancário dos Estados Unidos foram recebidas com um sorriso de divertimento e até de orgulho por Dani Thibault, que assistia à tevê no seu escritório nas proximidades do centro de Manhattan.

O Pacific-West, o maior banco da Califórnia, acabara de decretar a falência.

O orgulho dele vinha do fato de que, nos bastidores, ele ajudara a desencadear tudo aquilo. E divertia-se, pois, com todos os olhares do mundo focados nas causas – bolha imobiliária, CDOs, *swaps* de crédito, sobre-endividamento, órgãos reguladores fazendo vista grossa –, ninguém fazia ideia do que realmente acontecia.

Na tevê, o ministro da Fazenda, convocado a depor no Congresso, gaguejava como um bancário iniciante explicando um empréstimo arriscado.

O índice Dow Jones bateu o recorde de baixa em seis anos.

Sim, o sistema já tinha sido enfraquecido, os bancos alavancando seus balanços com um monte de ativos inúteis e dívidas. Claro, os dois *traders* desesperados que ele seduzira com a promessa de milhões, milhões que eles não seriam mais capazes de receber de suas empresas, tinham sido apenas o derradeiro e ardilosamente concebido empurrãozinho na carcaça podre rumo ao abismo.

No fim das contas, Thibault sabia, existia algum objetivo mais amplo para o pequeno, mas lucrativo, papel exercido por ele nesse processo. Ou seja: apenas pôr o plano em ação. O sistema inteiro, já indo a pique, apenas esperava o oportuno piparote de um dedo invisível para afundar de vez. E ele os encontrara! Endividados até o pescoço em detrimento das ações em declínio de suas empresas. Chamada de margem para longe da extinção. Ainda assim, controlando bilhões em ações das próprias empresas. *Traders* que, com um simples toque no botão, eram capazes de balançar as fortunas de grandes bancos.

E quem desencadeara tudo aquilo? O mero filho de um suinocultor. Que limpara o esterco das baias até completar dezessete anos. Sim, definitivamente podia se orgulhar. E ao mesmo tempo, com sua habilidade de iludir, levava para a cama uma das mulheres mais ricas e desejadas do mundo. Ele a usara para atingir seus fins, como usara todos e tudo que encontrara pelo caminho.

Agora era conhecido na maioria dos círculos de elite. A imprensa referia-se a ele como um "financista internacional". Mais ou menos como aquela vadia da família real belga fizera por ele. Só que melhor! Merrill abrira mais portas para ele do que o líder de uma corporação multinacional. Logo ele partiria para outra. Já conseguira tudo o que podia tirar dela. E havia lavouras mais novas e frescas a colher.

Dani pôs os pés em cima da mesa. Não podia deixar de admirar como tudo funcionara às mil maravilhas desde que, por acaso, conheceu aquele bancário belga veado num bar em Lyon. Como o levara de carro até o interior sob o pretexto de encontrar um local isolado para fodê-lo. Estacionou às margens de um lago e depois esmagou o crânio dele com uma pedra, o sujeito já com as calças arriadas, ele com o pau para fora e pronto. Jogou o corpo num lago cheio de sanguessugas. Com o próprio carro do homem, foi até a cidade dele na Bélgica, copiou seus documentos de nascimento, falsificou sua história. Pediu emprego no RezionsBank.

Um novo homem.

Thibault assistiu a alguns deputados cascas-grossas, que nem sabiam fazer conta, darem um puxão de orelha no ministro da Fazenda devido à política monetária. Querendo garantias de que o mundo não se despedaçaria.

Deu risada. Não tinham nem ideia do iminente desastre.

O celular de Thibault tocou, o seu particular. O que ele usava só para esse fim. Pegou o aparelho e percebeu o número codificado de Dubai, totalmente irrastreável.

Dani atendeu.

– Estou justamente assistindo aos desdobramentos agora. Já conferiu os mercados? O Dow Jones baixou mais de setecentos pontos... – recostou-se, mirando a vista de Manhattan com deleite. Fizera um trabalho tão bom que os patrões podiam muito bem pagar o dobro do combinado.

– Sim, excelente trabalho, meu amigo – reconheceu o interlocutor, num inglês com forte sotaque. – Pode ter certeza de que não vamos esquecer. – O homem era um dos mais poderosos do planeta. Seus apoiadores controlavam pessoas que influenciavam o manejo de bilhões em recursos financeiros. Atrás da nebulosa cortina que separava, de um lado, os níveis mais elevados das finanças e, do outro, aqueles que tinham sua própria estratégia para aniquilar aquele mesmo mundo, sua influência era inigualável. – Mas agora precisa saber de um detalhe importante.

– E qual é? – indagou Thibault, sem notar a mudança de tom.

– Você está sendo investigado, Dani. Pelo governo dos Estados Unidos. Pelo Ministério da Fazenda.

– O quê? – Thibault aprumou-se na cadeira. O que ele dizia era impossível, claro que só podia ser brincadeira. Mas também sabia que o interlocutor não perdia tempo com boatos e especulações. Desligou a tevê.

– Quer me explicar melhor?

– Eles sabem seu nome – disse o interlocutor. – Sabem que você tinha negócios com os dois *traders* falecidos.

– Isso é impossível! – Dani saltou da cadeira num pulo. Naquele instante, recapitulou todos os contatos feitos em todos seus compromissos. De jeito nenhum. Quem teria feito a conexão? Ele apagara suas pegadas com perfeição. Não deixou nenhum vínculo consigo. – Como? – indagou com hesitação incrédula. – Como alguém pode saber disso?

– *Como* não importa, Dani. O que importa é que você tem de se tornar invisível ao mundo. Imediatamente.

– Tem certeza disso? – Um tremor de preocupação perpassou seu peito. – Essas informações são cem por cento confiáveis?

– Mais confiáveis do que você imagina, meu caro – disse o outro em tom inequívoco. – Eu lhe avisei que o seu pau era seu calcanhar de Aquiles. Ao que parece, a conexão foi revelada por meio de sua namorada.

– Merrill?! – Thibault quase engasgou. Como Merrill podia saber? Ela sequer conhecera Glassman ou Donovan. Os nomes deles nunca vieram à tona nas conversas. Tudo com que a puta se importava era aparentar ser uma década mais jovem ou ir naqueles tolos encontros do clube de jardinagem em Greenwich e em Palm Beach. Andava sempre ocupadíssima vasculhando a Saks com suas consultoras particulares atrás de sapatos Prada. *Como Merrill sabia de porra alguma?*

– Sabe como isso tem de ser resolvido agora, Dani?

Thibault percebeu que o homem do outro lado da linha não era do tipo com quem se aprontava. Ele tinha uma rede para fazer seja lá o que fosse. Já estaria morto se fosse o desejo dele.

– Sim, tem razão – reconheceu. O que mais podia fazer? – É hora de sumir do mapa.

– Posso mandar um de meus assistentes buscar você. Já tomei a precaução de preparar um jato em Teterboro, capaz de tirar você do país sem fazer perguntas.

– Para onde?

Súbito, a preocupação pulsando no peito de Thibault tornou-se pânico completo. Ocorreu-lhe que *ele* era o único elo entre todas as partes. *Ele* havia recrutado Glassman e Donovan. Ele os pagara. Os fundos, embora bem escondidos, originavam-se das contas dele, por meio de um labirinto de sócios, parceiros e países, e simplesmente aparentariam ser um investimento de alguns dos inúmeros negócios de Thibault. *Sair do país?* Thibault engoliu em seco, nervoso.

Não chegaria vivo nem ao Túnel Lincoln.

– Uma esticadinha até aqui em Dubai talvez fosse lhe fazer bem agora, não acha, Dani? Não há risco de extradição. E eu lhe garanto, por aqui, temos nossos próprios prazeres também.

– Sim – falou Thibault, pensando adiante. – Acho que sim...

Combinaram que um carro o apanharia às cinco da tarde. No apartamento de Dani, ao sul do Central Park. Dali a três horas. Dani sabia que seria um sérvio morto se entrasse naquele carro.

Tão logo desligou, correu ao cofre, escondido atrás de uma falsa prateleira na estante de livros. Com os dedos mal cooperando, febrilmente abriu a fechadura e pegou uma pasta grossa de documentos que guardava para um caso desses. Passaportes. Cada qual com identidade e origem providenciadas com cuidado. Vasculhou a pilha e escolheu o que desejava. Encheu o fundo falso de sua valise Hermès de couro de crocodilo com maços de dinheiro, cada um com mais de dez mil dólares, em dólares e euros.

A maior parte do que ele amealhara estava perfeitamente segura em vários bancos em Genebra e nas Ilhas Cayman. Deixaria o restante onde estava, nas contas de Londres e de Nova York, para não chamar a atenção.

Ele havia ensaiado bem aquele momento.

Havia uma saída alternativa do prédio empresarial de Dani. Conduzia diretamente ao terminal Grand Central do metrô. Tinha escolhido o local estratégico para uma situação como aquela. Se o governo o estava investigando, poderia estar vigiando-o também.

Ele mesmo ligou para a Air France e fez uma reserva na primeira classe do voo das sete e meia a Paris, com o nome do novo passaporte que tinha escolhido.

Três horas. O sangue de Dani esquentou nas veias. Quando pensou no modo pelo qual foi exposto, irritou-se ainda mais. Merrill. *Como*? Dani Thibault morreu. Reinventou-se uma vez. Agora era hora de se reinventar de novo.

Só desejou, no tempo restante, conseguir dar àquela puta uma última e inesquecível lição.

47

Nos dias seguintes, Hauck esforçou-se ao máximo para superar o que acontecera no ginásio de hóquei.

Providenciou os ajustes finais de um negócio que entabulava com o departamento policial da cidade de Milford. Deu um segundo depoimento à polícia, que investigava os contatos de James Merced ao longo das últimas semanas. Falou com Annie. Ela contou que Jared estava bem melhor. Que pensava em enviá-lo à Califórnia para visitar os avôs até as coisas se acalmarem. Por sua vez, ele ainda tentava vislumbrar de que modo Tom Foley e o Grupo Talon se encaixavam na história.

Na quarta-feira, ele saía de uma reunião quando seu celular vibrou. Conferiu a origem da ligação. O governo dos Estados Unidos. Entrou no gabinete, fechou a porta e desabou na cadeira atrás da escrivaninha.

– E aí... tomou a decisão?

– Sobre o quê? – respondeu Naomi Blum, fazendo-se de desentendida.

Hauck recostou-se, sabendo que o presentinho com as impressões digitais e o DNA de Thibault havia virado o jogo a seu favor.

– Sobre se estou dentro ou fora.

– Dentro. Tem planos para o almoço? – indagou a agente, de modo completamente inesperado.

– Eu ia comer um sanduíche aqui em minha mesa daqui a pouco.

– Que tal comer um sanduíche comigo?

– Onde você está?

Hauck girou o corpo, mirando pela janela a enseada e as propriedades de Glenhaven na orla, como se ela o estivesse observando.

– Num carro. Do outro lado da rua, defronte ao seu prédio – não conteve a empolgação na voz. – Sabemos quem é Thibault, Ty.

– Estou descendo.

Guardaram o sanduíche e rodaram até a cantina Boxcar, um restaurante mexicano. Ele considerou o local menos chamativo das redondezas.

Algumas mesas ocupadas com mães em agasalhos de ioga e executivos em trajes casuais. Ele acenou para a proprietária, Regina, que os conduziu até uma mesa privativa. Naomi vestia um elegante terninho marrom, o cabelo preto curto enrodilhado nas orelhas, com mechas. Poucas sardas nas faces. Olhos grandes e cinzentos. Aparentemente, nenhum grama de gordura no corpo. No pescoço, um cordão cujo pingente se escondia na blusa. Hauck achou que era uma placa de identificação militar. Havia algo nela – a objetividade, a inteligência – que ele simplesmente não conseguia deixar de achar atraente.

A garçonete aproximou-se. Naomi pediu sopa de *tortilla* e chá gelado; Hauck, *enchilada* de frango e coca *diet*. Quando a garçonete se afastou, ele apoiou as costas no recosto de madeira da cabine.

– E aí, o que vocês descobriram?

– As digitais que você forneceu retornaram do laboratório. Rastreadas pela Interpol – Naomi puxou uma pasta e pôs duas fotos na mesa. – Você tinha razão – disse, com um brilho de alegria nos olhos. – Ele é sérvio.

Dois grandes retratos em preto e branco, tirados pela polícia. Thibault, talvez uns dez anos mais novo, o cabelo escuro e ondulado bem aparado, ao estilo militar. O rosto menos carnudo e mais faminto. Escura intensidade no olhar taciturno.

O nome sob a foto não era Thibault, mas sim Franko Kostavic.

E havia um número embaixo: K43750. Código de detento. E uma data: 23 de agosto de 1999.

– Kostavic? – indagou Hauck, perscrutando a foto. Semelhança inconfundível. – São fotos do livro de criminosos?

– Da OTAN – assentiu Naomi. – Viu a data? Ele foi major do Exército sérvio na guerra do Kosovo. Pertencia à Brigada Escorpião. Ao que parece, Thibault, ou melhor, *Kostavic* – corrigiu-se Naomi – foi preso após a guerra tentando escapar pela fronteira italiana.

– Escapar de quê?

Naomi pôs outro papel na frente dele. Um relatório.

– A Brigada Escorpião era uma facção paramilitar secreta do Exército sérvio com carta branca para agir durante a guerra. Foi responsável por algumas das mais brutais atrocidades genocidas.

– Atrocidades? – Hauck examinou o relatório. Thibault vangloriava-se de ter combatido na guerra. Como ele alegava ser holandês, todos imaginaram que ele fizera parte do contingente da OTAN por lá. Richard Snell fizera uma pesquisa, mas o nome dele não aparecia nos registros. Agora Hauck sabia o motivo. Decididamente o passado secreto de Dani Thibault não cheirava bem.

– Sim – assentiu Naomi.

Trouxeram as bebidas, e ela mostrou uma nova série de fotos. Hauck deparou-se com imagens totalmente repugnantes. Um comprido labirinto de cadáveres espalhados numa ravina profunda. Dezenas. Mais do que dezenas. Também havia a fotocópia de um relatório da Comissão de Crimes de Guerra das Nações Unidas.

– Franko Kostavic foi detido pelo novo governo sérvio em decorrência da atuação dele nos acontecimentos da noite de quatro de agosto, na aldeia de Donje Velke, em Kosovo. Sessenta e sete aldeões, na maioria mulheres e crianças, foram massacrados num cerco sérvio.

Hauck sentiu os lábios secarem. Fitou as fotos horrendas. Corpos crivados de balas, trajando roupas de dormir ou vestimentas típicas, jaziam numa fila aparentemente infindável no meio de um desfiladeiro. Pessoas idosas. Crianças. Por mais dolorosa que fosse a cena, era difícil desviar o olhar dos mortos. Uma das coisas mais tristes que já vira.

– Donje Velke fica no vale Drenica – explicou Naomi –, foco da resistência cossovar. Em quatro de agosto, as forças sérvias invadiram a aldeia após a meia-noite. A Brigada Escorpião, grupo militar não monitorado, supostamente recebia ordens diretas de Milosevic. Era composta de violentos assassinos e malfeitores e comandada por fanáticos que cometiam os atos mais brutais em nome da limpeza étnica. Pelo que fiquei sabendo, a aldeia, com maioria étnica albanesa, foi surpreendida em pleno sono. Os homens invadiram todas as casas. Em uniformes ou à paisana. Centraram-se em mulheres e crianças. Algumas foram estupradas e baleadas na cabeça ali mesmo. Os demais foram obrigados a caminhar pela trilha até serem encurralados no desfiladeiro. Metralhados. As tropas obrigaram os aldeões sobreviventes a tapar a ravina com terra. Soda cáustica foi espargida por cima. Devido ao isolamento da aldeia, durante anos, correu o boato de que o episódio sequer havia acontecido. Como você deve saber, aconteceram muitas dessas atrocidades. Os aldeões alegaram que temiam novas represálias. Depois da guerra, a OTAN envolveu-se e também a Comissão de Crimes de Guerra da ONU. Enfim as pessoas testemunharam.

Hauck ergueu o olhar das fotos medonhas. O sangue dele fervia.

– *Thibault*?

Naomi fez que sim com a cabeça.

– Nunca ficou provado, é claro. Ele nunca foi a julgamento. É certo que foi a unidade dele, o sexto regimento, que realizou o ataque. De acordo com os depoimentos oficiais da ONU, ele se vangloriou por liderar o cerco, com vários outros. Testemunhas mencionaram um dos líderes do ataque cuja descrição combina. Ele foi detido por isso. No pós-guerra, com as emoções ainda confusas de ambos os lados e a corrupção correndo solta, ele fugiu da cadeia local em Split, onde estava preso. Isso foi em 1999 – Naomi recolheu as fotos. – Café pequeno – disse ela, encolhendo os ombros. – Um de centenas. Conforme o Conselho de Crimes de Guerra em Hague, não foi mais visto desde então.

– Até ser visto aqui, nos Estados Unidos – completou Hauck –, usando o nome de outra pessoa.

– Conferi com a Interpol – assentiu Naomi. – Dieter Thibault nasceu em Roterdã, na Holanda, em 1964. Cursou a Universidade de Roterdã e emigrou para a Bélgica, onde trabalhou como gerente de contabilidade do NazionsBank, em Anderlecht, nas imediações de Bruxelas. Em 2000, ele desapareceu numa viagem de negócios à França e nunca mais foi encontrado.

Hauck recordou o arquivo que havia fornecido a Naomi e as informações obtidas com Snell.

– Mas não muito tempo depois, embora tenha passado despercebido, apareceu um Dieter Thibault empregado no RezionsBank de Bruxelas. E depois no KronenBank de Lichtenstein, onde atuou como gerente de investimentos sênior...

Hauck folheou o dossiê. Sentiu um imenso nó na garganta. Thibault não valia nada. Aparentemente, supervisionara o extermínio de dezenas de inocentes. Nem se discutia como o verdadeiro Dieter Thibault sumira. Hauck levantou os olhos e nivelou-os com os de Naomi. Notou neles a mesma cintilação que sentia no próprio olhar. Aquilo ofuscava completamente os dois *traders* mortos. Ofuscava completamente April.

Eles tinham de pôr as mãos naquele sujeito.

48

A comida chegou, mas nenhum dos dois estava com muita fome.

– Ele contou a Merrill que participou da guerra do Kosovo – comentou Hauck. – Alegava ter dupla nacionalidade (belga e holandesa). Por isso, pensamos em investigar apenas nas forças da OTAN.

Naomi assentiu.

– E, desde então, esconde-se do radar. Dez anos. Bem à vista de todos. Construindo uma vida nova. Não era um caso tão importante para que todos estivessem atrás dele. Puxa vida, ele aparecia estampado nas colunas de fofoca europeias, para lá e para cá com primas da princesa Beatriz da Bélgica. Mas Donje Velke só foi um de muitos incidentes semelhantes naquela guerra. Ele nunca chegou a ser uma prioridade na lista da ONU. Café pequeno. E ia continuar despercebido se...

– Se Merrill Simons não tivesse pedido ao Talon para investigá-lo – disse Hauck, completando o pensamento dela.

Naomi assentiu com um sorriso.

– Ou até que algum magistrado em Hague que, casualmente tivesse fetiche pelo círculo festeiro da família real belga, enfim o desmascarasse. Ainda assim, ele está quase irreconhecível e tem nova identidade.

Uma explosão de raiva começou a queimar no peito de Hauck. Desde o começo, os instintos de Merrill Simons acertaram em cheio.

Dani nunca foi quem alegava ser, nem o financista independente, nem o namorado atencioso. Mas nem por um segundo ela suspeitaria de algo assim. Pensou nela e sentiu uma onda de tristeza.

– Agora você tem um motivo para apanhá-lo – disse Hauck, largando o relatório da ONU na frente dela. – Deve existir um mandado de prisão da Interpol em vigor contra ele?

– Existe – falou Naomi. Ela se inclinou à frente e o mirou com firmeza. – Mas, em meio a tudo o que está acontecendo, o pessoal para quem eu trabalho não está realmente interessado em ajudar uma comissão burocrática de crimes de guerra lá em Hague. Consegue entender isso, não é? O urgente *hoje* – ela tocou com a unha na foto de Dani – é descobrir o papel de Thibault nas mortes de Marc Glassman e James Donovan e, ainda mais importante, aonde isso nos leva. Mais tarde, podemos entregá-lo às Nações Unidas para que ele responda pelos seus crimes.

– Nesse caso, mande prendê-lo – deu de ombros Hauck. – Você tem motivos suficientes. Não existe nada a impedindo agora.

– Existe, sim – Naomi fitou-o diretamente. – Só uma coisa...

Súbito, Hauck começou a perguntar-se o porquê daquele encontro. O porquê de ela compartilhar tudo isso com ele.

– Thibault desapareceu.

– Desapareceu!

Naomi fez que sim com a cabeça.

– Ele se escondeu em algum lugar secreto. Estávamos vigiando-o, mas não muito de perto... Até conseguir algo mais concreto. Anteontem ele foi ao escritório trabalhar. E os agentes que o seguiam não o avistaram de novo depois disso.

– Alguém não pode simplesmente sumir do mapa!

– Foi exatamente o que ele fez. Não apareceu mais. Conforme a secretária dele, Thibault avisou que faria uma viagem de última hora e voltaria em alguns dias. Até o momento, não ligou para ela. Providenciamos um mandado de busca e apreensão e confiscamos seu computador. Encontramos um cofre na parede do escritório. Vazio. Achamos que ele talvez guardasse passaportes alternativos ali.

– Ele sabia que vocês o estavam investigando – concluiu Hauck, conectando todas as informações. – E fugiu.

– Os agentes responsáveis por vigiá-lo alegam que não havia maneira de ele escapar. Se ele fugiu, não foi com o nome de Thibault. Não sei se alguém o alertou, mas não existe registro da saída de Thibault do país. Mas existe – Naomi pegou algo na pasta e espalhou na mesa uma nova série de fotos em preto e branco – *isto*.

As fotos mostravam um homem de barba com jaqueta de couro preta e boné de beisebol tapando os olhos cruzando a triagem de segurança de um aeroporto.

– Aeroporto Internacional de Newark, última terça-feira à noite. O mesmo dia em que ele desapareceu. Pode ser ele. Interrogamos vários controladores de embarque que recordam ter visto alguém parecido subindo a bordo de um voo da Air France com destino a Paris.

Hauck olhou a foto com cuidado. Sentiu um soco na boca do estômago.

– É ele.

– Como tem certeza?

– É a mesma sacola de couro que ele carregava na noite em que eu o segui até o restaurante e consegui o DNA no copo. – Devolveu as fotos a Naomi e encolheu os ombros. – É ele.

– Olhe, até a gente saber ao certo o que diabos está acontecendo... Tudo isso, Thibault, Kostavic, seja lá o que ele fez, não conte a ninguém, entende? – Bateu com a unha na mesa e roçou-a na mão dele. – Em especial para outros órgãos de investigação do governo. E, inclusive, para Merrill Simons. Isso fica bem claro, certo?

Hauck fitou os olhos redondos e cinzentos de Naomi.

– Claríssimo.

Há um bom tempo, ele já sabia que isso teria consequências. Logo que duvidou pela primeira vez do Grupo Talon. Quando pressionou Naomi para que ela o deixasse ajudar nas investigações. Talvez desde o dia em que viu o rosto de April Glassman naquela tevê.

– Acredita que Thibault recrutou esses *traders*, não é? Para pisar na bola, digamos assim. Para afundar suas empresas.

– Tudo se encaixa. – O olhar da agente do Tesouro brilhou com a costumeira intensidade. – Os dois estavam acostumados a ganhar milhões; os dois recebiam polpudos prêmios na forma de ações das próprias empresas e tomavam muito dinheiro emprestado em troca dessas ações, com o objetivo de sustentar o estilo de vida que ia por água abaixo. Os dois tinham chamadas de margem contra eles poucos dias à frente.

– Mas cadê o rastreamento da grana? Se Thibault os subornou, tinha de ser um valor alto.

– Foi um valor alto – sorriu ela. – Depende, é claro, da sua definição de valor alto. – Ela enfiou a mão na pasta e, desta vez, puxou a fotocópia de um bilhete manuscrito. No timbre do papel de carta lia-se *James Donovan*. Escorregou o papel sobre a mesa na direção de Hauck. – Leslie Donovan procurou-me. Poucos dias depois de você falar com ela. Alegou não saber o que fazer com isto. Não tinha ideia do que significava, apenas que o marido parecia envolvido em algo que ela não sabia explicar. Falou que você tinha perguntado se no fundo ela acreditava que o marido tinha cometido suicídio...

Hauck leu o bilhete em caligrafia estranha e aflita.

Les, meu amor, pedi a Bill lhe entregar isto no caso de algo acontecer comigo e eu não estar mais aqui. Não estar ao lado de você e de Zach é a coisa mais dolorosa que posso imaginar. Não vê-lo se transformar na pessoa que eu sei que ele se tornará. Escute: dei um jeito de separar um dinheiro. Dinheiro que pode ajudar a tomar conta de vocês, caso eu não esteja por perto. Está numa conta que ninguém mais sabe, no Caribe Sun Trust, na ilha Grande das Ilhas Cayman. O número da conta é 4345672209. É uma conta conjunta em nosso nome. Você deve se lembrar, eu pedi para você assinar aquela vez. O código PIN é Zachy. (Meio sentimental, eu sei muito bem!) A sua assinatura está na ficha.

Seja lá o que você faça, esse dinheiro não deve ser explicado, e em hipótese alguma deve ser trazido de volta a nosso país. Não posso entrar em detalhes, apenas dizer que isso revela o quanto eu amo vocês. Espero que você nunca leia esta carta, mas, se você a ler, não conte a ninguém. Não sinto orgulho por isso, mas é para proteger vocês quando eu não estiver mais por perto.

A carta continuava falando sobre o amor dele e terminava assinada por *Jim*.

Hauck baixou a carta na mesa.

– Então qual a sua definição de valor alto?

Naomi deslizou outra fotocópia na mesa. Desta vez, um extrato do Caribe Sun Trust.

Hauck perscrutou a lista de depósitos até chegar ao fim. O saldo na conta totalizava mais de oito milhões de dólares.

Hauck deixou escapar um assobio.

– Nada mal...

– Provavelmente era apenas um pagamento inicial. Este cara andava na corda bamba sobre o abismo financeiro. Um cara com apartamento de seis mil por mês em Nova York e duas casas de aluguel que consumiam o empréstimo por conta das ações, que no curto prazo não tinham perspectiva de se recuperar. Um cara cujo fluxo de ganhos futuros era incerto. Por que eu não me surpreenderia se encontrasse uma conta semelhante se investigarmos Marc Glassman?

Hauck assentiu. Sem dúvida acreditava na hipótese.

– Mas você acha que existia uma conspiração total nessa história. Tem mais coisa?

Naomi fitou-o.

– Sim. Tem mais. Mas agora estamos tocando num assunto que alguém como eu não deveria estar conversando com alguém como você. Entende?

Ele concordou com a cabeça.

– Entendo.

Contou a ele sobre a ligação interceptada de Hassan ibn Hassani a Marty al-Bashir em Londres. A repentina guinada de um dos maiores fundos de investimentos do mundo, que, logo no dia seguinte, já desencadeou a queda dos mercados financeiros, somando-se ao caos hipotecário, ao receio da falência das mega-agências Fannie e Freddie, ao mundo se aproximando lentamente do abismo.

Glassman e Donovan só tinham dado o invisível e derradeiro empurrãozinho.

– Alguém estava molhando a mão deles. Alguém os manipulou para pôr as coisas em ação. Quando investigarmos a fundo as contas de Thibault, quer arriscar um palpite sobre a origem desse fluxo todo de dinheiro?

Era imenso. Se o ataque era mesmo organizado e planejado, era terrorismo. Pensou consigo: *pobre April*... Como ela poderia adivinhar as forças por trás do que aconteceu? A família dela não teve a mínima chance.

– Mas por que eu? – indagou Hauck por fim.

– Até que saibamos mais, meu pessoal ainda não quer um serviço interagências neste caso. Se algo disso vazar, é o tipo de coisa que tumultuaria ainda mais os mercados. E, além do mais – o olhar da agente suavizou-se e pela primeira vez ela não tentou conter o sorriso –, você parecia ansioso para participar.

Hauck correspondeu ao sorriso.

– Imagino que sim, não é? Olhe, meu plano de previdência 401(k) foi para o brejo como o de todo mundo, agente Blum, mas para mim esse caso não tem a ver com os mercados. Não tem a ver com a falência da Wertheimer Grant. Esse pessoal tinha culpa no cartório. Mas pessoas inocentes foram mortas para esconder o que sabiam. Uma delas era minha amiga.

– Entendo – assentiu a agente da Fazenda.

– Além do mais – ele deu de ombros –, volta e meia deparo-me com uma conspiração bem urdida em meu caminho...

Ela fez que sim com a cabeça, satisfeita.

– Já fiquei sabendo.

– A primeira coisa a fazer é localizar Thibault... *Kostavic* – frisou Hauck, corrigindo-se. Os dois entreolharam-se.

– Meu pessoal está tentando rastreá-lo em Paris.

– E até agora tiveram sorte?

– Por enquanto, não – ela balançou a cabeça. – É um vasto mundo.

– Sem dúvida... – Hauck lembrou-se de um fato acontecido semanas atrás. – Mas você está com sorte: acho que sei onde ele está.

49

A parte mais fácil foi conseguir uns dias de folga na empresa.

Ele fez por merecer. Foley inclusive sugeriu isso. Sem falar que, há poucos dias, fechara um bom negócio e conquistara um polpudo cliente.

A parte mais difícil foi administrar o que estava prestes a fazer com Annie.

Não contar a ela a verdade por trás de suas motivações. A razão de o filho dela ter sido atacado. Sobre onde estava prestes a ir e por quê.

Já devia ter contado tudo, não devia? Se fosse honesto.

Desde o começo.

Na escuridão do deque, Hauck sentou-se com uma cerveja, mirando o canal. Acompanhou as luzes bruxuleantes dos aviões pousando no LaGuardia na outra margem. Apoiou os mocassins na grade.

Viu-se numa daquelas encruzilhadas em que se é obrigado a tomar uma decisão. De qual lado você está. Por quem você luta.

Quem você decepciona.

April merecia o sacrifício, não merecia? Recordou da última vez que a vira e da alegria no rosto dela. *Este é o Evan, Ty...*

Súbito, o vento mudou de direção e a encruzilhada dissipou-se. Sabia o motivo de fazer aquilo. Por que colocava tudo em risco. O emprego. Tudo com que já estava acostumado.

Annie.

Sabia o motivo e, se fosse honesto consigo, podia contar agora. Nem tudo estava enterrado no passado.

***

Era a sua última vez ali – no grupo. O Dr. Rose dera-lhe o OK para deixar de comparecer. A obrigação com o departamento estava cumprida. Durante semanas, ele se sentira inquieto e claustrofóbico. Pronto para partir para outra. Passou a aceitar que coisas simples aconteceram. Fatos fora de seu controle. Um instante de descuido em que o destino interveio.

– Enviei meu currículo a algumas empresas – contou ele ao doutor ao cabo da última sessão. – Um, para uma cidade lá nos arredores de Boston, onde minha irmã mora. Outro, à Pensilvânia. E até mesmo um para Greenwich.

Com ar satisfeito, o Dr. Rose disse:

– No grupo você comentou que ainda se culpava um pouco. Pelo que aconteceu...

Hauck meneou a cabeça e sorriu.

– Acho que sempre vou me culpar um pouco; só penso que posso fazê-lo recebendo um salário.

Sentiu-se aborrecido por April não estar lá. Os dois tinham criado uma intimidade ao longo das últimas semanas. As conversas que tiveram... Ele sentiria falta dela. E ficou perguntando-se: quando eles se encontrassem de novo, noutro local e noutra época, voltaria a ser como antes? A vida iria interferir. Sempre era assim. Desejou dizer a ela que seriam amigos para sempre.

Foi para casa de metrô e pegou uma refeição pronta na *delicatessen* italiana da quadra onde morava. Subiu as escadas.

Lá pelas oito da noite, assistia a um jogo quando o celular tocou.

April. A voz meio pastosa.

– Ty...

– Caramba, você me deixou a ver navios – falou ele, fingindo estar magoado, não percebendo completamente na hora. – Eu queria me despedir.

– Eu não avisei na escola de Becca – respondeu ela com tom embriagado. – Desculpe, Ty. Segunda-feira eles não vão saber...

As palavras dela saíam enroladas, e os pensamentos, aleatórios e confusos. Sentiu um alarme soar dentro de si. Logo se lembrou das marcas no braço dela.

– Saber o quê? April, está tudo bem contigo?

– Sim, está tudo bem comigo, Ty, eu lhe contei, não contei... Você estava só de passagem...

Ele teve um sobressalto.

– April, escute-me, o que foi que você fez? Sua voz não está boa. Tomou alguma coisa?

– Só para conseguir dormir, Ty... Eu tinha mesmo que dormir. E desculpe-me não ter ido para me despedir...

– Cadê o Marc? – Sentiu o coração palpitar em alerta. – Cadê seu marido, April? Cadê Becca?

– Ele está viajando, Ty... Sempre viajando. Em Hong Kong. Becca está na casa de uma amiga... – A voz dela começou a sumir.

– Onde você está, April? Onde você está agora?

– Em nossa casa. Em Nova York. Desculpe, Ty... Sabe de uma coisa? Eu queria muito estar aí por você... Eu...

Ele sabia o endereço. Na East Sixty-fourth Street. Uma vez, após conversarem, ele a levara até em casa.

– Aguente firme, April! Estou indo aí. Você me ouviu, April? Preciso que você fique acordada. Aguente firme. Eu já estou chegando!

Com a linha fixa discou 911. Relatou um possível suicídio em andamento. Deu o endereço. O nome dela. Pelo celular, tentou mantê-la na linha. Alerta. A voz dela ficava cada vez mais pastosa. A situação parecia crítica.

Correu escadaria abaixo e entrou no Bronco, sempre falando com ela. Ele tinha uma sirene giratória do tempo que estava na polícia e acoplou no teto do veículo.

Com as luzes piscando, acelerou pela rodovia Van Wyck, pegou a autoestrada de Long Island, enveredou no Queens Boulevard e na ponte Queensboro. Continuou incentivando-a a aguentar firme, a ficar acordada. Sentiu que a perderia.

A certa altura, a voz de April parou.

– April!

Ao sair da ponte, deu uma guinada na Sixtieth Street, o coração batendo a mil. Um minuto depois, chegou ao destino.

Estacionadas defronte ao prédio, uma ambulância e uma viatura policial com sirenes acesas. Hauck deu uma travada brusca e parou atrás dos outros veículos. Conseguiu autorização para subir mostrando a um dos guardas a antiga identidade policial. Quando chegou lá, a equipe já estava com April na maca, recebendo soro na veia e oxigênio. Os olhos dela estavam revirados, as pupilas pequenas. Ele se ajoelhou, pegou a mão dela e apertou.

– Estou aqui, April. Estou aqui...

Um bruxuleio de vida reluziu nos olhos dela.

Ela murmurou:

– Ty... Sinto muito, Ty. Sinto muito por não ter ido lá me despedir. Seu grande dia... Eu apenas não queria me sentir tão só. Não mais.

– Você não está só, April. – Disseram que precisavam levá-la agora. Sua pulsação estava fraca e eles já tinham avisado o hospital. Ele segurou a mão dela, e eles empurravam a maca com rodinhas até o elevador. – Não mais.

Ele ficou na UTI enquanto ela dormia, até o amanhecer. Os médicos disseram que ela se recuperaria. Mas se tivessem chegado quinze minutos mais tarde... Ela havia ingerido uma mistura de sete Sonestas com relaxantes musculares.

Quando enfim ela abriu os olhos, ele estava lá.

Ela virou o rosto e abriu um sorriso brumoso.

– Tinha de ser você, não é, Ty...

– Eu avisei, não avisei, que não estava só de passagem.

– Não, talvez não. – Seus olhos faiscaram, recuperando o verde. Então desviou o olhar. – Sou uma mãe horrível, Ty. Marc quer mais. Eu simplesmente...

– Não. – Ele se aproximou. – Você não é uma mãe horrível. Nem eu fui um pai horrível. Liguei para seu marido. Achei o número dele no seu celular. Ele já está voltando.

Ela fechou os olhos, as lágrimas escorrendo pelas faces, meneando a cabeça.

– Estou tão envergonhada...

– Não fique... – disse Hauck, com uma piscadinha. – Você se lembra do que eles dizem sobre a loucura...

Ela assentiu com as mãos sobre o rosto. Uma lágrima caiu no lençol.

– Eu sei – ela o fitou. – Eu gostaria que...

Ele sabia o que ela queria dizer. O que, talvez, passasse pela cabeça dos dois. Eu queria que fosse você. Por que não você? E, de certo modo, ele também sentia aquilo. Mas as coisas simplesmente não tinham evoluído dessa maneira.

Ela sorriu, fungando para conter as lágrimas.

– O que você falou? Quando ligou para ele... Sobre quem você é.

– Eu só falei que era um amigo.

Ela sorriu e levantou o olhar. Telas monitoravam seus sinais vitais, soro bombeava vida novamente em sua veia. Pareceu reconfontar-se ao ouvir a palavra "amigo".

– Você é, Ty – assentiu ela. – Você é.

Conversaram uma ou duas vezes após receber alta e durante o processo de melhora.

E só voltaram a se encontrar quatro anos depois.

***

Viu só, você estava errada. Hauck sorriu, fitando as águas do canal. *Sempre esteve errada. Eu não estava só de passagem.*

Pegou o celular e rolou a tela até encontrar o número conhecido que procurava. Apertou *Chamar* e esperou a ligação completar-se.

Annie atendeu no terceiro toque.

– E aí.

– E aí, garota – disse ele. – Muito ocupada?

– Até o pescoço. Manuel está de licença médica. Estou segurando as pontas e me virando com as sobremesas também. Não posso falar agora, sabe. Tudo bem?

– Sim. – Ele se levantou e apoiou na grade. O avião que acompanhava tinha sumido. – Eu só queria que você soubesse que surgiu um contratempo. Vou ter que viajar por uns dias.

PARTE TRÊS

50

O aeroporto internacional de Belgrado, na Sérvia, lembrava outro moderno terminal europeu qualquer – vidros em curva e painéis de voos digitais. Hauck mal cochilou durante o voo, a ansiedade fora de controle.

Dissera ao pessoal do Talon que precisava tirar uns dias de folga, e isso caiu justo na semana do Memorial Day, o feriado de cinco de maio. Assim, não precisou revelar a ninguém sobre suas atividades. Só contou a Annie que ia ficar uns dias viajando. Ao que ela só indagou, com certo desamparo: *Afinal, onde você andou se metendo, Ty?*

Thibault escapara via Paris. Hauck tinha plena certeza do lugar que escolheria se precisasse sumir do mapa, mesclar-se à paisagem e tornar-se invisível para o mundo exterior jamais o localizar.

Richard Snell rastreara transferências eletrônicas mensais da conta de Thibault no RBS do Reino Unido para uma agência do AstraBanca na cidade de Novi Pazar, ao sul da Sérvia. O nome da beneficiária: Maria Radisovic. Esse devia ser o sobrenome de Thibault, calculou Hauck, e o nome da irmã ou da mãe. Parecia certo que ninguém o condenaria na cidade onde ele nascera na Sérvia pelos atos cometidos na guerra. Teria a proteção da família. Poderia sumir de vista em meio a suas raízes.

Durante o voo, Naomi explicou o quanto a situação estava complicada e sensível. Ele não teve como deixar de notar o quanto ela ficava bonita sem as roupas executivas e de jeans justinho, camiseta branca e suéter lilás, meio folgado. Ela explicou que até mesmo se conseguissem localizar Thibault, a última coisa que o governo queria era se envolver com a polícia sérvia ou com a BIA, a agência de segurança e inteligência do país. Em primeiro lugar, não havia acordo de extradição entre as duas nações. Houve o caso daquele jogador de basquete que atacara um colega de faculdade nos EUA. Foi uma longa batalha jurídica para trazê-lo de volta aos Estados Unidos e levá-lo a julgamento. Se um embate jurídico semelhante acontecesse envolvendo um participante das atrocidades da guerra do Kosovo, o caso seria estampado nas manchetes de todo o mundo. O governo sérvio jamais cederia. A imprensa de lá enlouqueceria se eles deixassem um suspeito de crime de guerra ser enviado de volta aos EUA por um crime menor. A equipe de Naomi perderia toda influência sobre ele.

O plano, conforme ela explicou, consistia apenas em ver se conseguiam localizá-lo. Então a etapa seguinte seria determinada. Talvez tentassem negociar com ele. Convencê-lo com a ameaça de entregá-lo ao governo sérvio para ser processado pelos crimes de guerra.

E também havia sempre uma opção extra, sobre a qual Naomi não parecia inclinada a conversar. Aquela ação pertencia ao governo estadunidense. Havia muita coisa em jogo. A situação era encarada como assunto da Segurança Antiterrorismo. Thibault era um elemento vital e prioritário. Existiam profissionais capazes de entrar em ação no local – para interrogá-lo ou retirá-lo do país sub-repticiamente.

Mas o primeiro passo era ver se ele estava mesmo lá.

Após o pouso, os dois passaram pela imigração com visto diplomático. Ambos registraram suas armas de fogo. Hauck não escondeu a surpresa pelo fato de Naomi ter uma pistola. Pegaram suas malas e alugaram um sedã médio Ford a diesel. Eles se informaram sobre como acessar a rodovia ao centro-sul, a E75; digitaram o endereço do hotel (Vrbak em Novi Pazar) no GPS; e deixaram para trás as áreas industriais que circundavam a cidade, penetrando na vasta paisagem rural bálcã, de colinas verdejantes e vilarejos rústicos, ao longo de três horas de viagem.

Hauck pegou o volante, a empolgação combatendo a descompensação horária do voo. Rezou para que seus instintos estivessem certos e para que não desse com os burros n'água, arrastando a si e a Naomi a uma busca insensata. Mas a agente (com o aval da chefia) concordou que valia a pena correr o risco. Ao longo do caminho, foram se conhecendo um pouquinho. "Hauck" e "agente Blum" transformaram-se em "Ty" e "Naomi". Ela contou a ele sobre seus primeiros passos na Fazenda. Os estudos de Música em Princeton.

– Teoria da música – explicou Naomi, notando a surpresa dele, mas logo prosseguindo para não aborrecê-lo. – Coisas acadêmicas.

Contou sobre como o irmão, após o Onze de Setembro, tinha abandonado a faculdade e se alistado. E como, mais tarde, ele sofreu o acidente no treinamento em que teve as duas pernas amputadas. Contou que ela se sentiu compelida a seguir os passos do irmão. Como acabou escalada no grupamento investigativo, lidando com os incidentes da praça Nisoor e do massacre de Haditha, que acabaram acobertados pelo Exército. Tentando espantar o sono, ela se relembrou da emboscada sofrida pelo comboio em que estava e da criança à beira da estrada atingida por um estilhaço do dispositivo explosivo artesanal. De como ela, em meio ao fogo cerrado das metralhadoras portáteis, tinha rastejado até o garoto e o mantido vivo com um respirador improvisado com um saco enquanto os médicos atendiam os soldados feridos. Recordou-se de como o fogo incessante zunia em cima deles e da iminência de ser atingida.

– Só fiquei lá soprando e soprando ar no peito do garoto, com o mundo caindo em cima de mim, até que enfim chegaram os reforços, daí eu parei e fiquei lá sentada na estrada poeirenta, coberta com o sangue do menino. Percebi que ele tinha morrido. Chamava-se Ahmed. Vestia uma camiseta do Michael Jackson. – Naomi deu de ombros. – Nem sei por que estou contando isso a você.

– Você fez o que pôde – respondeu Hauck, observando-a desviar os olhos para a janela. – Fez um ato corajoso. Não pode exigir mais de si.

– Não – disse ela, balançando a cabeça. – Mas não quero mais me envolver em encobrimentos, Ty; você entende isso. A gente sempre consegue fazer mais. – E, de repente, mudou de assunto: – Quanto tempo de viagem você acha que temos pela frente? Mais umas duas horas?

Sessenta quilômetros ao sul, eles guinaram rumo ao oeste, pegando estradinhas menores, atravessando íngremes vales montanhosos e declivosas cidadezinhas seculares. Telhados sempre vermelhos seguindo o relevo; antigas igrejas com inscrições ortodoxas sérvias nas paredes de pedra; jovens pilotando bicicletas motorizadas, abrindo caminho entre cabras; vacas tangidas por velhos aldeões de chapéu. A maioria das placas locais era escrita em sérvio, mas Hauck reconheceu uma "taverna" junto a um posto da Jugopetrol, pelos símbolos da cerveja Jemel e da Pepsi.

Lá pelas três da tarde, os dois enfim chegaram aos arredores de Novi Pazar. Grande centro comercial, com prédios de telhas vermelhas e residências de estuque branco, aninhado no fundo de um vale verde e onduloso. Flores primaveris acabavam de desabrochar. A cidade espraiava-se nos dois lados do estreito rio Raska. Hauck embrenhou-se na urbe rumo ao centro, seguindo as instruções do GPS em meio a apertados bulevares apinhados de lojas modernas e marcas ocidentais. Eles se hospedariam no Vrbak, hotel opaco de quatro andares, construído em um estilo que mesclava o exótico com o industrial, provavelmente o melhor da cidade. Espalhava-se pelas duas margens das rápidas águas do rio.

À tardinha chegaram ao hotel e instalaram-se em dois quartos contíguos no quarto andar. Muito tarde para agir. Hauck perguntou se ela queria jantar mais tarde.

Naomi não tinha certeza se estava disposta.

– Acho que vou ficar no quarto e fazer algumas ligações, se você não se importar.

– Claro, sem problemas.

Entrou no quarto. Decoração moderna anos 1960, de estilo espartano e minimalista. Cama canapé em madeira de teca, edredom de plumas, mesa e cadeira de teca para combinar. Arte local opaca nas paredes.

Dirigiu-se à janela e abriu a cortina. Telhados vermelhos espalhavam-se pela cidade. Ao longe, verdejantes colinas onduladas. Tudo exótico e amistoso, mas há quinze anos, naquela cidade próxima à fronteira do Kosovo, as tensões entre sérvios e muçulmanos chegavam ao ápice.

Todas as famílias deviam ter um Dani Thibault em seu seio. E fariam de tudo para protegê-lo.

Mirou as colinas no lusco-fusco cinza. Sentiu-se energizado, muito aceso para descansar. Talvez desse uma caminhada e tentasse localizar o AstraBanca, que ficava perto do centro. Ou encontrar o endereço que tinham de Maria Radisovic.

O sangue pulsava de ansiedade, como o rio que corria lá embaixo.

Seu âmago foi invadido por uma sensação que ele reconheceu como um rosto familiar. Algo que há meses não sentia.

A sensação de estar *vivo.*

51

No dia seguinte, Hauck tomava café por volta das sete horas no salão que se projetava sobre o rio quando Naomi apareceu suada, numa regata justa e calça *legging* preta para corrida.

– E aí – Hauck puxou uma cadeira para ela. – Bati na sua porta.

– Bom dia – saudou Naomi, sentando-se. – Eu estava acordada. Saí cedinho para fazer uma corrida.

– Dormiu bem?

– Um pouco inquieta – admitiu, ao desfazer o pequeno rabo de cavalo. – Fiquei até altas horas trabalhando. – Tirou um mapa citadino da pochete e desdobrou-o. – Conferi a rua central. Onde fica o AstraBanca. Depois fiquei pilhada. Pensei comigo mesma, que diabos. Continuei a corrida até a rua Zinak.

A rua de Maria Radisovic.

– Pequeno condomínio com pátio interno. Um açougue do outro lado da rua.

Naomi arregalou os olhos.

Hauck sorriu.

– Fiz o mesmo trajeto ontem à noite. Uma boa distância – assentiu admirado. – Uns sete quilômetros.

– Estou acostumada a correr dez – retorquiu Naomi de modo defensivo, como quem tenta não ser superada.

Hauck notou o quanto ela ficava bonita na regata cinza azulada Under Armour. Percebeu uma pequena tatuagem no ombro direito. Espada atravessada por um relâmpago. Embaixo, a inicial "J".

O emblema do grupamento do irmão dela – as Forças Especiais Paraquedistas.

Teoria da música... Hauck riu com seus botões. *Quem vê nem imagina o quanto esta garota é durona.*

– Vamos lá, coma alguma coisa – falou, incentivando-a. – Temos um longo dia pela frente. Por minha conta.

– Oferta aceita – sorriu Naomi, largando uma pasta alaranjada na toalha da mesa.

A garçonete aproximou-se, e Naomi pediu iogurte e cereal.

– Imprimi e-mails que recebi durante a noite. Quer dar uma olhada?

Hauck assentiu.

– Claro.

– Uma equipe tenta rastrear o histórico do dinheiro que entra e sai das contas bancárias de Thibault. Os depósitos na conta de James Donovan nas Ilhas Cayman vieram da VRV, empresa de fundos de desenvolvimento. Envolveu a compra de uma propriedade que Donovan tinha adquirido apenas trinta dias antes na ilha de Antígua. Três semanas depois, ele transferiu o imóvel para a VRV, por um valor cinco vezes maior.

– Lucro razoável – comentou Hauck cinicamente.

– Pois é. Acontece que a VRV é uma empresa de fachada com sede nas Bahamas. Uma hora atrás, fizemos uma batida. Os diretores são um grupo de funcionários, advogados e autoridades locais, muito bem instruídos para blindar as atividades da empresa. E impedir que alguém descubra quem controla os fundos.

Hauck já tivera certa experiência com esse tipo de subterfúgio quando tentava rastrear o fluxo de dinheiro no caso do atentado a bomba no Grand Central.

– Mas o governo de Antígua está cooperando. A nova tendência mundo afora é a transparência bancária. – Ela pinçou outra folha. Um documento corporativo. Papel com o timbre da VRV. – Este é um dos documentos da incorporação. Uma procuração. Outorgada em nome de Edwin Cahill, ilustre advogado local. Dá só uma olhada no outorgante...

Hauck pegou o documento. Embaixo, uma assinatura meio rabiscada. Mas, nitidamente, lia-se *Dieter Thibault*.

– Então foi assim que ele fez o pagamento a Donovan.

Os olhos de Naomi brilharam em sinal de confirmação.

– Algo me diz que vamos descobrir um modelo semelhante quando investigarmos os negócios de Marc Glassman. Mas agora não temos tempo.

– Mas como vamos descobrir de onde vieram os oito milhões?

– Aqui está uma pista. – Ela pousou nova fotocópia na mesa. – Conforme o Caribe Sun Trust, veio por transferência eletrônica do Bank of Nova Scotia no Canadá. De uma empresa chamada Crescent Bay, uma *holding* de ativos imobiliários que investe em *resorts* luxuosos. Sabe como funcionam essas franquias corporativas parciais. Ela tem imóveis no México, Costa Rica e em todo o Caribe. Todas são propriedades legítimas. O tipo de coisa que caía como luva para as pretensões de Dani Thibault. Para quem olha de fora, parece um investimento imobiliário padrão, só que com valor quintuplicado... O financiamento da operação é bem obscuro. Parece vir de uma série de fontes, desde magnatas europeus até fundos de investimento do Oriente Médio. Os fundos em questão parecem ter sido filtrados pelo KronenBank em Lichtenstein.

Hauck ergueu o olhar.

– KronenBank. Não foi lá em que o Thibault trabalhou uma época?

– Exato – concordou Naomi –, e aí que a coisa fica interessante. Lembra-se de que falei sobre o empresário bareinita grampeado conversando com o gerente de investimentos em Londres? Hassani?

Hauck fez que sim com a cabeça.

– Lembro.

– Bem, ele também tem seu próprio portfólio de investimentos. Uma parceria privada em Dubai. Ampla fonte de financiamentos para grupos de capitais privados... Lá nos EUA e em Londres. A Ascot.

Naomi deslizou na direção de Hauck um documento fixo numa presilha. Ele baixou a xícara de café. A fotocópia de um folheto da Ascot.

As primeiras páginas listavam Hassan ibn Hassani entre os inúmeros diretores da empresa. Os outros nomes eram de pessoas conhecidas dos ramos das finanças e dos negócios. Até mesmo um ex-presidente dos EUA.

Numa página separada, listada entre as muitas empresas com as quais a Ascot mantinha investimentos, aparecia a Crescent Bay.

O rosto de Naomi brilhou de orgulho.

– Não consigo provar que os oito milhões de Donovan vieram de lá, mas isso vincula Thibault a Hassani. Portanto, a al-Bashir em Londres. Acho que pegamos o fio da meada, Ty... – disse ela, tocando o panfleto com a unha. – Vinculamos a grana que entrou com a que saiu, temos uma trama que nos leva direto a uma conspiração. Uma possibilidade seria rastrear todo o percurso dessa transferência de fundos até chegarmos a Lichtenstein.

Hauck soltou um suspiro.

– O que levaria tempo.

– *E* tendo que apresentar motivos – acrescentou ela ceticamente –, quando ainda não sabemos nada. Isso envolveria o resto do mundo. Sem falar que os bancos em Dubai e Lichtenstein dirão que o nosso problema é com os bancos do Canadá ou dos EUA, não com eles. A outra opção... – Os dois entreolharam-se. – A outra opção é ver o que descobrimos com Thibault. Ele sabe de onde vem o dinheiro. Quem orquestrava os fundos. Está pronto?

O olhar de Naomi cintilava de ansiedade.

Hauck levantou-se.

– Tomara que ele esteja aqui.

52

Decidiram que a melhor abordagem seria ficar de tocaia no endereço da única pessoa em Novi Pazar cujo nome combinava com o da titular da conta no AstraBanca.

E "M. Radisovic" morava na rua Zinak, sinuosa ruela nos arrabaldes da cidade. A embaixada em Belgrado havia cooperado sem Naomi precisar revelar muito. Descobriram que o endereço registrado no banco era o mesmo. Não tinham a mínima ideia da aparência de Maria Radisovic. Nem sequer sabiam se ela, de fato, tinha parentesco com Thibault. Será que o marido morrera e ela reassumira o nome de solteira? Será que tinha casado de novo?

O local era um apagado condomínio residencial de cinco andares com um chafariz desativado no pátio interno. O portão de ferro da entrada ficava aberto. Novi Pazar era uma cidade relativamente pequena, e a segurança não parecia ser prioridade. Na úmida manhã de maio, ciclistas pedalavam a caminho do trabalho; velhos em roupas opacas e bonés de *tweed* batiam papo nas calçadas; rapazes perambulavam com tênis Nike e camisetas esportivas de marcas dos EUA. Moças iam à escola de jeans e camiseta, como em qualquer cidade estadunidense.

Hauck e Naomi aproximaram-se e observaram o painel dos condôminos. Um interfone com legenda manuscrita indicava "M. Radisovic" no quarto andar.

– Pronta? – indagou Hauck com uma piscadinha de incentivo.

Naomi assentiu em resposta.

– Vamos lá.

Os dois entraram e subiram a ampla escadaria até o quarto andar. Paredes com tinta descascada, degraus com betume gasto. Minúsculo elevador. O apartamento de Maria Radisovic ficava perto da escada, no fim do corredor. Ouviram um cachorro latindo.

E um barulho acima deles. Descendo as escadas, um homem falava alto em sérvio com a filha adolescente. Ao passarem por Hauck e Naomi na escadaria, saudaram "Dobro jutro". Bom-dia. Naomi respondeu com um aceno educado.

Concordaram que Naomi faria o primeiro turno. Uma presença feminina chamaria menos atenção. Sentou-se num degrau em posição estratégica: escondida, mas sem perder contato visual com o apartamento de Maria Radisovic. Mal passava das oito da manhã. Cada um já tinha o número do outro programado no celular.

– Espero lá fora – avisou Hauck. – Ao primeiro sinal, ligue para mim.

– Até daqui a pouco – piscou Naomi, pegando um guia turístico para disfarçar. – Pelo menos assim espero!

Hauck desceu as escadas e empoleirou-se num murinho perto da tabacaria do outro lado da rua. Fez uma ligação para Naomi com o objetivo de conferir a conexão. Boa. Relaxou. Impossível dizer quanto tempo levaria. Enquanto as engrenagens da alta tecnologia giravam sem cessar em seu país, ali nada havia a fazer senão esperar.

Transcorreu uma hora. Ninguém saiu. Quem garantia que Maria Radisovic era mesmo aparentada com Thibault? Ou que Thibault estaria ali? Comprou uma edição do *USA Today* numa banca e leu-a de cabo a rabo. E releu. Lá pelas nove e vinte, ligou lá para cima.

– Alguma novidade?

– Nenhuma – respondeu Naomi, decepcionada. – Só gente descendo a escada e me encarando. Acho que começo a despertar suspeitas. *Espere um pouco* – sussurrou de repente. – A porta acaba de abrir...

Hauck esperou – Naomi tapou o telefone – durante uns trinta segundos. Enfim a voz dela voltou.

– Uma mulher saiu. Com certeza não é a mãe de Thibault. Muito nova. Uns quarenta anos. Cabelo escuro. De jaqueta vermelha de *nylon* e boina branca. Deve sair do prédio a qualquer momento...

Hauck deu a volta na esquina, ocultando-se do campo de visão. Avistou a mulher cruzar o portão e dar os primeiros passos na calçada.

– Já a avistei.

– Espere por mim – falou Naomi, empolgada. – Já estou descendo.

– Melhor ficar aí – sugeriu Hauck. – Talvez tenha mais gente em casa. Eu vou segui-la. Eu lhe aviso se der algum resultado.

– Seja lá o que fizer, não entre em contato com ninguém se eu não estiver por perto – avisou Naomi, com uma ponta de preocupação.

– Não se preocupe. Até mais.

A mulher de jaqueta vermelha caminhou pela rua. Hauck enrolou o jornal e seguiu-a do outro lado da rua. Ela dobrou a esquina em direção ao centro. No alto de uma subida, chegou a um bulevar comercial. Rua Pilic. Manteve-se a uns vinte metros atrás dela.

A mulher parou na esquina junto a um grupinho de pedestres que se formava e deu uma olhada no celular. Dois minutos depois, passou um bonde elétrico, daqueles antigos, com portas amplas na dianteira e na traseira. A mulher subiu na frente. Sacou uma espécie de cartão. O motorista perfurou-o. Outros passageiros embarcaram pela porta traseira. Hauck subiu junto.

Um velho cobrador, com cabeleira branca e uniforme azul-marinho amarrotado, rumou ao fundo do veículo, e as pessoas apresentavam os cartões de transporte. Hauck não tinha um e não queria chamar a atenção. Embrenhou-se no meio de um bolo de passageiros e abriu o jornal. Com o rabo do olho, percebeu que um menino, talvez de seus oito anos, tinha notado a manobra. A maioria dos demais passageiros continuava na atmosfera padrão de transporte matinal. Não perdeu a mulher de vista, sentada lá na frente. Recostou-se e folheou o jornal. O veículo serpenteou através da cidade. Gente subia e descia; a certa altura, o garoto e sua mãe levantaram-se, e ele lhe abriu um sorrisinho de cumplicidade.

Hauck respondeu com uma piscadela, sacramentando o segredo deles para sempre.

O coletivo demorou uns dez minutos para chegar à outra ponta da cidade. Uma zona mais luxuosa. Perto do local de acesso à estrada principal, lembrou-se Hauck. Enfim, ele enxergou a dama de vermelho levantar-se para descer. O bonde parou. Pela traseira, Hauck apeou. A mulher saltou pela frente e começou a andar.

Ele a seguiu devagarinho.

Pouco adiante ela atravessou a rua, e Hauck avistou-a entrando numa lojinha de cosméticos. Aproximou-se e viu-a cumprimentar duas pessoas no interior da loja e conversar com elas. Não eram clientes, mas vendedoras. Ela tirou a jaqueta e guardou a bolsa atrás do balcão.

Ficou evidente que a mulher trabalhava ali. Não o conduziria a ninguém agora. *Droga.*

Súbito, o celular dele tocou. Naomi.

– Teve sorte? – indagou ela.

– Que nada – respondeu ele com um suspiro de desânimo. – Fui arrastado a um beco sem saída.

– Bem, por aqui as coisas vão melhor – a voz dela não escondia a empolgação. – Volte! Acho que a pegamos, Ty!

53

Uma senhora que Naomi avaliou como septuagenária, trajando saia cinza e suéter azul em lã Shetland, tinha saído do apartamento pouco antes das dez, trancando a porta.

Maria Radisovic.

Naomi seguiu-a escada abaixo e pela rua. A primeira parada da senhora foi o açougue ali na mesma quadra, onde ela permaneceu vários minutos. Depois, a loja de bebidas alcoólicas do outro lado da rua, de onde saiu com um embrulho. Em seguida, apanhou dois jornais na banca. Um deles, o *USA Today*. Carregada de pacotes, voltou e parou na tabacaria.

Àquela altura, Hauck tinha pegado um táxi e, em poucos minutos, descia defronte ao condomínio, só que no outro lado da rua. Quando apeou, Naomi acenou para ele.

– Acho que é ela – comentou Naomi, indicando a mulher grisalha visível pela vitrine da tabacaria. – Pegou carne, bebida alcoólica e agora está ali na tabacaria. Foi comprar *alguma coisa...*

– Tomara que não seja apenas a refeição dominical – comentou Hauck.

Continuaram vigiando do outro lado da rua. Quatro ou cinco minutos depois, avistaram a mulher saindo. Naomi cutucou Hauck.

– *É ela.*

Hauck percebeu que realmente havia certa semelhança com Thibault. As mesmas feições trigueiras, a sólida mandíbula; o cabelo, ainda volumoso, provavelmente tinha sido preto. Mas muita gente dali compartilhava daquelas características.

Abraçada nos embrulhos, a mulher subiu a quadra rumo ao condomínio. Uma onda de decepção percorreu Hauck. Ela parecia estar voltando para casa. Por si só, não queria dizer muita coisa, além de que agora teriam de esperar todo o resto do dia, talvez noite adentro, talvez até mesmo o dia seguinte, para ver se Thibault por acaso apareceria.

Mas se animou quando ela passou reto pelo portão.

A senhora deu uma olhada ao redor e logo enveredou numa estreita viela rumo aos fundos do prédio, agarrada aos embrulhos.

Hauck disse:

– Não saia daqui. – Esperou um carro passar. – Vou verificar.

Atravessou a rua no encalço da senhora, seguindo-a pela estreita viela. Chegando ao fundo do prédio, a via alargava-se.

Um estacionamento.

Maria Radisovic ajeitava as compras no porta-malas de um pequeno Opel azul. Correu o olhar ao redor uma última vez, como se pressentisse a tocaia de Hauck. Depois entrou no veículo.

Os instintos que guiaram Hauck todos esses anos subitamente preponderaram. Com o sangue pulsando, disparou ao outro lado da viela e fez um sinal para Naomi dirigir-se ao Ford, estacionado no meio-fio.

– Entre! – gritou, ao escancarar a porta do motorista.

Naomi pulou no banco do carona enquanto Hauck ligava o motor.

– O que houve?

– Estamos no páreo!

54

O Opel azul de Maria Radisovic saiu da viela e dobrou à esquerda na rua Zinak, rumando para fora da cidade.

Hauck esperou o carro sumir na curva e movimentou o veículo no encalço dela. Tinha a convicção de que a senhora, abastecida de víveres, os levaria a algum lugar promissor.

Dois quilômetros adiante, perto do rio, a estrada alargava-se; lojas e condomínios davam lugar a depósitos, postos de gasolina e até mesmo uma usina de energia elétrica. Hauck prosseguiu, mantendo-se a duzentos metros de distância.

Numa placa à beira da estrada, lia-se: SEBECEVO, 8 km.

Uns três quilômetros além da cidade, a estrada começou a serpentear e subir. Estreitou-se, atravessando as colinas escuras que circundavam o vale de Novi Pazar. Trânsito esparso. Radisovic dirigia num ritmo tranquilo. Hauck teve de tirar o pé para não se aproximar dela. De vez em quando, um caminhão cruzava rápido na direção contrária.

Nem ele nem Naomi quiseram conversar muito. Os dois pareciam ter o mesmo pressentimento: Maria os conduziria a algo proveitoso. A subida intensificou-se, e o pequeno Opel reduziu a velocidade, obrigando Hauck a engatar a segunda marcha do Ford para permanecer a uma distância adequada.

SEBECEVO, 3 km.

Quando chegaram ao alto e a estrada começou a descer noutro amplo vale, o sinalizador de direção do Opel começou a piscar. Uma estrada vicinal. Hauck mirou Naomi.

Estavam próximos ao destino.

Surgiu uma estrada de terra, demarcada apenas por um poste telefônico com uma placa: Rio Sistena. O carro à frente diminuiu a marcha e deu uma guinada à direita. Seguiu em ritmo lento pela estrada vicinal. Chegando ao desvio, Hauck passou reto e viu de relance o carro de Maria Radisovic sacolejando nas irregularidades do terreno.

– Não quero que ela nos perceba dobrando.

Continuou pela estrada principal. Quatrocentos metros adiante, entrou no acostamento. Fez o retorno e voltou até o desvio. Já não conseguiam avistar o veículo de Maria Radisovic.

– É isto. – Ele fitou Naomi, ansioso. – Última chance de desistir.

Ela balançou a cabeça com um brilho de expectativa no olhar.

– Vamos conferir o que ela está tramando.

Enveredaram na estrada de cascalho. Cortava uma lavoura em pousio e serpenteava através de um matinho fechado, subindo sem cessar. A pulsação de Hauck parecia sacudir no mesmo ritmo do veículo.

Passaram por um chalé à sombra das árvores, pouco mais que uma cabana, com um chiqueiro e um galinheiro. Um cachorro disparou rente ao pneu do carro, latindo.

Nem sinal do Opel de Maria.

Contornando a curva, a estrada deixava para trás o matinho e mergulhava num amplo vale. Colinas erguiam-se à frente deles. Hauck vislumbrou duas casas na encosta da colina próxima.

– Vou estacionar um minuto – explicou. – Não posso correr o risco de ela notar que a estamos seguindo.

Encostou o carro perto do barranco. Esticou o braço ao banco traseiro e pegou um binóculo na sacola de lona. Acertou o foco e esquadrinhou as colinas numa ampla varredura. A menos de dois quilômetros, avistou o Opel subindo uma encosta íngreme. Seguindo o percurso do Opel e mirando o binóculo na amplidão do vale, deparou-se com a silhueta de uma moradia e com o brilho de telhas vermelhas.

– O que está vendo?

O Opel continuou pela estrada até parar defronte à moradia rural de paredes brancas e telhado vermelho.

– Acho que estou enxergando uma mina de pedras preciosas – respondeu Hauck.

Seguiram até o ápice da encosta e esconderam o carro num pequeno bosque, onde não seria avistado. Hauck enfiou na sacola o binóculo, o cantil de água, a câmera Nikon e, só por precaução, a Sig 9 mm.

– Tem certeza de que está a fim de encarar? – indagou Naomi uma última vez, meio em tom de brincadeira. – Hora de colocar a mão na massa.

Ela fez um rabo de cavalo e puxou o fecho da jaqueta impermeável.

– Avise se não conseguir acompanhar meu passo – respondeu ela.

Decidiram escalar a encosta e observar de cima a casa em que Maria Radisovic estava. Naomi afivelou a Colt, arma padrão do governo.

– Por acaso lembra-se como se maneja isto? – provocou Hauck, com um sorriso.

– Acho que ainda tenho uma vaga ideia – respondeu Naomi, acoplando o carregador e passando rente a Hauck.

O terreno colina acima era íngreme. O bosque terminou e, à medida que os dois escalavam, gramíneas altas mesclavam-se a formações arbustivas mais secas. O sol apareceu detrás das montanhas, e o calor tornou a escalada mais difícil. E mais íngreme. Hauck sentiu um pouco de falta de ar. Começou a puxar a perna, ainda enrijecida do tiro levado na coxa há dezoito meses.

Naomi puxava a frente sem sequer diminuir o ritmo.

Enfim alcançaram o cume. Ajoelharam-se atrás de uma rocha e observaram a encosta aonde Maria Radisovic havia se dirigido.

– Olhe! – exclamou Hauck, apontando uma moradia rural feita de estuque. Currais construídos no declivoso relevo, talvez para ovelhas ou bois, mas nem sinal de animais por perto. Ao lado da casa, um poço feito de tijolos de barro.

Pela chaminé, saía uma fumaça branca.

– Tem gente em casa.

Quase oculto junto à lateral traseira da casa, um Audi preto.

Na frente da casa, estacionado com a porta *hatch* aberta, o Opel de Maria Radisovic.

Hauck espiou pelo binóculo. Ela havia descarregado as compras e entrado. Imaginou que o local era um sítio abandonado. Talvez pertencente à família ou arrendado de alguém. Sussurrou a Naomi:

– Por que motivo uma senhora idosa traria mantimentos a um lugar retirado desses? Comida. Bebida alcoólica. Fumo.

– Eu diria que são encomendas de alguém que ela está escondendo – comentou Naomi, de tocaia na escarpa.

Tiveram de esperar alguns minutos. Quinze ou vinte. O sol elevou a temperatura, e eles tomaram um pouco de água.

Por fim, a porta frontal da moradia se abriu.

Maria foi a primeira a sair, seguida de um vulto que Hauck reconheceu na mesma hora. Ajustou o *zoom* do binóculo. Camisa xadrez azul, calça amarrotada e botas rústicas de couro. Encorpado, ombros largos. Parecia um trabalhador qualquer, urbano e anônimo.

Com a diferença de que Hauck avistara seu rosto.

– E eu diria que você tem razão – falou, girando e passando o binóculo a Naomi. – Agente Blum, diga oi para Dani Thibault.

E abriu um sorriso de triunfo.

55

No interior da casa, Dani Thibault estava enlouquecendo.

Tinha se enfurnado no velho sítio da família por uma semana, incapaz de se comunicar com ninguém, receoso inclusive de dar as caras na cidade, apesar de não pisar ali há quinze anos. Na prática estava em cárcere privado, embora soubesse que tinha de permanecer ali, pelo menos por enquanto, até a poeira baixar.

Saiu para fumar um cigarro e correu os olhos no brumoso vale. O local perfeito para se esconder. Uma das regiões montanhosas mais remotas da Europa. Após chegar a Paris e atravessar a Europa com uma identidade irrastreável, não havia possibilidade de alguém o localizar ali. Tinha certeza de que escapara antes de alguém perceber seu sumiço. Só havia se comunicado via e-mail particular com sua mãe. Franko Kostavic desaparecera há quinze anos. E se por acaso ele saísse, se algum antigo aldeão reconhecesse seu rosto e percebesse a verdade, na velha aldeia da família, cercado de amigos com o mesmo sentimento, seria festejado como herói pelo que fizera na guerra, em vez de ser entregue às autoridades.

Mas sua principal preocupação não era a polícia nem o governo dos EUA. Não...

A caminho da Sérvia, ao passar na Alemanha, fez uma parada e enviou um e-mail ao homem que o recrutara, a um endereço eletrônico combinado. Thibault escreveu que o rastro do dinheiro recebido por ele e os registros de suas comunicações estavam seguros, em posse de um advogado na Suíça, com instruções expressas de serem levados ao conhecimento do governo dos EUA, caso Thibault não entrasse em contato por seis meses. Um plano simples, ele tinha de admitir, mas seguro. Tudo que desejava era liberdade em troca do que fizera. Seu silêncio estava garantido.

Afinal de contas, Thibault sabia, existiam lugares aos quais poderia ir sem que ninguém jamais o encontrasse, e novos codinomes que poderia adotar. Exatamente como já fizera antes. Dispunha de todos os fundos necessários. Tinha faro natural para detectar pessoas vulneráveis. Como cães de caça farejam lebres.

Só se arrependia de não ter acertado as contas com Merrill. De não tê-la feito pagar pela traição. Isso o deixava maluco. Seu único e divertido consolo era saber que despertara anseios bem no íntimo daquela putinha tarada, anseios que ela não satisfaria com outro assim tão fácil.

Infelizmente, pensar nela trouxe à tona suas próprias carências sexuais. Ali naquele local isolado, quais as perspectivas? Garçonetes bêbadas ou esposas de velhos fazendeiros montanheses. Justo ele, acostumado a ter as mulheres mais desejáveis do mundo. Talvez desse um pulo até Novi Pazar. Ninguém o conhecia por lá. Havia lugares para frequentar. Exercia uma atração instantânea no sexo feminino. Sabia que irradiava algo misterioso para elas, papel que encenara a vida inteira. Usar as mulheres nunca foi empecilho.

O tolo velhote bareinita acertou em cheio. Foi o pau dele que o meteu numa enrascada.

Sim, estava enlouquecendo ali. *Que seja*, pensou Thibault. Mirou as colinas. Sentiu-se observado, mas sabia que era impossível. Elas guardaram segredos durante séculos.

Jogou fora a bituca do cigarro. O dele era só um segredo a mais.

56

Vigiaram Thibault do mesmo local, empoleirados no alto da escarpa, por mais um dia. Naomi tirou várias fotos. Thibault. O carro dele, inclusive as placas. De imediato, enviou-as a Washington.

Os dois avaliaram o que fazer.

Thibault nunca se afastava do chalé. Às vezes, saía para fumar ou pegar lenha de uma palhoça, já que as noites continuavam geladas. Uma vez deu uma breve caminhada ao longo de um riacho ali perto. No dia seguinte, Maria Radisovic retornou por volta do meio-dia. Desta vez, Hauck e Naomi chegaram antes de Maria. Ela trouxe uma mala que parecia cheia de roupas; Thibault saiu da morada, pegou a mala e levou-a para dentro. Deu uma baforada num charuto, jogou-o no chão e pisou. Antes de entrar de novo, correu os olhos no vale isolado – quase mirando diretamente o local onde Hauck e Naomi estavam escondidos. Hauck baixou a cabeça. Foi quase como se Thibault tivesse percebido que alguém o vigiava.

Depois entrou em casa.

Os dois encaravam alternativas complicadas. Podiam prender Thibault por conta própria, mas isso significava envolver a polícia sérvia. Qualquer outra ação seria ilegal. Coisa que ninguém desejava. Isso só criaria uma batalha jurídica pela extradição. Sem tratado formal e com advogados locais fincando pé, um processo desse tipo se prolongaria eternamente. E quando o governo soubesse que Thibault era na verdade Kostavic, sabe-se lá que influência isso teria. Talvez perdessem todo poder de barganha que tinham.

A segunda melhor opção era algo mais clandestino. Trazer profissionais. Convocar uma equipe capaz de subjugar Thibault, incapacitá-lo e retirá-lo sorrateiramente do país, atravessando a fronteira com a Romênia ou até mesmo com a Macedônia. De volta às garras dos EUA. Os recentes acordos antiterrorismo internacionais davam-lhes amplos poderes. Mas prender um sérvio em sua terra natal, fazendo um sequestro secreto em uma nação amiga – isso nunca funcionaria. Não era bem essa a política de relações exteriores da administração presidencial dos EUA.

Encontraram Thibault. Mas o tempo se esgotava, e os dois notavam que as alternativas viáveis lentamente se esvaíam.

– Qual o objetivo aqui? – indagou Hauck no alto da escarpa, tomando água sob o crescente calor da meia tarde.

No fundo, já havia tomado uma decisão.

– Prendê-lo – respondeu Naomi. – Descobrir o que ele sabe.

– Você pode prendê-lo quando bem entender. Sabemos qual o carro dele, qual nome ele adotou para viajar. A qualquer hora, você pode requerer que o governo local o entregue. Seja qual for o resultado, ele enfrentará graves acusações aqui. E você sempre vai saber onde ele está.

Naomi fitou-o com um misto de perplexidade e divertimento.

– Aonde quer chegar, Ty?

– Quer descobrir aonde isso nos leva, certo? O que importa é descobrir o que está por trás daqueles assassinatos, não é?

Ela assentiu, acompanhando o raciocínio.

– O que temos de fazer é entrar naquela casa.

Ele se virou e concentrou o olhar na moradia, sem entrar em mais detalhes. Notou que Naomi ponderava sobre o que ele dissera. Ela não era uma agente de campo. Trabalhava atrás de uma escrivaninha. Sua função envolvia montar o quebra-cabeça de conspirações financeiras e avaliar ameaças. No Exército trabalhara como investigadora. Chegando ali, na hora da ação verdadeira, sem o apoio dos chefes na capital federal, como uma espécie de agente secreta – esse definitivamente não era o modo como se construíam carreiras em Washington. Ela estaria transpondo uma linha marcante.

Um tempinho depois, quando Hauck já imaginava que ela havia descartado a ideia, Naomi se virou.

– Como faríamos isso?

Hauck abriu um sorriso. Esperava que ela respondesse: "Só por cima do meu cadáver!".

– Thibault está acostumado a ser uma pessoa conhecida. Uma hora ele vai ter que sair da toca.

Ela se recostou na saliência e assentiu, menos para concordar e mais para acostumar-se com a ideia. Enfim respondeu, sem se virar:

– Seja como for, se alguém invadir a casa, vai ter de ser *eu*. Sei o que estou procurando.

Ele aguardou um instante.

– Já fez algo parecido antes?

Ela fitou-o em silêncio.

– Só estou querendo dizer que isso não é exatamente teoria da música em Princeton, Naomi.

– E também não é aplicar multas de trânsito em Greenwich. – O olhar dela sugeria pouca margem de negociação sobre o assunto.

– Certo. – Hauck voltou a espiar pelo binóculo, disfarçando um sorriso.

Naomi falou:

– Eu achava que isso tinha a ver apenas com sua amiga. A que foi assassinada. Você também não precisa fazer isso. Encontramos Thibault.

– Como vou dizer... Estou aprendendo a matar dois coelhos com uma só cajadada.

Desta vez foi ela que conteve um sorriso.

Ficaram de tocaia mais um pouco. O celular de Hauck vibrou. Conferiu a origem: Steve Chrisafoulis. Sentiu um alívio por não ser Annie.

– Steve.

– Tá falando da onde? – interpelou o detetive. Estava tão boa a ligação que nem parecia internacional.

– Só uma operaçãozinha de tocaia – respondeu Hauck, rolando um pouco encosta abaixo. Queria ter visto a reação do amigo se revelasse estar no topo de uma colina na longínqua Sérvia.

– Tocaia?! Descobrimos detalhes interessantes sobre James Merced. Lembra-se de seu companheiro de hóquei?

– Sim, Steve, eu me lembro. Sou todo ouvidos.

– O cara voltou aos EUA após ser solto da cadeia no Iraque. Parece que ele tinha uns probleminhas sociais com as recrutas de lá. Assédio sexual. Lesão corporal. Tentativa de estupro... Dispensa desonrosa.

– Nem precisa se esforçar para me convencer, Steve.

– Quando voltou para casa, perambulou um pouco pela Califórnia e Michigan, escavando piscinas. Depois se aventurou de novo no Iraque, agora como contratado avulso de uma empresa de segurança. GAG. Gerenciamento de Ameaças Globais. Já ouviu falar nesta empresa, Ty?

– Sim, já ouvi falar.

– Faz parte de seu grupo, não é, Ty? O Talon?

Hauck sentiu o peito estremecer.

– Faz.

– Ao que consta, quando ficaram sabendo da folha corrida do sujeito, eles logo o mandaram de volta. Falei com o diretor de recursos humanos da empresa. Mesmo assim, é uma baita coincidência, não acha? Você e ele, vinculados à mesma empresa...

– Acha que por isso ele tentou me matar, Steve?

Hauck agradeceu, e Steve prometeu mantê-lo atualizado. Desligaram. Tocaia... *Se ele sequer sonhasse...*

Hauck rastejou de volta ao ponto de observação.

– Quem era? – indagou Naomi.

– Assunto imobiliário – respondeu ele. Naomi fitou-o. – Nada de importante... – Voltou a pegar o binóculo. Mas era importante, sim. Era a segunda vez, em menos de um mês, que ele ficava intrigado com sua própria empresa, pensando que talvez ela estivesse envolvida.

O sol já ia alto. Fazia calor no topo daquela colina sérvia. O suor escorria em sua testa. Então, por que teve a sensação perturbadora de estar pisando em gelo fino?

– Sabe, eu nunca lidei com multas de trânsito – disse ele, voltando a concentrar o foco na casa do sítio de Thibault. – Pelo menos não em Greenwich.

– Tranquilo – falou Naomi. – Eu nunca fiz nada parecido com isso aqui antes.

Aguardaram até quase escurecer. À tardinha, Thibault saiu por um instante e caminhou ao redor da casa, fumando. Escorou-se no mourão do curral, erguendo o olhar ao topo das colinas.

Ele devia ter um plano.

Em seguida, voltou a entrar.

Ao cair da noite, pelas sete horas, os dois desceram a colina. Tinham tomado uma decisão.

No carro, Hauck pegou a estrada principal e rumou à cidade.

Um furgão cinza saiu do acostamento e pegou a estrada atrás deles; o motorista esperou que o Ford sumisse na curva para acender os faróis. Os dois homens no banco da frente ficaram à espera boa parte do dia. Um tinha cabelo curto e escuro, suíças compridas e bigode espesso.

– *To je u njima* – disse ele em sérvio. *São eles.*

57

– Olha lá!

Final de tarde do dia seguinte, uma sexta-feira. Naomi apontou para a casa do sítio. Tinham vigiado o local durante o dia todo. O sol começava a se pôr, e eles estavam prestes a juntar as coisas e voltar para a cidade.

Hauck pegou o binóculo das mãos dela e ajustou o foco.

Thibault saiu pela porta. Vestia uma jaqueta de couro preta e jogou uma sacola esportiva no banco traseiro do Audi. Sairia para algum lugar. Trancou a porta da frente.

Hauck baixou o binóculo e fitou Naomi. A oportunidade deles.

Haviam conversado sobre o assunto a maior parte do dia. Já tinham informado a placa do Audi alugado e não restavam dúvidas sobre a identidade sob a qual Thibault estava viajando. E qual o nome usado para alugar o carro. Tinham decidido que, se ele saísse da casa, um dos dois pegaria o carro e o seguiria.

O outro entraria na casa.

No caso, ela.

– Melhor você se apressar. – Naomi levantou-se e afivelou a pochete com a câmera digital Nikon SLR, o *pen drive* e a caneta lanterna.

E a pistola Colt.

Thibault entrou no Audi e deu a partida.

– Nervosa? – indagou Hauck. Ela era uma agente de gabinete, não de campo. Aquela operação, sem dúvida, ultrapassava esse limite.

– Não – respondeu ela, sem titubear. Então, soprando o ar pelas bochechas, deu de ombros. – Um pouco, talvez.

– Eu também. Tenha cuidado para não enroscar o pé em fios ou dispositivos de segurança que ele possa ter armado. Assim que você entrar, grave na cabeça a imagem com a disposição das coisas. E, ao sair, confira para deixar tudo exatamente como estava.

– Acha que consegue seguir o cara sem ser detectado? – perguntou ela, meio aborrecida. – Mas olha só – deixou escapar um sorriso –, obrigada.

Thibault deu uma ré, engatou a primeira e começou a descer a estrada sinuosa.

Hauck disse:

– É melhor eu ir andando. Assim que eu souber aonde ele está indo, entro em contato. – Apertou o braço dela. – Tenha cuidado lá dentro, certo?

– Você também. Não tente dar uma de herói. Lembre-se, eu sou responsável por você.

Com uma última piscadinha, Hauck começou a descer a escarpa até o local onde escondera o carro. Thibault tinha certa dianteira, mas Hauck sabia para onde ele estava indo e calculou que haveria pouco trânsito. Finalmente chegou à estrada, saltou no banco do motorista do Ford, fez o retorno numa parte mais larga da pista deserta e começou a andar com os faróis desligados. Ao passar pelo bosque rumo à estrada de Novi Pazar, enfim avistou o Audi.

Thibault tinha parado um instante no acesso à estrada principal. Hauck também parou. Logo o Audi pegou à esquerda, rumo à cidade.

Hauck reduziu a marcha e, ao chegar à interseção, acendeu os faróis. O Audi estava menos de um minuto à frente. Mas começava a escurecer e só havia os dois carros na estrada. Ao entrar numa reta em declive, avistou ao longe as lanternas traseiras do Audi.

Rumo a Novi Pazar.

Levou uns quinze minutos para chegarem aos arredores da cidade. Hauck estreitou a distância à medida que a estrada principal penetrava na cidade e o tráfego aumentava. Numa rotatória, deixou um caminhão-tanque e uma minivan ficar entre eles, para não despertar suspeitas. Num cruzamento, Thibault acelerou para passar um semáforo prestes a fechar. Hauck teve de ultrapassar o caminhão para não o perder e depois reduziu a velocidade, mantendo-se a uns vinte metros atrás.

Tinha certeza de que Thibault não percebera que estava sendo seguido. O Audi misturou-se ao trânsito da avenida principal, pegou uma rua transversal perto do rio e estacionou paralelo ao meio-fio. Hauck reduziu a velocidade, passou na rua e avistou a fachada bem iluminada de um bar, com vidro fosco e letreiro americano antiquado, onde se lia: BAR DO O'FLYNN, ao melhor estilo dos espalhafatosos bares esportivos dos EUA. Pelo jeito, o local mais frequentado da cidade. Hauck espiou no retrovisor e viu Thibault descer do carro, acionar a trava automática das portas e entrar no estabelecimento.

Seguiu na estreita ruela transversal e estacionou numa vaga apertada defronte a um prédio de tijolo à vista com um *outdoor* de Ana Ivanovic, a linda tenista, ao lado de um iogurte. Fechou o carro e caminhou rumo à rua principal. Dobrou a aba do boné sobre a testa. Na frente do bar, um casal saiu falando alto em sérvio, quase esbarrando nele.

– *Izvinite* – grunhiu Hauck em voz baixa. *Com licença.* Espiou lá dentro pelo vidro fosco. Placa da cerveja Heineken. Ambiente escuro e lotado. Algazarra de vozes.

Sempre havia a possibilidade de estar caindo numa cilada. *Não dê uma de herói...*

Junto à lateral do bar, havia um pequeno *deque* com vista para o rio. Seis ou sete mesas com guarda-sol, em sua maioria galera jovem bebendo e comendo. Hauck seguiu uma garçonete até o acesso traseiro. Uma onda de barulho o fez estacar na entrada.

Enfim entrou no recinto.

Bar ruidoso e abarrotado. Mulheres aglomeravam-se junto ao balcão de madeira, cercadas por sujeitos locais. Muita gente fumando. Alguns pareciam executivos; outros se debruçavam sobre as mesas, tomavam cerveja, fumavam, apontando em direção à televisão de tela plana suspensa. Muita gente assistia a uma partida de futebol. A cada lance de perigo, o bar quase vinha abaixo. As mulheres riam, batiam papo, parecendo secretárias caçando um parceiro. Jemel, a cerveja local, rolava solta.

Hauck caminhou até o fundo do bar e misturou-se à multidão. Exatamente como fizera em Nova York, recordou. Correu o olhar em volta para localizar Thibault, buscando seu rosto em meio à névoa de fumaça e clientes.

Enfim o avistou sentado sozinho numa mesa perto do fundo do bar, bebendo cerveja.

Olhava diretamente para ele.

58

Naomi desceu em zigue-zague até a sede. Esperou alguns minutos para ter certeza de que Thibault não retornaria. Escureceu, e a trilha morro abaixo era traiçoeira, cheia de pedras escorregadias. Até mesmo com a lanterna acesa, deu passos em falso e quase caiu várias vezes na descida.

Ainda bem que Ty seguia Thibault.

Ao se deparar com a casa, sua pulsação começou a acelerar. Com o silêncio sombrio do vale desconhecido e a percepção do perigo iminente, foi tomada por uma das sensações mais profundas de solidão e isolamento de toda a sua vida. Implorou para o seu coração se acalmar. Não havia ninguém ali e nada a temer. Não parava de repetir a si mesma que fazia a coisa certa. Mesmo assim, seu coração parecia não dar ouvidos. Um pensamento perpassou sua mente. Teria caído na risada, se não estivesse com tanto medo: *no que você foi se envolver, Naomi?*

Deixava de ser uma agente de gabinete.

Quando teve certeza de que Thibault não retornaria, atravessou correndo a estrada da montanha, cautelosa para não deixar pegadas de tênis no cascalho. Aproximou-se do arco frontal e da porta de pranchas de madeira. Trancada a chave. *Droga.* Enfiou o foco de luz por uma fresta na janela fechada. Não conseguiu ver muita coisa. Ambiente escuro lá dentro.

Deu a volta na casa com pressa. Chalé de pedra e estuque construído talvez um século atrás. Arbustos esparsos circundavam a casa. Cuidadosamente, espiou por uma veneziana rachada. Avistou a cozinha e um grande fogão a lenha. Experimentou a porta da cozinha. A tranca de ferro também não cedeu. *Maldição*. Continuou a percorrer o perímetro da casa.

Sabia que tinha tempo, tempo para escolher a melhor alternativa e ser cautelosa, mas o coração batia forte, e ela queria acabar logo com aquilo, pois não queria correr o risco de alguém, *seja lá quem fosse*, aparecer de repente. Espiou no que parecia ser a janela de um quarto. Sabia que, se fosse obrigada, poderia quebrar um vidro. Eles sabiam onde Thibault estava. Conheciam o carro dele, o nome com que ele viajava. Sempre teriam como encontrá-lo. Arrebentar a janela estragaria o sigilo da operação. Mas o importante era descobrir o que ele sabia.

Conferiu os fundos e, com alegria, notou uma fresta numa das janelas fechadas.

Deslizou os dedos entre o peitoril e a moldura e empurrou-a para cima. Para seu alívio, a janela cedeu. Abriu espaço suficiente e esgueirou-se chalé adentro. Tinha razão: era um quarto. De fato, parecia o quarto usado por Thibault. Roupas masculinas amontoadas na cadeira; a mala trazida por Maria Radisovic aberta no chão. A cama toda desarrumada.

Conseguira entrar.

Na sala, num nicho perto da cozinha, identificou a mesinha de café da manhã que aparentemente Thibault utilizava como espaço de trabalho. Tevê de 14 polegadas conectada à antena parabólica. *Laptop*. Livros, pilhas de papéis. Naomi sentou-se à mesa, inseriu o *pen drive* na porta USB e tentou ligar o computador. Não lhe causou surpresa o pedido de senha.

Droga.

Thibault devia manter registros de suas operações. Registros de seus contatos. Suas transações financeiras. O fluxo de dinheiro. Naomi tinha certeza de que encontraria tudo isso no computador. Chegou a pensar na hipótese de simplesmente levá-lo. Aquele jogo de gato e rato não importava mais. O que importava era rastrear o caminho de algo maior. Aonde essa conspiração levaria.

Tentou driblar a segurança sem sucesso. Com o pulso acelerado, concentrou a atenção nos papéis espalhados pela mesa toda. Vasculhou os arquivos, na maioria documentos financeiros – acordos de parceria, contratos corporativos, propostas de negócios. Não tinha ideia se eram legítimos ou faziam parte das atividades ilícitas de Thibault. Mas ele os trouxera junto, por isso ela presumiu que deviam ter algum valor. Dispôs os papéis na mesa e tirou fotos das capas, com ênfase nos logotipos das corporações. Uma pilha de cartões de visita enfeixados com tira elástica. Naomi retirou o elástico e começou a examinar os cartões um por um.

A maioria parecia de contatos legítimos de todas as partes do mundo. A rede de trabalho de Thibault. JP Morgan, Citi, Reynolds Reid. Até mesmo topou com um cartão de James Donovan e de outros *traders* da bolsa de várias empresas, o que a fez imaginar se eles não seriam novas vítimas em potencial. Ela os distribuiu na mesa, tirando fotos digitais. Ao deparar-se com um dos cartões, seu coração congelou.

O logotipo escuro, estampado em relevo, da Ascot.

Ascot, a empresa de investimentos de Dubai conectada com a Crescent Bay de Toronto, a firma que comprou a casa de Donovan.

O nome no cartão: Hassan ibn Hassani.

Sentiu o coração bater ainda mais forte. Hassani, o homem cuja voz tinha sido grampeada conversando com Marty al-Bashir em Londres. A conversa que desencadeara tudo aquilo.

Os aviões já decolaram.

Thibault conhecia-o. Hassani. A Ascot também era um *link* na rede de fundos envolvida no pagamento de James Donovan. Não o suficiente para provar algo, nem para indiciar ninguém. Mas o suficiente para levar adiante ao FBI e à Interpol. O suficiente para ampliar o escopo da investigação. O quebra-cabeça começava a se montar.

Naomi tirou fotos de tudo.

Não fez qualquer distinção. Tudo ali podia ser importante. Fotografou notas fiscais, passagens de avião. Até mesmo o que parecia ser o canhoto de um bilhete de teleférico. De Gstaad, o luxuoso *resort* suíço. Naomi conferiu a data: 26 de junho. O verão anterior. Talvez apenas uma recordação. Valor: 40 euros.

Fotografou mesmo assim.

Apressada, juntou os cartões novamente, prendendo com a tira elástica. Mirou o relógio. Quinze minutos. Sentiu-se confortável por ter mais tempo à disposição. Voltou-se ao computador novamente e viu que o *pen drive* havia-se conectado e tentava habilitar o programa de romper a senha para conseguir baixar os arquivos. De jeito nenhum ela desistiria.

Foi quando ela viu um facho de luz lá fora e escutou um carro vindo pela estrada.

Seu sangue congelou nas veias. *Ai, que droga.*

Alguém estava chegando.

59

A luz vinha dos faróis de um carro que se aproximava da casa. Ao escutar o ruído dos pneus no cascalho, Naomi quase teve um ataque cardíaco.

Será que Thibault tinha voltado?

Onde diabos Ty se metera?

O pensamento de que Thibault tinha, de algum modo, feito uma emboscada para Hauck e agora voltava para pegá-la deixou seu coração em frenesi. Súbito, sentiu a garganta muito seca e o sangue pulsando num ritmo que parecia dez vezes maior que o normal. Ela conferiu a mesa uma última vez. Tudo parecia em ordem. Rapidamente, guardou a câmera e correu em direção ao quarto.

Recostou-se na parede e sacou a pistola.

Ouviu a porta do carro batendo. Passos na entrada da casa. Então um forte ruído na porta. E uma voz feminina. O que lhe causou certo alívio.

– Franko? Franko?

Maria Radisovic. A mãe de Thibault. Naomi não sabia ao certo como proceder. Ficar na casa? Fugir?

Súbito, percebeu que havia deixado o *pen drive* conectado ao *laptop* de Thibault.

Ai, meu Deus... Se Thibault chegasse a vê-lo, eles estariam completamente perdidos. Fez menção de fugir e conteve-se, mas a maçaneta começou a mexer, assustando-a.

– Franko?

Naomi retraiu-se.

Repentinamente, ouviu uma chave na fechadura da porta da frente. A porta escancarou-se. Naomi encolheu-se junto à parede.

A mulher entrou na casa. Maria. Naomi reconheceu-a instantaneamente. Vestia um grosso casaco marrom-claro e um chapéu. Trazia na mão um pacote; Naomi calculou que fossem comes e bebes.

– Franko? – chamou Maria pela última vez. Começou a resmungar em voz alta, em sua língua nativa, claramente contrariada por não o ter encontrado.

Foi quando Naomi percebeu que ela não estava sozinha. Trouxera um cão com ela. Parecia um pastor. Seu coração começou a bater mais forte. Agora, ela estava encurralada ali dentro. A mulher tinha ido à cozinha e colocava as compras na geladeira. Maria pegou o celular e digitou um número. A pessoa não atendeu a ligação. Naomi tinha certeza de que era Thibault. Maria desistiu e guardou o celular, aborrecida.

O cachorro começou a explorar a casa, indo de cômodo em cômodo, como se já estivesse familiarizado com o local.

Só uma questão de tempo para ela ser descoberta.

Naomi recuou a culatra da Colt e carregou uma bala na câmara. Não sabia ao certo o que fazer. Ela nunca utilizara a pistola, não dessa maneira. Só atirando contra longínquos inimigos sem rosto no Iraque. Não numa senhora idosa.

Sentiu um calafrio e percebeu que deixara entreaberta a janela. Uma corrente de ar percorria toda a casa. Logo Maria a encontraria ali no quarto.

Droga.

– Katja, Katja? – a mulher chamava o cão. Sua voz começou a aproximar-se. – Katja...

Naomi retrocedeu ao interior do quarto e correu até a janela. Sentiu-se sortuda por ser pequena. Ergueu a perna e habilmente deslizou por cima. Saltou para fora e começou a baixar a janela suavemente. Não até o fim.

Escutou o cão entrar no quarto.

Pouco depois, Maria.

– Katja... – Maria soltou um ruidoso suspiro. Correu os olhos com ar petulante, zangada com a bagunça. Naomi afastou-se da janela, com o corpo grudado na casa. A sérvia chegou perto da janela. Naomi escutou seus grunhidos. Apertou o corpo rente à lateral da casa e tensionou o dedo na proteção do gatilho, o coração batendo intensamente. *O que fazer? Por favor, por favor...* Empunhou a arma em riste. *Não ponha a cabeça para fora da janela...*

Resmungando com seus botões, a mulher tentou fechar a janela. Pareceu conseguir fechá-la quase toda. A pulsação de Naomi começou a relaxar. Não queria fugir na escuridão, a menos que fosse avistada. Ou que o cão a surpreendesse. Ficou ali fora, paralisada. O coração batendo em ritmo compassado. Durante o que pareceu uma hora inteira.

A certa altura, escutou a porta da frente abrindo-se outra vez. A mulher chamou o cão para entrar no carro. O motor do veículo foi acionado.

Naomi fechou os olhos, aliviada.

Enquanto o carro se afastava, ela voltou e experimentou a janela. Abriu novamente. *Graças a Deus.*

Por que o telefone dela não havia tocado?

Onde diabos Ty se metera?

60

Hauck desviou o rosto de Thibault e concentrou o olhar no jogo de futebol europeu na tevê suspensa. Recuou e misturou-se a um grupo de ruidosos bebedores de cerveja, que se levantavam gritando e torcendo a cada ataque de seu time. Fez um sinal ao garçom e pediu uma cerveja local.

De vez em quando, relanceava o olhar em meio à multidão para o local onde Thibault estava. O sérvio tinha pedido uma refeição. Comeu rápido, algo parecido com um prato de salsicha com chucrute, e parecia que toda a atenção antes dirigida a Hauck agora se transferira ao jantar. Hauck conferiu o relógio. Àquela altura, Naomi provavelmente tinha concluído a missão. Devia ligar para ela. Podia vigiar Thibault do outro lado da rua. Ele se misturou novamente na multidão de torcedores embriagados.

Minutos depois, viu Thibault pedir a conta, o celular na mão. Uma jovem garçonete aproximou-se, e o sérvio jogou umas cédulas na bandeja e conversou em tom de flerte com a moça, que tinha idade de estudante universitária. Em seguida, pegou a jaqueta de couro da cadeira e atalhou no meio do tumulto em direção à saída. Aproximou-se a poucas pessoas de Hauck, que se virou e bebeu um gole de cerveja. Pelo espelho fosco, observou que Thibault nem olhou para o seu lado.

Hauck respirou mais aliviado. Devia estar imaginando coisas.

Esperou trinta segundos, jogou umas notas no balcão para pagar a cerveja e logo rumou à porta dos fundos. Esperou alguns segundos e caminhou até a frente. Dois moradores locais fumavam e batiam papo em voz alta. Hauck correu os olhos pela rua e avistou o Audi preto de Thibault ainda estacionado junto ao meio-fio.

Mas nem sinal dele.

Hauck enterrou o boné na cabeça, tapando os olhos com a aba, e pensou em ligar para Naomi. Um beco nas proximidades do bar parecia conduzir a um belvedere que se empoleirava sobre o rio. Ficou nervoso por perder Thibault de vista. Talvez ele tivesse atravessado a rua. Talvez tivesse ido encontrar-se com alguém. Hauck olhou ao redor e não o viu. Caminhou na direção do beco e espiou rumo ao rio.

Nem uma viva alma.

Com o ímpeto de um ônibus, algo abalroou a nuca dele.

Hauck foi ao chão, o cérebro atordoado, a visão embaciada. Ao se dar conta, estava de joelhos. Algo muito errado acontecia. Um segundo depois, sentiu outra violenta pancada nas costelas.

O ar esvaiu-se dos pulmões. O rosto beijou o chão.

– Quem é você? – indagou uma voz com forte sotaque. *Em inglês.* Em meio a seu atordoamento, aquilo preocupou Hauck ainda mais. Com o joelho escorado em suas costas, o agressor prendia seu colarinho. – Conheço você. Seu rosto não me é estranho. *Quem é você?* Não é daqui.

Para Hauck, as palavras tinham o efeito de um eco distante reverberando na cabeça amortecida. Sem falar na dor latejando nas costelas. Com as mãos espalmadas no chão, tentou erguer o corpo e livrar-se, sabendo que sua vida dependia de como responderia aquela pergunta e do que estava prestes a acontecer.

Como Thibault o descobrira? Quem o alertara?

O sérvio recuou e golpeou-o novamente, desta vez no estômago. Hauck dobrou o corpo e caiu de novo, o ar sumindo dos pulmões. Thibault jogou-o contra a parede de tijolo à vista.

– Quem é você? – gritou ele mais uma vez. Antes que Hauck saísse do torpor, Thibault revistou-o. Encontrou a Sig enfiada na cintura de Hauck. O sérvio desarmou-o com uma risadinha irônica, então puxou a culatra para trás, carregando um projétil e encostando o cano na cabeça de Hauck. – Não esqueço o rosto de ninguém. Eu já vi você em algum lugar. Onde? Quem mandou você? Tem três segundos para abrir a boca ou vou espirrar seus miolos neste beco.

– Sou um detetive – respondeu Hauck, as costelas explodindo, quase sufocando.

– Detetive? A mando de *quem*?

Hauck deu uma olhada atrás do homem. Ninguém à vista. Thibault tinha falado com ele em inglês. Nem sequer cogitou a hipótese de Hauck ser dali. Foi quando lembrou-se de que cometera o deslize em Nova York. No restaurante em que seguira Thibault. Lá que ele tinha percebido a sua presença a primeira vez. Não aqui.

E sabia que era melhor dizer algo para ganhar tempo. E rápido.

– Alguém dos Estados Unidos – respirou fundo. – Investigo a morte de Marc Glassman.

– Estados Unidos? – Thibault o fez se virar e fitou diretamente o rosto de Hauck, com um sorriso de escárnio. – Como você me achou? – pressionou o cano da pistola na cabeça de Hauck. – Não existe cavalaria aqui na Sérvia, Sr. Detetive. *Como soube que eu estava aqui?*

Hauck sabia que tinha de responder algo plausível. Thibault era um ex-Escorpião. Treinado naquilo. Se não pensara duas vezes em fuzilar dezenas de aldeões inocentes numa vala, com certeza não se importaria em apertar o gatilho ali. Sua própria sobrevivência estava em xeque.

– Registros bancários – resfolegou Hauck, respirando com dificuldade. Mirou o sérvio nos olhos. – Você mandou dinheiro para cá.

A resposta pareceu surpreendê-lo. Enfraquecido, Hauck fitou o olhar fulminante do sérvio.

– Registros bancários, hein? – Acertou outro soco nas costelas dele. Com falta de ar, Hauck arquejou, contraindo as costelas.

Thibault puxou-o novamente pelo colarinho e empurrou-o beco adentro, para longe da rua. Jogou Hauck contra a balaustrada sobre o rio, enquanto ele tentava desesperadamente recuperar o fôlego. Escutou o rio bufando lá embaixo. Thibault agarrou-o pela nuca e apertou a arma contra seu pescoço. Hauck sentiu um frio na barriga. Olhou para baixo. Ali perto havia uma espécie de moinho. E uma cachoeira com queda de dez metros, no mínimo. Percebeu que o bramido da correnteza abafaria o som de qualquer disparo.

Sabia que não podia reagir. Estava indefeso, ainda tonto pelos golpes recebidos. Se resistisse, levaria um tiro com sua própria arma.

Thibault empurrou-o contra a balaustrada.

– Quem o enviou, Sr. Detetive? Quem mais sabe que estou aqui?

– Ninguém – respondeu Hauck, sentindo no rosto os respingos da correnteza.

– *Não minta.* Eu farejo mentiras, sabe. Assim como farejei você. Pronto para nadar? Talvez até sobrevivesse à correnteza, mas não é recomendável nadar com uma bala na nuca.

Um nó de medo apertou as entranhas de Hauck. Sabia que tinha poucos segundos, e, seja lá o que falasse, era melhor que fosse a coisa certa. Algo que o fizesse ganhar tempo.

– Franko Kostavic! – gritou Hauck, cerrando os olhos e esperando o martelo da escuridão atingir seu cérebro em cheio.

Nada aconteceu.

Segundos depois, Thibault ajudou-o a se levantar. Virou-o de frente, apertando o cano da pistola com força embaixo das suas costelas. Com a determinação e a raiva ardendo a fogo lento nos olhos, indagou:

– Como sabe meu nome?

– Eu rastreei. Peguei seu DNA. Segui você em Nova York. Num restaurante. O Alto. – Pensou: *Que importa isso agora, desde que eu ganhe um tempo precioso?* – Foi lá que você me viu antes.

Ao cair a ficha, Thibault abriu um sorriso. Em seu rosto, havia certa submissão e resignação. Apertou mais o cano na barriga de Hauck.

– Então sabe que isso é brincadeira de criança para mim, não é assim que vocês falam? Canja de galinha. Conte para mim por que está aqui. Conte por que motivo se incomodou de vir até a Sérvia. Por que diabos está prestes a morrer.

Um último receio aflorou em Hauck. Mas não por si próprio. Por Naomi – quem ele deixara desamparada. Rezou para que não a colocasse em perigo. Dois outros rostos vieram à sua mente. Era estranho, pensou ele, quem vinha à mente.

Jessie. Uma sensação terrível de tristeza. *Será que um dia ela saberia?*

E April. O rosto rutilante de orgulho. *Viu, eu segurei as pontas para você,* pensou ele.

Cumpri a promessa.

– Estou aqui para fazer você pagar pelo que fez – disse Hauck, sustentando o olhar. Sobre o ombro de Thibault, avistou duas pessoas aproximando-se pelo beco. Mirou os olhos do agressor e sorriu.

– Quem sabe em outra vida – disse o sérvio, erguendo a arma. – Mas nesta, a sua missão acabou.

– Ainda não.

61

Os dois homens que se aproximavam pelo beco chegaram mais perto. Cambaleantes, papeando ruidosamente em sérvio, pareciam bêbados. Talvez tivessem ido até ali para urinar. Ou vomitar no rio.

Para Hauck, isso não interessava. Os dois eram a cavalaria para ele.

Thibault correu o olhar ao redor quando ficou evidente que haveria testemunhas ao crime que estava prestes a cometer. Não escondeu a irritação. A uns três metros de distância, os dois estacaram ao avistar Thibault, que os fitou como quem enxota um freguês bêbado a pontapés.

Um deles, baixinho e atarracado, tórax avantajado, vestia camisa listrada aberta e jaqueta de couro preta. O outro, mais alto, vestia camiseta de time de futebol. Cabelo raspado, suíças compridas e rústico rosto eslavo.

– Ei, o que você está fazendo? – murmurou o baixinho no idioma sérvio, gesticulando para Thibault de modo animado.

Thibault gritou algo em resposta, o que Hauck calculou ser o equivalente a "Caia fora daqui", brandindo a pistola em seu rosto.

Os olhos da dupla arregalaram-se. Hauck reuniu suas forças. Talvez quando eles dessem meia-volta ele conseguisse fazer Thibault rodopiar.

Mas, em vez de fugir, os dois homens apenas ergueram as mãos de modo defensivo, a embriaguez deixando-os mais irritados do que com medo, sem se afastarem ainda.

Thibault apertou o cano da pistola com força nas costelas de Hauck.

– Não pensem que não sou capaz...

No fim do beco, um casal espiou para ver o que se passava.

De repente, mais testemunhas surgiram. Um pequeno aglomerado de gente.

Os dois sérvios gritavam para Thibault e acenavam os braços na direção dele, praguejando. Mesmo de arma em punho, ele já não tinha mais o controle da situação. Não sabia o que fazer. Se atirasse em Hauck, teria de fazer o mesmo com várias outras pessoas. Ou deixar testemunhas. Não havia escapatória. E a última coisa de que precisava agora era se tornar alvo da polícia local; evitar isso era mais importante do que matar Hauck.

Hauck percebeu que aquelas pessoas estavam salvando a sua vida. Aproveitando o momento, à vista de todos, empurrou Thibault para o lado. Fitou o sérvio com um sorriso de triunfo nos lábios.

– Vamos, vá embora daqui – falou o mais alto, com suíças, agora em inglês. – Não é assim que tratamos os turistas na Sérvia. Está na cara que este homem está bêbado. Sabemos o que fazer com essa gente por aqui.

Pensavam que estavam salvando um pobre turista de um assalto à mão armada.

Com um aceno de cabeça, Hauck agradeceu ao homem. Então mirou Thibault, que, ele percebeu, estudava as alternativas. Deveria matá-lo? E depois, quantos mais? Queria sobreviver. Furioso, mas incapaz de fazer algo a respeito, deixou Hauck afastar-se.

Aliviado, Hauck apertou o passo no beco, rezando para que Thibault não mudasse de ideia e lhe desse um tiro pelas costas.

Uma pequena multidão formara-se na entrada do beco, notando a altercação. Hauck olhou para trás. Thibault fervia de raiva, mas os dois homens o destratavam sem pena. Xingavam impropérios como se pertencessem à câmara de comércio local.

Deixa para lá. Hauck deixou escapar um suspiro de gratidão. Por enquanto, eles tinham salvado a sua vida.

Seus pensamentos migraram para Naomi. Ela devia estar enlouquecida, imaginando por onde ele andava. Correu beco afora até o local onde deixara o carro, entrou no veículo e manobrou para sair da vaga. Não lhe agradava abandonar Thibault. O homem por trás da morte de April. E de pelo menos três outras pessoas. Sem falar no pobre coitado da França cuja identidade havia sido roubada.

Mas se Naomi tivesse encontrado algo, eles poderiam entregá-lo à polícia sérvia agora.

Veio devagar pela rua e olhou para trás, conseguindo avistar Thibault saindo do beco, ainda tentando se livrar de seus atormentadores, que o desmoralizavam sem dó. Primeiro, ele teria que recuar. Pegou o celular e ligou para Naomi.

– Onde diabos você se meteu? – respondeu ela, obviamente à espera, atendendo após o primeiro toque.

– Estou indo buscá-la. Volte ao local onde escondemos o carro. Encontro-me com você lá.

– Não vai acreditar no que aconteceu – ela deixou escapar, aliviada. Contou sobre a mãe de Thibault e como ela viera até a casa.

– Pois é, eu também me vi em maus lençóis – contou Hauck. – Com o filho dela.

62

A toda velocidade, Hauck percorreu a avenida principal e pegou a estrada rumo à casa do sítio de Thibault para resgatar Naomi. Uma série de perguntas inquietantes o bombardeava.

Quem eram os dois homens cuja intervenção o salvara? Só uma dupla de bêbados locais? Um dos dois falou com ele em inglês. Será que Hauck tinha falado algo antes? Sejam lá quem fossem, chegaram na hora certa e salvaram sua pele.

E o que será que Naomi descobrira? Conseguira vincular Thibault com a cúpula da conspiração? Parte de Hauck lamentava-se por deixar livre o canalha que havia orquestrado o assassinato de quatro pessoas. Sem falar nos crimes que ele cometera na Bósnia. Thibault poderia muito bem estar em seu encalço. Poderia estar no Audi naquele exato instante.

Acima de tudo, deu-se conta da sorte que tinha por ainda estar vivo.

Fez a viagem de vinte minutos até Sebecevo em menos de quinze. No desvio, enveredou o Ford na estradinha deserta e esburacada, atravessou o trecho no mato, completamente escuro àquela hora, e venceu o íngreme aclive rumo ao sítio de Thibault. Diminuiu as luzes, caso o sérvio o estivesse seguindo. Encontrou o bosque onde escondiam o carro.

Naomi saiu da escuridão.

Aliviado, ele respirou fundo.

Ela abriu a porta do carona e saltou para dentro. O rosto tenso, pálido de apreensão, aos poucos restabeleceu a cor.

– Tudo bem com você? – Hauck indagou, apertando de leve o braço dela.

– Sim – respondeu Naomi com um aceno de cabeça. – E você?

– A-ham – falou ele, soltando um suspiro. – *Agora.*

Algo em seu íntimo lhe deu vontade de debruçar-se e abraçá-la – os dois tinham passado por maus bocados –, e, em sua hesitação, notou que Naomi compartilhava esse sentimento.

Em vez disso, ele perguntou apenas:

– Descobriu algo?

Ela o fitou com olhos arregalados.

– Sim. O suficiente para ligar Thibault com Hassani.

– Então é melhor darmos o fora daqui – disse Hauck, colocando o carro em movimento. – Thibault notou que eu o seguia. Nem queira saber os detalhes. Eu conto a você no caminho. Tive sorte de escapar com vida. Em suma, agora ele sabe que está sendo vigiado.

– Nesse caso, eu tenho de voltar a casa – disse Naomi, pousando a mão no braço de Hauck para que ele parasse o veículo. – Tenho de pegar o computador dele.

Hauck meneou a cabeça.

– Nem pensar. Ele pode estar em nossa cola neste exato instante. Não há tempo.

Fez o retorno, tomando cuidado para que não saísse do aterro, e rumou à rodovia com os faróis desligados, rezando para não se deparar com Thibault, que talvez estivesse voltando para o sítio.

– Passe a arma para mim – pediu Hauck.

– O quê? – vacilou Naomi, como se aquilo fosse uma descortesia.

– Não quero discutir – frisou ele com a voz impregnada de urgência. – Por favor, passe a arma para mim.

Naomi fitou-o, zangada por um instante, e depois sacou a pistola do coldre e pousou-a no porta-copos entre os dois. Hauck pegou-a, conferindo a culatra enquanto dirigia. Deixou a arma na bolsa da porta do motorista. Cuidadosamente, trafegou pela estrada pedregosa, com receio de que Thibault pudesse aparecer a qualquer momento. Para seu alívio, chegaram à interseção para Novi Pazar sem qualquer sinal dele.

Hauck deu uma guinada à esquerda, em direção à cidade. Começou a se sentir melhor.

Pela primeira vez em uma hora, o seu ritmo cardíaco voltou a algo próximo do normal.

– Estou feliz por você estar bem – disse ele. Olhou para ela e deu uma piscadinha provocante. – Ouvi falar que essas matronas sérvias são ossos duros de roer.

– Cumpri a missão lá na casa – falou Naomi. – *Você* que se meteu em encrenca. – E, ao ver que ele não tinha achado graça, indagou: – O que aconteceu?

– Thibault reconheceu-me lá de Nova York.

Ficando de olho para ver se não cruzavam pelo Audi de Thibault, Hauck contou a ela como o sérvio pareceu avistá-lo de repente no bar, como o havia esperado lá fora e o arrastado no beco.

E tudo que aconteceu depois.

Os olhos de Naomi arregalaram-se de pavor. Também havia um ar preocupado neles.

– Meu Deus, você está bem?

– Sim, acho que estou bem.

Na verdade, sem a adrenalina no sangue, agora as costelas de Hauck doíam, e a parte de trás de sua cabeça mais parecia um grande e latejante emaranhado.

– Sorte sua estar vivo.

Hauck respirou fundo e concentrou-se na estrada que cruzava entre as montanhas.

– Eu sei.

Por um tempo, os dois permaneceram em silêncio no carro em movimento. Naomi parecia chocada com a narrativa de Hauck e com o quão perto ele estivera da morte.

Por fim, ela disse:

– No meio das coisas de Thibault, encontrei um cartão de visitas com o endereço de e-mail de Hassani. Não sei o que está por trás daqueles assassinatos, mas parece claro que Thibault foi apenas o encarregado de executá-los. Faziam parte de um plano maior. Vou acionar os órgãos competentes quando voltarmos. Estou certa de que agora eles vão emitir um mandado para a detenção de Thibault. Ele pode ter mais coisas no computador dele. Sabemos o nome que ele está usando e o carro que está dirigindo. Não pode ir muito longe... – E completou, olhando para ele: – Mas o principal é que estou feliz por você estar bem.

Ele a fitou e percebeu algo em seu olhar.

– Eu também.

Aproximaram-se rapidamente dos arredores de Novi Pazar. Talvez Thibault já estivesse em fuga. Poderia ter ido ao apartamento da mãe, deduziu Hauck. E trocado de veículo com ela. Nesse caso, eles já tinham anotado o número da placa do Opel de Maria Radisovic. Ele não iria muito longe. Agora o sujeito estava em situação difícil. Tinha de decidir entre enfrentar o julgamento nos EUA pelo assassinato de quatro pessoas ou protelar a extradição e ser julgado pelos crimes de guerra ali na Europa.

Ao aproximarem-se da cidade, Hauck percebeu luzes piscando à frente. Um grupo de viaturas policiais no acostamento da rodovia.

Hauck reduziu a velocidade.

– O que será que houve?

– Provavelmente um motorista bêbado – conjeturou Naomi. – Você já viu, em primeira mão, o pessoal aqui gosta de entornar um copo.

– Gosta mesmo.

Tentou descobrir o que acontecia. Um carro tinha caído numa vala. Metade das viaturas policiais de Novi Pazar parecia ter sido chamada. Na pista de rodagem, um policial de uniforme cinza orientava o trânsito. Hauck desejou poder apenas baixar o vidro e mostrar seu distintivo, como costumava fazer em seu país, e perguntar o que estava acontecendo.

Naomi comentou:

– A coisa foi feia.

À medida que chegaram mais perto, Hauck viu de relance a cor do carro acidentado, com a dianteira caída. *Preta*. Em seguida, viu a marca.

Audi.

Ele se virou e fitou o olhar petrificado de Naomi.

O carro de Thibault.

Hauck reduziu até praticamente parar. Vislumbrou o vulto de um homem emborcado sobre o volante.

O espesso crânio de cabelos negros. A jaqueta de couro preta.

Thibault. *Sem dúvida alguma.*

Naomi sussurrou:

– Ai, meu Deus...

Não havia dano visível no carro, mas uma mancha de sangue escorria pela cabeça inerte do sérvio.

Aquilo não parecia um acidente de carro.

Ao passarem, Hauck viu duas palavras rabiscadas no vidro traseiro do Audi, em letras espessas que pareciam escritas com sangue. O sangue de Thibault, concluiu Hauck. Em geral, ele não seria capaz de decifrar nada escrito em sérvio, mas aquelas duas palavras não precisavam de tradução.

As letras formavam as palavras *DONJE VELKE.*

A aldeia bósnia onde acontecera a chacina que Thibault era acusado de comandar.

63

Passaram pelo carro de Thibault em silêncio. O rosto de Naomi estava paralisado, pálido. Até Hauck sentiu um estranho aperto na boca do estômago.

Thibault tinha sido executado pelo que fizera.

Quem era o responsável? Quem identificara que Thibault era na verdade Kostavic? Hauck reviu a cena lá no rio, os dois bêbados aparecendo na hora oportuna. Falaram com ele em inglês. Como se soubessem.

Donje Velke.

– Quem diabos era aquela gente?

Hauck parou o carro no acostamento. Esforçou-se para lembrar a sequência exata dos fatos.

– Vingança? A BIA? – pensou Naomi em voz alta. A polícia secreta sérvia.

– Não sei. Pareciam bêbados. Mas um deles falou comigo em inglês. Como se tivesse ideia de quem eu fosse. Mas por que os sérvios fariam uma coisa dessas? Donje Velke fica na Bósnia. O caso envolveu pessoas de etnia albanesa. E Kostavic esteve "morto" por aqui há quinze anos. Como alguém descobriria quem ele era? Só ficamos sabendo por acaso. Thibault não parava de me perguntar: "Quem mandou você?". Sem dúvida ele tinha medo de alguém...

– Hassani? – indagou Naomi.

– Talvez – assentiu Hauck. – Tapando suas pegadas.

– Se foi Hassani, é melhor darmos o fora daqui. *Agora.*

– Não – Hauck balançou a cabeça. – Acho que não estamos correndo perigo. Com certeza tiveram oportunidade de eliminar nós dois. Não se importaram muito e me deixaram seguir meu rumo.

– Não estou falando de *nós*, Ty – retorquiu Naomi. – Se Hassani estava por trás desses crimes (Glassman e Donovan, e agora mais este), Thibault já era. Mas tem mais alguém envolvido. Alguém que agora se tornou o nosso único elo. A pessoa que desencadeou tudo.

– O cara lá de Londres – Hauck fitou-a. – "Os aviões já decolaram".

Naomi assentiu.

– Marty al-Bashir. Se Hassani sabe que foi desmascarado, de modo algum vai deixá-lo vivo.

Hauck assentiu com a cabeça. Sem esse al-Bashir, que esteve no centro de todos os acontecimentos, não havia como provar nada. A conspiração terminava ali. Com Thibault.

– Tenho de fazer algumas ligações – disse Naomi. – Preciso providenciar umas coisas.

– Quer ir a Londres?

– Alguém está tentando colocar a economia dos EUA em polvorosa. Al-Bashir é o único elo que temos.

O brilho verde e vermelho das sirenes policiais iluminou o espelho retrovisor. Hauck pôs o carro em movimento.

– Você tem sorte – falou ele, voltando à pista. – Por coincidência, minha agenda está livre.

Naomi olhou janela afora com um sorriso de apreensão.

– Uau.

64

A menina tremia um pouco, obviamente assustada.

Hassan ibn Hassani admirou-a. A menina tinha só catorze anos. Muitas vezes eles mentiam. Mas esta realmente era uma deusa. Tinha os seios plenamente desenvolvidos, e ele vislumbrou-os estremecer ansiosos sob o robe de cetim. Cabelo grosso e macio como zibelina. Olhos escuros, perfeitamente amendoados. Lábios pequenos, mas carnudos. Nela, havia uma profundeza que o encantava. Receosa e ao mesmo tempo hipnotizada pelas atenções dele.

E jamais tocada antes.

– Delícia – sorriu Hassani, com um gesto de satisfação para a mulher que a trouxera. Na saída, entregaria a ela um envelope com vinte mil euros. *Vinte mil euros.* Por uma fração disso, ele poderia trepar com as mulheres mais lindas do mundo. Modelos, candidatas a miss, aspirantes a atrizes de Bollywood. Mas aquela menina era uma preciosidade. Imaculada. Não conseguia tirar os olhos de cima dela.

– Como é seu nome?

– Sera – respondeu trêmula.

Sera. Ela viera de uma das aldeias dele, lá no reino. Aldeia que a família dele, sheiks há duzentos anos, ainda governava. O pai da moça tivera dificuldades financeiras e endividara-se até o pescoço. Uma ninharia para Hassani, disposto a resolver tudo num instante.

A um alto preço.

– Está com medo? – indagou, recostando-se na cadeira dourada atrás da escrivaninha Luís XVI. Estendeu o braço e tocou a mão dela. Uma onda de eletricidade percorreu-o.

Ela se encolheu.

– Não tenha medo – disse ele, deixando os dedos escorregarem da mão e roçarem a coxa da garota. Imaginou os seios deliciosos arfando sob o tecido, os mamilos tesos. – Está fazendo um bem enorme a seu pai. Lá, você não teria nada. E ele estaria arruinado. Aqui, vai ter tudo que quiser.

Aqui, pensou Hassani com orgulho, era a sua residência numa das muitas ilhas particulares feitas com aterros da areia de Dubai. Mais palacete que residência. Projetada para rivalizar com os palácios do Grande Canal de Veneza. Como nas pinturas de Canaletto, das quais ele tinha duas.

Desejo e ansiedade tomaram conta dele. Sim, vivia uma rotina conturbada. Cultivara contatos ao redor do mundo inteiro. Vendera armamentos. Segredos. Proporcionara os meios aos perpetradores de muitas mortes. Em nome do profeta.

No entanto, também era um grande amigo das pessoas carentes – no Ocidente. Providenciava financiamento para seus bancos mais periclitantes. Servia de conduto para a maior riqueza do mundo, tão necessária àquelas empresas do ramo financeiro. Era bem-vindo nos ministérios mundo afora. Nos palácios dos governos.

Nos tempos contemporâneos, era necessário trilhar nos dois mundos. Servir a vários senhores. Manter o senso de equilíbrio.

E um de seus inúmeros senhores era o desejo que aflorava em seu púbis ao imaginar o suave ronronar que ela emitiria ao ser penetrada pela primeira vez.

Na visão de Hassani, ele enviara muitos homens ao encontro de incontáveis virgens no paraíso.

Apenas fazia a cobertura de risco, como sempre.

Desfrutaria das virgens aqui.

Enquanto Hassani a fitava embevecido, seu celular tocou. Estava tão absorto que mal escutou. Mirou o mostrador com desânimo: precisava atender a ligação.

– Sinto muito – suspirou com tristeza. – Vai ter que esperar lá fora.

Atendeu a chamada, imaginando a sensação de deslizar as mãos sob o robe. Escutar seu primeiro grito. Desfrutar dela quantas vezes quisesse até mandá-la de volta à aldeia distante, onde ela seria vista como prostituta.

– Alô – Hassani ergueu o celular, fitando a enseada e a majestosa silhueta dos prédios de Dubai.

– Só para mantê-lo informado – disse o interlocutor. – Aquele negócio da antiga dívida enfim foi resolvido. Mas outro problema surgiu. Os dois acionistas escaparam.

– Escaparam?!

– Outra parte interessada, talvez. Em Londres, quem sabe...

– Londres – falou Hassani, tristonho. Seria uma pena. Ele amava aquele moço como a um filho.

– Avise-me se eles fizerem contato – ordenou o bareinita.

Chegava a hora de arrematar o trabalho.

Época complicada. Era preciso olhar os fatos de múltiplos prismas. Estava escrito no livro sagrado: primeiro a destruição, depois a renovação.

O entretenimento teria de esperar.

Hassani mirou o relógio de pulso. Obra-prima da Breguet. Raridade. Aquele probleminha tinha de ser informado. Ao próximo nível. Havia outras pessoas envolvidas. Seis da tarde ali – manhã em Nova York. Iria encontrá-lo no escritório.

Apertou a tecla de discagem rápida e esperou.

– Hanni – atendeu o outro, a 11 mil quilômetros de distância.

Peter Simons. O diretor executivo da Reynolds Reid.

PARTE QUATRO

65

Pousaram no aeroporto de Heathrow ao meio-dia de sábado.

Desta vez, Naomi entrara em contato com a Scotland Yard, explicando que gostaria de falar com um saudita residente em Londres sobre o envolvimento dele no caso que investigava. A autoridade perguntou se Naomi desejava algum apoio durante a estadia, e ela respondeu que avisaria caso fosse preciso. Também registrou sua pistola junto ao órgão competente. A última coisa que desejava era irritar o governo britânico. Não estavam mais na Sérvia.

Ela e Hauck tinham reservas no Number 29, hotel boutique da Kensington Street, ex-conjunto residencial adaptado, onde Naomi já se hospedara. A caminho, pediram ao taxista para passar defronte à casa de Marty al-Bashir – imponente sobrado em Chesterfield Mews, Mayfair, em meio à fileira de residências georgianas.

– Lá está o número 60 – disse o motorista, apontando uma alva fachada de três pisos, com terraço na cobertura e porta de madeira trabalhada, de cor vermelha.

– De simples não tem nada – observou Hauck ao passarem por ela. Tão grandiosa como as outras casas da rua.

– E nem poderia ter – confirmou Naomi. – Esse sujeito gerencia o maior fundo de investimentos do mundo.

Ao afastarem-se, tiveram de serpentear através do labirinto de ruas de mão única ladeadas por residências charmosas e arborizadas, embaixadas e hotéis para retornarem até Knightsbridge, a principal via de acesso ao hotel. Fizeram o *check-in*. Naomi subiu para tomar uma ducha e ligar para o chefe. Hauck ligou a tevê nas notícias, pegou a *nécessaire* e entrou no banheiro para fazer a barba. Pensou em ligar para Annie. Lá de Novi Pazar, deixara apenas uma única mensagem na secretária eletrônica dela, dizendo que estava tudo bem. Conferiu a hora e pensou que Annie talvez ainda estivesse dormindo. Ela sempre ficava até tarde no restaurante nas noites de sexta-feira. Sabia que omitira muita coisa dela. Sobre April e o motivo de estar viajando. Havia uma série de coisas a ser respondida quando voltasse. Tinha consciência de que evitava o problema.

A reportagem da BBC abordava o medo do colapso financeiro mundial. Enquanto os dois estavam na Sérvia, as mega-agências Fannie Mae e Freddie Mac tinham falido. O Banco Central teria de interceder para salvá-las. A AIG, gigante do ramo de seguros, também cambaleava. Sem falar na JP Morgan e na Reynolds Reid. Todas vendiam ações por valores bem menores do que há dois meses.

Cenário sombrio.

Por volta das duas, ele e Naomi encontraram-se no lobby para tomar um café. Naomi contou-lhe o que sabia sobre al-Bashir.

– Jovem. Inteligente. Ocidental. Cordial com a mídia. Tem um MBA pela Universidade de Chicago. Passagens pela Reynolds e Blackstone. Já deve tê-lo visto na CNBC.

– Não assisto à CNBC – respondeu Hauck.

– Fique ligado. Esta tarde pode ter um efeito positivo em você.

Hauck abriu um sorriso e bebeu um gole do café preto.

– Tem ideia do que pretende fazer?

Naomi assentiu.

– Falei com meu chefe. Estamos prontos para oferecer um acordo a ele. Vamos levá-lo para depor.

– Acha mesmo que ele vai topar? Gente que mora numa casa como aquela não costuma dar o braço a torcer ao governo sem antes lutar.

– Vai topar quando cair a ficha sobre *qual* pode ser seu próximo lar. – Baixou a xícara e pôs a bolsa a tiracolo. – *Pronto?*

Pegaram outro táxi de volta a Mayfair. Chesterfield Mews ficava a poucas quadras do Hyde Park. Desceram a uma quadra do endereço e esperaram na rua, de olho no luxuoso e alvo sobrado georgiano. Hauck correu o olhar ao redor. Ninguém mais parecia estar vigiando a casa. Concordaram que, se não vissem movimento, iriam bater à porta.

Era importante pegar al-Bashir desprevenido e longe de seu escritório.

Logo após, a porta da frente se abriu. Naomi cutucou Hauck. Dois meninos pisaram no degrau de pedra calcário. Feições trigueiras do Oriente Médio, com sete e cinco anos, talvez. O mais velho usava a camiseta listrada do Manchester United. O menor, camiseta do David Beckham e tênis. Podiam ser crianças de qualquer lugar. Em seguida, surgiu uma atraente mulher de trinta e poucos anos, de jeans, boné de beisebol e suéter de casimira com capuz. Bolsa cara a tiracolo.

Ela aguardou junto à porta vermelha, segurando-a aberta. Logo saiu um homem com calças cáqui, camisa de malha vermelha e mocassins de couro. Cabelo curto escuro, óculos de aros redondos. Num braço, trazia uma bola de futebol; no outro, a guia de um *King Charles spaniel*.

Parecia um pai como outro qualquer indo passear sábado à tarde com a esposa e os filhos.

Naomi assentiu com um aceno de cabeça.

– É ele.

66

A família al-Bashir caminhou duas quadras rumo à Park Lane. Parecia que iam ao parque. O cão puxava o pai, os meninos à frente, o mais velho brincando com a bola de futebol.

Hauck e Naomi começaram a segui-los.

Com a esposa de al-Bashir de mãos dadas com os filhos, a família atravessou a movimentada Park Lane e rumou na direção do Hyde Park, o maior de Londres. Na linda tarde de sábado, o povo lotava o parque. Casais passeavam ou descansavam em toalhas estendidas na grama. Músicos de rua tocavam. Jovens casais com filhos pequenos. Meninos jogando futebol. E muitos cachorros.

Al-Bashir e sua família andavam pelo caminho. O menino mais velho começou a driblar com a bola e fazer o mais novo de bobinho, que reclamou com a voz chorosa. A mãe permaneceu de olho neles, insistindo que não atrapalhassem as pessoas e procurassem um campo para jogar. Marty al-Bashir deixou o *spaniel* subir à grama para farejar outros cachorros ali perto.

Hauck e Naomi seguiam a uns cinquenta metros atrás.

A certa altura, o celular de al-Bashir tocou e ele passou a guia do *spaniel* a sua esposa. A ligação durou só dois minutos.

Quando ele desligou, Naomi disse a Hauck:

– Vamos lá.

Aproximaram-se quando ele estava prestes a reencontrar a esposa.

– Marty al-Bashir?

Surpreso, ele fitou Naomi.

– Sim.

Ela mostrou a identidade.

– Meu nome é Naomi Blum. Sou agente federal do Ministério da Fazenda dos Estados Unidos. Podemos conversar?

– Conversar? *Aqui?* – Ele mirou de relance a esposa, meio confuso, meio irritado. – Hoje é sábado, Srta. Blum. Estou com minha família. Por que não liga para o meu escritório e...

– Só vai levar alguns minutos – disse Naomi. – Sinto muito por atrapalhar o seu lazer. Mas acho que vai valer a pena para o senhor.

Hauck percebeu um leve tremor na voz dela; sabia que Naomi devia estar nervosa. Falava com uma peça fundamental do esquema, e faria toda a diferença conduzir a situação com classe.

– Tem a ver com um amigo seu – explicou ela. – Hassan ibn Hassani.

A irritação no rosto de Marty al-Bashir, de repente, transformou-se em apreensão.

– Posso procurá-lo na segunda-feira com um agente do Exchequer, se achar melhor. Mas em seu lugar eu não preferiria isso...

Um dos garotos gritou:

– Pai, venha cá, tente fazer um gol...

– Estou indo. – Ele acenou. – Comecem sem mim.

A mulher dele aproximou-se, preocupada.

– Tudo bem, Marty?

– Claro. Esses dois só querem fazer umas perguntas. Já volto.

Os três percorreram a trilha até um arvoredo de cerejeiras, o Arco de Wellington atrás deles.

– Muito bem – ele se virou, sem esconder a irritação. – Tem cinco minutos, Srta. Blum. O que é assim tão importante que não pode esperar até segunda-feira?

– Este é Ty Hauck – apresentou. – Colaborador de uma empresa de segurança em Greenwich, Connecticut.

Al-Bashir assentiu com ar desdenhoso, sem estender a mão.

– Certo...

Quando ficou claro que essa seria a saudação mais formal que conseguiriam, Naomi continuou:

– Conhece o Sr. Hassani, não é mesmo?

– Não sei. Talvez. O nome não me é estranho. Que importância tem isso, afinal?

– Para refrescar sua memória, o Sr. Hassani é natural do Bahrein e dono de várias empresas. Entre elas, a Ascot, firma de capitais privados dos Emirados Árabes Unidos. Acho que o senhor já trabalhou com eles em sua empresa.

– Sim, sim, conheço a empresa – confirmou al-Bashir, mexendo as mãos com impaciência e fitando ora Hauck, ora Naomi, na tentativa de decifrar seus olhares. Mirou o relógio. – E então? Esse assunto não pode esperar?

– Deve estar acostumado com esse tipo de interrupção nos fins de semana, Sr. al-Bashir – falou Naomi, cravando os olhos nele. – Foi num domingo, dia 8 de fevereiro, que o senhor recebeu uma ligação do Sr. Hassani. Direto de Dubai. Trataram de um assunto muito vago, é claro. Estratégias de investimento, o mercado preocupante... – ela abriu a bolsa. – Casualmente, tenho a transcrição daquela conversa, se ajudar.

– Não preciso de transcrição – retorquiu ele. – Continuo sem entender o motivo dessas perguntas. O Sr. Hassani e eu conversamos sobre negócios. Uma conversa particular, para ser mais exato. Como cargas d'água você está em poder de uma...

– O Sr. Hassani é uma pessoa de interesse em vários assuntos relacionados com a segurança nacional dos Estados Unidos – explicou Naomi, cortando sua fala e mirando-o fixamente. – E, infelizmente, o senhor também é.

Os olhos do saudita estreitaram-se. Tirou os óculos.

– Não estou entendendo...

Ela o fitou com olhar inabalável. Hauck ficou impressionado.

– Sabia que o Sr. Hassani atraía a atenção do governo dos Estados Unidos, Sr. al-Bashir?

– Não, não sabia – disse o saudita, mexendo os pés, inquieto. – Mas sabia que ele ajudou a canalizar um financiamento de seis bilhões do rei do Bahrein para um dos maiores bancos de seu país.

– O Sr. Hassani também intermediou a venda de armamentos da Chechênia que acabaram nas mãos do Talibã, no Paquistão. Injetou dinheiro na Fundação Cultural Islâmico-Americana, organização de fachada que fundou madrassas, os seminários islâmicos que treinam terroristas, em todo o mundo, inclusive alguns aqui na Grã-Bretanha, e está na lista de vigilância antiterrorista.

– Terrorista! – piscou o saudita nervosamente. – Não fiz nada de errado.

A esposa de al-Bashir aproximou-se.

– Tudo bem, Marty?

– Sim, Sheera, tudo tranquilo – retorquiu, mudando de atitude. – Vá cuidar dos meninos. Daqui a pouco eu vou lá.

Naomi disse:

– Voltando àquela conversa, Sr. al-Bashir, pouco depois dela, o senhor mudou a estratégia de investimentos de sua empresa, não mudou?

– Como assim, mudei a nossa estratégia de investimentos?

– Logo no dia seguinte, segunda-feira, dia 9 de fevereiro, seu fundo começou a liquidar a maior parte de seus interesses financeiros nos mercados dos Estados Unidos. Na realidade, em todo o mundo. Só para ficar bem claro, o senhor classificaria esses interesses como *substanciais*, não é mesmo?

– Sim, claro, eles são substanciais. Somos um fundo significativo. Mas daí para dizer que isso foi o resultado de uma conversa...

– De fato, o senhor começou a vender a descoberto as ações de muitas das maiores instituições financeiras do mercado. Citicorp, Goldman, Bank of America, AIG...

– Não tenho certeza da data exata.

– Lehman Brothers, Beeston... – prosseguiu Naomi, observando o olhar dispersivo de al-Bashir. – Wertheimer Grant.

O rosto do saudita empalideceu.

– Não leve a mal a pergunta, mas o Sr. Hassani é uma espécie de parceiro de sua empresa, Sr. al-Bashir? Ou um dos principais investidores?

– Pelo jeito, você sabe muito bem quem são os parceiros de minha empresa, Srta. Blum – reagiu o saudita com irritação.

– Só para esclarecer, senhor, é *agente* Blum – ela o fitou e prosseguiu. – Mas ele costumava lhe dar conselhos sobre investimentos?

– Não, eu não diria isso. Éramos apenas duas pessoas discutindo seus pontos de vista.

– Apesar disso, o senhor imediatamente mudou de rumo após aquela conversa. *Por quê?*

– Acho que essa conversa já foi longe demais, agente Blum. Sugiro que transfira esse assunto a nossos advogados, se supõe que eu fiz algo de errado. Seja lá o que você tenta provar, não é o local nem a hora. Acho que seus cinco minutos se esgotaram.

– Tenho certeza de que existe uma coisa que o senhor definitivamente *não* gostaria que eu passasse a seus advogados, Sr. al-Bashir. Os nomes Marc Glassman e James Donovan significam algo para o senhor?

O saudita piscou, percebendo agora aonde ela queria chegar.

– Se não me engano, são aqueles dois *traders* que morreram de repente nos EUA. Um teve a residência assaltada. O outro cometeu suicídio...

– Exato, Sr. al-Bashir – atalhou Naomi –, exceto por um detalhe. Não foi suicídio. O Sr. Hauck aqui provou isso. Os dois foram assassinados.

– Eu não sabia disso – falou o saudita, inquieto, olhando para Hauck, preocupado com o rumo da conversa.

Naomi continuou a pressioná-lo.

– Aquela súbita mudança de estratégia com certeza influenciou o preço de muitas ações, não é mesmo, Sr. al-Bashir?

Ele deu de ombros.

– Todo mundo via que as entidades financeiras estavam prestes a desabar. Apenas nos antecipamos.

– Sim, e elas realmente desabaram, não é, senhor? A Royal Saudi é uma das maiores intervenientes no mercado. A atuação dela em apoio ou retirada é capaz de movimentar um setor inteiro, não é verdade? Foi o que aconteceu.

– Acho que nesse caso o veredito já está dado, agente Blum. Mas ainda não sei aonde você quer chegar...

– Aonde eu quero chegar, Sr. al-Bashir – disse Naomi, cravando os olhos cinzentos nele –, eu e o governo dos Estados Unidos, é que pouco depois dessa mudança de estratégia, após o valor das ações das empresas norte-americanas ter despencado ao longo do ano que passou, o Sr. Glassman e o Sr. Donovan foram assassinados. E, após a morte dos dois, descobriu-se que cada um deles, secretamente, tinha perdido bilhões em operações de *trading* e escondido esses resultados de suas empresas, tornando o balanço delas mais frágil ainda. Isso foi a gota d'água, digamos assim, para conduzir as duas empresas à insolvência, *estou certa?*

Al-Bashir assentiu com ar inexpressivo.

– Fazendo cair o resto do mercado, não diria? Como num efeito dominó.

– Junto a várias outras causas – respondeu al-Bashir. – Decerto já ouviu as palavras "crise hipotecária" no ministério da Fazenda, não ouviu? Ou "*swaps* de crédito"? Ou, quem sabe, "alto risco"?

– Sim, já ouvi. Mas que tal se eu provasse, Sr. al-Bashir, que o Sr. Glassman e o Sr. Donovan receberam polpudos pagamentos externos para cometer esses atos? E que esses pagamentos podem ser vinculados diretamente ao Sr. Hassani? E que, por intermédio de outro colaborador, Hassani também está vinculado aos assassinatos?

O rosto de Al-Bashir contraiu-se de tensão. Repôs os óculos, a tez pálida.

– Vou andando, agente Blum. Acho que já ouvi o suficiente.

– Antes de ir embora – completou Naomi –, só mais duas coisinhas bem rápidas. A primeira: o nome Dani Thibault lhe diz algo?

O saudita pestanejou. Hauck manteve o olhar fixo nele, avaliando a sua reação.

Claramente, o nome lhe dizia algo.

– E a segunda – continuou Naomi, olhando-o de esguelha. – Pode esclarecer o que significa, senhor, a última frase de sua conversa com o Sr. Hassani: "Os aviões já decolaram"?

67

Súbito, a petulância no rosto de Marty al-Bashir pareceu-se esvair. O saudita piscou e tirou os óculos novamente. Tentava manter a compostura.

– O quê?

Naomi fustigara-o como se fosse uma interrogadora profissional. Como uma barracuda concentrada na presa, pensou Hauck com admiração. Hauck presenciara a situação muitas vezes. Os mais relutantes negadores começam a balançar. Por fora parecem calmos, mas por dentro o cérebro trabalha em frenesi, indeciso sobre o que fazer. O próprio Hauck não teria feito melhor.

– Acho que me ouviu bem, Sr. al-Bashir – Naomi continuou a observá-lo, sabendo que o surpreendera. – O que o Sr. Hassani queria dizer com aquilo? "Os aviões já decolaram"?

– Não queria dizer nada – o saudita pigarreou e olhou para ela. Na função de gerente de investimentos, raramente precisava defender-se dessa forma. – Foi apenas figura de expressão. Uma conversa de negócios entre dois profissionais. O Sr. Hassani é uma pessoa conhecida. Puxa vida, ele facilitou um financiamento de mezanino para a Reynolds Reid junto à família real bareinita.

– Sendo assim, não vai lhe causar problema algum se eu mostrar a transcrição daquela conversa telefônica para seus empregadores, a família real saudita – falou Naomi, jogando a pá de cal.

– *Olhe...*– O jovem gerente de investimentos balançou a cabeça, vendo a sua vida despedaçar-se.

– Sua carreira está acabada, Sr. al-Bashir. Mancomunado a uma pessoa sabidamente ligada ao terrorismo, o senhor conspirou para espoliar os já abalados mercados financeiros mundiais. Ganhou bilhões de dólares ilegalmente. Gerentes de investimentos foram seduzidos a cometer fraude financeira contra suas empresas e levar essas instituições ao abismo. Na melhor das hipóteses, é uma conspiração para manipular os mercados. Na pior, é um ato de terrorismo, sujeito às leis da Segurança Antiterrorismo. Seja como for, Sr. al-Bashir, em que circunstâncias o senhor acha que o seu rosto vai aparecer na próxima vez na CNBC? Sem falar que – Naomi continuou a fitá-lo sem que ele pudesse responder – isso levou ao assassinato de quatro pessoas inocentes.

Al-Bashir empalideceu ainda mais. Relanceou os olhos à esposa, que agora o mirava preocupada; em seguida, deu alguns passos pela trilha, afastando-se da família. Falou em voz baixa, quase num sussurro, mas com um quê de desespero.

– O que deseja de mim, agente Blum?

– Quero saber o que está por trás daquela ligação, Sr. al-Bashir, e como isso se conecta a uma conspiração para recrutar Marc Glassman e James Donovan no esforço de desestabilizar a economia dos Estados Unidos. O governo dos Estados Unidos quer saber.

– Não tive nada a ver com isso. A única coisa que fiz foi mudar nosso portfólio.

– Ah, acho que o senhor teve *muito* a ver com isso, Sr. al-Bashir. Teve algo a ver com isso desde o minuto em que se envolveu com gente assim. Mas, infelizmente – Naomi encolheu os ombros e respirou fundo –, esse nem é o seu principal problema neste exato momento.

Ele pigarreou e ajeitou os óculos.

– Do que você está falando?

Naomi mirou a esposa do saudita, que agora se aproximou dos filhos, claramente preocupada com o que estava acontecendo.

– Tem uma família adorável, Sr. al-Bashir. Tenho certeza de que, como todo marido e pai, o senhor faria tudo a seu alcance para protegê-los do perigo.

O olhar do saudita escureceu-se.

– Do que você está falando?

– Dani Thibault foi assassinado ontem. Executado a tiros. Na Sérvia. Numa cidadezinha distante onde o rastreamos. Thibault recrutou Glassman e Donovan com uma série de pagamentos que podemos vincular ao Sr. Hassani. Acreditamos que a morte dele foi encomendada por ele, para acobertar o caso.

As faces de al-Bashir estremeceram. Engoliu em seco e esforçou-se ao máximo para soar corajoso.

– Ainda não sei o que isso tem a ver comigo, agente Blum.

– Bem, é isto: todos os participantes dessa conspiração, Sr. al-Bashir, estão mortos. Glassman, Donovan, agora Thibault. Todos menos um, Sr. al-Bashir... – concluiu, com os olhos fitos nele. – O *senhor*. Dá um significado completamente novo à expressão "alto risco", não é mesmo?

– *Escute aqui* – frisou o saudita, com suor na testa –, eu vendi ações, só isso. Não fiz nada de mais. Ajustei nossas posições, como qualquer gerente de investimentos faria. Aliás, é normal isso acontecer muitas vezes num ano. Nenhum júri do mundo vai conseguir me condenar por algo ilegal. Não existe nada, nada mesmo, que me conecte a esses crimes horríveis.

Enfim, Hauck entrou na conversa.

– Isso não tem nada a ver com tribunais, Sr. al-Bashir. A agente Naomi está tentando salvar a sua vida. A vida de sua família. Não está entendendo?

O saudita fitou-o, prestes a desafiá-lo. Mas parecia ter perdido a vontade de lutar.

Naomi tocou-o no braço.

– Se eu quisesse prendê-lo, já estaríamos conversando numa cela, Sr. al-Bashir. O senhor não tem saída. Colocou a si mesmo e sua família numa situação de extremo risco. Mas uma coisa o senhor *não* deseja – completou, suavizando o tom de voz. – Ficar encurralado e acabar morto.

Um ar de compreensão perpassou o rosto do gerente de investimentos saudita. Calou-se de raiva. Correu a mão no cabelo e mirou, como quem procura respostas, a esposa e os filhos.

– E se eu simplesmente for embora agora? Se eu não fizer nada?

– Nesse caso, *eu* não vou fazer nada. – Naomi deu de ombros. – A não ser, talvez, levar a transcrição daquela conversa às mãos de seus patrões. Suspeito que eles vão mudar de opinião quando souberem como os investimentos vêm sendo aplicados. Também vamos contar que tivemos esta conversa. Sobre o Sr. Hassani. Levando em conta o que acabou de acontecer com o Sr. Thibault, acha mesmo que vale a pena correr o risco?

O saudita passou a mão na boca. Esvaziou os pulmões num longo suspiro, ao perceber o apuro tremendo em que se havia metido.

– Estou dando-lhe uma saída, Sr. al-Bashir. Ficar sob nossa guarda protetora em troca de sua cooperação. Pode manter a maioria de seus bens. Os que foram ganhos honestamente. Mas queremos saber: qual a amplitude desta conspiração? Quem estava envolvido? Para onde ela vai levar?

Ele balançou a cabeça.

– Preciso de um tempo.

– Seu tempo já se esgotou, senhor. Volte para casa. Converse com sua esposa. Providenciei para que um veículo da Scotland Yard fique de guarda defronte à sua residência. Sinto muito por tudo isso, mas a hora de responder é agora.

68

A portas fechadas no gabinete, Sheera encarou o marido, consternada.

Ele contara tudo para ela. Como suas raízes com Hassani remontavam à sua juventude. Quando ele não passava de um aluno universitário. Nem mesmo nos Estados Unidos. Na universidade de Riad. Como ele havia sido escolhido. Treinado. Preparado. Com um objetivo. Para um dia.

Como a sua percepção na época fora diferente.

– Como você se envolveu com pessoas assim? – indagou sua mulher, meneando a cabeça, com lágrimas nos olhos.

– Durante vinte anos, nem pensei neles – explicou al-Bashir. – Isso foi antes de eu ir para os Estados Unidos. Antes de conhecer você. À medida que o tempo foi passando, pensei que eles se esqueciam das minhas dívidas. Pensei que a vida me libertara deles.

– Esse tipo de dívida nunca se esquece. A vida nunca traz liberdade. – Sheera sentou-se inconsolável no sofá. Fitou o marido num misto de raiva e censura no olhar. – Devia ter recusado, Marty. Devia ter ido à polícia.

– Eles me matariam, Sheera, se eu não colaborasse.

– E vão matá-lo agora que você colaborou.

Ele quis se aproximar e sentar ao lado dela, sua esposa durante todos esses anos, o maior tesouro de sua vida. Mas tinha certeza de que ela se afastaria. Aquilo criara um abismo entre eles. Talvez para sempre.

– Sinto muito. Vamos conseguir manter a maior parte do que temos. Sei o quanto dói abandonar tudo isto.

– *Abandonar tudo isto?* – ela ergueu os olhos e avaliou-o horrorizada. – Acha que eu me importo com isto? *Esta casa?* Sua posição social? As coisas que o dinheiro nos trouxe? – No corredor, escutaram o barulho dos meninos brincando. – É com *eles* que eu me importo. Amir e Ghassan. É a vida *deles* que importa para mim. Agora eles se tornaram alvos? Vamos viver com medo o resto de nossas vidas? Seja lá onde estivermos... Essas dívidas não são perdoadas, Marty.

Desesperançoso, ele olhou pela janela. Estacionado do outro lado da rua pacata, um carro sem marcas de identificação.

– Vou ligar para o Arthur – disse ele, fechando a cortina. O advogado da família. – Ele pode providenciar algum acordo.

– Advogados não vão resolver, Marty. Desta vez, não. – Ela pegou um robô Transformer de Amir caído no chão. Sorriu e olhou para o marido. Resignada. Até mesmo pronta a perdoar. Com os olhos cheios de lágrimas, ela mostrou o brinquedo. – Acho que fizemos nossas escolhas há muito tempo.

Marty al-Bashir assentiu. Também com lágrimas nos olhos. Lágrimas de vergonha. De esperança esvanecida.

– Fizemos, não é mesmo, Sheera?

69

Annie Fletcher pegou o molho com as chaves da casa de Ty, no local onde sabia que ele sempre o deixava, ao lado da casa, atrás da pedra falsa na floreira. Subiu os degraus e entrou.

O sinal do alarme deu um bipe. Digitou o código: 70794.

O dia do nascimento de Jessie, a filha dele.

Annie sabia que ele não se importaria. Ela entrara na casa muitas outras vezes antes. A casa parecia limpa e o ar, puro. Era sábado, e Elena, a diarista, viera no dia anterior. Annie procurava seus brincos de argolas de ouro, que estavam extraviados. Lembrava-se de tê-los deixado na mesinha de cabeceira do quarto de Hauck, quando dormira ali algumas noites antes.

Antes de um súbito e imenso abismo se abrir entre eles.

Talvez tivesse começado com o ataque a Jared. Ty dissera que talvez fosse melhor eles ficarem afastados por um tempo, a bem da segurança dela, mas Annie sentiu que Ty apenas estava sendo Ty, talvez evitando encarar a verdade, sendo nobre. Ou talvez, se ela fosse honesta, isso tivesse começado um bom tempo antes. Talvez remontasse àquela manhã de segunda-feira em que os dois acordaram na cama e assistiram ao noticiário sobre aquela família assassinada em Greenwich.

Eu a conhecia, ele dissera.

Foi como se algo tivesse mudado nele desde aquele dia.

Ela nunca havia bisbilhotado. Ele não precisava contar tudo para ela. Embora no fundo ela assim o desejasse. Ela também omitia muita coisa – deixara o próprio filho lá no oeste até conseguir um lugar para ele aqui –, e a verdade era que, se por um lado ela se apaixonara por Ty (só um pouquinho), por outro, eles não tinham realmente compromisso firmado.

Ele estava viajando há quatro dias, e ela pouco tivera notícias dele nesse tempo. Hauck falou que seria melhor ela não saber para onde ele estava indo. Mas ela imaginava o destino. Perguntara a ele: "Afinal, onde você andou se metendo, Ty?".

Gostaria de falar: "OK, não precisa se justificar para mim", mas no fundo a preocupação a dominava. Preocupação de que algo pudesse ter acontecido. Em algum lugar. Preocupação de que ele estivesse se envolvendo em algo acima de suas forças. Típico dele.

Preocupação de que surgisse uma barreira entre os dois. Uma barreira intransponível. E até mesmo incompreensível.

Foi até a cozinha. Incapaz de controlar-se – o que faria agora? –, guardou alguns pratos que Elena deixara secando no balcão. Quase tropeçou num par de tênis. Então subiu ao segundo piso.

No quarto, encaminhou-se até a mesinha de cabeceira do lado em que ela costumava dormir, procurando pelas argolas. *Droga*. Nada em cima da mesinha. Onde imaginava que estivessem. Só uma foto de Jessie e o barco dele, que Ty acabara de retirar da doca seca – o *Merrily*.

Abriu a gaveta.

Nada outra vez. Suspirou, desapontada. Tinha certeza de que os brincos estavam ali.

O ambiente transmitiu-lhe uma sensação estranha; parecia exatamente igual à última vez em que estivera ali, pouco antes da viagem de Ty. Não tinham feito amor naquela noite. Ela sentira algo distante, crescente, separando-os. E agora ele estava viajando.

Talvez fosse apenas uma sensação boba. *Vamos, Annie, quantos anos você tem? Dez?*

De repente, teve a ideia de conferir na cômoda de Ty. Uma bagunça de fotos empilhadas e recibos de cartão de crédito. Correspondência.

Contas. Era ali que Ty enfiava tudo que aparecia! Se não fosse para preservar o espaço dele, ela já teria organizado aquilo umas cem vezes.

Num cinzeiro, com dinheiro trocado, as argolas de ouro.

Viva!

Annie embrulhou-as num tecido e guardou no bolso da jaqueta. Prestes a sair, algo na cômoda lhe chamou a atenção.

Uma voz interna mandou-a não mexer. *É coisa do Ty. É proibido bisbilhotar*. Outra vozinha a incentivou a dar uma olhada.

Uma foto. Embaixo do cinzeiro. Annie pegou-a.

Sentiu o coração apertar com o que viu.

Nem tanto com a pessoa na foto – dava para ver que era antiga, e, de certo modo, ela sempre tivera suas suspeitas – e mais pela sensação de o relacionamento deles estar à deriva.

E a confiança dela também.

Na foto, Ty aparecia sorrindo, com uma expressão que ela nunca vira no rosto dele quando em sua companhia. No banco de um parque. Pessoas ao redor.

E, perto dele, alguém que ela reconheceu. A cabeça apoiada em seu ombro. As mãos enganchadas no braço dele. Annie não sentiu ciúmes.

E sim mágoa.

O rosto da mulher havia sido impresso em sua mente desde o primeiro dia em que a vira. Na televisão. Uma das vítimas. Naquela casa.

April Glassman.

70

O carro que veio buscar al-Bashir e sua família chegou no dia seguinte, antes das nove horas.

Ao longo da noite, Naomi mantivera contato telefônico com sua equipe lá em Washington. O plano era conduzi-lo até uma casa segura no interior, onde seria interrogado por Naomi e representantes do governo britânico. Em seguida, deixaria o país de avião. Precisavam fazer isso logo e sem chamar a atenção, antes que Hassani ou outra pessoa interviesse.

Hauck e Naomi chegaram à casa em Mayfair meia hora antes. Estacionada nas proximidades, uma viatura da Scotland Yard sem marcas de identificação passara a noite vigiando a casa dos al-Bashir. Ninguém mais na rua. Uma tranquila manhã dominical como outra qualquer. Melros cantavam nas árvores. Uma ou duas famílias saíram de casa, bem vestidas, a caminho da igreja.

Quanto menos pessoas envolvidas, melhor.

Naomi mostrou seu distintivo aos dois policiais no carro. Então subiu os degraus na entrada e bateu na porta avermelhada, feita de madeira maciça. Hauck ficou ao pé da escada, vigiando a quadra. Algumas casas adiante, um menino teimoso e resmungão foi arrastado pela mãe até o BMW 330i da família para uma provável excursão dominical.

Sheera al-Bashir atendeu à porta. Blazer preto, jeans de *design* requintado. Difícil, pensou Hauck, não ficar triste por ela e seus filhos.

Eles não tinham feito nada de errado. Num dia apenas, a jovem, moderna e atraente mãe foi arrastada a um turbilhão. Agora tudo estava prestes a mudar para eles. Até Hassani ser preso – e talvez um bom tempo depois –, a família sempre viveria com medo de ser encontrada.

Naomi abriu o melhor sorriso possível nas circunstâncias e mirou o relógio de relance.

– O carro vai chegar a qualquer momento. Estão prontos?

– Quase – respondeu ela, com rosto lavado, sem maquiagem, e olhos cansados de uma noite conturbada. Retribuiu um sorriso relutante. – Só falta empacotar alguns brinquedos dos meninos.

Naomi assentiu.

– Claro.

Quinze minutos. Naomi desceu e sentou-se perto de Hauck, sorrindo, meio filosófica, reconhecendo que não havia vencedores nesse tipo de situação, e meio satisfeita, pois enfim seriam capazes de descobrir a verdade. Quem tramava contra os Estados Unidos? E quem estava por trás dos assassinatos de Marc Glassman e James Donovan?

– Você agiu bem – disse Hauck, piscando para ela com uma ponta de orgulho.

– Obrigada – arquejou ela nervosamente, como se ainda faltasse conferir pequenos detalhes. Ou reconferir. Mas não faltava.

– Três dias inesquecíveis, hein? – disse ele, com um sorriso. – Avise-me quando planejar suas próximas férias.

– Deixe comigo – sorriu Naomi.

– O Sul da França seria divertido. Se acontecesse algo por lá...

Ela fitou o relógio novamente.

– Talvez fosse melhor eu entrar em contato com o pessoal do Exchequer...

– Relaxe – disse Hauck, apertando o braço dela.

Em seguida, Naomi apontou o dedo para a esquina.

– Lá está.

Um SUV Mercedes preto, com película nos vidros, entrou na rua, vindo das bandas de Knightsbridge. Rodou vagarosamente pela rua até parar defronte ao sobrado.

Naomi suspirou aliviada.

A janela do motorista baixou. Um dos guardas da Scotland Yard saiu do outro veículo e conferiu a identidade do motorista do Mercedes. Fez um sinal de positivo para Naomi.

Ela respirou fundo.

– Vamos acabar logo com isso.

Ela subiu e bateu à porta novamente. Desta vez, uma governanta abriu a porta.

– O carro chegou.

Pouco tempo depois, a porta abriu-se, e Sheera saiu com uma bolsa de viagem no ombro, de mãos dadas com os dois filhos pequenos. O mais novo ainda vestia pijamas e, obviamente, estivera chorando, forçado a abandonar sua casa. Abraçava um urso de pelúcia. Algumas malas foram carregadas até o degrau da porta. Um segundo agente saltou do Mercedes. Olhou para os dois lados da rua e rapidamente galgou os degraus, pegando as malas e acondicionando-as no porta-malas do SUV.

– Não esqueça a sacola de esqui – disse Sheera, apontando para o interior da casa. – Tem coisas das crianças nela.

O agente assentiu com ar cordato.

– Temos espaço, senhora.

Segundos depois, Marty al-Bashir apareceu na porta. Camisa xadrez aberta, blazer, calças cáqui. Um colete à prova de balas foi fornecido a ele na noite anterior. O segundo agente colocou-se na linha de fogo. A atitude de al-Bashir transmitia raiva contida e resignação. No dia anterior, ele comandava o maior fundo de investimentos do planeta. Hoje, o destino dele estava nas mãos do governo. Com uma bolsa para *notebook* a tiracolo, ele caminhou até Naomi.

– Quer nos informar para onde vamos?

– Melhor se apressar-se – aconselhou ela. O agente enfiou a última bagagem no porta-malas. Al-Bashir seguiu-o. – Tudo vai ficar claro no caminho.

Antes de entrar, ele relanceou o olhar a Naomi e abriu um último e murcho sorriso.

– Chamamos isso de "jihad" – explicou. – Nunca teve a ver com terrorismo. Você vai ver. É bem maior que terrorismo.

Naomi empurrou-o para dentro do carro.

– É melhor subir logo.

Ele sentou no banco traseiro, junto à esposa. O agente acompanhante fechou a porta e acenou respeitoso aos guardas. Subiu no banco da frente, e então, sem sirene, como se fosse um veículo normal a caminho do aeroporto, o SUV Mercedes fez o retorno e afastou-se através da rede de ruas de mão única até a estrada principal.

Missão cumprida.

Enquanto o utilitário esportivo se afastava, Hauck avistou o rosto do menino mais novo com o nariz grudado no vidro traseiro, dando uma última olhada na casa dele.

Naomi ofegou.

– Não é o que eu chamo de missão fácil. – Ela cutucou Hauck enquanto os dois caminhavam pela rua até o carro deles.

– Nunca é.

O papel dele encerrava-se ali. Ela e os agentes federais assumiriam dali em diante. Ele provavelmente voltaria aos EUA naquela mesma tarde. Tinha uma vida a retomar e muitas explicações a dar.

O telefone de Naomi tocou. Ela conferiu no mostrador e disse a Hauck:

– Meu contato no Exchequer...

Ela ouviu e, súbito, estacou pálida. Mirou Hauck, branca como cera.

– Algo errado?

Boquiaberta, Naomi balbuciou:

– Ela avisou que a Range Rover do governo vai chegar daqui a três minutos.

O coração de Hauck parou de bater. Correu pela rua no esforço de ver o SUV Mercedes preto afastando-se pela quadra.

Avistou apenas as lanternas traseiras sumindo na esquina.

71

– Não eram eles! Não eram eles!

Naomi correu na direção dos detetives da Scotland Yard.

– Não eram eles. *O veículo era falso*. Alguém anotou as placas?

Os dois policiais entreolharam-se, completamente atônitos. Logo pularam no veículo, um de celular em punho, o outro fazendo o retorno, ligando a sirene e acelerando atrás do SUV Mercedes.

Naomi começou a correr atrás.

– Não. – Hauck pegou-a pelo braço. Lembrou-se do emaranhado de ruas de mão única que conduzia à Park Lane. O SUV podia estar em qualquer uma delas. – Venha! – Ele a puxou na outra direção. – Por aqui!

Saiu correndo na direção contrária, com Naomi logo atrás dele. Rumo ao Hyde Park, afastando-se das vielas tranquilas. Como aquilo podia ter acontecido? Tudo havia sido rigidamente controlado. Só pessoas de dentro das agências sabiam. Parecia uma repetição do que acontecera com Thibault. Hauck sabia apenas que tinha de alcançar aquele veículo antes de ele sumir no tráfego. Ou jamais veriam a família al-Bashir novamente.

Dobraram a esquina correndo. Entraram numa aleia curta, ladeada por uma fileira de sobrados georgianos, que cruzava com a Chesterfield em diagonal. Mayfair Terrace. Hauck estacou, em frenesi, tentando reconstruir mentalmente como o labirinto de vias e travessas conduzia à estrada principal. Deu-se conta de que não tinha muito tempo. Apontou uma rua.

– Por ali!

Os dois enveredaram pela rua, ele sentindo o coração na boca, como se sua própria filha estivesse naquele carro.

Naomi sacou a arma. Corria nos calcanhares de Hauck. Pouco adiante, a ruela bifurcava-se. Ele sondou os dois caminhos distintos, calculando por onde o SUV Mercedes cruzaria a Park Lane.

Naomi fitou a encruzilhada, lívida de medo.

– Não podemos perdê-los, Ty!

– Siga-me! – Ele escolheu a esquerda e rezou. A rua parecia uma réplica da Chesterfield Mews. Residências mais luxuosas. Hotelzinho sofisticado no outro lado da rua. Na frente deles, uma família saiu na calçada com um carrinho de bebê.

– Agentes federais! – gritou Naomi, quase esbarrando neles ao passar em plena corrida.

Na esquina, os dois pararam e, frustrados, olharam ao redor.

– Tem certeza?

– Não! – exclamou ele, freneticamente perscrutando as redondezas. – Não tenho certeza!

Nem sinal do carro! Ele sabia que só dispunham de um minuto para encontrá-lo, talvez menos que isso, e então o veículo desapareceria no meio do trânsito. Deviam existir dezenas de SUVs Mercedes pretos na cidade.

Sem que a placa tivesse sido anotada, eles poderiam ir a qualquer lugar.

O coração de Hauck batia forte.

Desviou o olhar para uma ruela que cortava em diagonal rumo à Park Lane, com uma igreja na esquina. Seu instinto mandou-o ir por ali. O sino tocava. Fiéis aglomeravam-se na calçada. Passando por eles, Hauck percebeu que a ruela desembocava numa avenida adiante. Avistou carros passando, pessoas atravessando.

Naomi arremeteu na frente dele.

– Por aqui!

Aquela era a única e derradeira oportunidade deles. Ele foi atrás, rezando para que a alameda à frente fosse a Park Lane. Rezando ainda mais para que o SUV Mercedes não chegasse lá primeiro. Ele se lembrou de como tiveram de dar voltas na rede viária para chegar ali de manhã cedo. Sentiu o suor encharcando as roupas.

Alcançou Naomi perto da esquina. Os dois estacaram ofegantes. A viela desembocava na alameda principal. *Graças a Deus*. O SUV Mercedes teria de passar por ali. Teria de entrar na rotatória. Como eles fizeram no dia anterior. Mas havia inúmeros itinerários para sair das ruelas.

– É aqui!

Chegaram à esquina, rezando para não ser tarde demais. Febrilmente, os dois olharam para todas as direções.

Frustrada, Naomi meneou a cabeça.

– Não estou vendo o carro! *Droga*, onde está ele, Ty?

Súbito, uma quadra à frente, ele avistou a grade frontal de um veículo preto, prestes a dobrar, esperando o semáforo abrir.

Era sua única opção. Correu em direção a ele.

O carro entrou na Park Lane. Um SUV Mercedes.

A esperança fez o seu coração palpitar.

– Lá está ele!

Hauck disparou rumo ao veículo, rezando para que fosse o certo. Naomi acompanhava metros atrás.

Nem sinal do carro da Scotland Yard. Os dois correram no meio da rua movimentada, driblando o trânsito. Um motorista de táxi freou e buzinou irritado para Hauck.

A distância entre eles e o SUV Mercedes preto começou a diminuir. *Tomara que seja ele,* torceu Hauck.

A Park Lane era uma alameda agitada. Seis pistas. Muito movimento obstruindo a passagem deles.

À direita, o Hyde Park. Adiante, o SUV Mercedes parou numa interseção. Com a Piccadilly. Ligou o pisca, prestes a dobrar. A Piccadilly era uma via longa e de trânsito mais livre.

Aquela era a única oportunidade deles.

Erguendo as mãos espalmadas, esgueirando-se entre os carros em movimento, Hauck atravessou a rua correndo. Seus pulmões explodiam agora que ele corria o mais rápido possível.

Naomi seguia-o logo atrás.

– Consiga alcançá-lo antes que ele faça a conversão, Ty...

Hauck atravessou correndo a alameda cheia de veículos, procurando, mas não enxergando, um policial. Um carro trocou de pista, saindo detrás do SUV Mercedes e liberando o campo de visão.

Trinta metros à frente.

Vinte. O veículo na frente do SUV Mercedes fez a conversão.

O SUV Mercedes começou a andar. *Tempo esgotado.*

Hauck escutou a voz de Naomi gritar atrás de si.

– Sai da frente! – ela parou e se ajoelhou em posição de tiro. Seu campo de visão estava livre, sem pedestres na frente.

Ela apontou a arma.

Apertou o gatilho três vezes, mirando nos pneus do Mercedes.

Duas balas ricochetearam no asfalto; a terceira retiniu inutilmente na parte de baixo do veículo.

Nenhum dos tiros pareceu acertar o alvo.

– Droga!

De repente, as pessoas ao redor começaram a gritar.

O SUV Mercedes cantou pneus fazendo uma curva fechada. Embicou a dianteira na transversal, forçando o caminho em meio ao trânsito rápido. Hauck perseguiu-o, dez metros atrás.

Cinco.

O carro começou a dobrar... Maldição. Os tiros de Naomi não foram certeiros.

Com a mão esticada, roçou a janela traseira do lado do motorista e tocou na porta. Desesperado, agarrou-se à maçaneta metálica. Tentou abri-la: sua única esperança.

A maldita estava trancada.

O SUV acelerou na Piccadilly, começando a se afastar.

Com uma das mãos, Hauck agarrou-se firme na maçaneta; com a outra, alcançou o bagageiro de teto. Seus pés balançavam sobre o pavimento enquanto ele era arrastado. Vislumbrou de relance a família perplexa no interior do veículo – Marty, a esposa dele –, de repente percebendo o que acontecia com eles. Gritando com o motorista. De um jeito ou de outro, Hauck tinha de abrir a porta.

Tinha de parar aquele carro.

Ganhando velocidade, o veículo andou em zigue-zague de uma pista para outra, na tentativa de derrubá-lo. Se ao menos conseguisse subir no bagageiro do teto, ele poderia se firmar. Alguém teria de avistá-los. Um policial. Perceber o que acontecia.

Pará-los.

Com o coração saltando do peito, Hauck lançou a outra mão para o bagageiro. O SUV Mercedes deu uma guinada e um solavanco. Hauck tentou se equilibrar, cada músculo do corpo tensionado. *Segure firme, Ty... Isso, mais um pouquinho...*

O SUV jogou para a direita. Os dedos escorregaram. Não...

Ele se chocou contra o pavimento, gritando por dentro.

O Mercedes acelerou pela via expressa, sem trânsito para obstruí-lo.

Prostrado no chão, impotente, Hauck assistiu ao veículo se afastando. Escondeu o rosto com o braço e esmurrou o asfalto.

Enquanto o carro se afastava rápido, o filho mais novo dos al-Bashir olhou para trás pelo vidro escuro, com o rosto assustado.

72

Em desalento, Hauck caminhou até Naomi, que o aguardava, pálida, na esquina do parque.

Ele balançou a cabeça.

– Sinto muito.

Limpou as roupas e olhou as mãos, com marcas profundas e vermelhas pela tentativa de ficar agarrado ao veículo.

Lágrimas de vergonha e incredulidade cintilavam nos olhos de Naomi. Ela rilhava os dentes.

– Nós os perdemos, Ty.

– Não completamente. Peguei a placa. HZ–36PAB. Podemos rastreá-los. – Londres tinha a mais avançada rede de câmeras de vigilância do mundo. Aquilo lhes dava uma réstia de esperança. Uma das câmeras podia identificá-los.

Súbito, escutaram o clamor de sirenes dominando os arredores. Furgões da polícia freando em volta deles. Agentes de segurança uniformizados cercando-os, de armas em riste.

– Problema à vista – comentou Hauck.

Os dois ergueram as mãos, Naomi mostrando o distintivo e identificando-se como agente do governo estadunidense.

– Ajoelhem-se! – gritou na cara deles um agente de segurança com uniforme antirrebelião, apontando uma submetralhadora. – Mãos ao alto!

– Somos agentes do governo dos Estados Unidos – declarou Naomi, abaixando-se e mostrando o distintivo. Hauck também se abaixou. A polícia gritava como se os dois fossem terroristas, e ele entendeu. Luzes piscavam em todo o entorno. Na calçada, um aglomerado de curiosos formara-se. – Perseguíamos um suspeito que raptou uma testemunha oficial...

– Mãos ao alto!

Só dez minutos e duas ligações telefônicas depois, com a intervenção de autoridades, eles foram liberados.

Naomi pegou o celular e freneticamente ligou ao contato dela no MI5, o serviço secreto britânico. Ele disse que um alerta geral para rastrear o SUV Mercedes preto já havia sido acionado. Com dez minutos de atraso, ela passou o número da placa.

Em seguida, ligou para o chefe na Fazenda. Em Washington eram quatro da tarde. Com ar de desespero, ela tirou o cabelo dos olhos e, caminhando para lá e para cá, transmitiu a ele as más notícias. Hauck praticamente conseguiu ouvir a voz dele gritando pelo aparelho. Percebeu a amarga frustração de Naomi.

– Como diabos alguém ia adivinhar, Rob? Como?

Finalmente, ela disse que o manteria informado. Desligaram e, por um instante, Naomi nada conseguiu fazer além de permanecer ali, entorpecida, vendo com clareza o quanto a situação se tornara irremediável. Tinham perdido Al-Bashir. Justo ele, a última pista verdadeira. Sem ele, não havia nada – nenhuma conexão com Hassani. Toda a recente alegria pela missão bem-sucedida agora se transformava em angústia e autocensura.

– Quem sabe as câmeras os identifiquem – tentou consolar Hauck, pousando o braço em volta dos ombros de Naomi.

Ela se livrou do abraço e bateu com violência a mão espalmada contra um poste de luz. Fitando as luzes das viaturas policiais, a multidão reunida, a longa avenida que se afastava do parque, ela balançou a cabeça, tomada de fúria.

– Nós os perdemos, Ty...

73

Quando retornaram à casa dos al-Bashir, o local já fervilhava de policiais e investigadores.

A governanta deixou-os entrar.

Mais de meia hora tinha se passado. Não havia registro de o SUV Mercedes ter sido avistado. Isso não era bom sinal. Hauck sabia que os responsáveis, seja lá quem fossem, deviam ter um plano. Deviam conhecer a posição das câmeras de segurança melhor do que ninguém. Mesmo se o veículo aparecesse, a cada minuto que passava, pior era o prognóstico para a família al-Bashir.

Naomi esforçou-se ao máximo para manter a compostura e supervisionar as operações. Mas, no fundo, Hauck percebeu, ela estava arrasada. Voltou a ligar a Washington e ao serviço secreto britânico. Havia sido organizado um comando local conjunto – a polícia do trânsito, a Scotland Yard. A unidade antiterrorismo, SO15. A cada minuto, a tensão aumentava. E só ficava mais claro o provável destino dos al-Bashir.

A certa altura, impregnada pela sombria perspectiva, Naomi saiu para pegar um ar puro. Ela era agente de gabinete, não supervisora operacional; aquele era seu caso mais importante, e a pressão de perder os al-Bashir debaixo de seus narizes (e até mesmo colaborando com o fato) era difícil de aceitar. Até mesmo para uma agente com experiência.

Hauck permitiu-lhe ficar sozinha por um tempo; depois, saiu atrás dela. Encontrou-a no degrau da porta com os olhos perdidos, rasos d'água, e os punhos cerrados. Ela esmurrou de leve a mureta de pedra.

– Eles estavam sob minha responsabilidade, Ty.

Ele se aproximou e pousou a mão no ombro dela.

– Não. O responsável pelo que aconteceu foi al-Bashir, não você. Ele se tornou um homem morto no minuto em que se envolveu com esse pessoal. Você fez tudo a seu alcance.

– Não consigo me esquecer da imagem daquele menino – disse ela, rangendo os dentes. – Parece uma repetição do que aconteceu com aquele garoto lá no Iraque. Olhando pelo vidro traseiro. Você também viu, não é?

– Sim – confirmou Hauck. Ele a puxou contra si, e ela deixou-se aninhar em seu peito. – Eu vi.

– Ele estava sob minha proteção, Ty. Aquele garoto não fez nada de errado. Eu era responsável por eles.

Lágrimas umedeceram a camisa de Hauck. Ele a abraçou mais forte. Hauck, cujos próprios sonhos eram assombrados por tantos rostos e cenas, fez de tudo para ela se sentir melhor. Relembrou o modo como ela agira com o menino ferido lá no Iraque, como tentara insuflar vida nele após a emboscada. Acariciou seu cabelo.

– Sinto muito – fungou ela, contendo as lágrimas de culpa. – Sei que essa reação não está no manual de procedimentos. Puxa vida, eu já estive em combate...

– Não se preocupe com o manual – apaziguou Hauck, deixando-a ficar. – Está no meu manual. Fique tranquila.

Finalmente, Naomi recuou e levantou o olhar para ele, com um aceno de cabeça.

– Você continua no comando – piscou ele. – Comigo.

Ela sorriu um pouco e limpou a garganta.

– Obrigada. – Virou-se para o sobrado e enxugou as lágrimas. – Devem existir informações aqui... Al-Bashir levou o computador dele. Mas deve ter deixado algo para trás. – Parecia ter dito aquilo mais pela necessidade de acreditar do que por real esperança. Respirou fundo. – Eu tenho de fazer algo, Ty.

– Eu sei.

Os dois entraram. Dinheiro não havia sido empecilho na decoração da luxuosa residência. Belíssimas molduras e sancas de gesso. Tapetes ornamentais. Mesas antigas envernizadas. Cada ambiente trazia a marca da família há pouco desaparecida. Naomi não tirava o olhar do relógio, ligando repetidas vezes à central de comando, à espera de novidades.

Era como se o SUV simplesmente tivesse desaparecido.

Mais por desespero do que por outra coisa, os dois começaram a vasculhar a casa. A sala de jantar no piso superior, com vista para o Hyde Park. Moderna sala de mídia. Imensa tela Sony embutida na estante de nogueira. Recordações da família em todos os lugares – fotos, roupas deixadas para trás, jogos e brinquedos das crianças.

Enquanto Hauck conversava com um dos inspetores, Naomi encontrou o gabinete do gerente de investimento. Na ampla escrivaninha de cerejeira, pilhas de folhetos financeiros e edições do jornal *Financial Times* e da revista *Forbes*. Montes de anuários e opiniões de analistas. Ela conseguiu acessar o computador de mesa. A senha era simples. Sheera. A maioria do conteúdo era pessoal. Mensagens de e-mail e vários sites de investimento. Ela reconstruiu um histórico das mais recentes buscas no Google feitas por al-Bashir. Vinhos, sites de turismo. Tudo perfeitamente legítimo. Afastou-se da escrivaninha sem esconder a frustração.

As provas contra Hassani, se é que existiam, estavam no *laptop* que al-Bashir tinha levado.

Havia transcorrido uma hora. Nenhuma notícia. Ela procurou nas gavetas alguma espécie de *pen drive*, qualquer coisa que pudesse conter dados e tivesse ficado para trás.

Nada. Seu coração bateu com a percepção de que agora não havia mais esperança. Angustiada, remexeu ao acaso o monte de papéis empilhados.

Nada outra vez.

Nada relacionado com Thibault, Hassani ou a Ascot. Nada sobre Donovan ou Glassman. Nem sobre outros assuntos relativos ao envolvimento de al-Bashir no caso.

Girou nos calcanhares e afastou-se da mesa, dominada pela raiva. Chegara tão perto de construir um caso contra Hassani – al-Bashir basicamente reconhecera! Agora, como obrigaria Hassani a responder pelos seus atos? Seis pessoas mortas. E agora essa lista aumentava com a família al-Bashir. Queria demais provar a culpa de Hassani por aqueles crimes! Ímpeto semelhante só sentiu ao visitar o irmão no hospital, após ele perder as duas pernas, o que a motivou a alistar-se no dia seguinte.

Encontre algo, Naomi. Encontre algo! Está aqui...

Dentro de poucas horas, os agentes governamentais britânicos estariam esquadrinhando cada centímetro daquele cômodo. Cada *byte* de memória dos computadores de al-Bashir. Ela se levantou e caminhou para lá e para cá. *Está aqui. Posso sentir.* O seu sangue fervilhava de culpa. Aquele caso era dela. Ela havia pressentido tudo desde o começo. Agora metera os pés pelas mãos. Não queria perdê-lo. *Não agora.*

Avistou um Transformer das crianças no tapete. Com ar tristonho, Naomi pegou o brinquedo. Segurou-o na mão, uma centena de possibilidades lampejando no cérebro. Sem respostas, deixou-se afundar no sofá de al-Bashir.

Colocou o brinquedo na mesa de centro envidraçada.

Algo chamou a atenção de seu olhar.

Imediatamente uma faísca de esperança e reconhecimento acendeu-se em seu âmago. *Impossível.*

Esticou o braço. No tampo de vidro, havia uma pilha de livros ilustrados e artísticos. Um dos livros contava a história do Museu New Tate. Outro mostrava a exposição itinerante com obras de Gauguin e Picasso ocorrida alguns anos antes. Naomi visitara-a em Washington.

Mas foi o terceiro livro, o bem de baixo, que atraiu o olhar dela como uma espécie de ímã.

Sim, é possível.

Naomi pegou o livro nas mãos. Um livro turístico, sobre um destino que os al-Bashir talvez tivessem visitado.

Mas com um detalhe: apenas dois dias antes, ela vira aquele mesmo destino.

No bilhete do teleférico na casa do sítio de Dani Thibault. Na Sérvia.

Ela fitou a capa. Montanha nevada ao fundo de um vale banhado de luz âmbar. Não podia ser coincidência. Naquele ponto não existiam coincidências. Seu coração começou a bater alvoroçado. Havia conseguido encontrar o vínculo que os conectava.

Gstaad.

74

Naomi chamou Hauck com um gesto discreto, fechando a porta após ele entrar. Mostrou a ele o que havia encontrado.

– Dois dias atrás – explicou ela com a voz baixa, mas renovada de emoção. – Na casa do sítio de Thibault. Não achei que significasse algo. Só uma das coisas encontradas no meio dos pertences dele. Um bilhete de teleférico. – Os olhos de Naomi cintilaram. – Para Gstaad!

– OK – disse Hauck com um aceno de cabeça, pegando o livro e admirando a capa.

– É um *resort* de esqui – explicou Naomi. – Na Suíça.

– Sei que é um *resort* de esqui – respondeu Hauck.

– Foi mal. Mas dê só uma olhada no meio do livro.

Ele folheou as páginas em papel brilhoso. Repleto de fotos panorâmicas das trilhas de esqui, das montanhas nevadas no inverno e da pitoresca vila no verão. Encontrou um marcador de página no meio do livro. Uma das páginas assinaladas descrevia a mais perigosa descida do *resort,* chamada de Rampa; a outra página mostrava uma foto de pessoas bonitas com roupas de esqui caras pegando um solzinho no *deque,* na hora do almoço. Restaurante chique no topo da montanha.

O Christina's.

Na margem, alguém rabiscara umas palavras. Talvez al-Bashir. Hauck tentou decifrá-las.

– Diz: "A Gangue de Gstaad" – contou Naomi, que já tinha decifrado.

– A Gangue de Gstaad?

– Algo aconteceu lá – disse Naomi, com brilho no olhar. – Isso não é apenas um livro turístico qualquer. Thibault e al-Bashir, os dois lá. Não é mera coincidência. Quer apostar que Hassani também esteve em Gstaad?

Hauck mirou o livro. Também sentiu uma palpitação no peito.

– Temos que descobrir quando al-Bashir esteve lá e ver se Hassani visitou o local na mesma época.

– Podemos fazer melhor do que isso – frisou Naomi. – Os bilhetes de teleférico trazem as datas impressas.

– Se por acaso os tivéssemos – concordou Hauck.

– Temos. Na minha câmera – um sorriso iluminou o rosto dela. – Fotografei tudo lá na casa.

Agora o rosto de Naomi brilhava, com objetivos renovados. Se conseguissem conectar todos lá na mesma ocasião, talvez tivessem um motivo para ir até Hassani. Ele seria um alvo escorregadio, talvez protegido pelo governo do Bahrein ou dos Emirados, mas não tinham algo melhor.

– Podemos rastrear os movimentos dele por meio da imigração – ponderou Naomi. – E pelos registros do cartão de crédito.

Naomi tinha razão. Em hipótese alguma aquilo era coincidência. Algo *devia* ter acontecido lá. Entre Thibault e al-Bashir. Fitou a anotação rabiscada na margem. Sublinhada. Uma onda de otimismo também tomou conta de Hauck.

A Gangue de Gstaad.

– Quem sabia sobre isso? – indagou para Naomi. – Refiro-me ao combinado sobre al-Bashir.

Ela deu de ombros.

– Gavin Toller do MI5. Linda Maxwell, minha correspondente no escritório do Exchequer. – O Tesouro Público britânico. – Claro que a polícia também foi informada.

– Quem mais?! – indagou Hauck, com os olhos fitos nela. Referia-se ao pessoal dos EUA.

– Rob Whyte, meu chefe. Tenho certeza de que ele informou aos superiores. O que está querendo dizer, Ty?

– Não sei o que quero dizer. A não ser que alguém sabia que Thibault era Kostavic e estava em Novi Pazar, algo que descobrimos somente por acaso. E agora, al-Bashir... Tenho uma sugestão, Naomi. Na verdade, não chega a ser uma sugestão, mas sim algo muito, muito inteligente, e que pode nos manter vivos.

– E o que é? – indagou Naomi, com o olhar sombrio.

– Até descobrirmos aonde isto vai nos levar – ele segurou o livro de Gstaad na mão –, não informe nada a ninguém.

PARTE CINCO

75

Hassan ibn Hassani passou pela alfândega no Aeroporto JFK e avistou o motorista particular aguardando-o no terminal.

O guarda-costas seguia um metro atrás.

O motorista pegou a luxuosa sacola Hermès de Hassani, fazendo os polidos comentários de praxe sobre como tinha sido a viagem. Hassani já tinha utilizado o homem antes. Rapidamente, conduziu-o até o sedã BMW 750i, que o aguardava junto ao meio-fio. O segurança subiu no banco da frente, e o veículo rumou à metrópole.

Enquanto o carro enfrentava o trânsito lento da rodovia Van Wyck, Hassani falava ao telefone. Seu principal compromisso: representar os interesses da família real bareinita na assembleia anual da Reynolds Reid e na reunião do conselho que aconteceria antes. Um ano atrás, o sultão fizera um investimento de mezanino no valor de seis bilhões de dólares para a cambaleante empresa, convertidos, caso necessário, em quase 7% da firma. Isso com as ações dezoito pontos acima. Agora os seis bilhões do sultão valiam menos que a metade disso.

Mas Hassani sabia que a situação estava prestes a mudar.

Isso porque a Reynols Reid indubitavelmente seria uma das sobreviventes em meio ao colapso financeiro mundial. Não só sobrevivente, mas óbvia vencedora. Quando o mundo se acalmasse, ela seria mais poderosa do que nunca. E agora, com lugar à mesa, havia alguém mais bem capacitado a representar os direitos adquiridos de seu país?

A paciência é uma virtude, Hassani sabia. Assim como a visão de longo prazo.

O tipo de jihad do século XXI.

Além da Reynolds, Hassani tinha outros assuntos para tratar nos Estados Unidos. Havia interesses corporativos legítimos ali e no Canadá. E vários outros tópicos menos transparentes. Organizações culturais islâmicas, grupos de liberdade religiosa que receberam dinheiro de sua terra natal para construir mesquitas e comunidades islâmicas na parte norte do estado de Nova York.

Isso também refletia o outro lado de suas motivações.

Flagrou-se absorto e cofiou o cavanhaque, pensando em Sera, seu novo tesouro em Dubai. Na tristeza que sentiu ao ter que deixá-la. Mas precisava concentrar-se nos afazeres dali.

O carro atravessou o túnel e entrou em Manhattan. Em seguida, contornou a Park Avenue rumo ao Waldorf Astoria, onde Hassani reservara a suíte Roosevelt, de seis cômodos, que às vezes hospedava chefes de Estado. Mandou que o motorista e o segurança o esperassem. O funcionário do hotel mostrou as dependências da suíte. Hassani tomou uma ducha rápida; vestiu o terno Brioni risca-de-giz, a camisa Turnbull & Asser feita sob medida e a gravata Alan Flusser amarela. Em meia hora desceu ao foyer, completamente renovado.

Decidiu que caminharia e avisou o motorista que poderia apanhá-lo em duas horas. O endereço: Fifty-fourth Street, n. 457. O arranha-céu envidraçado da Reynolds Reid, a apenas cinco quadras de distância.

Fazia um belo dia, e Hassani sentiu-se seguro o suficiente para desfrutar do agradável clima de verão em Nova York. Nas calçadas da avenida, camelôs vendiam *kabobs* e *pretzels* ao pessoal que trabalhava nos escritórios das redondezas, que se sentava ao sol em seus intervalos. O segurança acompanhou-o alguns metros atrás.

Na Fifty-fourth, ele avistou a familiar torre de pedra e vidro com os icônicos “RR” entrelaçados na cauda de um leão. Quase sentiu orgulho de proprietário.

Atravessando a rua, cruzou pelas grandes portas de vidro e rumou ao balcão de mármore na recepção. Anunciou-se ao guarda, que imprimiu um passe VIP e indicou um conjunto de elevadores que atendia aos gabinetes executivos dos 42º e 43º andares. Enquanto o rápido elevador o conduzia Manhattan acima, Hassani sabia que havia muito a conversar.

O maior banco da Califórnia havia ido à bancarrota naquela semana. Na Espanha, o principal incorporador imobiliário estava no vermelho. Uma por uma, as muralhas desabavam, com maior rapidez do que se imaginava. Os poderosos Lehman Brothers e o Citi – suas ações alcançaram os mais baixos patamares da história. Tudo a favor de quem dispunha de acesso ilimitado ao capital. A carnificina só começava. Só quem tinha visão de longo prazo, quem tinha a paciência necessária para suportar a dor, com a promessa de recompensas e dominações futuras, estaria lá para juntar os cacos deste novo mundo.

O elevador abriu no 43º. Hassani e o guarda-costas saíram. Uma bonita e bem vestida secretária estava à espera dele. Hassani admirou-a e ficou-se perguntando se mais tarde, quem sabe, algo não pudesse ser providenciado. (Mas também pensou que talvez ela fosse um pouco velha para seus padrões.)

A moça sorriu e disse:

– O Sr. Simons o aguarda agora.

Ela o conduziu por uma fileira de gabinetes suntuosos, cujos executivos sequer estariam ali, auferindo seus polpudos bônus, divertiu-se Hassani, não fosse pelo oportuno investimento de seu rei. Ela o encaminhou a uma espaçosa sala de reunião. Com um gesto, Hassani pediu a seu segurança que esperasse lá fora.

– Fique à vontade – disse a secretária de Peter Simons. – Daqui a pouco, o Sr. Simons virá falar com o senhor.

– Obrigado – sorriu Hassani.

No meio da sala, uma enorme mesa de pau-rosa com quarenta lugares. De parede a parede, uma vista panorâmica do centro de Manhattan. Na esquina, um bronze de Alberto Giacometti num pedestal. Hassani tomou gosto por arte no tempo em que estudava na Sorbonne. Pronta para a iminente reunião do conselho, uma tela de projeção com dois metros de largura mostrava um *slide* com os famosos logotipos das icônicas marcas da Reynolds Reid. No aparador, um jogo de chá em prata antiga e bules de café.

Enquanto Hassani admirava a vista, uma porta privada num dos cantos da sala se abriu. Peter Simons entrou no recinto.

Alto, magro, rosto ossudo, cabelo levemente grisalho. Aos 56, mas ainda com o cabelo castanho-claro e o corpo em forma e treinado, aparentava bem menos. Aproximou-se de braços abertos.

– Hanni!

– Peter – os dois abraçaram-se e beijaram-se na face, à moda do Oriente Médio. – É ótimo revê-lo, meu amigo.

Simons deu tapinhas carinhosos nas costas do bareinita.

– Estou contente pela sua vinda.

Havia muitos assuntos a tratar antes da reunião, mas primeiro o diretor executivo da Reynolds Reid inclinou-se perto do ouvido de Hassani e disse, numa voz não mais alta que um sussurro:

– Só uma coisa... Aquele probleminha lá em Londres, que tanto nos preocupou... Já foi resolvido, imagino?

– Resolvido completamente, meu amigo. – Hassani bateu de leve no ombro do diretor executivo. – Podemos tratar de outros assuntos.

76

Hauck retornou a Nova York no domingo. No voo das oito da manhã. Na segunda-feira já voltou ao batente.

Durante o voo transatlântico, pela primeira vez, teve tempo de pensar no que Steve Chrisafoulis lhe contara: a conexão entre o Talon e Sonny Merced, o meliante que atacara Jared no rinque. Recordou o modo com que Foley havia tentado frear a investigação dele sobre Thibault, alegando "outros" interesses da empresa com a Reynolds Reid.

Também o deixou preocupado o fato de alguém sempre estar um passo à frente deles na Sérvia e em Londres. Dava para contar nos dedos as pessoas do mundo que conheciam Thibault. Ou que sabiam da conexão entre al-Bashir e Hassani.

Seria possível que ele e Naomi estivessem sendo manipulados?

Pelas dez horas, a secretária transferiu uma ligação de Tom Foley.

– Que bom tê-lo de volta – disse o chefe de Hauck com aparente entusiasmo. – Pronto para ir em frente?

– Inteiramente pronto – respondeu Hauck, tergiversando sobre o seu paradeiro na semana anterior.

– Ótimo. Quero a sua presença num almoço corporativo que Skip Haley vai promover ao meio-dia na Landmark Communication...

A Landmark, emissora de televisão, tentava fazer uma aquisição na internet. Hauck respondeu que participaria do almoço.

Naomi ficara mais um dia no Reino Unido, para fazer contatos por lá e ver se conseguia registros de Hassani na Suíça, no período do suposto encontro em Gstaad.

A data em questão: 26 de junho, um ano atrás. Impressa no bilhete do teleférico em meio aos pertences de Thibault. A comprovação da presença de Hassani lá, somada ao movimento de fundos da Ascot por meio de Thibault para a conta de James Donovan nas Ilhas Cayman, talvez fosse suficiente para recomeçar a investigação. Algum motivo trouxera al-Bashir e Thibault ao *resort* suíço. Hauck começou a imaginar: será que havia mais gente envolvida? Outras pessoas que eles não conheciam. Lembrou-se do que al-Bashir dissera antes de entrar no carro: "Nunca teve a ver com terrorismo... Isso é bem maior que terrorismo".

Um pensamento ocorreu-lhe. Pegou o BlackBerry e buscou nos contatos um nome de anos atrás, quando ele trabalhava na Agência de Informações do NYPD.

Marcus Hird, inspetor criminal da Kantonspolizei, em Zurique. Foram apresentados numa conferência a que os dois tinham comparecido em Washington e, mais tarde, Hauck fizera um favor a ele, mais precisamente para o primo dele, que se mudara para Greenwich a fim de trabalhar na UBS; o filho do primo fora detido com cervejas no veículo. Hauck conseguiu que o rapaz se safasse apenas com a suspensão da carteira de motorista e um período de readaptação.

Hauck encontrou o número. Na Suíça eram quatro da tarde. A ligação internacional completou-se com os bipes curtos de costume.

– *Bitte*, Hird – atendeu o inspetor em tom formal.

– Marcus – disse Hauck. – É Ty Hauck. De Greenwich. Nos Estados Unidos.

– Ty! – exclamou o inspetor suíço, começando a falar num inglês quase perfeito. – Há quanto tempo.

– É verdade.

Trocaram os costumeiros comentários sobre o trabalho. Hird contou que o primo voltara para a Suíça e que o rapaz ajudado por Hauck atualmente estudava na universidade politécnica local.

Logo ele entrou no assunto da ligação:

– Marcus, eu tenho um favor a pedir-lhe.

– Sempre às ordens para auxiliar a polícia daí, no que estiver ao meu alcance – respondeu o detetive suíço com polidez.

– Na verdade, não pertenço mais à polícia local – admitiu Hauck. Explicou onde trabalhava agora e o motivo da ligação, sem entrar em detalhes. – Sabe esquiar?

– Claro. Sou suíço, Ty. Cresci numa aldeia perto de Davos. Na juventude, eu esquiava muito bem.

– Excelente. Preciso de certas informações de outros *resorts* daí. Gstaad.

– Gesh-staad – corrigiu o suíço, enfatizando a pronúncia alemã. – Belo lugar. Do que você precisa?

– Queria que você investigasse só os hotéis cinco estrelas de lá. Só a nata.

– Entendido – respondeu o suíço. – O Grand Hotel Park. O Grand Hotel Bellevue. O Gstaad Palace. Precisa de uma reserva, Ty? Nesse caso, seria melhor ligar ao ministério de Turismo e não para mim.

Hauck riu polidamente.

– Não, não é uma reserva, Marcus, sinto muito. Vou-lhe passar uma data. Dia 26 de junho do ano passado ou perto disso. E também vou-lhe passar uma lista de nomes...

– Dia 26 de junho, só os melhores hotéis... Vá em frente. O que você anda investigando, Ty?

– É melhor não tocar no assunto, se você não se importar. Faz parte de uma investigação particular. Você me entende.

– Perfeitamente – falou o inspetor sem questionar. – Deve saber que nós, suíços, somos especialistas em questões de privacidade. Diga lá, do que você precisa?

– As listas de hóspedes dos hotéis nesse período – explicou Hauck. – De todos eles, se você conseguir.

77

Naomi retornou a Washington na segunda-feira à tarde e foi do aeroporto direto para o gabinete, no prédio contíguo à Fazenda.

Enfurnou-se atrás da mesa, submersa em pilhas de memorandos e relatórios de segurança acumulados na sua ausência. Até o momento, nenhuma notícia sobre o SUV Mercedes. Tentou seguir o conselho de Ty e convencer-se de que havia sido al-Bashir, não ela, que colocara a família dele em perigo. Porém, assim mesmo, ela não conseguia afastar a sensação de ser responsável. A expressão de pânico do garoto mirando pelo para-brisa traseiro perseguira-a durante toda a viagem. Afundou-se exausta na cadeira, com o peso de nunca ter perdido alguém antes.

Entrou no computador e procurou uma mensagem do contato dela na divisão de crimes financeiros da Polícia Federal da Suíça. Com Thibault e al-Bashir descartados, restava só um caminho: tentar provar que Hassani esteve em Gstaad na mesma época em que os outros. Que alguma espécie de conspiração havia sido tramada por lá.

E existia a preocupação adicional sobre a estratégia a adotar. A apreensão de Hauck tinha fundamento. Parecia que alguém sempre os antecipava. Só um punhado de pessoas internas sabia, e ela se deu conta de que, como Ty bem dissera, deveria administrar aquele caso de outro modo.

Conferia e-mails e ligações, bebendo um *latte* para espantar a descompensação horária do voo, quando o chefe dela, Rob Whyte, apareceu com uma batida na porta.

– Talia disse que você voltou.

Surpresa, Naomi aprumou-se na cadeira. Limpou a garganta.

– Acabei de chegar.

Whyte entrou dizendo:

– Sinto muito pelo que aconteceu, Naomi. – Puxou uma cadeira defronte à mesa dela. – Nada ainda?

Ela balançou a cabeça.

– Acho que devemos agir como se não houvesse mais volta.

O chefe dela concordou com um aceno de cabeça.

– Sabe, Naomi, vamos ter que avaliar por que tudo deu errado.

– Entendo.

– Sei como deve estar se sentindo. Al-Bashir estava em suas mãos.

– Obrigada – disse ela, suspeitando de que ele só amaciava o terreno.

Whyte sentou-se com a gravata frouxa. Pela primeira vez, Naomi sentiu entre eles algo não dito e distante, uma rigidez no olhar dele. Teria sido o que aconteceu em Londres ou algo mais? Ela sempre confiara nele plenamente. Por que não? Rob tinha trabalhado na Procuradoria-Geral. Advogado ambicioso. Abraçava boas causas com paixão. Um dia, ele progrediria para fazer coisas mais relevantes. Sentiu o estômago embrulhar-se por omitir informações importantes dele. Mas Hassani recrutara al-Bashir. Seduzira Glassman e Donovan. Algo saíra dos gonzos. E, naquele instante, ela achou necessário agir assim.

O chefe recostou-se na cadeira.

– Então, em que pé estamos?

– De volta à estaca zero. Al-Bashir era o único elo capaz de incriminar Hassani completamente. Agora que o perdemos, vou ter que rastrear o movimento de dinheiro entre Thibault e as empresas de Hassani. É possível que outras pessoas estejam envolvidas. Vou ver se encontro alguma conexão.

Whyte assentiu, os dedos entrelaçados na frente do rosto.

– Aquele fato na Sérvia, Naomi, você simplesmente passou dos limites. Quase colocou nosso departamento em situação difícil.

Naomi encolheu os ombros.

– Fiz o que tinha de fazer, Rob.

– Eu sei, eu sei. Só tem um detalhe: quando o pessoal do Ministério da Justiça descobrir... Eles já ficaram indignados porque não os consultamos sobre a custódia de al-Bashir. Estão nos chamando de um bando de amadores.

– Não me importo com o que nos estão chamando. Não havia tempo.

Ele assentiu com a cabeça.

– Escute... tem outra coisa. Hassani está aqui no país.

– Aqui? – Naomi baixou o café e cravou o olhar nele.

– A-ham. Veio para a assembleia anual da Reynolds Reid. Sabe que ele agenciou aquele providencial financiamento junto à família real bareinita...

O sangue de Naomi começou a esquentar.

– Então vamos pegá-lo, Rob. E interrogá-lo. Ele está aqui!

– Interrogá-lo sobre o quê, afinal? Sobre remessas financeiras perfeitamente legais que, na pior das hipóteses, o vinculam a Dieter Thibault? Fato que, obviamente, ele insistiria desconhecer. Você não foi capaz de estabelecer contato direto entre ele e Thibault. Só a tal conversa telefônica com al-Bashir. Ele vai negar que a conversa teve significado oculto, como al-Bashir negou. O que temos contra ele? Dois coparticipantes da conspiração, ambos mortos? Hassani é uma pessoa influente, Naomi...

Ela o fitou, de repente, pressentindo uma diferença, um fraquejar na determinação do chefe. Perda de coragem? Com a carreira repentinamente em risco, ele comprometeria as próprias instituições às quais, um dia, recorreria para fazer acordos?

Ou talvez fosse ainda pior...

– Talvez o senhor pense que o cargo de auditor em Montana – disse Naomi, com um sorriso cauteloso – não seja tão brincadeira assim...

Whyte ergueu-se. Sorriu o suficiente apenas para ela entender que não achou engraçado.

– Traga-me algo mais concreto. Fatos, Naomi... não conspirações. Você é uma agente da Fazenda, caramba, e não o Jack Bauer do *24 Horas*.

No olhar dele, Naomi de repente vislumbrou que, agora, tudo estava em jogo. O futuro *dela* também. Aquele cargo de auditor lá no estado nortista talvez não fosse de Rob.

Talvez ela chegasse lá primeiro.

– Estou trabalhando nisso, Rob...

78

Na primeira noite após a volta, Annie apareceu. Nas segundas-feiras, Hauck cozinhava para ela. Depois os dois caíam no sofá e assistiam a um jogo ou a um filme alugado. Segunda-feira era a única noite livre de Annie, e a última coisa que ela queria era ir a um restaurante.

Naquela segunda-feira, Hauck sentia certa insegurança sobre como as coisas andariam.

Sabia que não tinha sido totalmente honesto com ela. Sobre o que ultimamente desviava sua atenção. Chegara a hora de abrir o jogo. De jeans branco rasgado e bonita camiseta alaranjada, Annie subiu os degraus com um aceno alegre, mas ele captou uma sombra sutil em seu sorriso contido.

– Ei, forasteira – ele a abraçou e a beijou na face.

– Que bom que você voltou – disse ela, correspondendo ao abraço.

Hauck preparava o prato da noite: hambúrgueres de filé de cordeiro na grelha, acompanhados de cebolas caramelizadas em óleo balsâmico, tudo regado a molho de queijo azul dinamarquês.

– Parece ótimo – disse ela. – Pode me mimar.

Abriram um vinho e sentaram-se no *deque* com vista para o canal, os pés apoiados na grade. Soprava uma agradável brisa do braço de mar. Ela não perguntou sobre a viagem. Foi como se esperasse uma iniciativa espontânea dele. Conversaram sobre o restaurante. E sobre a época propícia de pôr o barco dele na água. Ele pediu notícias de Jared. Ela disse que o menino ia bem. A conversa teve o peso de um furgão de duas toneladas esmagando-lhe as costas. Os dois sentiram o peso. Nesta noite, havia uma distância entre eles.

Como não haveria?

Hauck levantou-se.

– Acho que é melhor eu acender a grelha...

– Escute, Ty...

– Primeiro, eu – ele voltou a sentar-se. – Na real, tenho uma coisa para dizer. Sobre aonde eu fui. Sobre o que me tem envolvido ultimamente. De uns tempos para cá, não tenho sido honesto com você, Annie, e...

– Eu sei com o que você está envolvido, Ty...

Ele parou e a fitou. Nos olhos redondos de Annie, nem sombra de censura. Ainda assim, o olhar dela o fez sentir-se um pouco envergonhado.

Ela falou:

– Entrei na sua casa enquanto você estava viajando – ela baixou a taça de vinho e o encarou. – Não quis bisbilhotar. Eu tinha esquecido meus brincos na última vez que vim aqui e subi no quarto para procurá-los. Encontrei-os na sua cômoda. Elena deve tê-los guardado ali... Mas encontrei outra coisa também.

Hauck engoliu em seco. Tomou um fôlego que quase lhe doeu nos pulmões; ele sabia o que era.

– Encontrei aquela foto, Ty. Estava bem ali. Acho que você sabe a qual foto me refiro. Aquela moça que foi assassinada... Como era o nome dela... April?

– April – ele confirmou com um aceno de cabeça meio culpado.

– Com você – frisou ela, com o olhar fixo nele. Olhos não acusadores, mas sim magoados. – Quem era ela, Ty? Não estou com ciúmes. Bem, um pouquinho talvez... Mas você ficou diferente desde aquele dia em que aconteceu o crime e preferiu não me contar. Acho que mereço escutar a verdade.

– Ela era só uma amiga, Annie – disse Hauck. – Eu juro. Nada mais que isso. Aquela foto é muito antiga.

– Eu sei que é antiga, Ty. Então *por quê*... Por que a escondeu de mim? Por que não foi capaz de me contar? Seja lá qual fosse a sua ligação com ela. Você a conhecia... e não apenas de vista.

Ele assentiu, soltando um suspiro de arrependimento.

– Tem uma época de minha vida, Annie, sobre a qual não gosto de comentar muito. Com ninguém. Não só com você. Depois do acidente que vitimou Norah. Quando as coisas começaram a desmoronar com Beth...

Contou a ela como pediu para sair do emprego no NYPD. O nebuloso período que se seguiu. O sentimento de culpa que o dominou. Ao ponto, inclusive, de não encontrar motivo para se levantar todas as manhãs.

– Uma noite, fiquei sentado em meu carro na frente do estabelecimento para onde eu estava indo quando aconteceu. Eu estava com tanta raiva... Peguei uma pedra e joguei na vitrine. A polícia veio... Se eu não fosse policial, teria passado a noite na cadeia. Talvez fosse depressão. – Encolheu os ombros. – Talvez fosse apenas culpa. Senti muita culpa. Na época eu não sabia lidar com isso. E é óbvio que ainda não sou nenhum *expert* no assunto agora... April só ajudou a me reerguer, nada mais. Conhecemo-nos num grupo de depressão. Começamos a nos encontrar, após as sessões, para tomar um café. Eu precisava de alguém para conversar. Eu não sei se teria conseguido sozinho. Hoje nem penso mais naquela época, mas quando vi que ela foi assassinada...

Annie fitou-o.

– Você está investigando a morte dela, não é mesmo? Todo esse tempo. Acha que não estava escrito em sua cara? Acha que eu não percebi que algo tinha mudado? Que talvez eu tivesse feito alguma coisa...

– Você não fez nada, Annie.

Súbito, sua expressão mudou, e ela levou a mão à boca.

– Ah, meu Deus! Por isso que Jared foi atacado, não foi? Era um recado para você... Para pressioná-lo a abandonar o caso. Você também escondeu isso de mim? Eles tentaram machucar meu filho por sua culpa?

Ele assentiu, contraindo os lábios.

– Sim, acho que sim, Annie.

– Ah, Ty... – Seus olhos ficaram úmidos. – Como pôde esconder de mim uma coisa dessas? – Ela o fitou, as lágrimas prestes a escorrer, como se enxergasse um rosto que vira um milhão de vezes, mas que agora havia mudado. – No que você se meteu, Ty? Tem uma vida nova agora. Você tem *a mim*. Que fascínio ela exerce sobre você? O que o arrasta de volta ao passado?

– Não estou sendo arrastado a lugar nenhum, Annie...

– Está, sim – repetiu ela com um aceno de cabeça. – *Você está...* Essa mulher está morta. *Eu estou aqui*. Por que está disposto a jogar tudo fora? Por que não é capaz de me amar daquele jeito?

– Eu amo você, Annie – disse ele. – De verdade.

– *Não* – ela meneou a cabeça com os olhos rasos d'água. – Não como a amou.

Ele quis estender a mão e envolvê-la. Quis lhe contar que havia algo mais. Mais do que dizia. Mas doeu perceber que ela estava certa. Os dois só tinham assumido um único compromisso. Contar a verdade. Serem honestos um com o outro. Ela merecia isso.

E ele escondera dela.

– Nem vou perguntar onde você andou. – Ela se esforçou para sorrir corajosamente. – Quer dizer, não é problema meu. Você é um homem bom, Ty. Eu sei disso, e sei que você faria qualquer coisa por mim. E por Jared. Já provou isso. Você o trata como filho. Mas ele não é; eu sei disso. E também não sou sua esposa.

– Estive na Sérvia, Annie. E em Londres. – Engoliu em seco e acrescentou: – Acompanhei um membro do ministério da Fazenda na tentativa de rastrear alguém responsável pela morte de April.

– Sérvia?! – Annie meneou a cabeça, enxugando uma lágrima. – Londres. Pelo menos não foi um lugar empolgante ou glamouroso, certo?

– Não ficamos em hotéis de luxo para passear de bicicleta, Annie.

Ela achou graça do comentário.

– Disso eu tenho certeza. Foi perigoso?

Ele a mirou, não querendo falar realmente. Não por enquanto.

– Acho que sim.

– Acha que sim... – Ela fungou com ironia e balançou a cabeça. – Então você o prendeu? A pessoa que cometeu o crime.

– Não. Ele está morto. Annie, escute... – Envolveu a mão dela e apertou-a. – Sinto muito. Sinto muito por esconder as coisas de você. Sinto muito se a magoei de alguma forma. É a última coisa que quis fazer. É a última coisa que você merece.

– Tem toda a razão. É a última coisa que eu mereço. Mas também não posso obrigá-lo a me amar, posso? E eu mereço *isso* também. Não preciso de rosas ou coraçõezinhos no Dia dos Namorados ou compromisso sério. Mas mereço ser amada, não mereço?

– Mas eu amo você, Annie...

– Não. – Ela negou com a cabeça. – Não como você a amou.

Sorriu para ele outra vez, então olhou para o relógio.

– Acho que acender a grelha não parece uma boa ideia agora.

Hauck fitou-a e esboçou um sorriso como resposta.

– Não, acho que não.

– Torço para que você consiga encontrar, Ty.

– Quem?

– Quem você está procurando.

Hauck não sabia se ela falava do assassino de April ou talvez de outra pessoa.

Ela se levantou.

– Sabe, não combina comigo ir embora falando algo piegas assim... – Seus olhos límpidos cintilaram. – Mas acho que o meu desejo, lá no fundo, era o de que, quando você fosse a um lugar como Londres, pudesse ser comigo.

Quando ela passou roçando nele, Hauck pegou-a pelo braço. Permaneceu um instante assim.

– Sobre April, eu não lhe contei tudo. Tem mais uma coisa...

– Sinto muito, Ty – Annie desvencilhou-se dele. – Não quero saber.

79

No outro dia, às seis da manhã, ao ligar o computador, Naomi deparou-se com um e-mail curto. Com a camiseta folgada da Princeton, fitou a mensagem de três linhas. Leu, releu, só para ter certeza.

Aquilo mudava tudo.

Esperou o máximo que pôde, tomou uma ducha, o coração acelerado. Em seguida, digitou um número da discagem rápida.

– Ty...

– E aí? – a voz dele soou meio grogue.

– Imaginei que você estaria descompensado do voo. Tudo bem com você?

– Tudo tranquilo – respondeu ele, pigarreando. – Não dormi muito. Estou acordado desde as três da madrugada. Motivos pessoais. O que aconteceu?

– Recebi uma mensagem de Berna – disse, com um frêmito de entusiasmo na voz. Contou a ele a resposta. Do cônsul adjunto da embaixada de lá. – Um jatinho particular, registrado em nome de uma empresa aérea de Dubai, aterrissou em Genebra às 7h21 da manhã do dia 25 de junho. Hassani passou pela imigração do aeroporto meia hora depois. Um dia antes da data no bilhete do teleférico de Thibault, Ty.

– Genebra não é Gstaad, Naomi.

– Genebra é o aeroporto mais próximo de Gstaad para voos internacionais. Fica a apenas duas horas de viagem. Conferi esse detalhe. Hassani estava lá.

Ela tentara desesperadamente juntar as peças do quebra-cabeça desde quando abrira o e-mail. Agora estava claro que algo importante havia acontecido lá. Uma conspiração planejada em seus pormenores e desencadeada meses mais tarde, com o despejo de títulos estadunidenses pelo maior fundo de ações do mundo. Dois gerentes de investimentos pagos secretamente para esconder perdas maciças em suas frágeis instituições financeiras, em seguida assassinados, provocando um terrível baque no já cambaleante setor financeiro. O valor das ações despencando. Bancos indo por água abaixo.

Muros desabando.

Agora Naomi precisava envolver o pessoal dela. Hassani estava em Nova York. Essa poderia ser a única oportunidade de detê-lo. O FBI, o Ministério da Justiça... Agora ela só precisava saber em quem confiar.

– Para quem mais você contou isso, Naomi?

– Mais ninguém – respondeu. – Só para você. Mas não posso manter em segredo muito tempo. Hassani está em Nova York. Veio participar da assembleia anual da Reynolds Reid. Não sei quanto tempo vai ficar. Sei que Genebra não é Gstaad, mas podemos provar que ele esteve na região na mesma época em que Thibault e al-Bashir. Temos a transcrição com ele desencadeando o plano. O movimento financeiro das suas empresas para pagar James Donovan. Os três urdiram uma trama para derrubar a economia dos EUA, Ty. Na prática, Marty al-Bashir reconheceu isso.

– O que você vai fazer?

– Não sei. Vou avaliar enquanto faço minha corrida matinal. Tem muita coisa em jogo. Inclusive minha carreira, se eu pisar na bola. Andei pensando... – Algo que al-Bashir dissera lhe veio à mente. Sobre não ser terrorismo, mas algo muito, muito maior. – E se não fossem só eles três? E se houvesse mais gente envolvida? Lá na Suíça. E se essa Gangue de Gstaad tivesse outros componentes?

– Também pensei nessa hipótese – respondeu Hauck. – E já estou investigando, Naomi.

80

Ele se preparava para sair de casa quando tocou o celular. Steve Chrisafoulis.

– Queria que você visse uma coisa, Ty – falou o detetive de Greenwich. – Está perto de um computador?

– Posso estar – respondeu Hauck, jogando as chaves do carro no balcão e rumando à escrivaninha.

– Fizemos uma identificação. Um dos colegas de Sonny Merced no Iraque. Serviram juntos no 101º Batalhão. Eu lhe disse que estávamos conferindo tudo isso. Ele também trabalhou como consultor de segurança na GAG, a empresa de segurança que dispensou Merced. Firma do Grupo Talon.

– Sim – Hauck ligou o computador. – Eu me lembro, Steve.

Entrou no seu e-mail. Viu a nova mensagem. Abriu-a e o anexo também.

Uma foto apareceu na tela.

Um homem de calça militar, escorado num carro-forte. Dos tempos na GAG. Musculoso, forte. Vestindo uma camiseta cinza do Exército e brandindo um fuzil automático M4. Cabelo curto, eriçado, puxado para trás num grosso rabo de cavalo.

Jack "Ruivo" O'Toole.

– Já estou vendo, Steve...

– Trabalhou duas temporadas na GAG após dar baixa no Exército. Conversei com o chefe dele. Tido como um verdadeiro caubói por lá. Rápido no gatilho. Acho que é o nosso homem, Ty. Perguntei sobre os principais clientes da empresa. Só por instinto. Não vai acreditar na resposta.

– Estou ouvindo, Steve...

Hauck cravou o olhar na foto. O físico musculoso. O rabo de cavalo curto. A conexão com Merced.

Mas outra coisa fez o sangue de Hauck ferver.

Algo no pescoço dele. Uma espécie de tatuagem. Parecia uma garra, talvez de leão ou de pantera. Exatamente como revelado nas fotos tiradas por Evan Glassman do segundo andar.

O assassino da família dele.

Jack "Ruivo" O'Toole.

– Bom trabalho, Steve.

81

Ela avaliou mesmo enquanto corria.

Quase oito quilômetros. Na trilha à beira do Potomac. Até que a resposta lhe veio. Parou com as mãos na cintura, a respiração ofegante. Sabia que corria um risco enorme desrespeitando a hierarquia assim.

Mas tinha de fazer aquilo. Não aproveitar a oportunidade e perder Hassani não era uma alternativa agora. Oito pessoas inocentes haviam morrido. Sem falar no colapso econômico global desencadeado por ele. Ou no fato de que o rosto do filho de al-Bashir ainda calava fundo nela.

Piegas ou não, ela se flagrou fitando o Memorial Lincoln.

Este era o seu caso.

Pegou o celular e fez uma ligação. Só fizera um contato pessoal com ele. Solicitou dez minutos – sozinha. Naquela manhã, se possível. E para manter a ligação em sigilo.

Noventa minutos depois, Naomi entrou no gabinete do Ministro da Fazenda dos Estados Unidos.

Ela avaliou a lista de pessoas capazes de ouvi-la, capazes de tomar providências, alguém em quem pudesse depositar confiança. Thomas Keaton foi o único nome que lhe veio à mente.

A secretária dele a fez passar, abrindo a grande porta de duas folhas, revelando, como da outra vez, a espaçosa sala, a escrivaninha polida de mogno e a esplendorosa mesa de reunião. O brasão dos Estados Unidos no tapete. A ampla vista para o Monumento a Washington.

É melhor saber o que está fazendo, Naomi...

Detrás da escrivaninha, Thomas Keaton levantou-se. Com um gesto, indicou para Naomi se sentar numa cadeira de couro, que de repente pareceu muito grande para ela.

– Agente Blum – disse ele. – Você solicitou uma reunião em particular. Sabe o quanto isso é fora do comum.

Naomi sentou-se, o coração pulsando como uma britadeira.

– Eu sei, senhor.

– Suponho que "em particular" você não se referia a Mitch.

Mitch Hastings, o assessor jurídico do ministério, estava sentado no sofá ao lado.

– Claro que não – disse Naomi, com um aceno de cabeça para o advogado. – Como vai o senhor?

Hastings respondeu com um sorriso discreto, ajustando os óculos.

Ela tirou um dossiê da bolsa e pôs no colo dela.

– Tenho certeza de que o gabinete tem assuntos importantes a resolver. Não vou tomar muito tempo dos senhores.

O ministro voltou a se acomodar na cadeira.

– Se por "assuntos importantes" você se refere à queda livre dos mercados mundiais, ao colapso do maior banco californiano, ao mundo se perguntando qual será a próxima conceituada empresa de investimentos a afundar, ao presidente fazendo um comunicado na televisão e pedindo que o povo tenha fé nos mercados... Sim – mirou Hastings de relance –, o dia está meio lotado. Na última vez que veio aqui, você fez elucubrações bem sinistras. Pedi a você que conseguisse provas. Encontrou-as, agente Blum?

– Sim, senhor. Acho que encontrei. Sinto muito, mas não me senti à vontade para trazer isso à tona pelos canais competentes. Na última vez em que estive aqui, mencionei um investidor saudita chamado Mashhur al-Bashir, suspeito de desencadear uma liquidação global de ações como parte de uma conspiração para desestabilizar a economia dos Estados Unidos. O senhor deve ter conhecimento da custódia protetora que tentamos fazer, dois dias atrás?

– Sim, *tenho* conhecimento, agente Blum – respondeu o ministro da Fazenda, com a insatisfação estampada no rosto. – Esse al-Bashir era uma pessoa respeitada no mundo financeiro. Até o momento, só há relatos de que ele e a família estão desaparecidos. Eu mandei você manter o radar ligado, e não criar um incidente público. O que diabos aconteceu?

– Não sei. Sinto muito – Naomi mudou de posição, encabulada. – Mas antes de acontecer isso, o Sr. al-Bashir me confirmou que tinha mesmo participado de uma conspiração, exatamente como eu imaginava, junto a Hassan ibn Hassani. Como o senhor deve recordar, a prova original desse tópico veio à tona com a transcrição de uma conversa grampeada entre o Sr. Hassani e al-Bashir, que eu tentava conectar aos *traders* cujas mortes levaram a Wertheimer Grant e a Beeston Holloway à insolvência, com a ajuda de um intermediário, Dieter Thibault.

O ministro da Fazenda debruçou-se sobre a mesa.

– E conseguiu fazer essa conexão, agente Blum?

Naomi abriu o dossiê.

– Consegui revelar o rastro de dinheiro entre Thibault e uma das entidades corporativas do Sr. Hassani, a Ascot, empresa de incorporação imobiliária em Dubai, utilizada para enviar um valor significativo para James Donovan da Beeston Holloway. Agora temos certeza de que James não se matou, mas na verdade foi assassinado, senhor ministro.

O olhar de Keaton tornou-se sombrio.

– Continuo sem saber para onde isso nos leva, agente Blum.

– Certo, senhor. Tenho certeza de que o Sr. Hassani, o Sr. al-Bashir e Thibault tramaram essa conspiração para levar os mercados financeiros ao colapso em junho do ano passado. Temos provas de que os três se encontraram em Gstaad, na Suíça, no mesmo dia: vinte e seis de junho.

– *Gstaad?*

– O jatinho particular de Hassani pousou no Aeroporto de Genebra um dia antes; o aeroporto internacional mais próximo de Gstaad. Dois dias depois, ele partiu para Londres. Acredito que eles trataram do assunto num restaurante chamado Christina's, na montanha. Estou prestes a obter detalhes sobre o paradeiro deles durante o encontro, os hotéis em que se hospedaram, bem como o restaurante em que o encontro aconteceu.

– Provar que eles estiveram lá na mesma época não necessariamente os conecta a essa conspiração, não é mesmo, agente?

– O senhor tem razão – concordou Naomi com a cabeça. – Não vincula. O que conecta é Dieter Thibault ser, na verdade, a identidade assumida por um ex-paramilitar sérvio envolvido numa chacina na Bósnia durante a guerra. Ele está diretamente ligado aos assassinatos de Glassman e Donovan. Existe a conexão dele com Hassani por meio do dinheiro usado para subornar Donovan. E há a conexão entre Hassani e al-Bashir por meio da transcrição monitorada e da venda de ações globais. A meus olhos, tudo isso é suficiente para justificar uma investigação completa, senhor ministro. Mas não é por isso que estou aqui. Há uma coisa mais urgente.

Com um gesto, Thomas Keaton incentivou-a a continuar.

Naomi respirou fundo.

– Hassani está hoje no país. Veio participar da reunião do conselho da Reynolds Reid e da assembleia anual da empresa. Está claro que ele orquestrou uma grande conspiração internacional que resultou no colapso dos bancos dos Estados Unidos... E contribuiu para provocar um pânico mundial que custou bilhões em patrimônio líquido e adversidades pessoais.

Hastings atalhou do sofá:

– Hassani e al-Bashir não faliram esses bancos, agente Blum. Você está se esquecendo de uma série de questões menores, como o colapso dos créditos hipotecários, a bolha imobiliária, os CDOs, a falta de fiscalização nas agências de classificação...?

– Sim, o senhor tem razão, mas eles obviamente aceleraram o processo. É um ataque tão incisivo contra os Estados Unidos quanto se tivessem arremessado um avião diretamente contra o domo do Capitólio. Sem falar – prosseguiu, voltando os olhos a Keaton – em oito inocentes assassinados, somando aqui e o Reino Unido.

As feições de Keaton enrijeceram-se.

– Ainda não consegui descobrir tudo. Não consegui descobrir as motivações da trama ou, em última análise, quem lucrou com os acontecimentos. Deve existir mais gente envolvida que eu ainda não identifiquei. Mas houve uma conspiração, senhor, não tenha dúvidas. Uma conspiração para desestabilizar a economia dos Estados Unidos aproveitando-se das fraquezas do sistema financeiro. Hassani deve ser detido. Hoje. Deve ser obrigado a fornecer respostas sobre suas atividades nessa conspiração. Se ele estivesse carregando uma bomba, o senhor não pensaria duas vezes em levantar o telefone e avisar o FBI imediatamente. Isso tem o poder de uma bomba e causou mais danos que qualquer outro dispositivo que eles pudessem ter detonado. Preferiria que não precisasse me reportar ao senhor assim.

– E o motivo por você não agir pelos canais competentes é...?

– Ministro, o senhor mencionou Londres. Sabe o que aconteceu lá. Alguém nos antecipou e impediu o depoimento de Thibault e al-Bashir. Dois dias antes, Thibault foi morto na Sérvia. A execução foi feita para parecer uma vingança por seus crimes na guerra. Mas ninguém sabia disso, senhor. E ninguém sabia que ele tinha voltado para a aldeia natal. Não sei quem está apagando as pegadas. Hassani, eu calculo. Mas só um punhado de pessoas sabia que tínhamos conectado Thibault a Hassani. À luz disso, eu não podia arriscar que as informações obtidas sobre Hassani caíssem nas mãos erradas. Senti que deveria reportar o caso diretamente ao senhor. Espero que entenda.

A mandíbula de Thomas Keaton retesou-se, e ele mirou Mitch Hastings com um olhar sério. O advogado fitou-o de volta com expressão igualmente preocupada.

– Coisa muito séria – disse ele, voltando-se a Naomi. – Você fez muito bem em trazer isso para mim, agente Blum.

82

Peter Simons passava os olhos no *Wall Street Journal* no banco traseiro da limusine Maybach da empresa, que avançava rápido pela via expressa Franklin Delano Roosevelt. Às oito e meia, tinha um café da manhã com a chefia do Fed, o Sistema de Reserva Federal, na Sala Washington, no quartel-general da instituição, na Liberty Street. Junto aos líderes da Goldman, da Citi e da Blackstone – entre as mais poderosas pessoas do mundo financeiro. O governo tinha de articular uma reação à profunda crise de Wall Street, um plano para dar sustentação ao sistema. E quem melhor para consultar do que os próprios responsáveis por levar o sistema financeiro à beira do abismo? A histórica sala de reunião, no décimo terceiro andar do prédio do Fed, tinha um pé direito de três pisos e nenhuma janela sequer. No sentido mais simbólico, para blindar tudo que era discutido ali, entre aquelas consagradas paredes.

Não precisava ser um gênio, Peter Simons sabia, para ter previsto os fatos. Os gênios eram todos responsáveis por criar a bagunça. Durante anos, o mundo havia dormido embalado por canções de ninar em dose tóxica dupla – crédito e débito. Os bancos, as agências de classificação, os departamentos de fiscalização com a tarefa de aglutinar tudo. Até mesmo as gigantescas seguradoras, que inventaram os planos logarítmicos para contrabalançar todo o risco, como a AIG. O sistema estava corroído, podre até o cerne. E – coisa que a maioria das pessoas era incapaz de entender – totalmente contaminado por fraudes. A retirada do controle permitira aos bancos alavancar seu capital em até quarenta por um. As agências de classificação arrecadavam taxas das próprias empresas que deveriam verificar. Derivativos complexos e *swaps* de crédito que ninguém entendia influenciavam os montantes negociados. O mercado hipotecário fundindo-se até formar escória. Toda essa podridão se erguendo numa espiral sem obstáculos, emitindo lucros recordes para todos. Até ser interrompida.

Até simplesmente não funcionar mais. Até os ventos mudarem. Não, não era preciso ser um gênio, Simons sabia. Com certeza ele não era. Apenas era preciso estar disposto a fazer algo a respeito. Para ter a certeza de não ser levado pelo vendaval.

E Simons nunca se deixou afetar por meras mudanças nos ventos. O pai dele tinha sido um medíocre comerciante na Filadélfia e, desde pequeno, Simons sonhava com um destino mais elevado. No ensino médio, praticou atletismo, inclusive, sendo o recordista dos quatrocentos metros na escola. Agora, o estádio tinha o nome dele. Em Yale, fora convidado para entrar no Clube Skull & Bones. O dia do convite para ingressar no seleto clube foi um dos mais triunfais de sua vida. Tornava a ascensão dele ao ápice de Wall Street praticamente um plano já realizado. Abriu as portas para os contatos certos. Sempre havia aquela mão superior a guiá-lo. Ninguém se esfalfou tanto. Ninguém trabalhou tão duro quanto ele. Sabia que não era um dos "gênios". E certamente não tinha um sobrenome tradicional para lhe abrir as portas.

Primeiro, ele se tornou o chefe de negócios na Reynolds, quando ela era uma instituição pacata, com base em operações de varejo. Em seguida, foi promovido à chefia do setor de títulos, surfando na crista dos anos 1990. Transformou a pacata e conservadora corretora num moderno banco de investimentos, ao estilo dos líderes mundiais do setor. Pegou carona no revigoramento dos títulos hipotecários até o ápice. Mas os sinais se tornaram claros – quando o mundo todo começou a passar dos limites, ele é que não ia ser arrastado ao buraco. Essa era a diferença entre ele e muitos de seus colegas. Inclusive os que se sentariam à mesa com ele, dali a quinze minutos, para ajustar o curso do barco em meio à tempestade.

Na faculdade, Simons estudara as ideias do economista austríaco Joseph Schumpeter e sedimentara sua visão de que o sistema se renovava a cada geração. O capitalismo nada tinha de estático. Constantemente se refazia, como um organismo vivo. A inovação limpava o sistema. Monstros ascendiam e soçobravam. Destruição criativa. A natureza fazia isso, na evolução, em grandes florestas devastadas pelo fogo. Schumpeter denominava ser arrastado pelo "vendaval".

A ideia ocorreu-lhe pela primeira vez um ano atrás, enquanto tomava uns drinques com Hassani em Dubai, após o bareinita ter facilitado um empréstimo junto à família real. A ideia de que se, de alguma forma, eles conseguissem influenciar os fatos, pender a balança, digamos assim, a favor deles, apesar da vindoura recessão, ambos sairiam ganhando. De qualquer modo, seria inevitável. A natureza seguiria seu curso. Simons tinha uma rede de pessoas com pensamento igual. Gente capaz de fazer as coisas acontecerem em escala global. Hassani apenas teria de pôr o plano em prática. Desencadeá-lo. Dar o pontapé inicial. Aí que al-Bashir se encaixava. Um homem com outro tipo de obrigações perante Hassani. A escolha perfeita para colocar o plano em andamento. Deixar as ações em queda livre. Arruinar os vendedores a descoberto. E, depois, os *traders* trapaceiros. Isso tinha sido ideia de Hassani.

E ele encontrou o canalha ideal para executar o plano.

Grande ironia que esse mesmo canalha acabara seduzindo sua ex-mulher.

Afinal, Simons sabia que só acelerava o inevitável. A Reynolds Reid estaria pronta para juntar os cacos. Alguns concorrentes seriam varridos do mapa; isso era certo. Certamente ele sofreria perdas. Pessoalmente. Assim como corporativamente. No curto prazo.

Mas, no fim das contas, ele seria um dos vencedores. O protagonista inovador. Aquele que muda as circunstâncias para se adequar ao *design*. O vendaval fortificaria a empresa.

Após o café da manhã, ele tinha uma reunião de conselho. Naquela reunião, seria ratificada a compra do Pacific-West, o maior banco da Califórnia, que acabara de ser assumido pelo Fed. A Reynolds monopolizara partes cobiçadas da Wertheimer. E a ArcCo, a maior empresa de hipotecas do país. O anúncio seria feito na assembleia anual, logo mais à tarde.

Nunca seria anunciado como tudo se desenrolou.

O carro de Simons estacionou na sede do Fed, na Liberty Street. O motorista, Carl, espichou o pescoço para trás.

– Vai ficar aqui, Sr. Simons?

– Aqui está ótimo, Carl. Fique perto do telefone. Daqui a uma hora e meia eu desço. Às dez horas, devemos estar de volta ao escritório.

– Pode deixar comigo, senhor.

Simons pisou na calçada. Só uma coisa o deixava pensativo.

O amigo dele.

No fundo, para seu gosto, Hassani continuava muito preso a ideologias. Ainda cultivava essa crença maluca em jihad. Gente que acreditava muito piamente em algo sempre deixava Simons meio nervoso. Abriu um sorriso ao imaginar que, apesar das refeições extravagantes e dos calorosos abraços de amizade, o bareinita provavelmente também tinha dúvidas sobre ele.

Nunca se sabe como isso termina.

A caminho da porta dourada, Peter Simons disse para si mesmo que precisava fazer algo a respeito.

83

No Aeroporto Internacional Reagan, Naomi esperava o jatinho do governo que a levaria a Nova York. Finalmente tirou um tempo para examinar o que Ty havia enviado.

Estava a caminho de estabelecer uma conexão com Anthony Bruni, o agente sênior que comandava a força-tarefa Antiterrorismo Financeiro do FBI. Juntos, eles planejavam deter Hassani no decorrer do dia.

Keaton havia dado a ordem. Assunto delicado. Entre os Estados Unidos e o Bahrein havia muitos embaraços relativos a questões de segurança nacional. O rei poderia muito bem ficar furioso. Hassani até poderia alegar imunidade diplomática. Enquanto o jato taxiava, Naomi rapidamente examinou os anexos enviados por Ty. O e-mail dizia: *A prova de que Hassani esteve lá. E dê só uma olhada em quem mais.*

Empolgada, Naomi abriu a lista de hóspedes dos três hotéis. Sentiu a pulsação intensa como uma rajada de vento. Thibault. Al-Bashir. *Hassani.* Todos realçados com marca-texto por Ty. Sentiu a alma lavada.

Todos estiveram lá.

Exatamente como ela havia imaginado semanas atrás. Só que isso tornava o caso contra Hassani cem vezes mais consistente. Sem falar na estabilidade de Naomi no emprego. Ela pegou o BlackBerry e, prestes a fazer uma ligação para Ty, o "quem mais" referido por ele atingiu-a em cheio como um taco de lacrosse no rosto.

Peter Simons!

O chefe de um dos maiores bancos de investimento do mundo.

O estômago de Naomi quase foi parar na garganta. *Simons estava lá*. O cérebro dela tentou vislumbrar o significado daquilo. Lançava sobre o caso uma luz completamente nova.

Deixava de ser sobre jihad ou terrorismo para prejudicar o Ocidente; essa conspiração tinha raízes profundas não no estrangeiro, *mas em solo dos EUA*. Naomi tentou compreender. Como alguém lucraria com esse tipo de coisa? O que a Reynolds Reid tinha a ganhar?

Um oficial militar apareceu na porta. Acenou com a cabeça na direção de Naomi.

– Agente Blum, sua aeronave está na pista agora.

– Já estou indo – disse Naomi, com um suor de regozijo irrompendo no corpo.

Será que não havia mais gente?

Ansiosa, Naomi rolou acima e abaixo as três listas, pulando de um hotel para outro, as duas noites.

Outros nomes começaram a pipocar. Nomes importantes.

Marshall Shipman. O chefe da Orpheus, importante fundo de *hedge*. Ela sentiu as mãos trêmulas. *Stephen Cain*. O gerente de um grupo boutique privado especializado em investimentos combinados de apólices de seguro de vida e fundos mútuos. Uma Blackstone em miniatura. *Vladimir Tursanov*. Renomado financista russo.

Hassani. Al-Bashir.

A Gangue de Gstaad.

Pegou um bloquinho e febrilmente anotou os nomes à medida que lia. Sentiu uma indecisão e o estômago embrulhado, como quem olha de baixo as inescaláveis paredes de um poço profundo.

Percebeu que abria a caixa de Pandora de algo muito além de seu controle. Como al-Bashir dissera antes de entrar no carro. *Isso é muito maior que apenas terrorismo*.

Ela escolheu Ty nos contatos do BlackBerry.

– Viu o que eu descobri? – ele atendeu logo no primeiro toque. – Simons.

– Simons é apenas a ponta do *iceberg*, Ty. Foi uma conspiração... Uma conspiração para derrubar os mercados. Não uma ação terrorista. Bem orquestrada por algumas das mais influentes pessoas do mundo de investimentos. Pessoas *daqui dos EUA* – frisou ela com a boca seca. – Topamos com algo que foge da minha compreensão.

– É possível que esse tenha sido apenas um entre outros encontros planejados? Encontros *legítimos*? – indagou Hauck.

– Não. Nada desse tipo. Nada assim tão grande. Seria um evento público. Eu teria conhecimento. – Ela teve de segurar a cabeça, que não parava de girar.

– Naomi, para quem você contou isso? – quis saber Hauck, a voz contaminada de urgência. – Quem aprovou a detenção? Quem mais sabe?

– Fui direto a Thomas Keaton. Eu... – tão logo o nome brotou de seus lábios, o coração dela quase parou de bater. – Ai, meu Deus! Ty...

Ela não tinha percebido ainda, mas agora sim. Estava tudo ali. Não atrás de alguma cortina, mas em plena luz do dia. Hassani. Al-Bashir. Tursanov.

Simons.

Tentou conter o estômago dando voltas. Até mesmo um cego enxergava. Se soubessem o que procuravam.

– Naomi, o que...

– Ty, quero que você me encontre em Nova York. Vou embarcar num jato do governo. Vamos deter Hassani. Hoje, após a assembleia da Reynolds Reid. Mas Hassani é apenas o testa de ferro dessa história... – Ela levou as mãos às têmporas, como se tentasse evitar que a cabeça explodisse. – Ai, meu Deus, o que foi que eu fiz, Ty?

84

Ruivo O'Toole escorou-se no carro e fitou o ponto de referência nova-iorquino.

Recebeu a ordem de esperar ali. Disseram que seria seu último trabalho. E de muita importância. Logo poderia arrecadar o pagamento e sumir do mapa. Notou um quê de desespero na voz do intermediário. Conhecia os sinais – como quando, no campo de batalha, se tornava difícil manter uma posição. Abaixo de fogo cerrado. Estivera em muitas situações semelhantes que transmitiam essa mesma sensação. Sempre é preciso ter uma saída. Um plano de retirada.

Sabia que já cometera mais crimes na vida do que admitiria ou até mesmo poderia lembrar. Imaginou que, no frigir dos ovos, aumentar um pouco a lista não faria diferença alguma. Não que tivesse planejado ser criminoso. Se o pai dele, homem devoto, estivesse vivo, teria dito: "Johnny, não faça nada de que possa se arrepender. Essa é a regra número um".

O'Toole abriu um sorriso e perguntou-se se havia arrependimento suficiente no mundo por tudo que fora obrigado a fazer.

Sabia que Merced tinha sido identificado. Agora, o nome dele aparecia seguidamente na mídia. Eles sabiam seu histórico. No Iraque. Na empresa Gerenciamento de Ameaças Globais. Sonny sempre tinha sido meio descuidado. E um pouco desesperado. O'Toole concluiu que era uma questão de tempo para que a polícia descobrisse a conexão com ele próprio.

Após este último trabalho, precisava desaparecer.

Detrás dos óculos escuros, viu táxis e limusines estacionarem. O celular tocou. Sabia quem era. Nem precisou conferir. Tirou o aparelho do bolso e o abriu num gesto rápido.

– Estou aqui.

– Estamos seguros? – indagou o interlocutor, referindo-se à linha. O tipo de gente que nunca perde a chance de pôr os pingos nos "is". Paranoico é apelido. Se bem que gente como ele tem de ser. Gente importante.

O'Toole garantiu que era segura.

– A situação saiu um pouco do controle – começou o homem. – Queria que você acertasse uma conta antiga para mim. Já está tudo providenciado. Conseguimos um jeito de você entrar. Mas é complicado...

Pegou o nome do alvo e mirou o local. *Complicado*, sem dúvida. Entrar ali. Câmeras em toda a volta. Muito movimento. Um local público. Sem falar nos guarda-costas.

– Ligue avisando quando a missão estiver concluída – solicitou o contato.

– Quando a missão estiver concluída – cismou O'Toole –, eu pretendo dar o fora.

– Antes de ir, devemos acertar mais um ou dois detalhes. Um você já sabe. Vai ser quase uma espécie de reencontro para você. E o outro, vamos chamar de sua festinha de aposentadoria.

Forneceu os nomes a O'Toole. Ele já os ouvira. Uma onda de raiva cresceu dentro de si. Baixou os óculos escuros.

– Esse eu faço de graça.

85

Dois grandes Suburbans pretos estacionaram defronte ao Hotel Waldorf, na esquina da Fiftieth Street com a Park Avenue. O porteiro tentou acenar para não pararem ali, mas o motorista do veículo da frente abaixou o vidro e mostrou a identidade. A expressão do porteiro mudou, e ele os autorizou a estacionar em fila dupla bem na frente do prédio.

Uma equipe de agentes do governo saltou dos veículos. Hauck avistou um moreno atarracado, de terno bege, seguido logo atrás por Naomi, de terninho marrom. Outros três agentes saíram do segundo utilitário esportivo, usando fones de ouvido intra-auriculares.

Ele os reconheceu como sendo do FBI.

Dirigiu-se a Naomi, e o semblante dela iluminou-se ao vê-lo.

– Estou contente por você estar aqui. Este é Anthony Bruni, o agente responsável. – Ela o apresentou ao agente de terno bege. – Bruni é da força-tarefa nova-iorquina contra crimes financeiros. Este é Ty Hauck. Trabalhou comigo em quase todo este caso. Ou melhor, eu trabalhei com ele.

Hauck trocou um aperto de mãos na entrada do hotel.

– Sei quem você é – disse Bruni, com um respeitoso aceno de cabeça. – Acompanhei o caso do atentado à bomba no Grand Central e aquele imbróglio em Hartford. Feliz por tê-lo a bordo.

Hauck respondeu com um aceno de reconhecimento, como se estivesse surpreso por suas façanhas serem tão conhecidas.

Bruni abriu um sorrisinho.

– Ei, não se surpreenda. Agentes do FBI também assistem à CNN.

Escalou dois agentes para ficarem nos veículos e outro no *lobby*; os outros dois, com jaquetas do FBI, entraram com eles no luxuoso hotel.

– Essa operação pode ter vários desdobramentos – Bruni explicou. – E nem um pouco discretos. Uma coisa é certa: a família que controla o poder no Bahrein vai subir nas tamancas. O representante do Ministério das Relações Exteriores participou da reunião lá no FBI – disse com um sorrisinho. – E inclua nisso uma queda nas ações da Reynolds Reid antes do fim da jornada. Também não vai repercutir bem em Wall Street.

O grupo entrou no *lobby* lotado e rumou à recepção. O gerente do hotel, num terno preto, veio ao encontro deles.

– Sou o agente especial Bruni – apresentou-se o homem do FBI. – Conversamos pelo telefone.

O gerente – sujeito alto de quarenta e poucos anos e calvície incipiente – aparentava compreensível ansiedade pelo fato de um procedimento daquela magnitude acontecer no hotel sob sua responsabilidade.

– Já conferi. O Sr. Hassani continua no quarto – informou. – Chegou há quarenta minutos e não voltou a sair. Espero que vocês saiam pelo acesso lateral e mantenham a operação a mais discreta possível.

– Vamos fazer tudo ao nosso alcance – garantiu Bruni. Avisou os motoristas para esperarem no outro acesso. Depois se virou para Naomi.

– Está pronta, agente Blum? O *show* é seu.

O rosto de Naomi era pura determinação. Aquela não era só a prisão mais importante de sua carreira, mas havia acompanhado aquela conspiração desde que ela não passava de duas mortes aparentemente não relacionadas de *traders* de Wall Street. Eles tinham vinculado as mortes com uma chamada telefônica cifrada de Hassani e rastreado a trilha do dinheiro até a Sérvia e Londres, com assassinatos bloqueando o caminho a cada instante. Agora estavam de volta a Hassani.

– Cem por cento – disse Naomi, enchendo os pulmões de ar e com um discreto sorriso para Hauck.

– Então vamos lá.

Hauck, Naomi, Bruni, o gerente e os dois agentes de reforço rumaram aos elevadores na outra ponta do *lobby* de tapete vermelho. Com polidez, o gerente solicitou a um casal prestes a entrar no elevador que esperasse pelo próximo. O grupo entrou. O elevador conduziu-os célere até o décimo segundo andar, onde Hassani estava hospedado. No andar privado, o gerente indagou ao concierge atrás da mesa:

– Chris, o Sr. Hassani ainda está no quarto?

– Sim, senhor – assentiu o concierge, conferindo. – Entrou faz uns quarenta minutos. Só teve outra pessoa no andar, outro hóspede, que entrou e saiu logo após.

Entrou e saiu.

Naomi e Hauck entreolharam-se. Ele percebeu no olhar dela a mesma sensação de alarme que soava em seu cérebro.

Aquilo não podia estar acontecendo novamente.

Naomi saiu correndo. Com ela à frente, o grupo percorreu rapidamente o longo corredor até fazer a volta e chegar à suíte na extremidade.

Na porta de madeira em duas folhas, lia-se 1201.

Naomi bateu.

– Sr. Hassani! Sou a agente Naomi Blum, do Ministério da Fazenda dos Estados Unidos. Precisamos que o senhor abra a porta.

Não houve resposta.

Ela bateu novamente, desta vez com mais força.

– Sr. Hassani. Sou do Ministério da Fazenda dos Estados Unidos. Por favor, abra a porta.

Esperaram outra vez. Nenhum retorno. Hauck pôde sentir o crescente nervosismo pulsando nas veias de Naomi.

Sentia o mesmo.

Bruni aproximou-se da porta.

– Sr. Hassani, esta é última vez que vamos pedir-lhe. Sou do FBI. Precisamos que o senhor abra a porta. Temos um mandado da Justiça Federal relativo a assuntos de segurança nacional para que o senhor nos acompanhe. Caso não tenhamos resposta, vamos ser obrigados a entrar assim mesmo.

Esperaram mais um tempo. Silêncio completo na suíte. Bruni fez um aceno de cabeça positivo para o gerente do hotel, que deu um passo à frente, com olhar preocupado, e deslizou uma chave eletrônica na fechadura. A luz verde brilhou com um clique. Ele girou a maçaneta, entreabriu a porta e recuou.

Bruni e os dois agentes atrás dele sacaram suas pistolas.

– Sr. Hassani, estamos entrando...

A porta bateu em algo pesado.

Com ansiedade no olhar, Bruni encostou o ombro contra ela e abriu-a à força. Não demorou um segundo para se tornar claro que havia algo mortalmente errado.

Estirado de barriga para cima num luxuoso tapete oriental, vestindo terno escuro, jazia um homem corpulento, com feições do Oriente Médio. O guarda-costas de Hassani.

Dois círculos escuros de sangue espalhavam-se em sua camisa branca.

Hauck sentiu o sangue congelar nas veias.

Naomi murmurou:

– Ai, não, não, não... – E, precipitando-se ao interior da suíte, gritou: – Sr. Hassani?

O *hall* abria-se numa espaçosa e moderna sala de estar. Um bar de parede e janelas com vista para a Park Avenue. Acesso à ampla sala de jantar e à cozinha contígua.

– Sr. Hassani! – chamou outra vez. Agora todos tinham sacado suas armas.

A equipe de agentes espalhou-se, e o grito de "Está limpo" ecoou pelos muitos cômodos da suíte.

À frente de Naomi, Hauck encontrou o que parecia ser o quarto principal. Cuidadosamente, entrou no quarto, a Sig em riste, mas ao ver o que havia no interior do recinto, baixou a arma.

– Ele está aqui.

Sentado na cama com o pescoço inclinado, vestindo um roupão de banho em algodão felpudo, com a barba grisalha e óculos de leitura na testa, um homem de sessenta e poucos anos permanecia com a expressão serena, o jornal aberto sobre o peito, como se estivesse tirando uma soneca.

Um orifício carmim pintava o meio da testa.

Naomi e os demais agentes entraram no recinto. Ela estacou, como se alguma força invisível tivesse paralisado seus movimentos, e, com expressão de desalento, fitou a cama. Cerrou os punhos e espremeu os lábios com força, os olhos vidrados de consternação e raiva.

Um ar de compreensão espalhou-se no rosto dela.

– Simons? – indagou Hauck.

– Não. – Naomi balançou a cabeça. – É maior do que Simons. – Desviou o olhar de Hassani e fixou-o em Hauck. – Eu sei o que está acontecendo, Ty.

Ele concordou com um aceno de cabeça.

– Eu também.

86

Peter Simons não escondia a satisfação.

A assembleia anual fora um sucesso. Perante dois mil apreensivos acionistas no grande salão do Hotel Pierre, ele traçou em pormenores – na gigantesca tela acima dele e, simultaneamente, numa teleconferência transmitida globo afora – como a Reynolds Reid emergiria vitoriosa daquele período desafiador.

Sim, ele reconheceu, o preço das ações sofrera um baque. Mas todo o setor financeiro sofrera.

Sim, teriam de suportar bilhões de dólares em depreciações. O governo propusera um plano de resgate para os bancos em apuros. Uma alternativa da empresa era participar desse plano, explicou aos acionistas.

Participar?

Simons teve de se conter para não dar uma gargalhada. Era a maior bonança na história da empresa. E ele se sentara à mesa em que ela foi concebida, pensou com deleite, mas claro que não podia trazer isso a público.

Apesar disso, declarou ele, a solidez da empresa continuava inabalável. Não corria o risco de ser uma das próximas vítimas, garantiu de modo convicto. A empresa abandonara suas posições em títulos hipotecários de alto risco muito antes das concorrentes, como a Wertheimer, a Citi ou a Merrill. Apresentava um balanço essencialmente sólido.

Além disso, anunciou ele, o período turbulento funcionou a favor da empresa. Há poucos dias, o conselho tinha aprovado a oferta de aquisição de uma grande empresa hipotecária recentemente falida. Também alcançara as melhores partes da Wertheimer, cobiçadas há muito tempo por ela. E acabara de fazer uma oferta para obter uma participação de 20% do AVO, o banco holandês, o que fortaleceria a posição da empresa na Europa. Obtivera novas e substanciais linhas de capital no Oriente Médio.

Claro, ele havia dito, a empresa tinha sofrido reveses. Mas encontrava-se em posição forte para sobreviver à tempestade. Não apenas sobreviver, declarou ele, mas emergir fortalecida e mais bem posicionada.

O auditório lotado aplaudiu de pé.

Agora, horas mais tarde, de volta a seu gabinete no 42º andar, Simons conferia a repercussão nos canais CNBC e Fox Business. Os especialistas salientavam como a Reynolds parecia excepcionalmente posicionada para tirar vantagem da crise. Até mesmo se ela precisasse de verbas do governo, elas serviriam apenas para fortalecer as reservas da empresa. A Wertheimer e a Beeston eram coisa do passado. A Merrill e a Lehman pareciam prontas para unir-se a elas.

O preço das ações deu um pulo de 20% em uma hora.

Satisfeito, Simons reclinou-se atrás da escrivaninha e pegou um charuto da caixa. Fizera o que tinha de ser feito. O que ele precisava ter feito. A paisagem ao seu redor precisava de limpeza. Sim, haveria um ano, talvez dois, de turbulências. De incertezas. Sim, seus próprios resultados reagiriam com lentidão. Demissões. Contração. Isso tudo não passava de estatística. Apenas escombros, ele meditou com um sorriso, deixados pelo vendaval da mudança.

Mas quando a poeira enfim baixasse, quem estaria lá para lucrar com a recuperação? Quem, de bochechas coradas com as intermináveis verbas governamentais, fortalecida pelo relacionamento íntimo com o Fed, emergiria triunfante nesta nova conjuntura mundial? O administrador do TARP (Programa de Alívio de Ativos Problemáticos) trabalhou na Reynolds. Durante anos, o atual chefe do Fed em Nova York tinha sido gerente de renda fixa na empresa. Parecia uma reedição do clube Skull

& Bones. *Não esperamos que o governo resolva nossos problemas,* pensou Simons, com uma risadinha de orgulho.

Nós somos o maldito governo.

As sementes tinham sido bem plantadas.

Harold Molinari, o diretor financeiro da Simons, ligou dizendo que queria conversar sobre a reação de Wall Street. Simons interfonou e pediu que ele descesse. Mais tarde teria um jantar de sócios no Cipriani. Sim, seria um longo caminho de volta. Uma escalada difícil. Mas Peter Simons tomara as providências para garantir a vitória.

Ele não tinha decepcionado o quadro de acionistas.

A porta do gabinete abriu-se. Simons girou expansivamente, esperando saudar seu exultante diretor financeiro.

– Hal!

Em vez do rosto do diretor, fitava o rosto apavorado da secretária, ladeada por dois homens que ele não conhecia.

O que trajava um terno bege veio até a escrivaninha de Simons e esfregou um distintivo em sua cara.

Simons sentiu um peso no peito. Ao longo dos anos, aprendeu como ninguém a assumir o aspecto de quem tinha o destino do outro nas mãos. Transformou aquele olhar numa ciência.

Agora, o homem encarava-o com aquela mesma expressão.

– Sr. Simons – falou o homem de terno com um sorriso triunfal –, meu nome é Anthony Bruni e sou agente sênior do FBI.

87

Os dois pegaram o trem expresso Amtrak de volta à capital, Washington.

O jatinho do governo já havia retornado; consideraram que Naomi ficaria em Nova York por um tempo, a fim de interrogar Hassani.

Mas agora Naomi se dera conta: quanto menos pessoas soubessem o paradeiro deles, melhor. No hotel, ao sair da suíte, Hauck mostrara ao concierge do 12º andar a foto que Steve Chrisafoulis lhe enviara anteriormente. Jack "Ruivo" O'Toole. Sem pestanejar, o homem confirmou que ele era o "outro hóspede" a entrar no andar logo após Hassani. Investigaram quem fizera a reserva: um nome falso. Cartão American Express roubado. Mas agora, pelo menos, eles sabiam. Sabiam quem praticava os assassinatos. Quem executara April. E o cenário começava a clarear sobre quem eram os verdadeiros mandantes. Hauck mostrou a Naomi outra coisa, algo que Marcus Hird lhe enviara da Suíça naquele mesmo dia. O rosto dela assumiu uma expressão séria. Isso mudava tudo novamente. Hauck nunca a tinha visto tão nervosa e indecisa.

No trem, ela e Hauck sentaram-se de frente um para o outro, no vagão executivo. Trafegaram em silêncio a maior parte do caminho, deixando para trás as estações. Newark. Metropark. Trenton. Ficou evidente que Naomi estudava a situação. Brincou de modo fatalista sobre um lago congelado no norte do Montana – e que, ao fim do dia, talvez nem essa alternativa lhe restasse. Recebeu uma ligação de Bruni, que agora tinha Simons. Providenciou para que alguns de seus colegas os esperassem na Union Station, em Washington.

Enquanto mirava Naomi reunindo forças para a tarefa que tinha pela frente, Hauck sabia: às vezes, sem querer, nos envolvemos em algo. Algo maior que nós. Algo que apenas precisa ser levado a cabo. Talvez não seja o que imaginamos a princípio. Não seja exatamente o nosso plano. Parece mais o nosso destino – ou aonde o destino nos conduz. Há pessoas cujo íntimo não permite desviar o olhar. Lá no âmago. Procuramos alguém mais para carregar a bola. Para conduzi-la. Mas somos nós.

E Hauck sabia: isso poderia custar caro. Sua carreira inteira parecia uma aula sobre isso. Custara a ele um irmão. Se ao menos tivesse desviado o olhar... Custara-lhe seu amigo e protegido na polícia. Agora poderia lhe custar Annie. *Por que você não consegue me amar como amou April?* Perseguindo o espectro de uma amiga morta.

Desviou o olhar e sentiu o trem chacoalhar nos trilhos. *Se fosse tão simples assim...*

Mas pessoas como eles levavam a cabo. Certas pessoas eram feitas assim. Iam até o final. Doesse a quem doesse, não importa a qual lago congelado conduzisse. Quando Naomi levantou os olhos e os dois se entreolharam, foi como se estivessem pensando a mesma coisa. Os dois reconheceram o olhar.

E sorriram.

– Preciso comer algo – disse ele. – Quer alguma coisa?

Naomi meneou a cabeça.

– Não, obrigada.

Ele se ergueu.

– Já volto.

O trem cruzava celeremente a divisa entre Filadélfia e Wilmington. Hauck encaminhou-se ao corredor. Sentados ao redor de uma mesa, um grupo de quatro executivos mantinha os *laptops* ligados. Na fileira seguinte, um sujeito de boné militar dormia, a aba sobre os olhos.

Hauck escancarou a porta e passou ao vagão seguinte.

Dois vagões adiante, ele encontrou um barzinho. Pediu sanduíche de rosbife e café para si próprio e, apesar do que ela dissera, sanduíche de peru e garrafa de água para Naomi. Provavelmente, ela não comera nada o dia inteiro.

A atendente entregou a Hauck uma daquelas bandejinhas de papelão. Ele retornou a seu vagão, o sacolejar do trem dificultando a tarefa de equilibrar a bandeja. Avistou Naomi ainda sentada no extremo oposto do vagão. Uma universitária com a revista *People* no colo. Uma senhora afro-americana tricotando. Os executivos ainda envolvidos na reunião. Passou pelo sujeito cochilando com a aba do boné nos olhos. Notou o emblema e a inscrição com letras douradas na parte de trás do boné.

101º Batalhão Paraquedista.

Hauck baixou o olhar. Uma grossa trança amarrada num rabo de cavalo curtinho.

Tudo parou.

De imediato, lembrou-se das fotos que Evan havia tirado da dupla que assassinara a família dele.

Um dos dois tinha um pequeno rabo de cavalo.

E uma tatuagem no pescoço.

Com um súbito formigamento pelo corpo, lembrou-se da foto vista hoje.

Começou a caminhar de novo, fitando Naomi nos olhos. Ao passar, o sujeito do boné militar remexeu-se, virando a cabeça para a janela. Hauck mirou, de relance, para baixo. O homem vestia jaqueta de *nylon* e camiseta cinza.

Sentiu um calafrio na espinha com o que viu.

A mesma tatuagem. No pescoço do homem.

Parecia a garra de uma pantera.

88

Todo o corpo de Hauck enrijeceu-se, resoluto.

Era ele. O'Toole. Tinha de ser. Antes mesmo de Hauck se sentar de novo, a sua mente vislumbrou o que precisava ser feito. A raiva fervilhou em seu peito. O vagão estava lotado. O trem ainda tinha uma hora de viagem. Não podia haver engano. Thibault. Al-Bashir. Hassani. Mortos.

Agora estavam atrás deles.

De modo algum eles chegariam a Washington.

Com o estômago tensionado, sentou-se, desta vez ao lado de Naomi. Seu coração acelerou com a inevitabilidade da colisão entre dois trens velozes. Colocou a bandeja entre os dois. Naomi levantou os olhos, sem suspeitar de nada. Abriu um sorriso ao ver o que ele lhe trouxera.

– Obrigada.

Hauck voltou a espiar pelo corredor. Sujeito maciço, ombros curvos, braços cruzados envolvendo o tórax. Face oculta pela aba do boné.

Hauck teve gana de saltar e matá-lo.

Mas sabia que O'Toole também estava prevenido. O cara era profissional. Treinado pelo Exército. Obviamente não hesitava nas missões. Puxa vida, ele assassinara uma garota. Eliminara uma família inteira.

Hauck sabia que o sujeito também o estava avaliando.

Inclinou-se para perto de Naomi e apertou o joelho dela, tentando não dar sinal de que havia algo errado.

– Lembra-se do pessoal que pegou nosso amigo saudita em Londres? – sussurrou ele.

Naomi fitou-o. Notando seu olhar fixo. Pressentindo algo errado. Assentiu devagar, as pupilas arregaladas encontrando o olhar dele.

– Disfarce – pediu Hauck, aumentando a pressão no joelho dela –, mas o mesmo pessoal está aqui para nos buscar agora.

Naomi piscou. Seu olhar denunciou o mais tênue tremor de medo. Recostou-se e assentiu com a cabeça, desta vez com um quê de urgência.

– O que vamos fazer?

Hauck olhou para o homem, que pareceu virar-se para o lado deles.

– Não tenho ideia.

Apalpou a pistola sob a jaqueta. Silenciosamente, abriu o coldre. Vagão lotado de pessoas inocentes. A única coisa a fazer, talvez, seria aproveitar o fato de conhecê-lo. Ruivo O'Toole. Ele tinha matado April, a família dela. O coração de Hauck começou a bater forte; ele precisou conter-se. Seu único aliado era o elemento surpresa.

Súbito, o trem diminuiu a velocidade. Um aviso em som fino e metálico soou pelos alto-falantes.

– Wilmington. Estação Wilmington, em Delaware. Próxima parada, Baltimore...

O sujeito com boné do Exército mexeu-se, agarrando sua sacola. Ergueu os olhos e deu a impressão de que se preparava para sair. Rapidamente, seus olhos dardejaram na direção deles. Sem olhar nos olhos. Só para ter certeza de que continuavam ali. Ergueu-se. Os passageiros que iam descer começaram a encher o corredor.

De repente, tornou-se claro. Era assim que O'Toole o faria. Ao passar, rumo à saída. Em seguida, ele poderia pular na plataforma.

– Wilmington, Estação de Wilmington... – o aviso repetiu-se.

Hauck tentou não mostrar reação, mas o suor empapou sua camisa. Agora, qualquer escapatória de seus assentos encontrava-se bloqueada pela fila de passageiros. O sujeito remexeu na sacola. Hauck viu-o colocar algo sob a jaqueta. Pessoas levantavam-se, carregando bolsas e valises.

Ficaram bloqueados.

Inclinou-se para perto de Naomi e murmurou, com urgência na voz:

– Pegue sua arma. Está acontecendo agora.

Oculto atrás dos passageiros, Hauck enfiou a mão na jaqueta e sacou a Sig. Deixou-a embaixo do assento, escondida na palma da mão.

O trem desacelerou. Entrou na estação aberta. Hauck não tirava os olhos de cima de O'Toole. O trem parou. Num sibilo, as portas abriram-se. As pessoas começaram a descer na plataforma.

Havia uns seis passageiros à frente de O'Toole. Aproximando-se. Mas e se não fosse ele? E se fosse outra pessoa? Hauck não podia simplesmente abrir fogo. Quatro pessoas entre eles agora. Hauck viu-o levar a mão à jaqueta.

Três.

Não havia mais tempo.

O'Toole virou-se na direção deles. Hauck colocou a palma da mão nas costas de Naomi e empurrou-a ao chão.

– Fique abaixada!

Levantou-se num pulo, apontando a Sig ao agressor que se aproximava.

– O'Toole!

O assassino fitou-o, um lampejo de reconhecimento no olhar. Pegou o que trazia no interior da jaqueta e escondeu-se atrás de uma passageira.

Hauck não podia atirar. Gritou:

– Todos ao chão!

Um grito irrompeu. Uma senhora negra à frente da mira de Hauck viu a arma em riste. Bastou para que tudo se tornasse um caos. A fila de passageiros se desfez como se fosse um só organismo, as pessoas agachando-se, mergulhando atrás dos bancos, tapando as cabeças.

O'Toole fitava-o diretamente, agora. Hauck reconheceu a Glock 9 equipada com silenciador. Perplexo pela repentina reação de Hauck, O'Toole agarrou uma executiva de terninho cinza e ficou atrás dela. Aterrorizada, a moça soltou um grito agudo.

Em hipótese alguma Hauck poderia atirar.

O'Toole não teve a mesma precaução. Ergueu a Glock e disparou dois tiros na direção de Hauck. Com baques surdos, os projéteis atingiram o encosto almofadado do assento de Naomi. Os movimentos da refém atrapalharam a mira de O'Toole.

Hauck abaixou-se.

Todo mundo gritava em pânico. Fugia para as saídas.

O'Toole recuou, obrigando a aterrorizada refém a acompanhá-lo, usando-a como escudo. Disparou mais dois tiros abafados, enquanto Hauck, num mergulho, saltava para fora da linha de fogo.

– Cale a boca! – vociferou o atirador, puxando o cabelo da refém. Com um lampejo, outra bala silenciosa ressoou no bagageiro.

Tudo acontecia muito rápido e próximo. Hauck sabia que se O'Toole simplesmente corresse à frente usando a refém como escudo, ele não seria capaz de revidar o fogo. Ele não tinha nada para os proteger.

Mas, em vez disso, ele recuou, disparando ao fazê-lo. Mais duas balas chocaram-se contra a lateral do trem, uma delas pegando de raspão no braço de Hauck. Ardeu como fogo.

Ele se contraiu.

Naomi levantou-se e apontou a arma para O'Toole. Usando a mulher como escudo, o atirador retrocedeu pelo corredor rumo aos fundos do vagão, tentando alcançar a outra saída. Apertou o gatilho de novo. A bala ricocheteou na parede, atingindo um passageiro, que gemeu de dor. O homem sentou-se aprumado em seu lugar, o ombro espirrando sangue.

Alguém gritou:

– Ai, meu Deus!

Enfim, O'Toole jogou a mulher para o lado e correu para os fundos, as pessoas saindo da frente e pulando nos assentos.

Hauck foi atrás dele.

Por sua vez, Naomi abriu caminho rumo à saída da frente, gritando:

– Sou agente do governo! Todos saiam da frente. Abaixem-se!

Ao alcançar o fundo do vagão, O'Toole virou-se para atirar. Hauck esquivou-se atrás de um assento. Naquele exato instante, um fiscal negro veio correndo do vagão contíguo, com um rádio na mão, esbravejando:

– O que diabos está acontecendo aqui?

Hauck levantou-se apavorado e ergueu a arma.

– Não!

O'Toole acertou dois tiros no peito do homem. O corpulento fiscal caiu de joelhos, agarrando-se num corrimão para não desabar.

O'Toole pulou na plataforma.

Rápido, Hauck abriu caminho entre as poucas pessoas remanescentes e aproximou-se do fiscal agarrado ao corrimão. Olhos grandes vidrados. Respiração pesada. Uma jovem latina saltou do assento.

– Sou enfermeira.

– Ligue 911! – disse Hauck. Não parecia que o sujeito sobreviveria. Deitou-se de barriga para cima. A cada respiração ofegante, saía uma golfada de sangue. – Diga que temos duas pessoas baleadas. Solicite paramédicos.

Ela assentiu com a cabeça, pegando o celular da bolsa.

Hauck saltou do trem para a plataforma. Duas balas zuniram perto de sua cabeça e retiniram ao atingir a lateral do trem. Avistou O'Toole correndo pela plataforma na extremidade da comprida via férrea. Todos na plataforma tinham alcançado o *deque*.

Hauck começou a persegui-lo, conferindo Naomi atrás de si.

Lá estava ela. As costas apoiadas no trem, a pistola rente ao corpo. Seu olhar fixo e embaciado pareceu atravessá-lo.

Súbito, Naomi olhou para o ombro dela e murmurou:

– Ty...

89

Hauck estacou, fitando Naomi, enquanto O'Toole fugia.

– Não, não, não!

Ele se precipitou em direção a ela. Vacilante, Naomi afastou-se um pouco do trem, tentando substituir o assombro no olhar por firmeza.

– O'Toole está fugindo... Não vamos deixá-lo escapar, Ty. Vamos logo!

Logo suas pernas se vergaram novamente, e ela cambaleou para trás, apoiando as costas na lateral do trem.

Angustiado, Hauck fitou-a.

– Você foi atingida!

Naomi não conseguia mexer o braço esquerdo. Pouco abaixo da clavícula, havia um buraco no casaco do terninho. Ela meneou a cabeça e se afastou do trem.

– Não vou deixá-lo escapar...

– Não. – Hauck segurou-a pelo outro braço. – Você não pode! – O sangue começou a sair pelo casaco. Ele não sabia qual era a gravidade do ferimento. Ela mostrava certa desorientação. Ele se virou, relanceou o olhar ao longo dos trilhos e avistou O'Toole correndo ao fim da plataforma aberta. – Fique aqui. Alguém a ajude! – bradou. – Ela é agente federal. E você, Naomi, consiga reforço policial. Você me escutou? Mande reforço!

– Não... – relutou ela, empunhando a arma com as duas mãos, o ombro amolecido.

– Fique aqui, Naomi. Entende? Ajude-a – disse para um passageiro de terno executivo que deixava o trem. – Vou voltar. Você espere pelos paramédicos. *Não a deixe sair daqui.*

Hauck não esperou pela resposta. Saiu correndo pela plataforma atrás de O'Toole. A uns cinquenta metros na frente, ele quase tinha alcançado a outra ponta da plataforma. Além da estação, parecia existir terreno aberto. Enquanto corria, O'Toole trocou o pente da pistola.

Hauck ergueu a Sig e disparou dois tiros no fugitivo. Fora do alcance. As duas balas deslizaram inofensivas na plataforma de asfalto.

O'Toole chegou ao extremo da plataforma, transpôs um gradil de metal e pulou nos trilhos em direção ao sul.

Hauck correu atrás dele. O assassino de April. Queria esmagá-lo com suas próprias mãos. Mas O'Toole era mais jovem, em plena forma e não carregava, há quase dois anos, o metal de um balaço na coxa. Hauck perseguiu-o e pulou a grade, continuando atrás dele.

O ferimento em seu braço sangrava. Sob a jaqueta rasgada via-se um talho. Hauck sequer o sentia.

O'Toole continuava cinquenta metros à frente.

Nos trilhos rumo ao norte, havia um trem parado. Parecia um trem de passageiros vazio, talvez de uma linha local até a Filadélfia. Um mato fechado costeava os trilhos em direção ao sul. O'Toole talvez pudesse esconder-se no mato por um tempo. Mas também ver-se encurralado num beco sem saída. Adiante dos trilhos, rumo ao norte, havia uma cerca de arame de 1,80 m de altura. Do outro lado, ficava o pátio do estacionamento para automóveis dos usuários da estação. Se O'Toole conseguisse cruzar a cerca, poderia arrombar um carro. Aquela parecia ser a melhor alternativa de fuga. Parecia que ele tentava encontrar uma brecha para cruzar entre os vagões do trem estacionado. Ou até por baixo dele.

Hauck tinha diminuído a distância entre eles.

Preocupado com Naomi, seu coração batia trêmulo. Ele não sabia quão grave era o ferimento. Odiava tê-la deixado para trás. Mas ela estava certa – de modo algum ele poderia deixar esse homem escapar. Não agora.

Esse era o fim da linha.

O'Toole virou-se e disparou dois tiros contra ele, mais para se proteger do que para impedir o avanço de Hauck. Na verdade, àquela distância, o silenciador não beneficiava a mira. Hauck sabia: mais cedo ou mais tarde, a polícia chegaria. Precisava deter O'Toole até eles chegarem. Não o deixar fugir. Esse era o seu objetivo desde o primeiro dia em que April apareceu no noticiário. Thibault. Hassani. Sérvia. Londres. Somente o percurso para encontrar o assassino de April.

Tinha sido a sua promessa.

Cem metros adiante, Hauck avistou um pequeno viaduto ferroviário, com estrutura de cavaletes, sobre as duas vias. O'Toole parecia rumar direto ao viaduto. Se ele conseguisse atravessar as vias, poderia ultrapassar a cerca, alcançar o estacionamento e arrombar um carro.

Aquela era sua melhor alternativa de fuga.

Hauck apertou o ritmo. Quando O'Toole chegou ao viaduto, Hauck estacou, mirou e apertou o gatilho duas vezes. O primeiro tiro ricocheteou nos trilhos, retinindo nos cavaletes do viaduto. O segundo, certeiro, atingiu o fugitivo na perna. Ele parou num salto, deu meia-volta e disparou três tiros às cegas contra Hauck, todos acertando a lateral do trem estacionado.

Puxando a perna, O'Toole começou a escalar o viaduto. O bandido conseguiu chegar à plataforma. Hauck, por sua vez, saiu de trás do trem estacionado e alcançou a escadinha metálica por onde O'Toole subira. Começou a galgar os degraus, o coração pulsando forte. A qualquer momento, O'Toole podia aparecer lá em cima e atirar nele. Ou emboscá-lo no topo da plataforma.

Mirou de relance a estação. Onde raios estava a polícia?

O barulho das sirenes soou ao longe. Na metade da altura, Hauck avistou as luzes piscantes chegando à estação. Para chamar a atenção, deu três tiros para cima. No calor do tiroteio, já tinha perdido a conta de quantos tiros dera. O'Toole corria rumo ao outro lado dos trilhos. Não havia tempo para esperar alguém responder. Hauck abraçou-se no corrimão, arma em punho, e retomou a escalada.

O'Toole também devia ter visto a polícia chegar. Hauck tentou avistá-lo em meio aos cavaletes. Nem sinal dele. Isso não lhe deu uma sensação muito boa. Cautelosamente, galgou os degraus até a plataforma, posicionando-se atrás de um pilar metálico. Três disparos abafados ressoaram na estrutura de ferro. Hauck agarrou-se firme ao corrimão.

No último tiro, Hauck sentiu um ardor na mão que segurava a arma.

A Sig escapou de sua empunhadura.

Caiu ao lado da escada, no meio dos trilhos. *Ele estava desarmado.*

Agora tinha um segundo para tomar uma decisão vital: pular e correr para apanhar a arma. O'Toole era um atirador treinado, um ex--soldado de comando. Isso deixaria Hauck a descoberto, mesmo se conseguisse recuperar a arma. A outra opção: permanecer ali. Escutou a ruidosa buzina de um trem soando ao longe. Fixou o olhar na arma caída nos trilhos. Percebeu que não tinha escapatória.

– Suba até aqui – disse O'Toole.

Hauck continuou grudado no pilar. De relance, vislumbrou a polícia na estação começando a vir na direção deles.

– Suba até aqui, *agora* – escutou a voz de O'Toole dizer.

Agora, parecia que a única esperança de Hauck era ganhar tempo.

Com cautela, galgou o último degrau até a plataforma, saindo de trás do pilar.

Em pé na plataforma, O'Toole rilhava os dentes, a incriminatória tatuagem acima do colarinho da jaqueta. Hauck teve de se conter para não investir contra ele como um touro e derrubar ambos do viaduto.

– A polícia chegou – avisou Hauck. – Você não tem como escapar. Sabemos para quem você trabalha. A sua chance é fazer um acordo. Entregar-se como testemunha – Hauck fitou o rosto anguloso e desesperado do homem, que olhou para a estação. – Não vai ganhar nada me matando.

– Exceto pelo fato de ser a minha missão – o olhar sombrio do homem carregava uma resignação que Hauck já conhecia. A percepção limitadora de quem não tem nada a perder. – E eu cumpro minhas missões.

Ao norte, Hauck escutou a buzina do trem novamente, desta vez mais perto. Relanceou os olhos para trás e viu a primeira luz refletida de um trem avançando.

Uma lufada de vento fez voar o boné de O'Toole. Ele tentou pegá-lo no ar, mas o boné caiu além de seu alcance, sobre a lateral do viaduto. Abriu um sorriso, espécie de reconhecimento fútil e desesperançado, e fixou o olhar em Hauck.

– Sabe, eu não planejei esse destino para mim.

– Ninguém planeja.

A polícia ainda estava bem longe, do outro lado dos trilhos. O'Toole deu um passo para trás na plataforma, sua única chance.

– Eu servi a meu país – disse, com a arma apontada ao peito de Hauck. – Mas você provavelmente sabe disso, não é? Eu era um pirralho do Oklahoma, e eles me ensinaram a manejar fuzis e facas. E aprendi direitinho. Não admito derrotas.

Hauck fitou-o com igual intensidade.

– Nem eu.

– Por quê? – O'Toole contraiu-se, levando a mão ao ferimento na perna. – Afinal, qual o seu objetivo nisso? Nem policial você é mais. A moça eu entendo... Mas você, por que se importa com isso?

– Você matou alguém...

– Eu matei um monte de gente – respondeu O'Toole, com uma risada irônica.

Sirenes soaram no pátio do estacionamento à medida que as viaturas da polícia se espalhavam pelo local. Agora, a única rota de fuga de O'Toole era passar por Hauck e entrar no mato.

– Vai-me desculpar, cara. – Apontou a arma para seu peito. Hauck enrijeceu o corpo. – Você é só mais um na lista.

Nem escutou o tiro.

Só viu O'Toole dobrando as pernas e levando a mão às costas.

O primeiro tiro atingiu-o no meio das omoplatas, e a reação de O'Toole foi endireitar a coluna. O segundo tiro acertou a coxa, fazendo-o cambalear para trás. Pisou em falso e escorregou por uma abertura na grade, arremetendo para equilibrar-se; prestes a desabar, conseguiu agarrar-se à plataforma com uma das mãos.

A arma de O'Toole despencou pela lateral do viaduto.

Hauck relanceou os olhos à frente. Avistou Naomi nos trilhos, os braços ainda esticados e firmes, a pistola em riste.

Ele correu na direção de O'Toole.

– Puxe-me para cima – disse o homem, prestes a cair, agarrado à grade.

Os faróis dianteiros do trem aproximavam-se velozes.

Hauck envolveu suas mãos nos pulsos do homem e tentou içá-lo.

– Vamos – O'Toole apressou-o. Hauck fitou os olhos do homem que lutava pela vida.

Súbito, parou de ajudá-lo.

O'Toole pendeu como uma saca de trigo, tentando escalar o braço de Hauck. O assassino relanceou o olhar ao trem que se aproximava e disse:

– Posso incriminar muita gente. Sei de coisas que você gostaria de saber.

– Eu já sei o que você sabe – retorquiu Hauck. – Você perguntou meus motivos. E eu falei que você matou alguém... – Ele sentiu o bramido do trem cada vez mais perto. Com o rosto em pânico, agarrou-se com mais força ao braço de Hauck.

– Falei a você que matei muita gente...

– Eu ouvi – disse Hauck, com os olhos cravados nele –, mas eu só me importo com uma.

Ele balançou O'Toole sobre os trilhos quando os cavaletes começaram a tremer.

– Você a matou no closet, com a filha dela, lá em Connecticut.

– Fui pago para fazer isso. Para simular um arrombamento.

– Ela se chamava April, seu desgraçado. E eu prometi isso a ela.

O rosto de O'Toole congelou. Olhou para o trem quase em cima dele. Um brilho de compreensão iluminou seu olhar.

Hauck largou-o.

Ele caiu, um peso morto, ricocheteando na locomotiva do trem. Ouviu-se um baque surdo, e o corpo simplesmente caiu para o lado e sumiu, arrastado pelas rodas do trem expresso que passava num estrondo.

Hauck assistiu à cena, os cavaletes do viaduto sacudindo, e fez uma mesura com a cabeça. Não sentia raiva nem satisfação, apenas firmeza. *Foi uma promessa que fiz a ela.* Ouviu o sibilar dos freios do imenso comboio e observou-o até ele parar.

Quando ergueu os olhos novamente, Naomi fitava-o.

– Sinto muito – disse ele. Ao lado de Naomi, observava os paramédicos erguerem o cadáver de O'Toole. Pressionava a gaze no ferimento em seu braço. Sob o casaco, Naomi tinha o ombro imobilizado com uma tala provisória, mas tinha recusado qualquer tratamento adicional. – Não consegui agarrá-lo – alegou. – Escapou de minhas mãos...

– O depoimento dele teria sido útil – comentou Naomi.

Hauck deu de ombros.

– Não vamos precisar disso.

– O que ele lhe disse lá em cima?

– Que nem sempre foi assim. Que ele serviu à nação. – Hauck abaixou-se para pegar o boné de O'Toole, do 101º Batalhão Paraquedista, caído nos trilhos. – Ele me perguntou o motivo de eu estar aqui. Qual o meu envolvimento no caso.

– E o que você respondeu? – Fitou-o com a mesma franqueza com que o fitara após O'Toole ter caído nos trilhos.

– Que eu me envolvi nisso em memória de uma amizade – falou Hauck. Ele observou o ferimento dela. – Você precisa tratar este ombro. Acredite em quem já está acostumado.

Ela encolheu os ombros.

– A bala entrou e saiu. Vai-me fazer parecer mais durona. Seja como for, o dia ainda não acabou. Ainda temos trabalho pela frente.

– Sim, acho que temos – ele abriu um sorriso. – E que tal fazermos o restante do trajeto de carro?

Naomi sorriu, olhando para ele, e começou a caminhar ao longo da via ferroviária, rumo à estação.

– Ei – Hauck chamou-a –, só mais uma coisinha...

Naomi virou-se, a mão espalmada na testa, semicerrando os olhos contra o sol.

– Eu tenho uma filha – ele jogou o boné de O'Toole de volta nos trilhos e a alcançou. – Aposto que ela iria querer abraçá-la e agradecer pelo belo tiro. E eu também.

Naomi sorriu. Ela se virou e retomou a caminhada ao longo dos trilhos.

– Eu falei que sabia usar este negócio.

90

Momentos antes, Thomas Keaton estivera no gramado da Casa Branca, ajudando o presidente a traçar os detalhes do agressivo plano administrativo para conter a deterioração da economia.

Seu veículo oficial deixara-o perto da guarita do portão, na Fifteenth Street, nos fundos do Ministério da Fazenda. Seguido de perto por Mitch Hastings, seu assessor jurídico, o ministro apressou-se através do mesmo *lobby* de três andares em que Alexander Hamilton, Salmon Chase e Henry Morgenthau já haviam caminhado. Um grupo de parlamentares aguardava num andar superior.

Naomi deu um passo à frente.

– Ministro Keaton...

Surpreso, o chefe da Fazenda observou o braço dela, apoiado numa tipoia sob o casaco do terninho. Ela permaneceu ali, com o olhar fito nele, um olhar silencioso, mas convicto, que pareceu desarmá-lo.

– Agente Blum... Ouvi falar que você foi...

– Que eu fui o *quê*, senhor? *Detida?*

– Que você foi *ferida* – completou, mostrando-se surpreso. – Mas estou aliviado por vê-la bem. Venha, suba comigo até meu gabinete. Acabei de falar com o presidente. Fui informado sobre Hassani. Notícia deprimente... Gostaria de ouvir seu relatório.

– Este é Ty Hauck – apresentou Naomi. – Acho que o senhor já ouviu falar nele.

Recuado perto da parede, Hauck, a jaqueta esporte dobrada no braço, aproximou-se. Ele fitou os olhos inquietos do governante grisalho que trabalhara muitos anos em Wall Street, onde tivera uma destacada e lucrativa carreira.

– Sr. Hauck. – Thomas Keaton estendeu a mão. – É maravilhoso enfim conhecê-lo pessoalmente. Deve conhecer Mitch Hastings. Pelo que me disseram, temos uma grande dívida de gratidão por tudo que o senhor já fez nesse caso. – Enquanto o cumprimentava com um aperto de mãos, Hauck espetou os olhos nele. O ministro pareceu encolher-se. – Venham comigo. Vou gostar de ouvir o que vocês dois têm a dizer.

– Sinto muito, senhor – respondeu Naomi. – Esperava poupá-lo e ter essa conversa aqui mesmo.

Com o terno escuro e as bochechas rosadas, o chefe da Fazenda mostrou-se perplexo.

– *Poupar-me?* – indagou, mirando Hastings.

– Receio que o ministro tenha uma importante reunião agendada. Um grupo de parlamentares muito ocupados aguarda-o em seu gabinete...

– Por isso mesmo – atalhou Naomi – seria melhor se os senhores escutassem o que temos a dizer aqui embaixo.

A mandíbula de Keaton retesou-se com algo de intransigência. Obviamente não apreciava receber imposições de uma investigadora. Muito menos subordinada a ele.

– Está certo... – Ele rumou a um recanto isolado, distante do fluxo das pessoas. – Sou todo ouvidos, agente Blum. Prossiga.

Naomi pigarreou.

– O senhor disse que foi informado sobre a execução do Sr. Hassani? Antes de conseguirmos pegá-lo.

– Sim. Como falei, uma *tragédia*. Também ouvi falar que há uma pista sobre o assassino.

– Há uma pista – confirmou Naomi. – Mas talvez o incomode saber que ele também está morto.

– Talvez me incomode... – repetiu o ministro da Fazenda, estreitando os olhos mordazmente, com a expressão ameaçadora de quem é superior hierárquico.

– Sempre me intrigou – continuou Naomi – o fato de Hassani, constantemente, estar um passo à nossa frente. Quando tentamos prender Thibault na Sérvia. Ninguém mais sabia das coisas que descobrimos sobre o passado dele. O que aconteceu em Londres... Contei sobre minha sensação de não haver ninguém em quem confiar. Trouxe os fatos diretamente ao senhor. – Ela encarou o chefe nos olhos. – Deve ter pensado que eu era uma idiota completa, senhor ministro. E talvez eu fosse.

– Agente Blum... – Keaton já não escondia a inquietude. – Não sei aonde você quer chegar com tudo isso, mas é bom lembrar: apesar de seus bons esforços, o futuro de sua carreira continua em jogo aqui.

– Minha carreira... – assentiu Naomi com ar pensativo. – Não é exatamente em minha carreira que estou pensando agora, senhor. Pensava mais na sua. Al-Bashir disse que o esquema era bem maior que terrorismo... Maior do que tudo que eu pudesse imaginar. E, só depois de um tempo, fui entender. E tive a determinação para pensar...

– Estou muito interessado em saber aonde o seu raciocínio quer chegar – falou Keaton, relanceando o olhar a Hastings, tentando oprimir Naomi com desdém na voz.

Ela disse:

– As duas últimas administrações presidenciais eliminaram boa parte dos controles regulatórios do sistema financeiro. Não estou certa? Bancos atuando como corretoras de investimentos, negociando produtos financeiros tão complexos que nem um MBA os entende. Alavancados com dívidas de quarenta por um. Todas as agências de classificação fazendo vista grossa... Todo o periclitante castelo de cartas, a economia mundial, mantinha-se de pé, desde que o sistema continuasse a crescer. Desde que uma última casa pudesse ser vendida, uma última hipoteca aprovada, certo?

O ministro mirou-a.

– E, súbito, a bolha explodiu – disse Naomi.

– Acho que não preciso de aula sobre os fatos atuais, agente Blum – Keaton mirou o relógio. – Mitch, talvez você pudesse...

– *Fique* – disse Naomi, olhando para Hastings. – Acho que o senhor também vai achar interessante. De repente, a China parou de comprar nossa dívida. A Rússia emitiu meio trilhão de dólares em títulos com base em petrorrublos futuros, e o preço do óleo caiu pela metade. O mercado imobiliário despencou do abismo. Era só esperar e assistir: um acidente ferroviário prestes a acontecer. A questão verdadeira não era se o desastre podia ser impedido. Era *quem*, no final, escaparia são e salvo? A questão era separar os vencedores dos perdedores. Uma coisa meio darwiniana, não é mesmo? Mas não. Na verdade, foi um jogo de cartas marcadas. Pelo senhor. O senhor reuniu o maior tesouro de financiamento quebra-galho que o mundo já viu (quase um trilhão de dólares) e o "vendeu" como socorro financeiro. Uma gigantesca injeção de liquidez para manter as engrenagens econômicas funcionando. E tudo que conseguiu foi amparar os bancos. Alguns foram resgatados; outros foram deixados para serem engolidos pelo tsunami. Quem decidiu? Os que fizeram a aposta errada (Wertheimer, Beeston, Lehman) se foram. Outros, por sua vez, tiraram a sorte grande. Tudo o que o senhor tinha a fazer era analisar o panorama e desequilibrar um pouco a balança para um dos lados. Para tornar-se um dos vencedores. Faz sentido o que estou dizendo, senhor?

– E quem, mais exatamente, seriam esses *vencedores*, agente Blum – bufou o ministro da Fazenda –, analisando o panorama da altura em que você está?

Naomi vislumbrou que os próximos anos de sua vida dependiam do que ela estava prestes a dizer.

– Que tal começarmos com a Gangue de Gstaad? Ou, melhor ainda: a Reynolds Reid.

Súbito, o espaço ao redor deles no vasto *lobby* silenciou-se. A voz dela ecoou nas paredes de mármore.

– Eu vi os nomes – disse Naomi, fitando-o nos olhos. – Stephen Cain. Vladimir Tursanov. Al-Bashir. Hassani. *Simons*. O chefe do maior banco de investimentos do mundo. Todos os que estavam lá. De repente, percebi que todos tinham uma coisa em comum. Como não notei antes? E essa coisa era: *todos* tinham interesses ligados à Reynolds Reid.

Thomas Keaton pestanejou.

– Não é mesmo, senhor? Todos foram iniciados, treinados e enriquecidos pela Reynolds Reid. E então compreendi. – Ela balançou a cabeça. – Como pude ser tão cega? Percebi que o *senhor* devia saber disso melhor do que ninguém, ministro. Pois o *senhor* também trabalhou na Reynolds Reid. Foi gerente administrativo por lá. Conhecia todas essas pessoas. Sem falar em Kessler do Fed de Nova York, e Carl McKnight, o encarregado de destinar os fundos de alívio aos bancos... Todos vocês eram da Reynolds Reid.

Boquiaberto, Keaton revelou no olhar a preocupação de quem está prestes a sofrer uma grande queda.

– Nós *somos* o governo, não é mesmo, senhor? Nós *somos* o Fed. Aquele velho chavão da GM... Agora virou "O que é bom para Wall Street, é bom para governo". Pois vocês estão envolvidos até o pescoço. Estão em todos os lugares. *Nós* somos a razão de alguns bancos estarem salvos e outros falidos. Talvez o senhor não estivesse completamente envolvido, mas uma coisa é certa: um aceno seu liberava o caminho.

– Não é crime, agente Blum – disse o ministro da Fazenda, com o olhar inabalável –, o fato de a empresa ter uma duradoura tradição de serviços prestados.

– *Serviços prestados*? Não é prestação de serviços, senhor ministro. É a gradativa tomada do governo por um bando de infiltrados que usa poder e dinheiro para comprar eleições e enfraquecer os controles, de modo que suas empresas consigam lucrar à custa de todos esses acionistas cegos e desprevenidos que costumamos chamar simplesmente de pagadores de impostos. É uma oligarquia. Igual a qualquer republicazinha de bananas. Só que com mais zeros no final.

Naomi abriu um sorriso e prosseguiu:

– A Gangue de Gstaad... Conferimos os registros dos hotéis. Encontramos os nomes. Cada um deles. Al-Bashir. Tursanov. Hassani. *Simons*. Todos menos um, senhor... Talvez porque ele não se tenha hospedado em nenhum dos hotéis. Talvez porque nem tenha dormido na cidade...

– E quem era essa pessoa? – perguntou Thomas Keaton, com o olhar desafiador de um gato prestes a dar um bote.

– Ora, ministro. O *senhor* – Naomi fitou-o. – O senhor foi o último a estar lá.

Ela relanceou os olhos a Hauck, e ele finalmente abriu o envelope que segurava embaixo do braço.

Nele estavam as fotos do sistema de segurança que Marcus Hird tinha enviado por e-mail no dia anterior. Fotos tiradas ao pé do principal teleférico de esqui de Gstaad. Mostrando todos os membros do grupo. Chegando separadamente. Shipman. Cain. Tursanov. Simons. Al-Bashir e Hassani. Todos pegando o teleférico rumo ao restaurante, onde ninguém jamais os identificaria. A data aparecia com clareza no rodapé: *26 de junho*. No ano passado. Quase oito meses antes da ligação de Hassani para al-Bashir que desencadeara tudo. Antes de Marc e April Glassman serem assassinados. Antes de o mundo começar a se desintegrar.

Hauck puxou uma última foto para o topo da pilha.

A cabeça do ministro da Fazenda recuou.

– *O senhor,* ministro Keaton. – A fenda na carreira de quarenta anos de Keaton abriu-se no olhar dele, rompendo a habitual solidez de sua impenetrável fachada. – O *senhor* foi uma das pessoas que desencadearam tudo. O plano de resgate dos bancos. Com objetivos bem claros. Garantir os sobreviventes, para que eles tirassem proveito. O senhor tinha o poder...

– *Poder.* – A voz de Keaton ecoou de repente no *lobby*. – O que raios você entende sobre poder, agente Blum, em sua minúscula sala onde tudo tem de se encaixar em sua visão simplória do mundo? Antigamente, o poder era um subproduto da violência. Golpes de Estado, milícias. Subornos e bajulações insignificantes. Envelopes secretos recheados com cédulas de cem dólares, contas em paraísos fiscais...

Com os olhos fitos nela, Keaton continuou:

– Mas hoje o poder, o *verdadeiro* poder, agente Blum, reside na política. Reside em reconhecer que tudo o que mantém o sistema à tona é bom para todos. Se os interesses de Wall Street afundam, todos nós afundamos! Entende? É isso que nós fazemos, agente Blum... A Reynolds Reid. Mantemos a máquina funcionando. Agências reguladoras, instituições acadêmicas e legisladores são apenas entraves que emperram as engrenagens. Alguém tem de lubrificá-las. Alguém tem de administrar o risco. Estava fora de controle. Seria calamitoso para todos nós. Pense apenas como um detalhe de manutenção, agente Blum, se esse conceito funciona. Por um tempo, teve de ser interrompido.

– Quatro inocentes estão mortos – disse Hauck, com o olhar fixo nele. – Outros quatro, desaparecidos. Crianças. Sem falar nos milhões de pessoas que perderam seus empregos e viram suas economias virarem pó.

– Salvamos o mundo – declarou o ministro da Fazenda, sem oferecer pedido de desculpas. – Impedimos o colapso total. Eu não tive nada a ver com esses crimes. Esse tal de O'Toole, ou seja lá quem foi o autor dessas coisas horríveis, eu sequer o conheço e nunca falei com ele.

– Tem razão, o senhor não o conhece – assentiu Hauck em sinal de concordância. O olhar dele deslocou-se para Hastings. – Mas seu assessor jurídico, sim.

Os olhos de Mitch Hastings arregalaram-se.

– Quando o senhor trabalhou no Conselho do Fórum Econômico, antes de entrar no ministério da Fazenda, Jack O'Toole foi destacado para atuar na sua segurança no Iraque. Não uma, mas duas vezes. Não é verdade, Sr. Hastings?

O assessor jurídico pigarreou ruidosamente, ajeitando seus óculos redondos.

– Não me recordo direito...

– Acha que vai recordar quando requisitarmos o histórico de suas ligações telefônicas, e os registros mostrarem que o senhor fez ligações nas mesmas áreas em que O'Toole estava? – Hauck tirou algo do bolso. O celular de O'Toole. – Talvez para *este* celular. Existe alguma chance de que o registro das ligações no Waldorf, onde Hassani foi morto hoje, revele chamadas de um local em que o senhor esteve?

Hauck continuou, dirigindo-se a Keaton.

– Não fique surpreso. Talvez o senhor apenas tenha informado Hassani sobre as descobertas da agente Blum, mas o seu assessor jurídico aqui, o Sr. Hastings, está com as mãos manchadas de sangue.

Keaton pegou o assessor pelo braço.

– Não fale nada, Mitch. Tenho quarenta anos de serviço nos setores público e privado, agente Blum. Se eu estava ou não em Gstaad, se, em certos tópicos, Mitch talvez tenha sido meio fanático na proteção de alguns de nossos interesses, vamos ver onde isso vai dar. Mas para você, eu lhe garanto, essa investigação está encerrada.

– Isso pode ser verdade, senhor – reconheceu Naomi. – Mas receio que outra investigação esteja acabando de começar.

Três homens em ternos beges e castanhos surgiram atrás deles no *lobby*. Membros da equipe antiterrorismo financeiro de Anthony Bruni.

– Senhor, meu nome é Ralph Wells. Sou diretor regional sênior do FBI. Trago aqui, com notificação ao presidente dos Estados Unidos, uma ordem judicial de busca e apreensão em seus dados pessoais, computadores e celulares, para obter informações relacionadas a uma conspiração criminal de banqueiros de investimento com o objetivo de enganar o governo dos Estados Unidos.

– *O quê?* – indagou o ministro, completamente aturdido. Boquiaberto, pegou o documento. Deu um passo para trás e recostou-se na parede de mármore.

– E em termos *desta* investigação, ministro – falou Naomi, sem tirar os olhos de cima dele –, também é possível que Peter Simons tenha detalhes interessantes a acrescentar sobre o senhor.

Ela e Hauck se entreolharam. O rosto de Naomi já não demonstrava determinação, mas um brilho de triunfo nos olhos. O rosto do filho de al-Bashir refletia-se ali. O triunfo que vem após uma batalha sangrenta. Na qual é difícil afirmar quem venceu ou perdeu.

Só que, desta vez, os dois sabiam.

PARTE SEIS

91

O pedido de demissão de Thomas Keaton e seu assessor jurídico repercutiu mundo afora. Segundo relatos, os dois eram mantidos em prisão domiciliar, na pendência de uma investigação do Ministério da Justiça sobre a participação deles numa conspiração para fraudar os mercados financeiros, na qual onze pessoas, inclusive vultos conceituados no mundo das finanças, tinham morrido ou desaparecido.

Em Nova York, as detenções de Peter Simons, Stephen Cain e Marshall Shipman, correlacionadas ao caso, sob a acusação de fraude e conspiração para enriquecimento ilícito, só contribuíram para aumentar os boatos. Os mercados despencaram 20% no dia seguinte e só foram impedidos de entrar em queda livre quando o Fed anunciou ao meio-dia a injeção de meio trilhão de dólares de liquidez na cambaleante economia.

E partes da história começaram a vazar. O assassinato dos *traders* de Wall Street. Um enigmático *playboy* sérvio com passado conectado a uma sangrenta chacina na Guerra da Bósnia. Um obscuro financista do Oriente Médio executado em plena suíte do Waldorf. Um tiroteio insano no trem expresso Amtrak. O envolvimento do diretor executivo de uma das maiores empresas de Wall Street, com tentáculos que conduziam direto ao gabinete do ministro da Fazenda dos EUA.

O presidente prometeu uma investigação ágil e completa.

– Os mercados financeiros devem estar acima de qualquer suspeita – declarou ele no gramado da Casa Branca. – Sua força vital é a confiança; e a confiança será restaurada.

Nesse meio-tempo, o Ministério da Fazenda seria comandado por Allen Schaper, o atual chefe da SEC, advogado corporativo, economista – e amigo do presidente.

E ele próprio um ex-banqueiro na Reynolds Reid.

Onze pessoas assassinadas ou presumivelmente mortas. Três bancos de investimento de Wall Street falidos, com seus ativos absorvidos. Mundo afora, milhões de pessoas no olho da rua; incontáveis aposentadorias destruídas; economias de uma vida toda aniquiladas. Inúmeras hipotecas executadas; indústrias em crise, socorridas pelo governo; *déficit* ampliado. Na CNBC, Tim Schegel, o famoso repórter financeiro, comentou:

– Sejam quais forem seus crimes, os participantes da hoje conhecida Gangue de Gstaad apenas aceleraram, com suas atividades, a derrocada inevitável.

As perdas em capitais de investimento relacionadas ao colapso econômico eram estimadas em mais de quatro trilhões de dólares.

Do outro lado do oceano, em Londres, estava em andamento uma investigação correlata sobre o desaparecimento não solucionado do saudita Mashhur al-Bashir e sua família.

Os corpos deles nunca seriam descobertos.

De volta a Washington, Hauck e Naomi prestaram depoimento às autoridades do Ministério da Justiça durante dois dias.

Na sexta-feira, Hauck retomou as atividades no Talon.

Tom Foley foi o primeiro a parabenizá-lo. Com prudência, Hauck achou melhor não revelar a sua convicção, até quase o final, de que o seu chefe era o intermediário de Ruivo O'Toole. Logo após a divulgação das notícias na mídia, os telefones do Talon não pararam de tocar. Prometia-se uma nova era de conformidade, segurança e regulamentação, e muitos clientes novos procuravam a empresa. Foley prometeu a Hauck que o grupo mostraria seu reconhecimento, com reflexo direto na gratificação de fim de ano. À tardinha, passou para convidá-lo a um *happy hour*.

Mas Hauck já tinha saído.

Pegou o caminho até a Dublin Hill Road. Rumo à residência de Merrill Simons. A esta altura, não importava mais a permissão de Foley.

Ela merecia saber em primeira mão. O destino de Dani. Quem ele era. Os crimes em que estivera envolvido. Como seus instintos estavam certos. E o envolvimento de Peter.

Merrill plantava begônias no jardim, com calças capri e um grande chapéu. Sentou-se com Hauck nas espreguiçadeiras de um quiosque. Quando ele terminou de contar, ela permaneceu em silêncio, ruminando a história que talvez nunca fosse completamente revelada.

Enfim, ela balançou a cabeça e comentou:

– Dois canalhas, sem tirar nem pôr. – E completou, com uma risadinha de desdém: – Acho que ando meio sem sorte no amor, não acha?

Em seguida, emocionou-se, tirou os óculos de sol e enxugou uma lágrima.

– Na próxima vez – disse Hauck, dando de ombros –, talvez seja melhor dar uma chance ao *Match.com*.

Ela caiu na risada. Ele tocou o braço de Merril, que disse:

– Obrigada pelo que você fez. Acho que ainda devo dinheiro à sua firma.

– Tenho uma ideia melhor: estamos quites, OK? – Ele piscou e se levantou. – Vamos ver se o tio Sam paga a conta.

92

Poucos dias depois...

Sentado no BMW, mirou o simpático bangalô branco na pacata estrada particular em Darien.

O tipo de rua residencial na qual todo menino gostaria de crescer. Utilitários esportivos, a caminho do treino de basquete ou de ensaios de dança, manobravam nas entradas das garagens. Um ônibus escolar amarelo estacionou na esquina. Várias crianças desceram e despediram-se com amigáveis empurrões e batidas de mãos espalmadas, cada qual tomando o seu caminho. Um furgão de entregas expressas da UPS estacionou junto ao meio-fio, e o motorista acenou ao proprietário da casa enquanto entregava a encomenda.

Sorte da criança, pensou Hauck ao fixar os olhos na casa branca e limpa, com um gol de plástico no gramado, *que cresce num lugar como este.*

Poucos minutos depois, uma perua Volvo prata dobrou a esquina e, com uma volta bem aberta, embicou no acesso da garagem. Do outro lado da rua, Hauck assistiu ao portão eletrônico branco subindo. A perua estacionou no pátio. Um *Labradoodle* pernalta saltou, fazendo festa no gramado, e foi seguido por um menino de uns oito anos, o topete de cabelo cor de areia lembrando muito o da mãe do garoto. Ele vestia uma camiseta larga de beisebol, com um nome nas costas: A-Rod, o ídolo do New York Yankees. Trazia uma sacola a tiracolo e, antes de correr para dentro atrás do cão, deu um chutão na bola de futebol, que passou por cima do gol e também da cerca de arame, caindo no pátio do vizinho.

O garoto levou as mãos à cabeça, como se tivesse estragado tudo, mas o avô dele, pai de Marc, só se aproximou, pôs o braço em volta do neto e puxou-o junto a seu peito.

– Viu aquele chute, vovô?

– Para mim pareceu um gol. – O avô fez cara de impressionado. – É mais ou menos assim que eu costumava chutar. – Ele descabelou o menino. – Séculos atrás.

O menino abriu um sorriso de culpa.

– Foi sem querer.

Observando de seu carro, Hauck sentiu os olhos marejados. O senhor de idade disse ao menino:

– Entre. Você tem lição de casa para fazer. Eu vou até a casa dos Kendell pegar a bola.

O garoto exclamou:

– Obrigado, vô! – E sumiu garagem adentro.

Hauck saiu do carro. O senhor de idade desceu pela entrada da garagem, na direção dele. Estava prestes a abordá-lo. Tinha ensaiado as palavras que diria, como conduziria a situação. Mas sentiu uma súbita precaução prendendo seus pés. Uma recordação veio-lhe à mente e o fez parar.

***

April levou-o para fora da lavanderia até a rua.

– Eu queria que você conhecesse alguém...

Ela o levou até o SUV Mercedes, as delicadas sardas nas faces parecendo cintilar, e olhou para o menino sentado no banco traseiro.

– O nome dele é Evan... Evan Ty Glassman.

Hauck fitou o garoto e, antes que pudesse dar oi, antes que pudesse falar, ele soube. Soube o motivo pelo qual April, com brilho no olhar, o trouxera até ali. Soube o que ela queria contar-lhe. Uma onda de emoção tomou conta dele.

– Ele é seu presente para mim, Ty... Para todos nós. Algo que nunca vou poder retribuir.

– Você não tem que me retribuir nada, April...

Olhou para ela, depois, para o garoto. Sentiu que devia a ela fragmentos do que ele era por dentro. Mesmo após tanto tempo, sentiu-se muito próximo de fragmentos dela – como se eles fizessem parte de sua própria pele.

– O único motivo por que o tivemos foi você. O que você fez. De vez em quando, eu olho para ele e me lembro de tudo. Nós dois conseguimos superar, não é verdade?

Ele a mirou, o coração expansivo.

– Sim, conseguimos.

Ela abriu a porta, e o garoto de quatro anos enfim olhou para cima.

– Oi, mamãe.

– Evan, queria apresentar a você um amigo meu. O tenente Hauck. É um policial aqui da cidade. Pelo que me falaram, o principal policial.

– Na minha cabeça, pelo menos – riu-se Hauck. Deu uma piscadinha para o garoto. – E aí, cara?

Evan sorriu.

Na suavidade dos olhos verdes de Evan, no seu cabelo castanho-claro, ele vislumbrou o que achava tão especial na mãe dele.

– Ele é lindo – elogiou Hauck. – Obrigado.

– Obrigada a você, Ty – os olhos dela cintilaram. – Nem sei o que dizer...

Ele levou a mão ao rosto de April e a descansou ali, o olhar deles encontrando-se, realmente encontrando-se, pela primeira vez em vários anos. Desde que ela se virou e o enxergou na frente dela na cama do hospital. Um instante que parecia tão distante agora.

– Você me promete, Ty, que vai cuidar dele? Se algo acontecer comigo.

Com orgulho de si – e orgulho dela também –, ele fez que sim com a cabeça.

– Claro. Eu prometo.

Farei o que for preciso.

***

O pai de Marc veio em sua direção ao contornar a cerca para pegar a bola. Talvez tivesse percebido que Hauck estava observando a casa. Talvez tivesse notado o seu olhar meio perdido.

– Procurando alguém? – indagou o idoso ao se aproximar.

Eu fiz por ele, April. Pelo garoto. Quanta coisa Hauck queria contar a ele. Quanta coisa sentia em seu coração que parecia prestes a explodir. Mas não agora. Um dia, ele arrumaria um modo de se aproximar. Iria se oferecer para levá-lo a uma partida, apresentar-se como um velho amigo da mãe dele. Contar-lhe uma história. Mas não agora. Conteve as lágrimas.

Eu fiz por ele, April.

– Não estou perdido, não – respondeu Hauck, com um sorriso. – Só de passagem.

EPÍLOGO

Duas semanas depois...

– Agente Blum... Sr. Hauck...

Em seu gabinete na K Street, em Washington, DC, o corpulento advogado do governo sentou-se à frente dele e de Naomi.

– Como vocês bem sabem – falou, enquanto acionava um pequeno gravador digital –, estamos aqui para tomar depoimentos adicionais de vocês dois como parte da acusação especial do promotor no caso que vamos chamar, por enquanto, de *O Governo dos Estados Unidos da América contra a Gangue de Gstaad*. Mais especificamente, sobre a participação de Keaton, Hastings e Simons, e todos os atos que eles possam ter realizado contra os EUA...

Hauck relanceou o olhar para Naomi. Ela trajava um elegante terninho preto e blusa azul-clara. Preso na lapela do casaco, um *button* com a bandeira estadunidense. Cabelo chanel. Braço sem tipoia. Ele não a via desde seus depoimentos separados após a prisão de Keaton.

Apesar da ocasião oficial, ele não pôde evitar admirá-la. Estava maravilhosa.

Naomi fez um aceno inteligente ao advogado, mas olhou de soslaio para Hauck.

Ele a viu sorrir.

– Este gabinete está interessado em todo e qualquer assunto relacionado aos fatos, não importa o quão pequenos ou aparentemente insignificantes. Acho que é melhor iniciar cronologicamente. – O advogado voltou-se e apontou o microfone para Hauck. – Acho que foi no último dia 6 de março que o senhor começou a se envolver neste caso?

Hauck o encarou e deu de ombros.

– Isso vai levar um tempinho.

– Não importa o tempo que levar, Sr. Hauck – respondeu o advogado. – Espero que o senhor não tenha nada mais urgente...

– Não, nada mais urgente.

– E a senhorita, agente Blum?

– Não, nada – respondeu ela, com aquele familiar brilho de divertimento nos olhos.

Hauck piscou para ela e começou a falar.

– OK, então vamos lá...

Contou ao advogado sobre a primeira vez que soube da morte de April Glassman. Sobre aquela manhã com Annie, sem entrar em certos detalhes. Sobre os esforços iniciais para acompanhar o caso e, na sequência, Merrill Simons. Thibault. Donovan. Até mesmo sobre Campbell, o policial de Nova York. Só duas horas depois, chegou ao ponto em que Naomi entrou em cena na investigação do caso.

Ao meio-dia, o advogado mirou o relógio e perguntou se eles gostariam de fazer um intervalo para o almoço.

Assim, Hauck e Naomi ficaram a sós pela primeira vez.

– E aí, como vai? – indagou. Os dois fecharam as valises, ergueram-se e pararam na porta da sala de reuniões.

– Atolada em serviço. Assoberbada. Fui promovida. Meu chefe foi remanejado. Agora estou no comando do meu departamento.

– *Mazel tov*! – exclamou ele, segurando a porta para ela. – Parabéns. Nada mais merecido.

– Talvez você queira um cargo um dia – sorriu ela. – Mostrou grande habilidade para esse tipo de trabalho. Inclusive tenho um simpático gabinete para você, lá no porão do prédio. É só meio abafado e virtualmente sem vista. Se estiver interessado, vou ver o que posso fazer.

– Obrigado – disse Hauck, com um sorriso nos lábios –, mas já cumpri minha cota de tempo para o governo. Seja como for, por enquanto vou permanecer no Talon e ver o que acontece... A propósito, você está linda – falou, completamente do nada.

– Obrigada – ela ruborizou e colocou os óculos escuros. – É incrível como faz bem passar um tempo sem levar um tiro.

– O braço recuperou-se bem?

– Bem o suficiente – disse Naomi. – E o seu?

Ele ergueu o cotovelo.

– Novinho em folha.

Os dois rumaram ao elevador. Ele apertou o botão.

– E aí, vai querer almoçar? – indagou. – Temos uma hora.

– Acha isso inteiramente profissional? Quer dizer, supostamente estamos aqui apenas para falar sobre o que aconteceu no caso.

Hauck não conseguia tirar os olhos de cima dela.

– Para mim, isso tem a ver 100% com o que aconteceu no caso.

O elevador chegou. Ela entrou.

– Ótimo. Conheço um restaurante de frutos do mar aqui perto.

Ele a seguiu, apertou o botão para o *lobby* e recostou-se contra o corrimão. Era um pequeno prédio de escritórios, e os dois estavam sozinhos.

Ela falou:

– Sabe, muita coisa nessa história talvez nunca venha à tona. O governo quer uma investigação completa. Mas também querem bola para frente, pelo que me disseram... Há coisas que talvez nunca sejam reveladas.

Hauck deu de ombros.

– Tudo bem. Já tenho um bom currículo.

Naomi sorriu.

– Eu também.

Súbito, o elevador deu um solavanco e parou abruptamente. Entre dois andares. As luzes apagaram-se.

Naomi disse:

– Ai, que droga.

– O gerador deve estar fora de serviço – comentou Hauck. Apertou os botões de vários andares, mas nada aconteceu. – Espero que você não tenha medo do escuro.

Ela retorquiu:

– Eu tive de me esconder no quarto de Thibault, lembra-se? E foi você quem teve dificuldades em segui-lo de carro. De qualquer modo, por acaso já me viu perturbada com algo?

Ele estava prestes a comentar com uma risada: "Sim, acho que me lembro de uma ou duas vezes", mas Naomi passou de lado e começou a apertar os botões aleatoriamente.

– Oi! Oi... – um botão vermelho era o alarme. Pouco depois, veio alguém do prédio.

– O gerador não está funcionando – avisou a voz estridente. – Há uma câmera no painel. Vocês estão bem aí dentro?

Hauck tocou Naomi perto dele.

– Sim, estamos bem.

– Talvez demore alguns minutos. Quinze ou mais... Vamos tentar ativar o gerador reserva. Fiquem à vontade.

– Quinze minutos? – gemeu Naomi.

– Ou mais – atalhou Hauck.

Ela suspirou.

– É metade de nosso intervalo.

– Raios – disse Hauck. E falou para a voz: – Não se apresse!

Ela olhou para ele.

– Você tem uma tatuagem incrível nas costas – comentou. – Gostaria de vê-la novamente uma hora dessas.

– Uma hora dessas...?! – Até mesmo no escuro, Naomi percebeu aonde ele queria chegar. Ela meneou a cabeça. – Pode tirar o cavalinho da chuva.

– Quinze minutos é tempo para caramba...

– Sem chance – ela voltou a frisar, com a mais tênue quebra na resistência. – Está perdendo o seu tempo.

Ele pôde sentir o alvoroço do coração de Naomi disparando contra o seu. O perfume dela embriagava-o. Ele ergueu seus óculos escuros.

– Tenho outra melhor ainda na nádega – revelou Naomi. – A abertura de "Música no formato de um quadrado", de Philip Glass. Obra seminal.

Um estalido soou no alto-falante, um som agudo e quase indecifrável. Hauck tirou a jaqueta e cobriu a lente da câmera.

– Ora, essa atitude é totalmente antiprofissional – observou Naomi. Na verdade, foi quase um suspiro. – Agora eu sou a chefe do departamento.

Ele a puxou para junto de si. Mesmo na escuridão, vislumbrou o sorriso iluminar os olhos dela.

– Nesse caso, escreva um relatório sobre o meu comportamento, agente Blum.

AGRADECIMENTOS

Meus calorosos agradecimentos a muitas pessoas que me ajudaram a escrever este livro.

A Roy e Robin Grossman, pelo debate das questões financeiras e também de uma miríade de outros aspectos da narrativa. A Janusz Kryszynski (chefe da Missão de Paz da ONU em Kosovo), Tasha Alexander, Nicholas Gross e Andrew Peterson, pelo auxílio em alguns dos diversos cenários e outros pormenores que deram vida ao livro.

A Mark Schwarzman, Lynn Scoponich, Brooke Martinez e outros leitores do rascunho. Valorizo muito a contribuição de vocês!

Vários livros e artigos também marcaram presença na formação da trama e do pano de fundo do colapso financeiro. *House of Cards*, de William D. Cohan, da Doubleday; "The Quiet Coup", de Simon Johnson, artigo publicado na revista *Atlantic Monthly*; "The Big Takeover", de Matt Taibi, na *Rolling Stone*; "The Omen", de James B. Stewart, na *New Yorker*; "The End", de Michael Lewis, e "The Worst is Not Behind Us", de Nouriel Roubni, na *Forbes*, assim como vários *posts* de Frank Rich e Naomi Klein. E a obra *Big Boy Rules*, de Steve Fairanu, da editora Da Capo Press, sobre a vida selvagem do pessoal de segurança aquartelado no Iraque.

Minha costumeira gratidão a David Highfill, Liate Stehlik, Lynn Grady, Pam Jaffee, Gabe Robinson e toda a minha equipe na William

Morrow, e isso vai até a cúpula! Raros escritores desfrutam do sentimento de parceria e de fé que vocês depositam em mim.

E a Simon Lipskar e Josh Getzler da Writers House, colaboradores do livro sob todos os prismas.

E, é claro, à minha esposa, Lynn, cujo toque mágico sempre me cura e me mantém íntegro, e aos meus três filhos, todos começando a vida de modo bem-sucedido e dos quais tenho muito orgulho.

Ah, sim, e à mamãe, minha fã número um, aos olhos de quem eu nunca menciono isso o suficiente. Viu só?